grafit

Internet: http://www.grafit.de
E-Mail: info@grafit.de

Umschlagillustration: Johannes Sich, www.jojosich.de
Druck und Bindearbeiten: CPI – Clausen & Bosse, Leck
ISBN 978-3-89425-377-6
1. 2. 3. 4. 5. / 2012 2011 2010

H. P. Karr, Herbert Knorr &
Sigrun Krauß (Hg.)

# Mords.Metropole.Ruhr

## Mord am Hellweg V

Kriminalstorys

grafit

Herausgegeben von H. P. Karr, Herbert Knorr und Sigrun Krauß im Auftrag des *Westfälischen Literaturbüros in Unna e.V.* und der *Kulturbetriebe Unna* für die Veranstaltergemeinschaft *Mord am Hellweg – Tatort Ruhr,* Europas größtem internationalem Krimifestival.

*Mord am Hellweg V – Tatort Ruhr* (18. September bis 13. November 2010) ist ein Projekt der Kulturregion Hellweg und der *Europäischen Kulturhauptstadt, RUHR.2010* mit/in den Kreisen, Städten und Gemeinden Ahlen, Bergkamen, Bochum, Bönen, Dortmund, Duisburg, Essen, Fröndenberg, Gelsenkirchen, Hagen, Hamm, Holzwickede, Kamen, Lüdenscheid, Lünen, Menden, Oberhausen, Oelde, Schwerte, Selm, Soest, Unna, Kreis Unna, Werl, Werne und Wickede (Ruhr) in Zusammenarbeit mit der *HanseTourist Unna,* der *Stiftung Kultur der Stadtsparkasse Schwerte,* den Bürger- und Kulturzentren *Rohrmeisterei Schwerte, Depot e.V.* und dem *Theater im Depot* (Dortmund), dem *Evangelischen Studienwerk e.V. Villigst,* der *Evangelischen Akademie Villigst im Institut für Kirche und Gesellschaft der EKvW,* MELANGE *(Literarische Gesellschaft zur Förderung* der *Kaffeehauskultur e.V.)* und dem *Literaturmuseum Westfalen* (Kulturgut Haus Nottbeck) unter Federführung des *Westfälischen Literaturbüros in Unna e.V.* (Dr. Herbert Knorr) und der *Kulturbetriebe Unna* (Sigrun Krauß M.A., V.i.S.d.P.).

## Inhalt

# Wilder Westen Wickede

## *Willkommen in der Mords.Metropole.Ruhr*

Wussten Sie, dass der Wilde Westen in Wickede beginnt, dass die Einwohner dieser ›Metropole‹ ihr inneres Gleichgewicht mit indianischen Ritualen wiederzuerlangen versuchen? Kennen Sie den wahren Text der Ruhrgebietshymne? Hat schon mal die Soko Kulturhauptstadt gegen Sie ermittelt? Wissen Sie etwas über die Jagd nach einem Berufskiller auf der Zeche Zollverein? Nein? Dann haben Sie auch keine Ahnung von den Treffen der Kellerjungen von Unna, den dunklen Geheimnissen von Kamen und wissen auch nicht, wer vom Schwanzhammer von Lüdenscheid erschlagen wird!

Doch der Reihe nach …

Als wir 2002 die Idee hatten, für das gerade aus der Taufe gehobene Krimifestival *Mord am Hellweg (MaH)* die besten deutschsprachigen Krimiautorinnen und -autoren in die Städte und Gemeinden der Kulturregion Hellweg einzuladen und von ihnen ›Krimis auf Bestellung‹ schreiben zu lassen, ahnte niemand, dass aus diesem und den folgenden MaH-Storybänden eine Erfolgsgeschichte ohnegleichen werden würde. Denn seitdem haben weit über einhundert erstklassige Autorinnen und Autoren – angefangen bei A wie Jürgen Alberts über B wie Oliver Bottini bis W wie Gabriella Wollenhaupt – exklusiv für MaH geschrieben. Das Autorenverzeichnis liest sich wie ein Who's who der Spannungsliteratur: Doris Gercke, Anne Chaplet, Friedrich Ani, Sebastian Fitzek, Sandra Lüpkes, Ralf Kramp, Jacques Berndorf, Jürgen Kehrer – der Hellweg hatte und hat sie alle. Die Krimibände haben MaH begleitet und den Ruf des Festivals in ganz Europa gefestigt. Das Konzept wurde inzwischen dutzendfach geklaut und kopiert – ein schöneres Kompliment konnte man uns nicht machen. Jetzt halten Sie also unsere fünfte Festivalanthologie in den Händen. Wir hoffen doch sehr, dass Sie das Buch ordentlich bezahlt und nicht entwendet haben!

Auch diesmal haben die besten Krimischreiber den Hellweg zum Schauplatz ihrer Storys gemacht – für die aktuelle Sammlung *Mords.Metropole.Ruhr* bereisten gleich siebenundzwanzig Krimistars aus siebzehn (!) europäischen Ländern die Städte rund ums Kamener Kreuz, schwärmten aus nach Ahlen und Bönen, nach Werl und Warstein, nach Unna, Kamen, Selm, Menden, Oelde oder Fröndenberg. Sie reisten an aus Finnland, Spanien, Belgien, der Ukraine, Island oder Frankreich, den Niederlanden oder Luxemburg, aus Tschechien, Schottland oder der Türkei und nutzten die Gelegenheit, um Spirit und Lokalkolorit des jeweiligen ›Tatortes‹ zu erspüren und die Schauplätze ihrer kriminellen Fantasien kennenzulernen. So ein Unternehmen musste von langer Hand vorbereitet werden – deshalb waren Jussi Adler-Olsen und Helene Tursten, Andrej Kurkow und Petros Markaris und viele andere bereits vor einem Jahr auf Scoutingtour in der Metropole Ruhr unterwegs.

Was, fragen Sie sich jetzt, hat denn die Metropole Ruhr mit dem Hellweg zu tun? – Eine ganze Menge. Schauen Sie auf die Landkarte: Große Teile des Hellwegraumes gehören zum östlichen Ruhrgebiet. Und da in diesem Jahr die Metropole Ruhr mit RUHR.2010 Europas Kulturhauptstadt ist, hat sich das Festival *Mord am Hellweg – Tatort Ruhr* ein Stück weit nach Westen ausgedehnt. Und damit sind neben Unna, Lünen, Dortmund oder Hagen nun auch Städte mit Mordsgeschichten vertreten, die mitten im Zentrum der Metropole liegen: Essen, Bochum oder Gelsenkirchen.

Wie keine andere europäische Region befindet sich das Ruhrgebiet im Wandel. Rauchende Schlote sind längst Geschichte, Zechen und Fabriken sind zu Kulturzentren und Theatern umgebaut worden, neue Gewerbe entstehen, soziale Gefüge brachen und brechen auf, der Schmelztiegel der Kulturen bringt eigene Kultur hervor … Kurzum, unsere Krimigäste besuchten eine Region, die sich mehr als je zuvor im Umbruch befindet, die um neue Identitäten ringt. Dieser gesellschaftliche Prozess mit all seinen Facetten als Gesamtsetting für eine internationale Krimianthologie – was will man mehr!

Entstanden ist ein Sammelband mit fünfundzwanzig literarischen ›Auftragsverbrechen‹, wobei das Spektrum des Bandes vom sozial engagierten bis zum satirisch überdrehten Krimi, von der klassischen Kriminalerzählung über den ebenso klassischen Whodunit bis hin zum modernen Psychothriller reicht. Spannendes und Mainstreamiges, aber auch Mysteriöses und Abwegiges haben die Krimiautorinnen und -autoren in den Städten der Hellwegregion gefunden und für ihre spannenden Storys verwendet. Denn wer wusste schon, dass der Wilde Westen in Wickede beginnt und … siehe oben!

Jeder der Herausgeber hat seine ganz persönliche Lieblingsgeschichte in diesem Band. Aber wir werden den Teufel tun und Ihnen verraten, was uns besonders gut gefällt … Denn sonst gehen wir den Weg zur Hölle, so deuteten schon die Brüder Grimm den Namen der kriminellsten Region der Welt …

Sigrun Krauß, H. P. Karr, Herbert Knorr

*Jussi Adler-Olsen*

## Der Spalt von Lünen

*Deutsch von Stefanie Bergmann*

Mein Gott, was für ein Konzert! Das war der Hansesaal *at it's best!* Bernd Schmidt war in Gedanken beim gestrigen Konzert. Den Spießbürgern eins auf die Mütze! Tolle Frauen, die in dem blauen Licht wie Frühlingshasen umhersprangen, während die Männer ihr Bier kippten und sich von Candy Dulfer auf ihren turmhohen Stilettos verrückt machen ließen. Das war Jazz, wenn es Funk war, und Funk, wenn es Jazz war.

Warum New York, wenn es das auch in Lünen gab?, pflegte er zu sagen. Also gingen die Kinder jetzt in die Leoschule und seine Frau saß im fünften Stock im Rathaus, also blieben sie hier, auch wenn sein Arbeitsplatz in Dortmund war, fünfzig Minuten Autobahnstau von hier entfernt.

Schmidt versuchte, seinen Kater zu ignorieren, als das Telefon klingelte. Die Einsatzzentrale. Es war 6.35 Uhr und die Botschaft simpel: Der Berufsverkehr musste heute ohne Kriminalkommissar Bernd Schmidt auskommen, denn dieses Mal wartete die Arbeit nur sechshundert Meter entfernt auf ihn. In Lünen, am Ende der Borker Straße. Zwei alte Menschen mit durchgeschnittenen Kehlen.

»Eine Streife aus der Merschstraße ist schon da«, sagte der Kollege am Telefon. »Das Paar, das die Leichen gefunden hat, ist außer sich.«

Mord, sagten sie. Abgesehen von einer zweifelhaften Affäre um eine überfahrene Person war es Jahre her, dass es in Lünen ein Gewaltverbrechen gegeben hatte.

Was Bernd wunderte, als er am Tatort stand, war nicht die Tatsache, dass die Leichen übereinander auf dem eingedrückten Dach eines Lieferwagens hinter der alten Stadtsparkasse lagen. Wenn man den Kopf in den Nacken legte, sah man im obersten Stock ein Fenster offen stehen. Er war auch nicht überrascht von der Identität der beiden – man hatte sie rasch als freundliches Paar in den Achtzigern identifiziert, das sehr lange in genau dieser Wohnung gelebt hatte.

Nein, was ihn wunderte, waren die Umstände: Wie sollte es möglich sein, sich selbst die Kehle durchzuschneiden und sich danach noch aus dem Fenster zu stürzen? Nach Selbstmord sah das nicht aus. Die Frage war also, wer den beiden Alten so übel mitgespielt hatte, wo ihre Wohnung doch so unberührt wirkte. Dass die Tat dort begangen worden war, stand außer Zweifel, die Blutflecken sprachen eine eindeutige Sprache. Aber es gab keinerlei Spuren eines Einbruchs oder Kampfes. Zwar fand man ein paar nicht zu identifizierende Fingerabdrücke in der Wohnung und deutliche Fußspuren auf der Treppe, aber weitere Erkenntnisse brachten die kriminaltechnischen Ermittlungen nicht.

Die Tochter des Paares ging schockiert durch die Wohnung und bestätigte, dass nichts gestohlen worden war und auch sonst alles aussah wie immer. So hatten sie nicht mal ein Motiv.

Bis zum Abend waren Bernd und seine Kollegen kein Stück weitergekommen.

Nein, das war keiner von Kriminalkommissar Bernd Schmidts besten Tagen. Die Erinnerung an Candy Dulfers Auftritt verblasste schnell.

Es war in der Zeit, in der die Leichen sich am Ufer des Gniloy Tikich häuften und Soldaten mit zu Totenmasken erstarrten Gesichtern im Wasser trieben. Das hier war Uwe Puppels dritter Feldzug, und das waren schon zwei zu viel. Ewigkeiten war es her, dass ihn seine SS-Uniform mit Stolz erfüllt hatte. Der Rausch, in den ihn Hitlers donnernde Reden im Radio versetzt hatten, war längst verflogen.

Aufgestützt auf sein Gewehr saß er da und blickte über zerschmetterte Panzerwagen und endlose Rauchwolken, während die Granaten um ihn herum einschlugen und alles Leben mit sich rissen. Als die Nachhut ihn auffand, war er völlig paralysiert. Man überlegte, seinem elenden Leben einfach rasch ein Ende zu setzen, zerrte ihn dann aber doch auf den Lastwagen und karrte ihn weg. Manchmal lohnte es sich bei den Kameraden mit Granatenschock doch noch, sie wieder zusammenzuflicken.

Als er im Lazarettzug zurück nach Deutschland saß, begriff er, dass er seinen letzten Schuss abgefeuert hatte. Der Schmerz und die Angst hatten in ihm die Oberhand gewonnen; der Uwe, der mit ausgestrecktem Arm unterm Hakenkreuz gestanden hatte, existierte nicht mehr.

»Wir kriegen euch schon wieder hin, Jungs«, hatte eine Krankenschwester zu ihnen gesagt. »Einen Monat zu Hause und schon seid ihr wieder hier. Die Bolschewiken sollen wissen, dass wir so leicht nicht aufgeben.«

Das waren die Worte, die ihn kurz vor Dortmund aus dem Zug springen ließen. Er stürzte sich im Kugelhagel der Feldjäger die Böschung hinunter und schlich sich hungernd und unter Schmerzen nachts zurück nach Lünen, wo seine geliebte Sigrid auf ihn wartete.

Der Ausdruck, der über ihr Gesicht glitt, als sie ihm die Tür öffnete, drückte keine Freude aus.

Er zog sie dennoch an sich und versprach, dass er sie von nun an nie wieder verlassen würde. Dass für ihn der Krieg vorbei war. Er hatte damit gerechnet, dass sie erleichtert sein, dass ihm ihre ganze Freude entgegenschlagen würde. Stattdessen fragte sie nur: »Hast du etwa vor, dich *hier* zu verstecken?«

Er sah sie verständnislos an. »Sigrid. So, wie es jetzt läuft, ist der Krieg bald vorbei. Ich bleibe auf dem Dachboden. Dort habe ich alles, was ich brauche, du musst mir nur zu essen bringen.«

»Wenn sie dich finden, richten sie uns beide hin, ist dir das klar? Und selbst wenn sie mich am Leben lassen: Wo soll ich denn hin, wenn ich die Wohnung verliere?«

Er schüttelte den Kopf. Nein, sie würden ihn nicht finden. Die Luke zum Dachboden konnte man von unten nicht sehen. Dort oben, unterm Dach, hatte sein Vater sich ein Fotoatelier eingerichtet. Ordentlich isoliert mit Zeitungsschnipseln und Holzplatten. Über hundert Quadratmeter, unter dicken Dachbalken. Dunkelkammer, Leseecke, Teeküche und Samowar. Sogar eine Toilette gab es. Hier hatte er in der knappen Freizeit seiner Leidenschaft für Fotos von seiner Geburtsstadt Lünen gefrönt. Einzigartige Alben aus den letzten Jahrzehnten hatte er zusammengestellt, die Uwe schätzen gelernt hatte. Erinnerungen an eine Zeit, in denen das Leben einfach und unbeschwert gewesen war.

Sein Vater war ein tüchtiger Handwerker gewesen, ein angesehener Mann, über den man nur Gutes gesagt hatte. Dann hatte ihn die Wirtschaftskrise in den Ruin getrieben, und nur weil der Sparkassendirektor, mit dem er Geschäfte gemacht hatte, ein Ehrenmann gewesen war, hatte er das Nutzungsrecht für die große Wohnung über der Bank bekommen.

»Sie und nach Ihnen Ihr Sohn und seine Familie können hier wohnen«, hatte er zu Uwes Vater gesagt und war mit seinem Büro in die Geschäftsräume im Parterre gezogen, damit oben Platz geschaffen wurde.

Bei den Luftangriffen im Mai 43 waren Uwes Eltern im Haus der Großeltern an der Münsterstraße ums Leben gekommen und Uwe hatte mit seiner Frau das Wohnrecht übernommen.

Natürlich hatte Sigrid recht. Wenn sie ihn fanden, würden sie ihn hinrichten und sie würde die Wohnberechtigung verlieren, denn sie hatten keine Nachkommen, so weit war es zwischen ihnen nie gekommen. Noch nicht einmal eine

Hochzeitsnacht hatten sie gehabt. Sigrid war ein gutes katholisches Mädchen, deshalb hatte sie ihn vor der Ehe auch nicht an sich herangelassen. Und nachdem sie in aller Eile in St. Marien getraut worden waren, war er umgehend an die Front geschickt worden. Aber ein paar süße Erinnerungen an Küsse auf dem Tanzboden der *Lichtburg* hatte er doch, und an feuchte Hände im Kinosaal, wenn sie sich zusammen einen Film angesehen hatten. Sie waren schon lange umeinander herumscharwenzelt.

»Ich zeig dir was«, hatte er eines Tages gesagt und sie die Wendeltreppe in der Stadtkirche St. Georg hinaufgezogen, in den geheimen Raum hinter der Orgel. Als sie sich an den Blasebalg gelehnt hatten, hatte er ihr, obwohl sie sich zunächst zierte, unter den Rock fassen dürfen. Köstliche Sekunden. Das war das Gefühl, das in ihm aufkam, als sie jetzt hinter ihm die Treppe zum Dachboden der Wohnung hinaufstieg.

Er zog die Uniform aus, fand die Arbeitskleidung seines Vaters, zog sie an und richtete sich in dem Raum zwischen den fast endlosen Regalreihen mit den Fotoalben seines Vaters ein. *1940–41* stand auf dem letzten. Der Krieg und der Mangel an Fotomaterial hatten seinem Hobby ein Ende bereitet.

In der ersten Nacht auf dem Dachboden hörte er das Dröhnen der Bomben, die auf Dortmund fielen, aber er betete nicht zu Gott. An der Ostfront hatte er zu viele vergebliche Gebete gehört. Nein, es gab keinen Gott mehr. Nicht für sie. Und die Bomben fielen und der Lärm schien ewig.

In den Monaten danach, wenn Sigrid ihm das Essen brachte, sah sie ihn aus kalten Augen an, fast so, als hätten sie sich nie geliebt. Die Erinnerung an schwere Arbeit saß ihr noch in den Knochen, Feldarbeit, draußen bei den Zechen. Der Husten ihres Vaters, als er mit fünfundvierzig aufgab. Die schwarzen Mundwinkel ihres Bruders, wenn er aus dem Pütt kam. Dorthin wollte sie auf keinen Fall zurück. Jetzt wohnte sie in einem der feinsten Häuser Lünens, und dort wollte sie auch bleiben. Deshalb musste sie sich mit dem abfinden, was sie war: die Frau eines Deserteurs.

Ein paarmal versuchte er es bei ihr. Umfasste ihre Taille und berührte sanft ihre Brust, aber sie schüttelte ihn ab wie ein lästiges Insekt. Wer sollte denn der Vater des Kindes sein, falls sie schwanger würde? Wie sollte sie das erklären? Aber das war es nicht allein. Die Liebe war tot. So tot wie die Leidenschaft.

Zum ersten Mal sah Uwe sie lächeln, da war ein Jahr vergangen und sie kam mit seinem Vetter zu ihm hinauf auf den Dachboden. Da hatte er die Luftschutzsirenen schon seit ein paar Tagen nicht mehr gehört, dafür aber das Rumpeln von Panzern, und er glaubte schon, dass er jetzt bald den Dachboden würde verlassen können.

»Sind das die Engländer, Herbert?«, fragte er. Und da lächelte Sigrid, als sie den Kopf schüttelte. Nein, die deutschen Truppen seien zurückgekehrt, sagte sie. Das Schwein Churchill war bei einem Attentat getötet worden. Stalin, Mussolini und Hitler hatten sich verbrüdert und der Rest der Welt hatte die Waffen fallen lassen. Hitlers Drittes Reich war Wirklichkeit.

Der Schock nahm Uwe fast den Atem.

»Du kannst nicht runterkommen«, sagte sie. »Sie erschießen dich auf der *Straße der SA.* Und du hast es auch nicht besser verdient«, fügte sie mit Abscheu im Blick hinzu. Sein Vetter erzählte ihm, dass alle die Uniform abgelegt hätten und nun zum Wohl ihres Vaterlandes arbeiteten, des stolzen nationalsozialistischen Dritten Reichs.

In den Jahren danach sah er nicht mehr viel von seiner Sigrid. Zwei Mal am Tag kam sie zu ihm, nie mehr als fünf Minuten. Ab und zu besuchte ihn sein Vetter. Als er sich darüber beklagte, wie lang ihm die Zeit wurde, brachten sie ihm hin und wieder ein paar Bücher, die er immer wieder las. Mit der Zeit waren es über fünfhundert, und die Stapel wurden immer höher.

Als er nach Zeitungen fragte, sah sie ihn kalt an. »Zeitungen? Die sind seit dem Ende des Krieges verboten. Was sollen wir auch damit? Die haben ja eh immer nur schlechte Nachrichten gebracht. Der Führer weiß, was wir brauchen. Jetzt haben wir Frieden und es geht uns gut!«

Keine Zeitungen, war es wirklich so weit gekommen? »Dann gib mir ein Radio, die gibt es doch bestimmt noch.«

»Wieso glaubst du das?«, fragte sie. Er führte sie zu der Stelle in der Gaube zur Borker Straße, wo man durch einen Spalt zwischen den Zeitungen das Tageslicht sehen konnte.

»Hier«, sagte er. »Hier kannst du durch den Spalt die Häuser gegenüber sehen. Sind das auf den Dächern etwa keine Radioantennen?«

Erschrocken sah sie durch den Spalt hindurch. »Wenn hier jemand Licht herausscheinen sieht, ist alles vorbei! Du weißt ja nicht, was die mit Leuten machen, die sich im Krieg verkrochen haben und jetzt aus ihren Verstecken kommen! Das wird schlimmer und schlimmer, Uwe. Du musst den Spalt sofort schließen!«

Er wiederholte seine Bitte nach einem Radio, aber sie lehnte ab, weil alle Radiogeräte jetzt mit einem Peilsender ausgerüstet waren. Ein Radio pro Haushalt, mehr war nicht erlaubt. Und ihres kriegte er nicht.

Also bat er sie darum, zu ihr hinunterkommen zu dürfen. Nur eine halbe Stunde, wenn Nachrichten kämen, aber auch das lehnte sie ab. Das Risiko wäre zu groß. Man könnte unten in der Sparkasse seine Schritte hören.

»Und was ist mit Herbert? Unsere Schritte klingen doch gleich. Ich könnte er sein.«

»Die wissen doch, wann er hier ist. Die sehen sein Motorrad auf der Straße«, sagte sie. »Du kannst nicht runterkommen. Wir müssen auf bessere Zeiten warten.«

Aber Uwe verschloss den Spalt nicht. Ganz im Gegenteil, er schob die Dachziegel ein wenig weiter auseinander und vergrößerte damit sein Blickfeld. Wenn er durch den Spalt nach draußen sah, kehrte er für einen Augenblick zurück in die Welt. Ein Streifen Himmel, der Turm von St. Marien, ein paar Dächer und einige Fenster. Ein zu Tränen rührender, schöner Blick über Lünen. Diese Dächer, die Bücher und die Fotos seines Vaters wurden sein Leben, und das Mansardenfenster gegenüber sein Sehnsuchtsort. Das Licht am Abend, die Frau, die sich morgens die Haare machte und so sacht vorbeiglitt, nährten Uwes Träume.

Die Zeit verging und bald waren es tausend Bücher, die sich in seiner Kammer türmten.

»Warum gebt ihr mir nur alte Romane, die vor dem Krieg geschrieben wurden?«, fragte er eines Tages.

»Kannst du dich denn nicht mehr an die Bücherverbrennung erinnern?«, antwortete Sigrid. »Heutzutage drucken sie nur noch Sachbücher, die man gratis ausleihen kann, wenn man studiert.«

Uwe sackte zusammen. So weit war es gekommen!

Die ersten Jahre hatte es ihn noch irritiert, dass er kaum Geräusche aus der Wohnung unter sich hörte, aber nach und nach empfand er die Stille und den Tagesrhythmus, der nur von den Mahlzeiten bestimmt wurde, als angenehm. So konnte er in aller Ruhe durch den Spalt spähen oder sich in die alten Fotos vertiefen. Sich das Wiehern und den Hufschlag der Pferde auf dem Kopfsteinpflaster vor der Molkerei Lünen in der Gartenstraße vorstellen, sich an das Schnattern der Enten am See beim Spieker erinnern. Irgendwann wurde Sigrid dann immer schwerfälliger und wirkte aufgedunsen, und eines Tages zog der Vetter zu ihr in die Wohnung unten und übernahm es, ihn mit Essen zu versorgen. Er sagte, dass es ernst sei. Dass Sigrid schon lange krank sei und jetzt im Marienkrankenhaus liege. »Etwas mit dem Darm«, sagte er.

Als sie schließlich wieder nach Hause zurückkehrte, strahlten ihre Augen eine Ruhe aus, als habe sie ihr Schicksal in die Hände des Herrn gelegt. Sie sagte nicht, weshalb, aber ein paar Tage später hörte Uwe zum ersten Mal Kinderweinen aus dem Wohnzimmer unten. Als er Sigrid danach fragte, antwortete sie, dass sie im Marienkrankenhaus in einem Zimmer mit einer jungen, alleinstehenden Frau gelegen habe, die bei der Geburt ihres Kindes gestorben sei, und dass sie in Dankbarkeit über ihre eigene Genesung das Baby zu sich genommen habe. Dass sie von nun an für dieses Kind leben wolle, da Uwe ihr unter diesen unglücklichen Umständen ja keines schenken könne. »Du musst von nun an besonders vorsichtig sein«, sagte sie. »Kinderohren sind empfindlich. Von jetzt an kommen wir nur noch hoch, wenn das Kind schläft.« Sie ergriff seinen Arm, damit er ihren Ernst spürte. »Du musst Herbert dankbar sein. Wir leben von dem, was dein Vetter bei den *Hüttenwerken Kayser* verdient«, sagte sie. »Verstehst du?«

Danach erzählte sie kurz, wie es in der Welt aussah. Nicht mehr viel Arbeit in der Stadt. Hitler war tot, und sein Nachfolger hatte nicht das gleiche Kaliber. Von der Vision des Führers war nur noch die Ideologie übrig geblieben, das Feuer der Begeisterung sei erloschen. Das war die Wirklichkeit für Deutschland und die Bürger von Lünen.

Es kam die Zeit, in der Uwe sich mit seinem Schicksal abfand. Auf dem Dachboden hatte er seine Ruhe, die hübsche Frau aus der Mansardenwohnung gegenüber war schon lange gestorben. Das Haus weiter unten in der Straße war dem Erdboden gleichgemacht worden. Er sah Lastwagen mit

Ziegeln, die wegfuhren, und neue, die ankamen. Er hörte den Lärm in den Straßen um sich herum.

»Was passiert da in der Stadt?«, fragte er manchmal. Und Sigrid erzählte von einer Kaserne, die gebaut wurde, von der Polizeiwache, die jetzt direkt hinter ihrem Haus lag, nachdem das Rathaus abgerissen worden war. Und tatsächlich sah er durch den Spalt hindurch die Streifenwagen hin- und herfahren, deren Martinshörner ganz anders klangen als früher. Er sah Autos, die plötzlich hinten spitzer wurden. Und wie die spitzen Hecks im Lauf der Jahre wieder rund wurden.

Uwe sah über die Dächer und fragte sich, warum das Böse, das ihm seine Freiheit genommen hatte, so lange in dieser Stadt hatte weilen können. Ein paarmal fragte er Sigrid, ob es nicht bald eine Möglichkeit gäbe, wegzukommen. Und jedes Mal antwortete sie, dass alle Ausfallstraßen aus der Stadt heraus kontrolliert würden.

»Du hast keine Papiere. Das überlebst du höchstens einen Tag.«

Und er sah, wie ihr Haar grau wurde und ihre Weiblichkeit langsam verschwand. Ja, selbst sein Vetter verlor den jugendlichen Funken in seinem Blick, Jahre vergingen, in denen die Geräusche lachender Menschen aus der Wohnung unter ihm vorbeigezogen waren.

»Mein kleines Mädchen ist Mutter geworden«, erklärte ihm Sigrid eines Tages.

»Dann bin ich eine Art Großvater«, sagte er und lächelte bei dem Gedanken. Darauf erwiderte sie nichts. Der Blick, mit dem sie ihn empfangen hatte, als er vor vielen Jahren von der Front gekommen war, war nicht wärmer geworden.

Und auf einmal lag das Leben hinter ihm. An einem Frühwintertag spürte er einen gewaltigen Stich im Herzen, den er nicht länger ignorieren konnte. Ihm war schwindelig, sein linker Arm zog bleischwer nach unten. Er rang nach Luft, und kurz bevor er in Ohnmacht fiel, warf er einen

Blick auf seinen selbst gebastelten Kalender: der 2. November 2009.

Nach einem ganzen Leben auf dem Dachboden bin ich jetzt am Ende angekommen, dachte er.

Als er wenig später wieder zu sich kam, sah er sich verwirrt um. Taumelte zur Luke im Boden, hob sie an und versuchte, mit schwacher Stimme um Hilfe zu rufen. Unten lehnte die schmale Leiter an der Wand, unerreichbar für ihn. Daher musste er sich mit äußerster Kraftanstrengung durch die Luke zwängen, die Beine baumelten in der Luft. Als die Klappe über ihm zufiel, musste er loslassen, es waren circa anderthalb Meter bis zum Boden. Ein Sessel dämpfte seinen Fall, aber der Druck in der Brust war immer noch da. »Helft mir«, flüsterte er. Aber niemand kam.

Er erhob sich schwerfällig, stolperte aus der Dunkelheit in die Wohnung und sah sich verwundert um. Nichts war wie früher. Neue Farben, neue Tapeten an den Wänden, neue Möbel. Er glitt wie ein Schatten ins Wohnzimmer und erwartete eine gebrechliche Sigrid. Stattdessen sah er sie und den Vetter auf dem Sofa sitzen und auf ein Bild starren, das sich in einem großen schwarzen Kasten bewegte. Sie starrten ihn erschrocken an, während er den Blick durchs Zimmer schweifen ließ. Er sah das Foto von Sigrid im Brautkleid mit einem strahlenden Vetter an ihrer Seite. Und das Bild eines Mädchens, das seinem Vetter zum Verwechseln ähnlich sah. Ein unschuldiges Porträt, das ihn mit einem Schlag die Wahrheit sehen ließ.

Sie versuchten, ihn mit Drohungen auf den Dachboden zurückzuscheuchen, aber Uwe ließ sich auf einen Stuhl fallen, seine Hand landete schwer auf dem Beistelltisch. Der messerscharfe Brieföffner war noch immer der, den sein Vater ihm, Uwe, aus dem ersten großen Krieg mitgebracht hatte. Uwe nahm ihn in die Hand und betrachtete ihn einen

Augenblick. Dieser Brieföffner war wahrscheinlich das Einzige, was von seinem früheren Leben übrig geblieben war.

Wieder durchzuckte ein harter Schmerz seine Brust. »Ich sterbe bald«, sagte er leise.

Der Vetter flüsterte Sigrid etwas ins Ohr, das so klang, als wüsste er schon, wie man die Leiche entsorgen könnte. Dann stand er schwerfällig auf, sein Körper war der eines alten Mannes, er wollte sich etwas zu trinken holen.

Der Brieföffner lag schwer in Uwes Hand, als der Mann an ihm vorbei in die Küche ging.

Uwe versuchte, das Ausmaß des Betrugs zu erfassen. Dann stand er auf, trotz des Schmerzes, der seinen Körper zerriss.

Sigrid hatte nicht einmal mehr die Gelegenheit, sich abzuwenden, bevor er ihr den Hals durchschnitt. Als sein Vetter mit einem Glas Wasser zurückkam, gab es auch für ihn kein Entkommen. Danach starrte Uwe auf das Blut am Boden, das zerbrochene Glas und die Gesichter der Toten, er dachte an das fremde Leben, das diese Menschen in dieses Heim gebracht hatten, das einmal das seine gewesen war. An sein Leben, um das man ihn einfach betrogen hatte.

Hier sollen sie nicht mehr sein, dachte er, und kurz bevor die Sonne aufging, schleppte er die Leichen mit letzter Kraft zum Fenster, hievte sie hinauf und ließ sie in die Tiefe fallen. Dann richtete er sich auf, nahm sich einen Mantel von der Garderobe im Flur, zog ihn an, ging die Treppe hinunter und trat an die frische Luft. Ja. Hier draußen wollte er sterben. Weder die Wohnung noch der Dachboden sollten zu seiner Grabkammer werden.

Er ging um die Ecke, stellte fest, dass die Leichen übereinander auf einem Lieferwagen lagen, und ließ seinen Blick an der Fassade entlang nach oben schweifen. Es sah im Großen und Ganzen wie früher aus, aber außen herum war alles anders. Straßen, Autos, Geräusche. Er senkte den Blick.

*1918–1945* stand auf der Mauer. Oben, auf dem Denkmal in der Mitte, erkannte er ein verwischtes Hakenkreuz.

War das die Welt, vor der er sich so gefürchtet hatte? Eine Welt, die zuließ, dass jemand ein Hakenkreuz auf ein Denkmal schmierte, und obendrein noch verkehrt herum? Eine Welt, von der nichts von all dem zu erkennen war, was ihm in seiner Jugend einmal eingeredet worden war. Und alle Kraft verließ ihn. Jetzt konnte der finale Stich im Herzen kommen. Nein. Hier wollte er nicht sterben.

Er ging die Straße Richtung Zentrum entlang und sein Blick fiel auf eine Zeitung im Rinnstein. *Ruhr Nachrichten.* Es gab also doch noch Zeitungen. Auch das war eine Lüge gewesen. Er ging weiter und ließ sich durch eine Stadt treiben, die er nicht mehr kannte. *Döner, Pizza* stand da. *High Society* hieß ein Laden, irgendwas mit Händen und Nägeln. Nur die *Persil*-Uhr und das Hotel dahinter sagten ihm etwas, der Rest war ihm fremd. Hohe Häuser mit glatten Fassaden. Ein Glasturm, der sich über der Stadt erhob. Das Rathaus war nicht mehr an seinem Platz. Fremdartig gekleidete Menschen kamen ihm im Morgenlicht entgegen und sahen ihn lächelnd und leicht besorgt an. Einer fragte, ob er *okay* sei. *Okay?* Was für ein Wort war das?

Als die Stadtkirche auftauchte, spürte er wieder einen Stich in der Brust. Ein paar schläfrige Menschen diskutierten in der Vorhalle und bemerkten ihn gar nicht, als er durch die Tür in der Ecke trat und die Wendeltreppe hinaufstieg bis zum geheimen Raum hinter der Orgel. Dort setzte er sich neben den Blasebalg und träumte sich zurück zu dem mit Süße erfüllten Abend, als Sigrid ihn ein einziges Mal hatte näherkommen lassen. Dann schloss er die Augen.

Kommissar Bernd Schmidt war wochenlang mit dem Fall befasst. Aber es gab nichts, keinen einzigen Hinweis darauf, was das Rätsel der beiden Leichen hätte lösen können, nichts, was das Blut in der Wohnung erklären konnte, nichts, was ihn über die Fingerabdrücke auf dem Brieföffner zu dem Unbekannten hätte führen können. Eine Zeit lang geriet der Schwiegersohn des Paares in Verdacht, aber sein Alibi war in Ordnung, und so verlief die Sache im Sande. Bis zu dem Tag, an dem man bei einem Gottesdienst in der Stadtkirche von der Empore her einen sonderbar schweren, modrigen Geruch bemerkte. Es dauerte ein paar Tage, bis ein Kirchendiener sich aufraffte und in dem Blasebalgraum hinter der Orgel nachsah. Er fand die mumifizierte Leiche eines Mannes, der dort mit gefalteten Händen saß. Es war ein alter Mann. Niemand wusste, wer er war. Niemand hatte ihn je gesehen. Niemand vermisste ihn. Als ob er nie existiert hätte.

*Xavier-Marie Bonnot*

# Die Femerichter von Ahlen

*Deutsch von Tobias Scheffel*

Im blassen Winterlicht tönten die Schritte von Georg Heinze durch die große Halle der Waschkaue. Er sah auf die Uhr. 10.18. Spät dran. Das machte ihn nervös. Er war müde, noch nicht richtig wach. An diesem Morgen war das Fahrradfahren schwerer gewesen als sonst, die Kette hatte gequietscht, die Schaltung bei jedem neuen Gang geknackt. Der tägliche Weg führte über die Abkürzung zwischen den Häusern mit den roten Dächern der alten Bergarbeitersiedlung hindurch über die lange Allee mit den rostbraunen Buchen zu den düsteren Gebäuden der Zeche.

Jeden Tag stellte Georg seinen Drahtesel neben dem gelben Tunnelbohrer ab, der auf dem Rasen ausgestellt war. Der Anblick des stählernen Ungeheuers mit den abgenutzten Zähnen ließ ihn immer an die Kumpel denken, die in den Eingeweiden der Erde geschuftet hatten. 2002 war die Zeche geschlossen worden, dem Jahr, in dem Georg Kulturreferent im Rathaus von Ahlen geworden war.

»Guten Tag, Georg«, sagte Beatrix, die Leiterin der Sammlungen.

Beatrix hatte einen knielangen beigefarbenen Rock und eine purpurrote Hemdbluse an. Sie trug ihr braunes Haar offen, und ihre haselnussbraunen Augen wurden durch dünne Kajalstriche zur Geltung gebracht.

Georg wich ihrem Blick aus. Er fand sie plötzlich verführerischer als je zuvor. »Guten Tag, Beatrix. Tut mir leid, aber bei dem Regen …«

»Nicht schlimm. Trinken wir einen Kaffee.«

An ihrem rechten Handgelenk funkelte ein Armband. Rote und grüne Edelsteine, in altes Gold gefasst. Es erinnerte an mittelalterlichen Schmuck von Bischöfen und Adligen.

»Ich habe dich noch nie mit diesem Schmuck gesehen«, sagte Georg. »Er ist sehr schön.«

»Es ist sehr alt«, antwortete sie und ließ das Armband über ihren Unterarm gleiten. »Ein Erinnerungsstück, das in der Familie von Generation zu Generation weitergegeben wird.«

In seinen Jeans und der zu weiten Jacke fühlte Georg sich plötzlich zu groß, zu schmal, unrasiert und ungekämmt. Ohne es sich wirklich einzugestehen, empfand er sehr intensive Gefühle für Beatrix. Allein ihre Anwesenheit ließ ihn seinen tristen Alltag vergessen.

Seit Kurzem war sie Single, und er sagte sich, jetzt sei sicher ein guter Moment, sein Glück zu wagen. Er zögerte. Beatrix war seine Vorgesetzte.

Die nächste Ausstellung hatte die Wassernutzung an der Ruhr und in Westfalen zum Thema. Das letzte Modell, das gerade hergestellt wurde, zeigte die verschiedenen Etappen der Stadtentwicklung Ahlens entlang der Werse. Es zog sich durch die Waschkaue und die große Eingangshalle der ehemaligen Zeche. Auf der rechten Seite befanden sich das Lohnbüro und die ehemalige Buchhaltung, deren Architektur der Dreißigerjahre bewahrt worden war.

»Wie findest du es?«, fragte Beatrix, die Georg einen Kaffeebecher hinhielt.

»Nicht schlecht.«

»Der Teil, der sich mit der Gegenwart beschäftigt, ist noch nicht fertig, aber das Mittelalter finde ich sehr gelungen.«

Die Stadtmauern umschlossen die Hauptachsen, die ein nach Osten ausgerichtetes Kreuz bildeten. Zwei Kirchen prägten die Silhouette: St. Bartholomäus, die schöne, heruntergekommene ältere, und St. Marien, die strengere. Auf dem Marktplatz entdeckte Georg einen ungewöhnlichen Gegenstand.

»Was ist das denn?«, fragte er und hob den Blick zur Ausstellungsleiterin.

Doch Beatrix hatte sich schon abgewandt und war auf dem Weg in ihr Büro. Georg beugte sich über das Modell und streckte vorsichtig die Hand zur Mitte des Platzes aus.

»Eine schwarz-rote Anemone«, sagte er mit einem dunklen Schleier über der Stimme. »Die Hexenblume.«

Jahrelang hatte er keine mehr gesehen.

Rasch steckte er die Blume ein, als er Beatrix' Absätze auf dem kalten Fliesenboden der Waschkaue klackern hörte.

Kommissar Manfred Burst von der Polizeiwache Ahlen hatte seine Jacke aufgeknöpft, als würde er trotz der Kälte ersticken. Er hatte alle seine Männer mobilisiert, um die Menge der Schaulustigen zurückzuhalten, die sich vor der Absperrung der Polizei versammelt hatte.

»Wir müssen Münster anrufen«, sagte er mit kalter Stimme zu Brocken, dem Beamten in Zivil, der neben ihm stand.

»Schon erledigt. Sie kommen.«

Die Leiche hing an der alten Linde, an einem armdicken unteren Ast, mit dem Gesicht zum Eingang von St. Bartholomäus. Ein Mann, etwa vierzig Jahre alt, von gewöhnlichem Äußeren, blond, blaue Augen, die noch von einem schwachen Lebensfunken beseelt schienen. Er trug eine Tweedjacke und eine granatfarbene Cordhose mit Bundfalten.

Der Brustkorb unter dem offenen, blutverschmierten Hemd wies acht Löcher auf, vier auf jeder Seite in zwei senkrechten, vollkommen symmetrischen Linien.

»Solche Verletzungen habe ich noch nie gesehen!«, sagte Burst.

Er hatte ein für sein Alter erstaunlich junges Gesicht, die Figur eines Sprinters und einen sauber gestutzten Schnurrbart. Seine Augen, die unaufhörlich in Bewegung waren, verrieten seine Nervosität. Tötungsdelikte kamen in Ahlen höchst selten vor; das letzte war unaufgeklärt. Ein abgetrennter Kopf im Sandkasten eines Spielplatzes im türkischen Viertel. Burst fürchtete um den guten Rang seiner Stadt in der Kriminalstatistik.

Das Team der Spurensicherung und Kommissar Kleinberg von der Kripo Münster trafen eine halbe Stunde später ein. Zwei Männer der Spurensicherung holten die Leiche herunter.

»Was ist das?«, fragte Kleinberg.

Am Revers der Jacke hing ein kleiner Zettel. Ein paar Sätze in gotischer Schrift.

*Die Heilige Feme hat Klaus Hellerman gerichtet.*
*Die Femerichter haben ihn der Vergewaltigung schuldig befunden.*
*Das Todesurteil wurde auf der Stelle vollstreckt.*

»Die Heilige Feme!«, sagte Kleinberg. »Kannst du damit was anfangen?«

»Nie gehört«, erwiderte Burst.

Kleinberg kniff die Lippen zusammen. »Sagt dir das Gesicht etwas?«, fragte er.

»Nein«, antwortete Burst. »Keiner kennt ihn, weder die beiden Zeugen, die ihn gefunden haben, noch die Leute, die wir befragt haben.« Er beugte sich über die Leiche. »Seltsam.«

»Was ist seltsam?«, fragte Kleinberg.

»Dieser Zettel.«

Kleinberg rieb sich das Kinn. »Natürlich. Wir schicken das ins Labor«, sagte er. »Damit beschäftigen wir uns später.«

»Mmm-ja«, murmelte Burst. »Klingt wie eine Sekte.«

»Ja und?«

Manfred Burst versuchte, ruhig zu bleiben. Kleinbergs Fragen hatten etwas Herablassendes, ja Verächtliches.

»Ich weiß nicht, vielleicht ist es ein Zeichen. Wie eine Serie, die sich ankündigt.«

Der Münsteraner Kommissar sah seinen Kollegen durchdringend an. »Ab sofort betrifft dieser Fall nur noch die Kripo Münster. Danke für eure Hilfe.«

Georg wartete, bis es Abend wurde. Jetzt, im Spätherbst, mischte sich der triste Himmel mit dem flachen Land, das sich zwischen Ahlen und Vorhelm erstreckte, einem Ahlener Vorort. An den krallenbewehrten Ästen der großen Bäume hier und da auf den Feldern bewegten sich ein paar trockene Blätter im Wind. Am Ende der Senke der Dorffelder Straße ließ Georg das Rad rollen und kam ein wenig zu Atem. Die Luft roch nach fetter Erde. Ein paar Krähen stritten sich um unsichtbare Beute. Hinter einem Wäldchen tauchten die ersten roten Backsteinhäuser auf. Georg schaltete und trat in die Pedale. Er wollte sich nicht von der Nacht überraschen lassen.

Er durchquerte das bereits in der Dämmerung liegende Vorhelm, fuhr weiter auf der Ennigerstraße Richtung Enniger und bog links in einen kleinen Weg zwischen flachen Weiden ein. Hinter zwei großen Eichen, deren Äste bis zum Boden reichten, lag versteckt der Ruland-Hof. Georg lehnte das Fahrrad an das immer offen stehende wurmstichige Tor und ging den Kiesweg zum Haus.

Mark Lang erwartete ihn an der Tür. Er trug einen dicken Pulli, an dem Heu hing und den er nur anzog, um das Vieh zu füttern. Georg und er hatten an derselben Uni Geschichte studiert und dieselben Examen abgelegt. Mark hatte sich entschieden, den Hof der Familie zu übernehmen, damit er »nicht in fremde Hände fällt«, wie sein Vater erklärt hatte.

»Guten Abend, Mark.«

Lang starrte Georg mit seinen großen, kalten blauen Augen an. Er hatte einen Dreitagebart, der sein asketisches Gesicht noch markanter machte.

»Du wirkst, als wärst du nicht ganz auf der Höhe. Genauso hast du immer ausgesehen, wenn dir eine Französischklausur bevorstand. Stimmt was nicht?«

Georg holte Luft und ließ den Blick durch das Wohnzimmer schweifen. Zwei hohe, vom Alter dunkel gewordene barocke Schränke standen rechts und links von einem verschlissenen Sofa.

»Wir sind allein«, sagte Mark, der die Verwirrung seines Freundes bemerkt hatte.

»Man hat einen Erhängten gefunden ...«, begann Georg.

»Das kam im Radio, bevor du gekommen bist.«

Georg legte die schwarz-rote Anemone auf den groben Holztisch, der in der Mitte des Zimmers thronte.

Mark warf einen Blick darauf und ging dann zum Fenster. Die Eschen neben dem Bach wirkten wie schwarze Schildwachen. Der Himmel war nur noch ein unbestimmter Schimmer.

»Die Hexenblume«, murmelte Mark. »Die Walpurgisnacht, der Hexenberg ...« Sein Gesicht spiegelte sich in seltsamen Wellen auf den Fensterscheiben. Er schwieg lange. Auf der Landstraße fuhr ein Auto vorbei, die Lichtbündel der Scheinwerfer strichen über die weite kalte Erde.

»Wo hast du die Blume gefunden?«, fragte Mark.

»Auf dem Modell, an dem wir arbeiten. Sie lag exakt an der Stelle, an der man die Leiche entdeckt hat.«

»Du weißt, was das bedeutet, nicht?«

Georg senkte den Kopf. »Ja ...«

»Klaus Hellerman«, sagte Burst und hielt seinem Assistenten Brocken das Blatt hin.

»Kommt das aus Münster?«, fragte Brocken und machte große Augen hinter seinen eckigen Brillengläsern.

»Ja, das ist alles, was sie gefunden haben.«

»Ist ja schon mal nicht schlecht.«

Burst las die Informationen: »Mehrfach verurteilt. Sechs

Jahre Haft wegen Vergewaltigung. Wiederholungstäter. Letztes Ermittlungsverfahren vor ein paar Monaten, eingestellt.«

»Kein Grund für die Todesstrafe.«

»Sicher, aber es gibt viele Leute, die denken, das sei die einzige Lösung und die Justiz sei zu lax.« Bursts Blick wanderte lange über den Stadtplan von Ahlen, der ihm gegenüber an der Wand hing. »Es ist jemand von hier – einer oder mehrere. Er trägt eine Signatur.«

»Woher weißt du das?«

»Ich spüre es … jemand, der wissen konnte, dass Hellerman aus der Haft entlassen worden war.«

»Wo wohnte er?«, fragte Brocken.

»Bei seiner Mutter, in der ehemaligen Bergarbeitersiedlung. Wir fahren da hin!«

»Und Kleinberg? Und die Kripo Münster?«, fragte Brocken.

»Wir werden ihnen zeigen, dass wir keine Hilfspolizisten sind.«

Sie fuhren zur alten Bergarbeitersiedlung. Frau Hellerman wohnte am Ende eines von reifüberzogenen Rosen gesäumten Weges. Man musste durch ein bogenförmiges Portal und an einem kleinen Rasenstück vorbeigehen, bevor man zu ihrer Tür kam, an der noch Weihnachtsschmuck hing.

Burst klingelte. Nach einer Minute öffnete die alte Hellerman, noch im Schlafrock, eine Zigarette zwischen den toten Lippen. Sie hatte kleine grüne Augen, die kaum aus ihrem grauen Gesicht hervortraten.

»Ihr Sohn wurde ermordet«, sagte Manfred Burst, nachdem er sich vorgestellt hatte.

Linda Hellerman erstarrte für ein paar Sekunden. »Das musste ja so kommen!«, schimpfte sie dann und trat zur Seite, um die Polizisten eintreten zu lassen. »Er war ein Nichtsnutz!«

Burst ging nicht darauf ein und hustete in die Faust, während er seinem Kollegen einen betretenen Blick zuwarf.

»Könnten wir einen Blick auf seine Sachen werfen?«

»Kein Problem. Sie können sogar alles mitnehmen, soll ihn doch der Teufel holen. Da wird er übrigens schon sein, während ich mit Ihnen rede.«

»Haben Sie schon einmal etwas von der Heiligen Feme gehört?«

Die Mutter von Hellerman schüttelte den Kopf.

»Oder von Femegerichten?«

»Nicht das Geringste.« Sie deutete mit einer Kinnbewegung in den dunklen Flur. »Wenn Sie sein Zimmer sehen wollen ...«

Das Haus stank nach kaltem Rauch. Die Tapeten waren dreckig. Burst öffnete die Tür. Schweißgeruch überfiel ihn. Fenster und Läden waren geschlossen. Ein kleiner wackliger Schreibtisch stand gegenüber einem Einzelbett, auf dem ein nicht ganz sauberes himmelblaues Federbett lag. An den Wänden Poster von nackten Frauen, die mit obszönen Zeichnungen übermalt waren.

»Sieh mal im Schreibtisch nach«, sagte Burst zu Brocken. »Ich kümmere mich um den Schrank.«

In den Schreibtischschubladen befand sich nur Uninteressantes: ein alter Strafzettel, ein Kalender der Ahlener Feuerwehr und Pornomagazine.

»Nicht gerade ein Intellektueller!«, bemerkte Brocken.

Burst richtete sich auf, einen blutbefleckten Schlüpfer in der Hand. »Himmel, Arsch und Zwirn«, fluchte er.

Brocken verzog angewidert das Gesicht.

»Das muss ins Labor geschickt werden.«

»Die Justiz der Femegerichte ist erbarmungslos«, knurrte Mark und sah auf das alte Buch auf dem Tisch. Die Bindung aus groben Fäden war brüchig, der Rücken wurmstichig.

»Woher stammt das?«, fragte Georg.

»Aus den Archiven des Erzbistums Münster. Die Heilige Schrift! Eine Inkunabel aus dem 15. Jahrhundert!«

Georg musterte das Buch eine ganze Weile. Ihm war, als würde sein Geist endlich etwas klarer sehen.

»Was machst du damit?«

»Oh ... Ich belebe meine alte Liebe neu! Das Bistum hat mich um eine Arbeit über das Neue Testament gebeten. Ein paar Kommentare zur Übersetzung der Offenbarung des Johannes.«

Mark hatte sein Studium mit einer Dissertation über die Religion in den Hansestädten des Spätmittelalters abgeschlossen. Er war sehr gläubig geblieben. Georg fand ihn manchmal fundamentalistisch. Religion war ein Thema, das er nie anschnitt.

»Nach dem, was sie heute im Radio gesagt haben«, bemerkte Georg, »muss bei der Hinrichtung von diesem Hellerman eine Eiserne Jungfrau verwendet worden sein.«

»Wie kommst du darauf?«

»Ich habe mir die acht Löcher nicht ausgedacht.«

Mark sah ihn intensiv an.

»Ich versteh das nicht«, sagte Georg. »Die Heilige Feme ist vor Jahrhunderten verschwunden!«

Mark schlug die alte Bibel auf und beobachtete ihn unbestimmt. »Vielleicht, aber Ungerechtigkeit gibt es noch immer. Erinnere dich an unser Studium. Wenn in Westfalen die Autorität der Mächtigen ins Schwanken geriet, mussten doch andere die Justiz übernehmen. Du weißt, wo sie sich hier getroffen haben?«

»Ja, am Heimann-See.« Georg spürte, wie ihn eine gewaltige Welle der Verzweiflung hinwegschwemmte. Er erinnerte sich des Schwurs, den die Femerichter leisteten, die Hand auf die Heilige Schrift gelegt. Ein Schwur, der es ihm kalt den Rücken hinunterlaufen ließ.

»Die Frage ist einfach«, knurrte Burst. »Der- oder diejenigen, die Hellerman getötet haben, kannten seine Verbrechen.«

Brocken schwieg nachdenklich. Es hatte zu regnen begonnen. Ein Streifenwagen stand auf dem kleinen Parkplatz der Polizeidienststelle.

»Ich habe über die Heilige Feme nachgeforscht. Das waren Parallelgerichte gegen Ende des Mittelalters. In Unruhezeiten ersetzten sie die offiziellen Gerichtshöfe.«

Burst zögerte. Er interessierte sich mehr für objektive Tatsachen als für eine Signatur, die nur der Wahn eines Verrückten sein konnte.

»Ist Hellermans Handy gefunden worden?«, fragte er.

»Nein.«

»Dann sollten wir eine Ortung beantragen.«

»Ich kümmere mich drum«, sagte Brocken. »Seine Mutter hat mir die Nummer gegeben.«

Am Spätnachmittag wurde Hellermans Handy geortet.

»In der Zeche!«, rief Burst. »Wir fahren hin und nehmen mein GPS.«

Der Regen war stärker geworden und fiel in langen schrägen Strichen. Die beiden Polizisten durchquerten die ehemalige Bergarbeitersiedlung, die im ersterbenden Tag wegdämmerte. Burst hielt an einem türkischen Imbiss an, um sich einen Döner zu kaufen. Er hatte seit dem Morgen nichts gegessen.

»Wir werden da ganz sachte rangehen«, sagte er, als er wieder ins Auto stieg. »Vielleicht wurde das Handy von einem Angestellten des Museums gefunden. Von jemandem, der möglicherweise überhaupt nichts mit dem Verbrechen zu tun hat.« Er biss herzhaft in seinen Döner, aus dem die weiße Soße tropfte.

Die Buchenallee, die zur Zeche führte, lag bereits in Dunkelheit. Aus der großen Fensterfront der Waschkaue fiel grelles Licht auf den Parkplatz. Die Angestellten waren bereits gegangen. Nur noch eine Putzfrau war da, die ihren

Wagen mit Besen und Eimern in Richtung Lohnbüro und Buchhaltung schob.

»Das GPS sagt, ein bisschen weiter östlich«, sagte Brocken.

»Hast du Vertrauen in dein Ding da?«

»Absolut.«

Brocken begab sich geradewegs auf die gläsernen Trennwände zu, die die Büros der Ausstellungsleiter voneinander abteilten.

»Auf einen Meter genau befindet sich Hellermans Handy hier, in diesem Büro.«

Die Glastür war verschlossen, über der Klinke war ein kleines Messingschild angebracht.

*Beatrix Völler*
*Direktorin*

»Ich frage die Putzfrau nach dem Generalschlüssel«, sagte Brocken.

Zwei Minuten später kam er mit einem Schlüssel zurück.

»Gleich haben wir Gewissheit«, bemerkte er, als er die Tür öffnete.

Das Büro war perfekt aufgeräumt, der Stuhl gegen den Schreibtisch geschoben. An den Wänden hingen Fotos von Modellen für eine Ausstellung, die Beatrix in der Ahlener Innenstadt organisiert hatte.

Brocken zog eine Schublade auf. »Bingo!«, rief er, streifte seine Latexhandschuhe über und legte das Handy behutsam auf die Schreibunterlage.

Georg lehnte sein Fahrrad gegen eine große Esche am Ufer des Heimann-Sees und näherte sich im Schutz einer Hecke so gebückt wie möglich, um nicht gesehen zu werden, dem Hof, der sich rechts befand.

Im Erdgeschoss des Hauptgebäudes erhellte schwaches gelbliches Licht die Fensterscheiben. Georg lauschte lange. Er hörte nur unverständliches Gemurmel. Auf der Warendorfer Straße hielt ein Auto. Zwei große, maskierte Männer stiegen aus. Die Haustür ging auf, ein Mann mit Kapuze und in einer langen Kutte wie die eines Mönchs empfing die beiden Besucher. Keine Worte, nur ein Händedruck, dann schloss die Tür sich wieder.

Georg setzte sich auf die kalte Erde und dachte einige Minuten nach.

Im ausgehenden Mittelalter hatten sich in diesem unauffälligen Gebäude abseits von Ahlen die Femerichter versammelt. Als Student hatte er mehrere Todesurteile entziffert, die hier vom Gericht der Heiligen Feme ausgesprochen worden waren. Die Urteile waren danach vor St. Bartholomäus veröffentlicht worden. Die Geheimrichter tagten um einen Steintisch mit dem kaiserlichen Adler unter der großen Linde, der Femelinde, von der ein Schössling gewachsen war. Die Strafen waren niemals geringer als die Todesstrafe.

Georg kehrte um und versteckte sein Fahrrad unter einem Busch. Sein Gewissen befahl ihm, der Sache nachzugehen. War Mark unter den Femerichtern? Trotz seines Verdachts fiel es ihm schwer, das zu glauben.

Der Mond war aufgegangen und verbreitete ein milchiges Licht über den Feldern und kältestarren Wäldern. Georg sah lange auf das leuchtende Display seines Handys, dann wandte er sich dem alten Bauernhof zu.

»Ich kann das nicht glauben«, sagte Manfred Burst. »Wir haben Beatrix Völlers Nummer im Anrufspeicher. Ein paar Stunden, bevor Hellerman umgebracht wurde. Sie war der letzte Anrufer.«

»Vielleicht war sie sein nächstes Opfer«, bemerkte Brocken.

»Wieso sollte sie dann sein Handy haben?«

Brocken schnaufte.

»Ich verstehe das nicht!«, rief Burst. »Vielleicht hatte er es auf Beatrix abgesehen. Er wohnte nur einen Katzensprung von ihrem Arbeitsplatz in der Bergarbeitersiedlung entfernt. Vielleicht gab es eine Auseinandersetzung, und sie hat ihm sein Handy abnehmen können.«

Das Telefon klingelte. Bursts Gesicht wurde im Verlauf des Gesprächs immer verschlossener. »Wer sind Sie?«, fragte er.

Zwei Falten erschienen auf seiner Stirn. Nach einem Knurren legte er auf.

»Was Neues?«

»Vielleicht ... Ein anonymer Anruf. Wir werden uns das mal ansehen. Beim Heimann-See.«

Sie gingen hinaus. Auf dem Parkplatz der Polizeidienststelle hatte der Regen große Pfützen gebildet. Wind hatte sich erhoben und schüttelte eine Wasserperle nach der anderen von den Spitzen der kahlen Birkenäste.

Georg musterte das Fenster und dachte eine ganze Weile nach. Er musste sich Mut machen. Sollte man ihn entdecken, so könnte er ohne große Probleme fliehen. Er zog sich hoch und stand nun auf den Zehenspitzen. Der unverputzte steinerne Raum, in den er blickte, hatte eine Gewölbedecke. Nur ein paar kleine Lampen erhellten die zwölf Personen, die um einen gigantischen länglichen Tisch saßen. Sie waren wie Büßer gekleidet, vollständig schwarz, Kapuzen verbargen ihre Gesichter. Alle hatten eine Anemone an die Brust geheftet. Alle außer einem, demjenigen auf der äußersten Linken des Tribunals.

Auf einem erhöhten Sessel saß der Vorsitzende. Vor ihm ein Schwert. Die Enthauptung, sagte sich Georg.

Er suchte den geflochtenen Weidenstrick, der bei Fällen, bei denen mit Erhängen gerechnet werden musste, geschwenkt wurde. Er entdeckte ihn nicht. Über dem Vorsitzenden eine in den Stein gravierte Inschrift in gotischen Buchstaben, deren Gold im Lauf der Jahrhunderte verblasst war:

*Ich schwöre bei meiner heiligsten Ehre,*
*dass ich alle Geheimnisse der Heiligen Feme bewahren*
*und der Sonne und dem Mond,*
*dem Mann und der Frau*
*verborgen halten werde …*

»Bringt den Angeklagten herein«, sagte eine ernste Stimme.

Ein kleiner, taumelnder Mann von etwa fünfzig Jahren wurde in die Mitte des Raumes geführt.

»Die Heilige Feme wird ihr Urteil verkünden. Was habt Ihr zu sagen?«

Der Mann stammelte ein paar kaum verständliche Worte. Der Vorsitzende ging in den hinteren Teil des Raumes und zog einen schwarzen Vorhang zur Seite. Eine große Kiste mit menschlichen Umrissen wurde sichtbar. Sie ähnelte einem gewaltigen Sarkophag mit dem Kopf einer grauenerregenden, erbarmungslosen Frau.

»Die Eiserne Jungfrau!«, dröhnte der Richter.

Er nahm die Schlösser an den beiden Klappen des Sarkophags ab und öffnete ihn; in jedem der beiden Flügel schimmerten vier scharfe Spitzen.

»Wer in den Leib der Jungfrau tritt, verlässt ihn durchlöchert von diesen Spitzen. So will es unser Gesetz.«

Georg versuchte, die Stimme des Vorsitzenden zu erkennen. Es war nicht die von Mark.

»Mögen die Femerichter, die diesen Mann zur Todesstrafe verurteilen, die Hand heben!«

Die behandschuhten Hände erhoben sich, eine nach der anderen. Der kleine Mann zitterte, flehte, ohne auch nur ein einziges Wort hervorbringen zu können.

Die vier letzten Richter hoben die Hand. Bei der Bewegung rutschte der Ärmel desjenigen zurück, der keine Anemone trug, und offenbarte einen Frauenarm. Ein goldenes Armband mit Edelsteinen glitzerte im Licht. Sofort erkannte Georg das Armband von Beatrix. Er schloss die Augen und ließ sich zu Boden fallen.

Auf der Warendorfer Straße heulte eine Polizeisirene. Das Martinshorn kam rasch näher. Georg dachte an Beatrix, ihr sanftes Gesicht, ihre Lippen, auf denen er manchmal ihre Freude zu lesen glaubte, mit ihm zusammen zu sein, jenen bisweilen schmollenden Mund – den Ausdruck, den er am liebsten mochte. Er ging zu seinem Fahrrad zurück und schob es bis ans Ende des Feldes. Dort begann ein Weg ins Unbekannte der Nacht. Den nahm er und verschwand zwischen den Schatten.

*Louise Welsh*

## Das Spiegelbild von Unna

*Deutsch von Susanne Goga-Klinkenberg*

Eigentlich war es Hughs Beruf, sich umzusehen, zuzuhören und Dinge zu registrieren, doch als er über den Weihnachtsmarkt von Unna ging, nahm er kaum den Geruch des Glühweins wahr, der die kalte Luft würzte, oder das Gedränge der Menschen. Hugh war ganz und gar mit Fluchen und Rechnen beschäftigt. Am Vorabend hatte man in einem Restaurant seine Kreditkarte abgelehnt, und er wusste, dass die wenigen Euroscheine in seiner Brieftasche niemals reichen würden, um seine Hotelrechnung zu bezahlen.

»Scheiße!«

Sein Atem wolkte in der Luft, und ihm wurde klar, dass er das Wort laut ausgesprochen hatte. Abrupt kehrte er in die Wirklichkeit zurück, in eine Welt voller Kälte und Farbe. Neben ihm hob eine Truppe fröhlicher Zecher, die Gesichter so rot wie ihre Weihnachtsmannmützen, ihre Gläser und lachte laut über einen Trinkspruch. Hugh starrte sie an. Seine Aufmerksamkeit war zurückgekehrt, und es schien, als könnte er jedes einzelne Atom von Unna erkennen. Einer der Zecher stammelte eine Ergänzung zum Trinkspruch. Hugh sah die plumpe Zunge in seinem Mund, die flockigen Hautschuppen unter den Bartstoppeln, den Wollschal, der an einen früheren Weihnachtsmarkt erinnerte und lose um den mageren Hals hing. Hugh wandte sich ab, weil ihn die Glocke des Feuerwehrautos vom Kinderkarussell ablenkte. Das Karussell war mit blinkenden Lichterketten geschmückt, die die Gesichter der Kinder abwechselnd rot, gelb, grün, blau und wieder rot färbten. Sie strahlten vor Freude, schrien und johlten wie ein Trupp kleiner Teufel. Die Eltern warteten neben dem Karussell, und Hugh fragte sich, wie sie es ertragen konnten, die Gesichter ihrer Kinder so verzerrt zu sehen.

Noch nie hatte er derart gefroren. Er dachte wieder an die Hotelrechnung und das Honorar, das ihn auch nicht mehr retten würde. Es war so dämlich gewesen, ins Ruhrgebiet zu reisen, bevor die Redakteurin des Flugmagazins ihr definitives Okay gegeben hatte. Sie war so begeistert von seinem Vorschlag gewesen und er hatte so dringend einen Auftrag gebraucht, dass er gegen die goldene Regel aller Reisejournalisten verstoßen hatte und abgereist war, bevor die Spesen gesichert waren.

Er fuhr sich durch die schütteren Locken. Eigentlich hätte er zurück ins Hotel gehen sollen, doch der Gedanke an das leere Zimmer mit dem Doppelbett schreckte ihn ab. Besser, er blieb hier, inmitten des Lärms und der Menschen. Doch ihm war so furchtbar kalt.

Nicht nur sein Auftrag war den Bach runtergegangen. Die Zeitungen litten unter der Konkurrenz des Internets und sparten, wo sie nur konnten. Reiseführer hatten auch ihre Probleme. Die Menschen orientierten sich lieber im Web an den Sternebewertungen anonymer Touristen, die vom Land vermutlich ebenso wenig Ahnung hatten wie sie selbst. Seit einem Jahr hatte Hugh keinen anständigen Auftrag mehr bekommen. Daher war er auf diese Gelegenheit angesprungen, weil er glaubte, es könnte die letzte sein. Letztlich war es nicht einmal das.

Er blieb vor einem Ständer mit bunten Wollmützen stehen. Sein Kopf war so kalt, dass er fürchtete, sein Gehirn könnte einfrieren. Die Mützen waren bunt gemustert, mit Streifen, Punkten und Zickzacklinien, einige zeigten die Umrisse von Rentieren. Die Muster erinnerten ihn an seine Reise nach Peru vor zehn Jahren. Einen Moment lang wurde die Glocke des Karussells zum Glöckchen, das ein Yak um den Hals trug. Er sah den Rand des Tals, wo er und sein Führer die Nacht verbracht hatten, erinnerte sich an die Wärme des Ortes und die Luft, die die Lungen frei machte, statt sie wie hier in der Kälte schrumpfen zu lassen.

Plötzlich wollte Hugh unbedingt so eine Mütze haben. Er nahm eine gelb-grüne und schaute den Verkäufer an.

»Wie viel?«

Der Mützenverkäufer trug eine dicke Daunenjacke und eine seiner eigenen Mützen. Die Handschuhe hatten keine Finger, damit er besser mit dem Geld hantieren konnte.

»Dreißig Euro.«

Hugh drückte die Mütze zwischen den Fingern, spürte, wie die raue Wolle nachgab, konnte vor lauter Kälte kaum denken, legte sie dann aber zurück.

Der Standbesitzer nickte, als hätte er geahnt, dass der Preis zu hoch war. Dann holte er eine rote Schottenmütze mit gestricktem Pompon unter der Theke hervor.

»Nur fünf Euro.«

Sie war ein armseliger Ersatz, aus billigem Synthetikgarn statt der guten, dicken Wolle, die es Hugh angetan hatte, doch er griff in die Tasche und zählte sein letztes Kleingeld. Er verzichtete auf eine Tüte und setzte die Mütze sofort auf. Er wusste, er sah lächerlich aus, aber das war ihm egal.

Hugh entfernte sich vom Marktplatz und bog in eine Seitenstraße ein. Sie gehörte zur Altstadt, schmaler und kurviger als die meisten Straßen in Unna, und zeugte von einer mittelalterlichen Vergangenheit. Die meisten Läden waren dunkel, doch hier und da leuchtete bernsteinfarben und einladend das Fenster eines Restaurants oder einer Kneipe. Hugh erhaschte Blicke auf die Gäste, dachte an Entenbrust und Rotkohl, Klöße und schäumendes Bier. Doch so hungrig er auch war, für ein bisschen Gesellschaft hätte er auf jede Mahlzeit verzichtet.

In seiner Tasche steckten noch hundert Euro, zu wenig

für seine Bedürfnisse, aber mehr als genug, um etwas zu trinken und ein bisschen Konversation zu kaufen. Er erinnerte sich an eine Kneipe, an der er vorbeigekommen war, und wollte schon umkehren, als er das Bild entdeckte.

Der Trödelladen war winzig, nicht mehr als eine Tür neben einem schmutzigen Schaufenster, aus dem helles Licht leuchtete. Hugh überquerte die Straße und zog an der Tür. Beim Öffnen klingelte eine Glocke.

Der alte Mann hinter der Theke schaute ihn misstrauisch an, doch Hughs Vater war Kunst- und Antiquitätenhändler gewesen, und er kannte das Misstrauen, das in dieser Branche herrschte. Hugh untersuchte eine kahlköpfige Porzellanpuppe, den Gipsabguss vom winzigen Fuß eines längst verstorbenen Kleinkindes und einen Porzellankrug, der mit tanzenden Nymphen verziert war. Er nahm sich Zeit, so wie es ihm sein Vater auf den langen Fahrten übers Land beigebracht hatte, die Hughs Liebe zum Reisen geweckt hatten. Er erkundigte sich bei jedem Stück nach dem Preis, worauf er mit einem Lächeln, das einen Kauf verhieß, weiterging. Schließlich tippte er den Zeiger eines Metronoms an. Erst als das leise Ticktack erklang, griff er nach dem kleinen Ölgemälde.

Es war das Porträt einer jungen Frau, die sich vor einem Spiegel die Haare bürstete. Mit präzisen Pinselstrichen hatte der Künstler das Bild des Mädchens scharf wie ein Foto herausgearbeitet, doch die unmögliche Perspektive widersprach jeglichem Realismus. Sie zeigte sowohl das Mädchen als auch sein Spiegelbild, und dann wurde es wirklich seltsam, denn obwohl Mädchen und Spiegelbild derselbe Mensch zu sein schienen, wirkte das Gesicht im Spiegel verändert, war Liebreiz zu Heimtücke geworden.

Hugh hielt den Atem an. Er spürte den Blick des Besitzers und ihm wurde klar, dass er das Bild zu lange angeschaut hatte. Er legte es beiseite und blätterte in einem Schuhkarton mit Fotos nicht mehr so teurer Verstorbener. Schließlich wandte Hugh sich zur Tür. Erst als seine Hand schon auf dem Griff lag und kurz bevor die Glocke seinen Abschied einläutete, fragte er: »Wie viel kostet das Gemälde mit dem Mädchen?«

Die wässrigen Augen des Ladenbesitzers schienen über seinen Kopf hinwegzuschauen, nein, nicht darüber hinweg, sondern auf die alberne Mütze, die er trug. Er bewegte den Kiefer, als sammelte er genügend Speichel, um zu sprechen, und flüsterte: »Einen Euro.«

Sein Vater hatte ihm eingeschärft, dass ein überraschend niedriger Preis ebenso unattraktiv sein konnte wie ein übertrieben hoher. Gewiss, ein Schnäppchen war nicht immer schlecht. Womöglich war der Händler pleite oder hatte etwas Profitables entdeckt, für das er Geld aufbringen musste. Doch ein unerwartet gutes Geschäft konnte auch bedeuten, dass der Mann auf unehrliche Weise an den Gegenstand gelangt war. Und das bedeutete Probleme.

»Es ist, als würdest du das Paket mit der Bombe weitergeben, mein Sohn. Früher oder später fliegt sie jemandem um die Ohren. Eigentlich willst du nichts damit zu tun haben, und das vermeidest du am besten, indem du dich raushältst.«

Der Preis, den der alte Mann verlangte, war lächerlich. Selbst wenn der Antiquitätenhändler nicht den wahren Wert des Bildes kannte, hatte er gewiss bestimmte Vorstellungen gehabt, als er es ins Fenster stellte.

Hugh sagte: »Das ist zu wenig.«

Doch der Händler hatte das Bild schon vom Ständer genommen und wickelte es in Zeitungspapier. Dann hielt er Hugh das Paket hin.

»Hier.«

Tief im Herzen wusste Hugh, dass etwas faul war. Dennoch griff er in die Brieftasche und holte einen der beiden Fünfzigeuroscheine heraus. Mit zitternder Hand zählte der alte Mann das Wechselgeld auf die Theke.

Hugh ließ die Tür hinter sich zufallen. Er warf noch einen Blick auf das Geschäft und sah, wie ihn der Antiquitätenhändler durch das trübe Fenster beobachtete. Der alte Mann bemerkte seinen Blick und glitt in die Dunkelheit.

Hugh schüttelte grinsend den Kopf. Seine Bedenken waren vergessen. Er triumphierte. Das Bild war seine Rettung. Mit dem Erlös würde er die Hotelrechnung bezahlen. Mehr noch, es hatte ihm einen völlig neuen Weg aufgezeigt. Er könnte den Mietwagen vorerst behalten und eine Zeit lang den Beruf seines Vaters ausüben, sich im Ruhrgebiet nach Antiquitäten umsehen, die er in London verkaufen würde. Zum ersten Mal seit langer Zeit dachte er an die Zukunft. Er drückte das Bild fest an die Brust.

Die Silhouette des Fremden, der auf ihn zukam, wirkte vertraut, und schließlich begriff Hugh, woran das lag. Der Mann trug die gleiche hässliche Mütze wie er. Hugh lachte laut und hob grüßend die Hand, wie man es tut, wenn man im betrunkenen Zustand die ganze Welt für seinen Freund hält. Doch der Fremde ging mit gesenktem Kopf weiter. Als Hugh das Ende der Straße erreicht hatte, hörte er das ferne Klingeln einer Türglocke.

Hugh hatte das Hotel *Katharinenhof* fast schon erreicht, als er Schritte hörte. Er drehte sich um und sah einen Mann seiner Größe auf sich zukommen. Er kannte niemanden in Unna und verspürte den Impuls wegzulaufen, blieb aber stehen, das Gemälde fest an sich gedrückt, die andere Hand zur Faust geballt. Der Mann stoppte etwa einen Meter vor ihm. Er hatte schütteres Haar und ein breites, angenehmes Gesicht, das sich zu einem Lächeln verzog.

Der Mann hob die Hand, um zu zeigen, dass er nichts Böses wollte. »Ich glaube, Sie haben etwas, das mir gehört.«

Hugh bemerkte etwas Rotes, das aus der Tasche des Mannes ragte, einen Pompon wie der auf seiner albernen Mütze vom Weihnachtsmarkt. »Das bezweifle ich.« Er umklammerte das Gemälde fester und steuerte die Glastür des Hotels an. Rasch trat der Fremde neben ihn.

»Mein Großvater verliert allmählich den Verstand, das Alter ist grausam. Das Bild war schon jemand anderem versprochen.«

Hugh spürte eine Welle der Scham, doch die Geldnot ließ ihn verzweifeln. Die beiden Männer standen im Lichtschein, der aus der Hotelhalle auf den Gehweg fiel. Hugh schaute sein Gegenüber an. »Wie viel geben Sie mir dafür?«

Der Mann sah an ihm vorbei in die Hotellobby, wo einige Geschäftsleute sich jovial lächelnd miteinander bekannt machten. »Hundert Euro.«

Das war viel zu wenig für das Bild und viel zu wenig, um seine Rechnung zu begleichen. »Nein, tut mir leid«, sagte Hugh und kam sich vor wie ein Dieb.

Der Mann trat aus dem Dunkel. Sein Gesicht war von arktischer Blässe, der Mund ein farbloser Schlitz. Sein Mantel stand offen, sodass man das Etikett des Herstellers auf der Innentasche sehen konnte, und enthüllte das skalpellhelle Glitzern von Metall. Er kam noch näher, und die Lampen des Hotels beleuchteten das Blut, das über seine Hemdbrust gespritzt war.

Hugh sagte mit belegter Stimme: »Sie sind verletzt.« Dann zuckte er rasch zur Seite, als er begriff, dass das Blut auf der Brust des Mannes nicht dessen eigenes war.

Plötzlich spürte Hugh Wärme hinter sich, Stimmengewirr ertönte. Die Geschäftsleute verließen die Hotellobby. Hugh sagte: »Ich bringe es Ihrem Großvater gleich morgen früh zurück, kostenlos.« Er drängte sich durch die Gruppe zum neonhellen Empfang, ließ sich den Schlüssel geben und rannte die Treppe hinauf, wobei er immer zwei Stufen auf einmal nahm.

In seinem Zimmer legte Hugh sich aufs Bett, stützte das ausgepackte Bild auf seinen Bauch und starrte in die Augen des Mädchens und des Spiegelbilds. Es war schwer zu sagen, welches Gesicht schöner war. Beide umrahmte ebenholzschwarzes Haar, sie hatten blasse, ganz zart rosige Haut, Lippen so rot wie die Sehnsucht eines Vampirs und Augen mit einer grünen Iris und großen schwarzen Pupillen. Vielleicht war im Spiegel gar kein Glas und das andere Mädchen ein böser Beinahezwilling, der aus dem leeren Rahmen lächelte.

Hugh warf einen Blick auf den Stuhl, den er unter die Türklinke geklemmt hatte. Natürlich wäre es am klügsten gewesen, dem Fremden das Bild zu geben, doch nun, da er mit dem Gemälde allein war, war er wie hypnotisiert. Er fuhr mit den Fingern vorsichtig über die Initialen des Künstlers, *GL*.

Gustav Loring war der aufgehende Stern einer deutschen Kunstbewegung gewesen, die Ende der Dreißigerjahre als entartet abgestempelt worden war. Kurz bevor er sich den rosa Winkel auf den Mantel hätte nähen müssen, war er nach Amerika gegangen und hatte in Los Angeles seine Begabung für die Bühnenbildnerei entdeckt. Loring hatte am Beginn einer lukrativen Karriere gestanden, als er auf dem Rückweg von einer Party in den Hollywood Hills einen Autounfall verursachte, bei dem er selbst starb und der vielversprechende junge Schauspieler auf dem Beifahrersitz so schreckliche Narben davontrug, dass er den Rest seines Lebens Schurken spielen musste.

Hugh griff nach dem Telefonhörer und bat die Rezeption, ihm die Nummer eines bestimmten Kurators zu besorgen, den er bei seiner Tour durch die Stadt in einer Galerie getroffen hatte. Wenn er recht hatte, wären all seine Probleme gelöst. All seine Probleme bis auf das mit dem Fremden, der womöglich noch immer vor dem Hotel lauerte. Hugh erledigte den Anruf, legte das Bild neben sich aufs Bett und schaltete in der Hoffnung, der Schlaf möge bald kommen, das Licht aus.

Hugh erwachte in der Dunkelheit vom ungewohnten Läuten des Hoteltelefons. Die Leuchtziffern des Weckers zeigten 3.05 Uhr. Er tastete nach der Nachttischlampe und warf einen Blick auf das Bild an seiner Seite, bevor er den Hörer abnahm.

»Hallo?«, fragte er schläfrig.

»Ich bin in der Lobby. Wenn Sie mir das Bild bringen, gebe ich Ihnen tausend Euro.«

Hugh erkannte die kühle Stimme des Fremden. Er drückte den Hörer an die Brust. Aus einem Euro tausend zu machen wäre ein anständiger Profit, aber er hatte keine Garantie, dass er dem Fremden trauen konnte. Mit etwas Glück würde ihm der Mann, mit dem er sich verabredet hatte, mehr zahlen; genug für die Hotelrechnung und ein anständiges Startkapital für seinen Antiquitätenhandel.

»Es tut mir leid. Gustav Loring erzielt hohe Preise. Ich kann es nicht unter dreitausend abgeben.«

»Gustav wer?« Die Stimme des Mannes klang nicht länger kühl. »Hören Sie, ich weiß nicht, wie Sie und Gustav das mit dem Erkennungszeichen herausgefunden haben ...«

»Welches Erkennungszeichen?«

»Die blöde rote Mütze. Der alte Müller sollte das Bild einem Mann übergeben, der eine rote Mütze trägt – nämlich mir. Wenn Sie über die Mütze Bescheid wissen, dann wissen Sie wohl auch, dass nicht nur ich hinter dem Bild her bin.« In der Leitung herrschte Stille, nur der unregelmäßige Atem des Fremden war zu hören. Als er wieder sprach, klang seine Stimme gezwungen. »Diese Leute feilschen nicht mit Ihnen.«

»Dann eben nicht.« Hugh war erstaunt, wie ruhig er sich anhörte. »Ich habe einen Kunden an der Hand, der bereit ist, eine hohe Summe zu zahlen.«

»Dann sollten Sie ihn besser in den nächsten dreißig Sekunden hervorzaubern, denn auch ich habe einen Kunden, und der stellt Bedingungen: das Bild oder mein Hals. Ich schneide Ihren durch, um meinen zu retten, ohne mit der Wimper zu zucken.«

Vielleicht sagte er noch mehr, doch Hugh hatte den Hörer schon beiseitegeworfen und zog sich an. Er wickelte das Bild wieder in die Zeitung, verstaute es in seiner Aktentasche und schlich aus dem Zimmer, wobei er die Energiesparlampen verfluchte, die den Hotelflur beleuchteten.

Hugh versteckte sich in einem Wäscheschrank im fünften Stock. Noch nie hatte er sein eigenes Herz so wahrgenommen, das kostbare Blut, das durch seinen Körper gepumpt wurde und so leicht vergossen werden konnte. Doch selbst in seiner Panik registrierte er noch etwas anderes. Der Mann hatte nicht gewusst, wer Gustav Loring war.

Hugh wachte auf, als die Zimmermädchen ihre Runde begannen, und humpelte auf verkrampften Beinen zurück in sein Zimmer.

Der Raum war ein einziges Chaos: verstreute Kissen, Bettdecken und Kleidungsstücke, umgeworfene Möbel. Sein Koffer klaffte geöffnet mitten auf dem Boden; das Innenfutter war zerfetzt.

Hugh öffnete die Badezimmertür, roch Aftershave und sah die Splitter der im Zorn zerschmetterten Flasche auf dem Boden. Er sank auf die Knie und strich über den zerstörten Koffer; dann kippte er ihn um und schüttelte ihn. Doch er wusste schon, dass sein Pass verschwunden war.

Nachts hatte es geschneit und die Straßen von Unna waren weiß bestäubt. Hugh rutschte fast aus, als er in die Massener Straße bog, konnte sich aber gerade noch fangen, wobei er seine Aktentasche mit dem wertvollen Inhalt festhielt. Er musste mit dem Antiquitätenhändler sprechen und herausfinden, ob er den Fremden kannte und wusste, weshalb er das Bild so verzweifelt an sich bringen wollte.

In der Mitte der Straße herrschte Unruhe, Hugh sah Polizeiautos und grüne Uniformen. Er ging langsamer, fühlte sich zum Ort der Katastrophe hingezogen, so wie Metallspäne auf einen Magneten zustreben. Er stellte sich an den äußeren Rand der kleinen Menge und erhaschte einen Blick auf die Tür des Antiquitätenladens, die mit einem Plastikband abgesperrt war. Er wandte sich an den stämmigen, rotgesichtigen Mann neben ihm: »Was ist passiert?«

»Ein Mord.« Die Stimme des Mannes war laut und taktlos, und einige Köpfe drehten sich zu ihm, doch das schien ihn nicht zu stören. »Letzte Nacht hat jemand dem alten Knaben, dem das Geschäft gehört, die Kehle durchgeschnitten.«

»Ein Raubüberfall?«

»Der Müller hat auch mit nicht ganz sauberen Gestalten zu tun gehabt. Vielleicht hat sich das gerächt.«

»Das ist er! Der Mörder!«

Eine Welle der Erregung durchflutete die Menge. Hugh drehte sich um und sah, wie ein junges Mädchen auf ihn zeigte.

»Als ich gestern Abend abgeschlossen habe, sah ich, wie er in Müllers Geschäft ging. Er hat ihn umgebracht!«

Der rotgesichtige Mann packte Hugh am Ärmel. Einen Moment lang schien er gefangen, doch dann kämpfte er sich aus seinem Mantel und schubste den Mann gegen die Umstehenden. Er rannte davon, als ginge es um sein Leben, angetrieben von den Rufen, die bald im Sirenengeheul untergingen.

Hugh tauchte in die Massen der Weihnachtseinkäufer am Markt und hörte erneut die Glocke des Kinderkarussells. Es hatte wieder zu schneien begonnen und die Kälte drang in ihn wie Fieber, ließ seine Haut unter dem dünnen Hemd feucht werden. Hugh warf einen Blick nach hinten. Zwei

Polizisten kamen über den Platz. Er holte die blöde rote Mütze aus der Aktentasche und setzte sie auf. Er musste unbedingt irgendwo hinein, bevor er erwischt wurde oder erfror. Am Ende des Platzes leuchtete ein Café. Hugh lief darauf zu und zwang sich, nicht mehr zu den Polizisten zu schauen. Kurz vor der Tür wurde ihm klar, dass er Brieftasche, Kreditkarten, Führerschein, Autoschlüssel und das letzte Bargeld im Mantel gelassen hatte.

Einen Moment lang spielte er mit dem Gedanken, sich zu stellen, die ganze elende Geschichte zu erklären und sich der Gnade der Behörden auszuliefern. Der alte Mann war wegen des Bildes umgebracht worden; das wusste er so sicher, wie er wusste, dass der Fremde ihm die Kehle durchgeschnitten hatte.

Der Gedanke ließ Hugh abrupt innehalten. Gustav Loring war es nicht wert, dass man für ihn tötete. Außerdem hatte der Mann am Telefon gar nicht gewusst, wer der Künstler war. Warum war das Bild für ihn so wertvoll?

Er hatte den Wagen in einer ruhigen Straße in der Nähe des Hotels abgestellt. Hugh suchte am Straßenrand, bis er einen Stein gefunden hatte, mit dem er das Beifahrerfenster einschlagen konnte. Das Glas war hart und er schnitt sich in die Hand, als er es aus dem Rahmen riss. Er gelangte von innen an den Kofferraum, wobei er ein Dankgebet an die Erfinder des Kombis richtete, riss den Wagenheber unter dem Reserverad hervor und brach damit das Zündschloss heraus. Im Werkzeugkasten im Kofferraum fand er einen Schraubenzieher, den er im offenen Zündschloss herumdrehte und damit den Motor zum Leben erweckte. Er fragte sich, wie lange ihm noch blieb, bis die Polizei herausfand, dass er einen Mietwagen hatte, und das Kennzeichen überall zur Fahndung durchgab.

Kalte Luft drang donnernd durch das offene Fenster, als er über die Autobahn fuhr. Hughs Hände waren fast taub und er fürchtete schon, sie könnten am Lenkrad festfrieren. Er hielt an einer Tankstelle und parkte zwischen riesigen Lkws, deren Container die Namen ferner Häfen trugen: *Hamburg, Bergen, Stranraer, Kopenhagen.* Er rieb sich die Hände, um die Blutzirkulation anzuregen, holte das Bild aus der Aktentasche und packte es aus. Die Gesichter der Mädchen starrten ihn an, schön wie immer, doch nun schien das Mädchen im Spiegel den lieblicheren Ausdruck zu haben, während der Mund ihres Zwillings zu einem hässlichen Grinsen verzerrt war.

Hughs Vater hatte den Preis eines jeden Gemäldes auf zehn Prozent genau schätzen können, doch er war auch abergläubisch gewesen. »Manche Bilder bringen einfach Unglück, mein Sohn. Du merkst es nicht immer auf den ersten Blick, aber wenn du es merkst, dann musst du es loswerden, und wenn du's verschenkst.«

Hugh verdrängte den Gedanken an seinen Vater. Er nahm sein Federmesser, drehte das Bild um und schnitt das Papier aus dem Rahmen, obwohl er nicht genau wusste, wonach er suchte. Vor langer Zeit hatte Loring als Hinweis für den Rahmenmacher die Abmessungen des Bildes auf der Rückseite der Leinwand verzeichnet, geheime Botschaften gab es jedoch nicht. Hugh tastete die Innenseite des Rahmens ab, wobei er achtgab, das Bild nicht zu beschädigen. Er wollte schon seine Dummheit verfluchen, als er es spürte – etwas steckte zwischen Leinwand und Holz.

Hugh zog eine Papierrolle heraus. Darauf standen in brauner Tinte die Zahlen 22–369–741–8282. Er hatte keine Ahnung, was sie bedeuteten, war aber sicher, dass der Fremde genau danach gesucht hatte. Wenn alles gut ging, würde er zwei Mal bezahlt – von dem Kurator, der das Bild kaufen wollte, und von dem Fremden für den Code oder was immer es auch sein mochte.

Es war fast, als hätte er den Mann durch seine Gedanken heraufbeschworen. Sowie Hugh den Zettel in die Hosentasche gesteckt hatte, war er da, in einen langen, braunen Mantel gehüllt, und ging zum Tankstellenladen. Seine blutleeren Lippen lächelten nicht mehr. Hugh rutschte tief in den Sitz. Hatte der Mann ihn wirklich aufgespürt? Nein. Er sah, wie der Mann telefonierte. Er hatte keine Ahnung, dass sich das Bild nur wenige Meter von ihm entfernt befand. Hugh wusste nicht, was der Fremde sagte, aber die Mischung aus Angst und Zorn in seinem Gesicht ließ ihn noch tiefer in den Sitz rutschen. Dort blieb er sogar noch, nachdem der Mann das Gespräch beendet hatte und rasch wieder auf die Autobahn gefahren war.

Schloss Cappenberg leuchtete weiß vor dem Schnee. Hugh überquerte den gepflasterten Innenhof und betrachtete die gepflegte Fassade und die leeren Fenster. Er eilte die Vordertreppe hinauf und gelangte in die eindrucksvolle Halle. Im Schloss wurde eine Fotoausstellung gezeigt, und einige Besucher standen vor den Schwarz-Weiß-Bildern. Hugh schaute sich um, registrierte den Parkettboden und die imposante Treppe mit dem geschnitzten Mahagonigeländer. Von seinem Verfolger war nichts zu sehen.

»Kann ich Ihnen helfen?« Die junge Frau am Empfang wirkte besorgt.

Hugh musste wohl ein seltsames Bild abgeben, wie er an einem der kältesten Tage des Jahres ohne Mantel dort stand. Er zwang sich zu einem Lächeln und fragte nach dem Kurator. Das Mädchen erwiderte sein Lächeln, blieb aber wachsam.

»Herr Weiß bittet um Entschuldigung. Er wurde aufgehalten und lädt Sie ein, sich solange die Ausstellung anzusehen.«

Hugh umklammerte die Aktentasche. Die hellen Räume waren zu offen, um Sicherheit zu bieten. Durchs Fenster sah er die Äste eines alten Baumes. Wie viele Winter mochte er gesehen haben? Dahinter erhob sich streng und aufrecht die Cappenberger Stiftskirche.

Er sagte: »Richten Sie Herrn Weiß bitte aus, dass ich in der Kirche auf ihn warte.«

Hugh stand vor dem Altar und betrachtete die im Stein vereinten Figuren von Otto und Gottfried von Cappenberg. Auf dieser Statue sahen die Brüder wie Zwillinge aus; sie trugen die gleichen Pagenköpfe, hatten die gleichen breiten Gesichter und frommen Mienen. In der Kirche war es friedlich nach der hektischen Fahrt. Hugh trat an eine Vitrine, in der eine goldene Skulptur ausgestellt war: der von Engeln gestützte Cappenberger Barbarossakopf. Wieder dachte Hugh an seinen Vater. Wie gut hätten ihm das Schloss und die Kirche gefallen! Er ging zu den geschnitzten Bänken im Chorgestühl, als er plötzlich erstarrte.

Da lag er selbst, mit dem Gesicht nach unten in einer Blutlache. Hugh schaute noch einmal hin. Nein, natürlich nicht er, das war lächerlich, aber ein Mann seiner Größe mit ähnlich schütteren Locken. Hugh kniete sich neben die Leiche und drehte sie um, obwohl er schon wusste, was ihn erwartete.

Das Gesicht des Fremden starrte zu ihm empor, die blassen Lippen zu einem höhnischen Grinsen verzerrt, an seiner Kehle klaffte ein zweiter blutiger Mund. Hugh drückte die Hände auf die Wunde, doch das Blut kreiste nicht mehr. Auf dem Boden glitzerte ein Messer. Er bewaffnete sich für den Fall, dass sich der Mörder noch im Schatten verbarg.

Dann erklangen Schritte auf Stein und ein Keuchen. Ein bärtiger Mann stand am Ende des Kirchenschiffs, das Gesicht im Schock erstarrt.

Hugh eilte auf den Kurator zu, wobei er das Messer in seiner Hand völlig vergaß.

»Nein!« Herr Weiß stieß ihn weg.

Hugh verlor das Gleichgewicht. Er hob die Hand, wollte sich am Revers des Kurators festhalten und aufrichten. Herr Weiß ergriff seine Schultern und die beiden Männer stürzten zu Boden. »Nein, es ist nicht …«, sagte Hugh, doch seine Stimme ertrank in gurgelndem Blut.

Man fand einen Pass in der Tasche des Fremden, anhand dessen man ihn als Hugh Carmichael, 33, einen erfolglosen Reisejournalisten ohne bekannte Angehörige, identifizierte. Hughs Leiche blieb namenlos und wurde von niemandem abgeholt; der einzige Hinweis auf seine Identität war ein Zettel mit einer Reihe von Zahlen, deren Bedeutung unbekannt blieb. Das Bild dämmerte lange in der Asservatenkammer der Polizei vor sich hin, bis es schließlich Schloss Cappenberg übergeben wurde, wo es sich der Kurator eine Zeit lang als Mahnung an seine eigene Sterblichkeit ins Büro hängte. Irgendwann jedoch gingen ihm die seltsamen Zwillinge auf die Nerven und er verbannte das Bild in den Keller. Schließlich war es nur, wie er zu seinem Stellvertreter sagte, eine armselige Kopie, nicht einmal die Leinwand wert, auf die sie gemalt war.

*Domingo Villar*

## Die Bestie von Oelde

*Deutsch von Carsten Regling*

Nachdem sie die Tiere gefüttert hatte, betrat Mechthild Marquardt das Haus. Sie legte Mütze, Handschuhe und Mantel auf die Bank neben der Tür und stellte die Kaffeekanne auf den Herd. Während des Frühstücks sah sie aus dem Fenster auf die weiße Ebene, die den Bauernhof umgab. Bis auf die dicht über den Feldern fliegenden Krähen und den Rauch, der in der Ferne über dem Hof der Familie Fuchs aus einem Schornstein stieg, war weit und breit kein Lebenszeichen zu erkennen. Als sie zu Ende gefrühstückt hatte, spülte sie die Tasse, trocknete sich die Hände an einem Tuch ab und zwängte sich wieder in ihren Mantel. Bevor sie die Haustür öffnete und über den Hof zur Scheune ging, bekreuzigte sie sich. In der Scheune schaute sie zur Decke auf, stieß einen tiefen Seufzer aus und öffnete die Luke, die zum Keller führte.

Im Lichtschein, der nach unten fiel, sah sie den Mann. Er lag regungslos auf dem Holztisch, bäuchlings und nackt, die Füße auf den Boden gestützt, die Beine zu einem V gespreizt. Sie betrachtete seine glänzenden Oberschenkel, den weißen Hintern, den Rücken und die Arme, die auf beiden Seiten des Tisches hinunterhingen, so als wollten sie ihn umarmen, und das graue Haar auf seinem Kopf.

Von oben konnte Mechthild Marquardt die Seile nur erahnen, mit denen sie seine Fußknöchel an die Metallringe am Boden gefesselt hatte, aber die Körperhaltung des Mannes, die sich seit gestern Abend nicht verändert hatte, deutete darauf hin, dass sie sich nicht gelockert hatten. Sie stieg zwei Stufen hinab, bis sie den Lichtschalter erreichte. Als die

Neonröhre zu flackern begann, zog sie die Kellerluke hinter sich zu und ging hinunter.

Der Mann hatte sich nicht gerührt, und für einen Moment befürchtete Mechthild, dass das Acepromazin – dasselbe Sedativum, mit dem der Veterinär ihre Pferde besänftigt hatte – zu hoch dosiert gewesen war. Leise, mit angehaltenem Atem, näherte sie sich dem Tisch und ließ dabei den Rücken des Mannes nicht aus den Augen. Als sie das schwache Auf und Ab seines Atems sah, bückte sie sich direkt vor seinen nackten Beinen, zwischen denen die Genitalien wie das Nest einer Beutelmeise herabhingen, und überprüfte die Knoten an den Fußgelenken. Sie lagen eng an, genau wie der Strick, mit dem sie seine Handgelenke unter dem Tisch zusammengebunden hatte, sodass seine Arme unnatürlich angespannt und die Hände dunkelviolett angelaufen waren.

Sie stand auf, schluckte und ging um den Tisch herum. Dabei betrachtete sie seinen Rücken, die sich unter der Haut abzeichnenden Rippen, den gegen den Tisch gepressten Bauch, der seitlich hervorquoll. Vielleicht war er noch nicht wieder wach, aber die Gänsehaut bewies, dass sein Körper die Kälte spürte.

Am Kopfende des Tisches verweilte sie einen Moment, um sich das Gesicht des Mannes genauer anzusehen. Die Augen unter den dichten Brauen waren geschlossen. Er hatte eine vorspringende, etwas hakenförmige Nase, und aus dem leicht geöffneten Mund rann ein dünner Speichelfaden, der einen dunklen Fleck auf dem Holz bildete.

Mechthild richtete ihren Blick auf ein Regal an der hinteren Wand des Kellers. Sie sah den Zeitungsstapel neben dem Foto ihrer zwei Söhne, ging hin und kehrte mit einer der Zeitungen zurück. Es war eine alte Ausgabe der *Westdeutschen Allgemeinen*, aufgeschlagen auf einer Seite mit der Überschrift: *Lebenslänglich für Otto den Leoparden.* Darunter war zu lesen, dass Otto Holtkämper, genannt Otto der

Leopard, schuldig gesprochen worden war, die fünf und sieben Jahre alten Brüder Ulrich und Friedrich Marquardt vergewaltigt und ermordet zu haben.

Eine Weile betrachtete sie das Foto in der vergilbten Zeitung, dann wandte sie ihren Blick wieder dem Mann zu. Voller Abscheu verzog sie das Gesicht. Der Mann auf dem Foto war vierunddreißig Jahre alt und hatte sich das füllige blonde Haar zu einem Scheitel gekämmt. Der an den Tisch Gefesselte war mindestens sechzig, aber ihm war ein weißer Pony geblieben, der ihm in die Stirn hing. Mechthild bekreuzigte sich noch einmal. Dann legte sie die Zeitung auf den Stapel zurück und holte einen Plastikeimer. Sie stellte ihn neben einen auf dem Boden zusammengerollten Schlauch, füllte ihn mit eiskaltem Wasser und schüttete ihn über dem Rücken des Mannes aus.

»Warum sind Sie hergekommen?«, fragte sie den vor Kälte zitternden Mann. »Wollten Sie sich über eine gebrochene Frau lustig machen, eine Mutter, die ihre Kinder verloren hat?«

Er antwortete nicht.

»Sie haben meine Familie zerstört. Sie haben uns vernichtet, uns alles genommen. Warum mussten Sie zurückkommen?«, fragte Mechthild Marquardt erneut. »Wollten Sie Ihren Triumph noch einmal auskosten?«

»Ich weiß nicht, wovon Sie sprechen«, murmelte der Mann.

»Glauben Sie, ich hätte Sie vergessen? Ich habe Sie Tag für Tag im Gerichtssaal gesehen, zwei Monate habe ich Ihren Blick ertragen müssen.« Sie beugte sich über ihn. »Wenn Sie mir während des Prozesses in die Augen schauen und meinem Blick standhalten konnten, dann sollten Sie auch jetzt den Mut dazu aufbringen. Schauen Sie mir in die Augen, Otto, oder sind Sie zu feige dazu?«

»Ich heiße nicht Otto«, sagte der Mann, ohne den Kopf zu heben.

»Mir ist egal, wie Sie sich jetzt nennen. Sehen Sie mich an!«

Kaum schaute der Mann auf, krümmte sich Mechthild wie von Schmerzen gepackt und fasste sich an den Bauch. Sie musste mehrmals tief Luft holen, bevor sie weitersprechen konnte. »Die Zeit geht an niemandem spurlos vorbei, Otto. Sehen Sie? Auch ich bin nicht mehr die Frau von damals. Inzwischen bin ich über sechzig. Wissen Sie noch, wie ich damals aussah, während der Gerichtsverhandlung? Es gab nicht einen Tag, an dem Sie sich nicht in Ihrer Bank umgedreht hätten, um Karlheinz und mich mit Ihrem Grinsen zu verspotten. Und am Ende eines jeden Verhandlungstages, wenn Sie in Handschellen aus dem Saal geführt wurden, haben Sie sich nach uns umgeschaut, damit wir den Triumph in Ihren Augen aufblitzen sehen konnten. Es war Ihnen völlig egal, dass man Sie gefasst hatte. Sie hatten Ihre Trophäe. Sie hatten unsere Kleinen, und wir hatten sie für immer verloren.«

»Sie müssen mich verwechseln.«

»Haben Sie wirklich gedacht, Sie könnten hierherkommen, ohne dass ich Sie erkennen würde? Es ist viel Zeit vergangen, aber Ihr Bild hat sich für immer in mein Gedächtnis gebrannt. Ich werde Sie mein Lebtag nicht vergessen.«

»Ich kann mich nur wiederholen, ich weiß wirklich nicht, wovon Sie sprechen.«

»Mein Lebtag nicht, Otto der Leopard.« Mechthild Marquardt ging wieder zum Regal und nahm zwei der alten Zeitungen heraus.

Als sie wieder bei ihm war, sah sie die angespannten Muskeln des Mannes. In der vergeblichen Bemühung, sich von den Stricken zu befreien, zog er die Beine mit aller Kraft an und bewegte seine verkrampften Hände unter dem Tisch.

Zufrieden stellte sie fest, dass die Knoten ihren Zweck erfüllten, und schlug eine der Zeitungen auf. Eine Überschrift verkündete in Großbuchstaben: *Kinder vergewaltigt und zu Tode gefoltert.*

»Ich bewahre alles auf, Otto«, sagte sie, während sie ihm die Titelzeile vor das Gesicht hielt. »Ich habe oft überlegt, alles zu verbrennen, aber eine Stimme in meinem Inneren hat mir geraten, nichts zu vergessen, denn eines Tages ...«

Obwohl die Knoten ihm kaum gestatteten, auch nur leicht den Rumpf zu bewegen, streckte der Mann sich unermüdlich weiter.

»Das ist ein Irrtum«, beharrte er.

»Ein Irrtum?«

Mechthild schlug die andere Zeitung auf und hielt sie ihm so hin, dass er den Artikel mit dem Foto eines jungen Mannes in Handschellen sehen konnte.

»Schauen Sie genau hin«, forderte sie ihn auf. »Es ist lange her, aber so sehr haben Sie sich nicht verändert. Erkennen Sie sich?«

»Das bin ich nicht.«

Mechthild verzog das Gesicht zu einer Grimasse. »Ich habe Sie nie vergessen und werde es auch nie tun. Wie viele Nächte habe ich mich dafür verflucht, aber jetzt weiß ich, dass Gott seine Gründe hatte, dass ich Sie nicht vergessen sollte. Warum sind Sie zurückgekehrt? Ihre Familie hat Westfalen nach dem Prozess verlassen. Sie schämte sich und zog irgendwohin, wo sie niemand mit Otto dem Leoparden in Verbindung bringen würde. Auch Sie hätten nach Ihrer Entlassung überall hingehen können, warum mussten Sie ausgerechnet hierher zurückkehren?« Mechthild war sich einen Moment unschlüssig und legte die Zeitung auf den Tisch. »Sind Sie gekommen, um mich um Verzeihung zu bitten?«

»Nein«, antwortete der Mann, dessen Muskeln sich wieder entspannt hatten, nachdem er begriffen hatte, dass er keine Chance gegen die Fesseln hatte.

»Oh, natürlich nicht. Sie würden niemals kommen, um sich zu entschuldigen. So etwas wie Gewissensbisse kennen Sie nicht. Sie sind und bleiben ein Tier. Es hat Ihnen nicht gereicht, meine Kinder zu töten. Sie mussten hierher zurückkehren, um zu sehen, ob der Schmerz, den Sie mir zugefügt haben, noch vorhanden ist. Ist es nicht so?«

»Das meinte ich nicht«, erwiderte der Mann. »Es tut mir leid, was mit Ihren Kindern geschehen ist, glauben Sie mir, es tut mir wirklich leid. Aber ich bin nicht der Mann, den Sie suchen.«

»Ich habe Sie nicht gesucht. Sie waren es, der hierhergekommen ist. Um mich zu provozieren, um mir Ihre Verachtung unter die Nase zu reiben, um sich über mich lustig zu machen. Ich habe nur auf meinen Tod gewartet. Als ich vor einigen Monaten erfuhr, dass man Sie entlassen hat, war ich kurz davor, mich umzubringen. Mein Gott, wie ich mich jetzt freue, es nicht getan zu haben. Otto der Leopard, die große Bestie, von einem Gericht in Freiheit entlassen. Was sind das für Richter, die so etwas entscheiden? Sie hätten uns um Rat fragen müssen. Uns, mich ... Oder Gertrud. Oder glauben die Richter, dass der Schmerz mit den Jahren verschwindet? Was wissen diese Leute schon davon, was es bedeutet, einen solchen Schmerz ertragen zu müssen? Zweiunddreißig Jahre vor Kummer kaum schlafen zu können, Albträume zu haben, in denen ich sie höre, ihr klägliches Wimmern, ihre verzweifelten Schreie nach ihrem Vater und mir ...« Sie nahm das Foto ihrer Söhne aus dem Regal und drückte es an ihre Brust. »Meine Kleinen ... Was hat Sie bloß zu einer solchen Bestie gemacht? Warum? Warum meine Kinder? Warum ausgerechnet sie?«

Die Antwort des Mannes war ein weiterer Versuch, sich von den Stricken zu befreien.

Mechthild stellte das Foto ins Regal zurück und brachte eine andere Zeitung mit. »Lesen Sie das hier.«

Der Mann hob den Kopf und warf einen kurzen Blick auf die Zeitung, die sie ihm vor das Gesicht hielt, dann ließ er ihn wieder auf das Holz sinken.

»Ich habe Sie gebeten, das hier zu lesen!«, forderte sie ihn noch einmal auf, während sie seinen Kopf an den Haaren hochriss.

Der Mann stöhnte auf. Er zitterte noch immer.

»Lesen Sie den verdammten Artikel vor!«

»Otto ...«, begann der Mann. »Otto Holtkämper, genannt Otto der Leopard, wurde zu lebenslänglicher Haft verurteilt ...«

»Da haben Sie's«, unterbrach ihn Mechthild und ließ seinen Kopf los, sodass er auf den Tisch schlug. »Lebenslänglich! Man hat Sie verurteilt, den Rest Ihres Lebens hinter Gittern zu verbringen. Welches Recht hatten die, Sie freizulassen? Sind meine Kinder vielleicht nur sechzehn Jahre wert? Was hat diese Leute nur dazu gebracht, das Urteil abzumildern? Wegen guter Führung, was soll das heißen? Hat man Sie etwa nicht verurteilt, weil Sie meine Kinder in dieses Baumhaus gebracht haben, sie gefoltert haben, bis ... bis zum Schluss? Wie kann man da von guter Führung sprechen?«

Plötzlich hob der Mann den Kopf. Sie verstummte. Aufmerksam lauschten sie dem Motorengeräusch, das immer näher kam und von Hundegebell begleitet wurde.

Mechthild Marquardt erkannte das Motorrad von Michael, dem Postboten. Sie wusste, dass er sie überall suchen würde, wenn er sie nicht im Haus antraf. Er war ein netter Kerl. Er brachte ihnen nicht nur die Post, sondern passte auch auf, dass den Bewohnern der einsamen Höfe von Oelde nichts zustieß.

Rasch ging sie zu einem der Wandregale, nahm eine Rolle Isolierband und schnitt einen Streifen ab.

»Hilfe, Hilfe!«, fing der Mann an zu schreien.

Der Motor war verstummt und Mechthild vermutete, dass der Briefträger vor der Haustür stand. Jeden Augenblick würde er zum Stall und zur Scheune kommen.

»Hilfe! Helft mir! Hilfe!«

Mechthild bemühte sich verzweifelt, dem Mann, dessen Schreie immer panischer wurden, den Mund zuzukleben. Sie musste ihn schleunigst zum Schweigen bringen und nach oben gehen, bevor Michael das Auto entdeckte, das sie hinter dem Stall versteckt hatte. Doch der Mann war sich bewusst, dass sich ihm so schnell keine zweite Gelegenheit bieten würde, um Hilfe zu rufen, weshalb er seinen Kopf mit aller Kraft hin und her warf und dabei weiterschrie. Endlich gelang es ihr, ein Ende des Bandes auf eine seiner Wangen zu kleben, doch als sie es ihm auf den Mund pressen wollte, biss er sie mit aller Kraft in den Zeigefinger.

Nur mit großer Mühe konnte sie einen Schmerzensschrei unterdrücken. Kaum hatte sie ihren Finger aus dem Mund des Mannes gezogen, begann er auch schon wieder, lautstark um Hilfe zu rufen.

Als sie sah, dass es unmöglich war, ihn auf diese Weise ruhigzustellen, nahm Mechthild einen an der Wand lehnenden Hackenstiel und schlug damit mit aller Kraft auf ihn ein, zuerst auf den Rücken, dann auf den Kopf, bis die Schreie schließlich verstummten.

Sie ließ den Stiel auf den Boden fallen, hockte sich ein paar Sekunden nieder, um zu verschnaufen, und klebte dem Bewusstlosen den Mund mit dem Isolierband zu. Anschließend eilte sie die Treppe hinauf, schaltete das Licht aus, öffnete die Luke und verließ den Keller.

Als sie aus der Scheune trat, stieß sie auf den Briefträger, der gerade auf dem Weg zum Stall war.

»Guten Morgen, Frau Marquardt«, grüßte er sie und reichte ihr ein Bündel Briefe.

Mechthild bedankte sich und nahm die Briefe entgegen. Augenblicklich hinterließ das Blut aus der Wunde an ihrem Finger rote Flecken auf den weißen Umschlägen.

»Sie bluten ja, Frau Marquardt. Haben Sie sich geschnitten?«, fragte sie der Postbote.

»Ach, das ist nichts«, entgegnete sie mit einem Lächeln, während sie den blutenden Finger an ihrem Kleid abwischte. »Das passiert schon mal, wenn man mit Tieren zu tun hat.«

Mechthild wartete, bis Michaels Motorrad nur noch ein Punkt am Horizont war. Dann lief sie in die Küche und säuberte die Wunde unter dem Wasserhahn. Sie träufelte etwas Desinfektionsmittel über den Finger und wickelte eine Mullbinde darum, die sie mit einem Heftpflaster fixierte. Anschließend kehrte sie zur Scheune zurück, öffnete die Kellerluke und stieg die Treppe hinab.

Sie ging zum Tisch und versicherte sich, dass der Mann noch atmete. Dabei sah sie die Spuren, die ihre Schläge hinterlassen hatten, wie dunkle Farbkleckse sprenkelten sie seinen Rücken. Neben der rechten Achselhöhle zeichnete sich das Ende einer gebrochenen Rippe unter der straff gespannten Haut ab.

»Schade, dass *ich* das tun muss. Wenn Karlheinz noch lebte, würde er Ihnen das Herz persönlich mit den Händen rausreißen. Aber er ist nicht mehr da. Sie dagegen sind frei. Finden Sie das gerecht?«, redete sie auf den Mann ein, obwohl ihr bewusst war, dass er sie nicht hören konnte. »Karlheinz war sehr tapfer. Er starb mit dem tröstlichen Gedanken, dass Sie im Gefängnis verrecken würden. Er hätte gewusst, wie man Ihnen all den Schmerz heimzahlt. Mein Gott, er hätte es verstanden, Sie leiden zu lassen.«

Sie ließ den gefesselten Mann im Keller zurück und ging einen alten Kompressor holen, den sie neben den Milchtanks aufbewahrte. Sie schleppte ihn in die Scheune, stellte ihn auf die Kellerluke und schloss ihn an. Als sie den Kompressor einschaltete, durchdrang ein dumpfes Brummen die Stille des Vormittags. Sie lief zur Rückseite des Stalls, öffnete den Zwinger, damit der Hund frei auf dem Hof herumstreunen konnte, und betrat erneut das Haus. Sie wechselte das blutbeschmierte, schmutzige Kleid gegen ein sauberes, hängte sich den Mantel über, nahm Mütze und Handschuhe, stieg in den Wagen und fuhr nach Oelde.

Um Punkt zwölf erklang das mittägliche Glockengeläut der Pfarrkirche *St. Johannes der Täufer* und rief die Gemeinde zum Angelusgebet auf.

Mechthild Marquardt lief mit gesenktem Kopf und versuchte, den mitleidigen Blicken derjenigen auszuweichen, die sich auch nach so langer Zeit noch an ihren Albtraum erinnern konnten.

Ein Mädchen kam ihr entgegen. Trotz der Kälte trug sie einen kurzen Rock. Dazu gelbe Stiefel über der schwarzen Strumpfhose. Mechthild sah die langen, wohlgeformten Beine, die Karlheinz mit Sicherheit gefallen hätten, und stellte sich vor, wie ihr Ehemann ihnen nachstarren würde, so wie er es zu einer anderen Zeit auch bei ihr getan hatte.

Sie betrat die Kirche durch die Seitentür und nahm sich ein Gesangbuch. Auf der einen Seite lag ein Stapel mit Kinderbüchern, die von Jesus erzählten. Sie betrachtete sie mit dem bitteren Ausdruck einer Mutter, die niemanden mehr hatte, um ihm daraus vorzulesen.

Vor dem Christus aus dunklem Metall schlug sie das Kreuzzeichen über ihrer Brust und setzte sich in eine der mittleren Bänke. Sie sah den Pastor vom Altar aus predigen und weiter hinten das steinerne Becken, über dem sie getauft worden war. Genau wie Karlheinz. Genau wie Uli und Fritz.

Die Homilie dieses Sonntags handelte von der Nächstenliebe. Davon, den Mitmenschen kein unnötiges Leid zuzufügen. »Christus hat uns vergeben«, hallte die Stimme des Pastors in der Kirche wider und Mechthild fragte sich, wie man jemandem, der einem die Kinder genommen hatte, vergeben konnte.

Sie blickte nach oben, zum Bild des heiligen Franz von Assisi, der gemeinsam mit einem Vogel und einem Wolf dargestellt war. Bei dem Gedanken, dass auch er einmal eine Stadt von einem wilden Tier befreit hatte, musste sie lächeln.

Weiter vorn erhoben sich die Pfeiler mit den Figuren der heiligen Katharina und der heiligen Apollonia, den zwei Märtyrerinnen aus Alexandria. Die heilige Katharina hielt das mit Nägeln beschlagene Rad in der Hand, auf dem sie gemartert worden war. Weil sich jedoch die Nägel durch ein Wunder beim Kontakt mit ihrem Fleisch verbogen, hatte man sie enthaupten müssen. Mechthild seufzte. Sie stellte sich vor, wie die spitzen Nägel in Otto Holtkämpers Körper eindrangen, ohne sich zu verbiegen – aufgrund seiner Bösartigkeit würden sie nur noch härter werden.

Gegenüber hielt die heilige Apollonia die Zange in ihrem Schoß, mit der man ihr sämtliche Zähne herausgerissen hatte, bevor sie schließlich auf dem Scheiterhaufen verbrannt worden war. Mechthild verzog angewidert das Gesicht.

»Armes Mädchen«, flüsterte sie. Sie schloss die Augen, kniete nieder und begann, die Stirn in den Handflächen vergraben, zu beten. Dann stand sie auf, durchquerte das Kirchenschiff, legte das Gesangbuch am Eingang zurück und trat auf den Platz hinaus.

Auf der Terrasse des *Oelder Brauhauses* warteten die geschlossenen Sonnenschirme sehnsüchtig auf den Frühling. Hinter einem der Fenster erkannte sie Herrn Temme, der sich gerade seine Pfeife stopfte, vor sich eine Flasche *Pott's*. Auch er hatte den Winter nicht ganz unbeschadet überstanden. Temme hob die Bierflasche in Mechthilds Richtung, die seinen Gruß mit einem gezwungenen Lächeln erwiderte.

Als sie die Rutsche zwischen den fast kahlen Bäumen sah, blickte sie traurig zu Boden. Tief vergraben in ihren Mantel ging sie mit leisen Schritten über das Klinkerpflaster zum Carl-Haver-Platz, wo sie ihr Auto abgestellt hatte. Sie kam an der geschlossenen Bank vorbei, betrachtete die mit Messingreifen beschlagenen Fässer vor der Weinhandlung *Gnoss &*

*Horstrup* und die Flaschen und geschliffenen Karaffen im Schaufenster.

Sie verließ Oelde in Richtung Stromberg. In manchen Straßengräben lag noch ein Rest des vergangene Woche gefallenen Schnees. Sie überquerte die Autobahnbrücke, und als sie an Haus Nottbeck vorbeikam, sah sie dort mehrere Autos parken.

Auf dem Hof begrüßte sie der Hund mit wildem Schwanzwedeln. Bis auf das Muhen der Kühe im Stall und das tiefe Brummen des Kompressors war nichts zu hören.

Sie zog sich ihre Arbeitskleidung an und ging zur Scheune. Dort schob sie den Kompressor zur Seite, um die Kellerluke zu öffnen, schaltete ihn jedoch nicht ab.

Die Spuren auf dem Rücken des Mannes hatten sich dunkelviolett verfärbt und er hatte das Bewusstsein wiedererlangt.

»Bitte, rufen Sie einen Arzt«, flehte er sie an, nachdem sie ihm das Isolierband vom Mund gerissen hatte.

»Einen Arzt? Dass ich nicht lache. Haben meine Kleinen vielleicht einen Arzt bekommen? Wo ist der arrogante Mann geblieben, der uns im Gerichtssaal so hämisch angegrinst hat? Ist Ihnen das Grinsen vergangen?«

Mechthild nahm einen Strick, legte ihn um den Hals des Mannes und zog ihn im Nacken stramm, bevor sie ihn unter dem Tisch festband. Dann zog sie eine Kordel quer durch seinen Mund und verknotete die Enden in seinem Genick. Die Kordel zog seine Mundwinkel nach hinten, sodass sie zu bluten anfingen. Indem sie ihm zwei kleine Holzkeile zwischen die Backenzähne schob, einen auf jeder Seite, zwang sie ihn, den Mund offen zu halten.

Sie öffnete die Kiste, in der das Werkzeug ihres Mannes lag, und nahm eine schon etwas rostige Eisenzange heraus.

»Ich flehe Sie an«, gelang es dem Mann zu stammeln, »ich flehe Sie an!«

»Sie wollen, dass ich Mitleid mit Ihnen habe? Hatten Sie denn Erbarmen mit meinen Kindern? Sie haben sie missbraucht, Sie haben sie gefoltert. Warum haben Sie das getan, Otto? Warum ausgerechnet meine Kinder?«

»Ich heiße nicht Otto«, gelang es ihm trotz der Kordel in seinem Mund zu antworten.

»Ich will, dass Sie mir alles erzählen, Otto. Warum mussten es ausgerechnet meine Kinder sein?«

Als Mechthild die Zange an den Mund des Mannes hielt, hörte sie etwas auf den Boden tropfen und sah, wie sich eine gelbliche Pfütze zwischen seinen Beinen bildete.

»Meine armen Kleinen haben sich auch in die Hose gemacht«, murmelte sie, während der erste Zahn unter dem Druck der Zange nachgab und die Kühe mit lautem Brüllen auf die verzweifelten Schreie des Mannes antworteten.

Mechthild zog ihm den nächsten Schneidezahn.

»Fangen wir noch einmal von vorne an: Sind Sie Otto Holtkämper, Otto der Leopard, der Kindermörder, der meine Kleinen im Baumhaus gefoltert hat?«

Der Mann bejahte, sodass es nicht nötig gewesen wäre, ihm den dritten Zahn zu ziehen.

»Ich habe sie zum Baumhaus geführt«, glaubte Mechthild zu verstehen, obwohl ihm beim Reden die Luft mit einem zischenden Ton aus dem blutenden Mund wich.

»Ich will von Ihnen wissen, was passiert ist. Ich will es wissen. Lieber möchte ich wissen, was Sie ihnen angetan haben, als mir mein Leben lang vorstellen zu müssen, welches Leid meine Kinder ertragen mussten. Sie waren so liebe Jungen. Richtige Engel. Wie haben Sie sie angelockt? Was haben Sie ihnen gesagt, damit sie Ihnen zu diesem Baumhaus gefolgt sind? Was haben Sie ihnen versprochen? Süßigkeiten, nicht wahr? Fritz war ganz verrückt nach Süßigkeiten. Mein Junge … So war es doch, oder?«

Der Mann bewegte leicht den Kopf.

»Sie haben sie vergewaltigt. Da war sich der Rechtsmediziner sicher. An wem haben Sie sich zuerst vergangen? An Uli oder an Fritz? Es war Uli, habe ich recht? Natürlich war es Uli. Fritz war schwach. Das haben Sie gleich gesehen. Sobald Uli keinen Widerstand mehr leistete, hatten Sie beide unter Kontrolle. Deshalb haben Sie ihn … Mein armer Liebling. Mein Sohn … War Uli der Erste?«

Der Mann nickte.

»Sie haben ihn vor seinem Bruder vergewaltigt …« Mechthild Marquardt trat einen Schritt zur Seite und betrachtete das Geschlecht des Mannes. »Sie haben ihnen … Sie haben ihnen das da hineingesteckt. Sie mieses Schwein.«

Sie ging zur Wand und nahm den Hackenstiel, mit dem sie ihn geschlagen hatte.

Sie stellte sich hinter den Mann und versetzte ihm mehrere trockene Schläge auf die Hoden.

Danach ging sie wieder zum Kopfende des Tisches und setzte das Verhör fort. Die Kühe brüllten ohne Unterlass.

»Ich habe immer gewusst, dass meine Kinder nicht die Einzigen waren. Das waren sie nicht, oder? Gertruds Sohn, der kleine Benjamin, war auch im Baumhaus, stimmt's? Arme Gertrud, der kleine Benni ist nie wieder aufgetaucht. Es hieß, er sei im Fluss ertrunken, aber ich habe immer die Wahrheit geahnt: Sie waren es. Haben Sie ihm das Gleiche angetan? Oh, mein Gott, bestimmt haben Sie das. Sie sind die Ausgeburt des Bösen. Was haben Sie mit seiner Leiche getan? Was?«

Die einzige Antwort des Mannes war ein Stöhnen.

Mechthild sah ihm in die Augen. »Mein Gott, jetzt wird mir alles klar«, murmelte sie und hielt sich vor Schreck die Hand vor den Mund. »Sie haben ihn gegessen … Das war es, was Sie auch mit meinen Kleinen vorhatten! Sie wollten sie essen, darum haben Sie sie geschnappt, nicht wahr? Deshalb haben Sie sich nicht bemüht, die Leichen loszuwerden, deshalb waren sie noch im Baumhaus, mein Gott, der Leopard wollte meine Kleinen fressen! Habe ich recht?«

Der Mann hatte zu weinen begonnen.

»Sie wollten sie aufessen, so war es doch, oder?«, wiederholte sie und fuchtelte dabei mit der Zange vor seinem Gesicht herum. »Sie sind eine Bestie. Wollten Sie sie fressen? Sagen Sie's mir. Sehen Sie mich an ... Sie sollen mich ansehen!«, schrie sie hysterisch.

Der Mann öffnete in panischer Angst die Augen, aber das Einzige, was er durch den Tränenschleier erkennen konnte, war die Zange, die sich erneut seinem Mund näherte.

»Töten Sie mich!«, flehte er sie an.

»Ach, das ist also Ihr Wunsch? Sie wollen, dass ich Sie töte? Sind Sie deshalb gekommen? Glauben Sie ja nicht, dass ich Ihnen diesen Wunsch erfülle. Zumindest nicht so schnell. Ich will, dass Sie genauso leiden wie meine Söhne in dem Baumhaus. Wie lange haben Sie sie gequält? Drei Tage? Ich hoffe, dass Sie etwas länger durchhalten.«

»Bitte, haben Sie doch Erbarmen«, winselte er verzweifelt.

»Erbarmen mit einem Monster?«

»Mit einem alten Mann«, murmelte er.

Mechthild sah ihn an und ihre Augen trübten sich. Sie wandte sich von ihm ab, damit er sie nicht weinen sah, wischte sich die Tränen weg und blickte ihn wieder an. Sie bekreuzigte sich und flüsterte: »Gott, verzeih mir.«

Dann setzte sie erneut die Zange an.

»Töten Sie mich«, flehte er wieder, nachdem er aufgehört hatte, vor Schmerz zu schreien. »Töten Sie mich!«

Mechthild legte die Zange auf den Tisch, nur eine Handbreit von den Augen des Mannes entfernt, und holte erneut den Hackenstiel. Sie ging um den Mann herum und blieb vor seinen Gesäßmuskeln stehen. Dann schob sie das Ende des Stiels in sein Rektum und stieß zu.

Ein markerschütternder Schrei durchdrang die Stille.

»Die armen Kinder«, sagte Mechthild und stieß erneut zu. »Armer Uli, armer Fritz.«

Wenig später stieg sie weinend die Treppe hinauf.

Bei Einbruch der Dunkelheit, als sie in den Keller zurückkehrte, war der Mann tot.

Mechthild nahm eine Schaufel und grub ein Loch neben dem Stall. Anfangs konnte sie die gefrorene Erde kaum durchdringen, aber sie grub unentwegt, während ihre Wangen immer röter vor Kälte wurden, bis sie auf die ersten verblichenen Knochen in der dunklen Erde stieß. Anschließend schleifte sie die Leiche zu der Grube, ließ sie hineinfallen und bedeckte sie mit Erde.

»Jetzt bist du bei den anderen Tieren. Da wo du hingehörst«, murmelte sie.

Sie stieg in seinen Wagen und fuhr vom Hof. Die Scheinwerfer schaltete sie erst ein, als sie die Autobahn erreichte. Sie legte die vierzig Kilometer bis Bielefeld zurück und stellte den Wagen in einem Parkhaus am Bahnhof ab. Dort wartete sie auf den ersten Zug, der sie zurück nach Oelde brachte, und fuhr mit dem Bus nach Stromberg weiter. Den restlichen Weg zu ihrem Hof legte sie zu Fuß zurück.

»Ein wildes Tier weniger«, brummte Mechthild Marquardt, als sie das Haus betrat und sich die Regentropfen vom Mantel schüttelte.

Sie machte Feuer im Kamin und zog sich trockene Kleidung an. Zum ersten Mal benutzte sie die neuen Wollstrümpfe, die sie am Freitag auf dem Markt gekauft hatte. Sie setzte Wasser zum Kochen auf, machte es sich in dem Lehnstuhl von Karlheinz vor dem Kaminfeuer bequem, um genüsslich eine Tasse Tee zu schlürfen, und schlief ein.

Drei Wochen später hielt ein Mann mit seinem Wagen vor dem Haus. »Sie verkaufen Kirschen?«

»Sie können ja lesen«, erwiderte Mechthild, während sie einen Blick auf das Schild an der Hofeinfahrt warf.

Er lächelte. »Dann hätte ich gern ein paar.«

»Ein paar? Das ist hier keine Obsthandlung. Wollen Sie eine Kiste?«

»Gerne«, sagte der Fremde.

»Ich war gerade dabei, mir einen Tee zu machen. Haben Sie Lust auf eine Tasse, während ich die Kirschen hole?«

»Wer hat das nicht, bei der Kälte?« Er begleitete sie in die Küche, wo sie ihm eine randvolle Tasse reichte.

Während Mechthild sich mit dem Fremden unterhielt, wartete sie darauf, dass das Acepromazin zu wirken begann. Kaum war er ohnmächtig, zog sie ihn aus und fesselte ihn an den Fuß- und Handgelenken.

Als sie den Mann zur Scheune schleifte, sagte sie mit lauter Stimme: »Hast du etwa geglaubt, ich würde dich nicht erkennen? Ich werde dich nie vergessen, Otto der Leopard. Mein Lebtag nicht.« Sie blieb einen kurzen Moment stehen, sah zum Himmel auf und bekreuzigte sich. »Mein Gott, wie oft habe ich gebetet, dass dieser Tag kommen möge!«

*Maj Sjöwall & Jürgen Alberts*

## Tod in Essen oder: Killerjagd auf Zollverein – Ein Krimi in zwei Stimmen

Ist nicht gerade ein erhebendes Gefühl, wenn man erfährt, dass man aus dem Wege geräumt werden soll. Entsorgt. Verscharrt. Und ab dafür. Aber man muss sich deswegen auch nicht unbedingt vom Wege abbringen lassen. Übermäßig besorgt sein. Wie ein Kaninchen verharren. Oder einfach feige wegrennen.

Ich sage mal so: Einer quatscht immer.

Vielleicht sollten Sie ein bisschen genauer wissen, was ich tagsüber, aber meistens in der Nacht, so treibe.

Ich bin Skandalbereiniger. Ein *Ausputzer.* Noch nie davon gehört? Die gibt es überall. In jeder Stadt, ob groß, mittel oder klein. Meistens sind es ja Amateure wie PR-Berater, Coachingknilche, Werbefritzen. Allesamt Amateure, wie gesagt. Die Italiener haben ein schönes Wort für Amateure: *dilettanti.* Ich hingegen bin ein Profi.

Deswegen soll ich ja auch verschwinden. Der Ausputzer soll weggeputzt werden. Einfach so. Ratzfatz.

Kennen Sie den Hitchcock-Film *Der Mann, der zuviel wusste?* Da fällt ein Schuss im Konzertsaal, mitten in der *Storm Cloud Cantata* von Arthur Benjamin, als in höchster symphonischer Erregung die Becken aneinandergeschlagen werden. Nun ist die Frage, ob man auf die große Trommel haut oder als Trommel benutzt wird. ›To have lunch or to be lunch‹, wie ein amerikanischer Firmenchef mal sagte. Guter Freund von George W. Bush übrigens.

Ich merke, Sie wissen immer noch nicht, was ich so ausputze. Nun gut, ich will Ihnen ein Beispiel geben. Da besucht mich der Dezernent für das Bauwesen und stottert mir was vor, ganz aufgeregt natürlich, Unterlagen seien aufgetaucht, in denen behauptet wird, er habe sich von Richard Bolle, das ist der größte Bauunternehmer der Stadt, sein Wohnhaus komplett sanieren lassen. Zu polnischen Konditionen, wie man bei uns sagt. Was tun, fragt da nicht nur Lenin. Ich bereinige die Sache, indem ich Bolle mit ein paar unschönen Fotos von seinen Seitensprüngen so lange unter Druck setze, bis er gefälschte Rechnungen herstellen lässt, die belegen, dass der Baudezernent alles auf Euro und Cent bezahlt hat. Ganz legal, zu marktüblichen Preisen. Skandal erkannt – Skandal bereinigt. Die Presseschnüffler finden nichts weiter als blitzsauber gewaschene weiße Westen. Wie so oft.

Wenn Sie so einen Job über Jahre machen, wenn vom Oberbürgermeister abwärts bis hin zum Chef der Friedhofsverwaltung, zur obersten Ratte der Kanalisation sowie zum persönlichen Ausputzer des Fußballmanagers jeder Ihre Dienste in Anspruch genommen hat, weil alle irgendwann mal von einem Skandal bedroht waren, kommt der Tag, an dem man meint, dass auch Sie mal aus dem Wege geräumt werden müssen. Denn wie betitelte Hitchcock seinen Film? Na, schon vergessen?

*Man vänjer sig aldrig vid döden.* Ach, Sie sprechen kein Schwedisch? *You never get accustomed to death.* Okay? War mir nicht gerade in die Wiege gelegt, diesen nutzlosen Versuch zu starten. Gerichtsmedizinern soll noch bei ihrer hundertsten Leiche kodderig werden. Von der Kotzerei am Tatort ganz zu schweigen.

Sie wollen wissen, wo ich herkomme? Aus dem Norden. Von einem Herrensitz. Aus dem Holzadel. Wirklich, so was gibt es in Schweden. Nicht nur wegen IKEA. Mehr brauchen Sie nicht zu wissen. Meine Familie war holzreich. Über Generationen. Ich hab's nicht mehr ausgehalten und hab mich vom Holzadel entfernt. Von einem Tag auf den anderen hab ich mich abgesägt. Allerdings nicht ohne ein gefülltes Bankkonto mitzunehmen. Ich wollte nicht zwischen Baumstämmen vermodern. Hab das Leben in Stockholm, London, Rom und Paris genossen. Und irgendwann nach einer Betätigung gesucht.

Mein erster Patient hatte auch etwas mit Wald zu tun. Dieser bellende Ministerpräsident aus Bayern.

Keine Namen! Bitte! Keine Namen!

In der Presse hieß es, Herzversagen, Kreislaufkollaps, einfach umgefallen. Nichts da. War ein gezielter Schuss. Der Mann musste weg. Was der sich geleistet hatte! Soll damals Millionen bei dem Starfighter-Deal für seine Partei abgegriffen haben. Und 'ne komplette Milliarde in die DDR geschoben. Was er sich davon wohl eingesteckt hat? Bei der sonntäglichen Jagd im Wald von Thurn und Taxis musste ich ihm ein Ende bereiten. Aus sicherer Entfernung. Die Presse hat mitgespielt. Und jede Legende geglaubt, die von der flotten Fürstenfamilie verbreitet wurde. Adel hält zusammen. War schon immer so. Von da an hatte ich einen Beruf. Der ist so selten, dass er in keinem Wörterbuch der Welt verzeichnet ist. Jedenfalls nicht in der korrekten Schreibweise. Schlagen Sie mal nach.

Als der Auftrag für den neuen Patienten reinkam, hab ich mich gleich auf den Weg gemacht. Von einer Stadt mit dem Namen Essen hatte ich noch nie gehört. Wie auch, wenn man immer nur in Weltstädten gehaust hat. Ach so, ich sollte noch sagen, dass meine Familie aus Deutschland kam. Sie wurde zu Beginn des 17. Jahrhunderts von Karl XII. geadelt. Da liegt auch der wahre Grund, warum ich den Job angenommen habe. Sie kommen noch drauf, da wette ich.

Einer quatscht immer. Hatte ich schon gesagt, oder? Man kann den Satz nicht oft genug wiederholen. Diesmal war es einer aus der ›Kleinen Runde‹. Da trifft sich wöchentlich nicht mal ein Dutzend Parteifreunde, meistens in der Sauna eines Mitgliedes, und kungelt alles aus. Die Essen-Gang, oder wie ich sie immer nenne, die *Camorressa.* Und wer hat denen ihre Saunas eingebaut, in Luxusausführung, zu polnischen Konditionen, na, raten Sie mal! Richtig, der Richard Bolle natürlich. Der ist der dickste Fisch in der Runde. Mindestens einhundertfünfundzwanzig Kilo Lebendgewicht.

Einer von denen aus der *Camorressa* hat mir gesteckt, dass was im Busche ist. Dass ich zum Pflegefall geworden bin. Dass man sich um mich kümmern würde. Ich soll mich am besten verdünnisieren, abtauchen, am besten weit weg, mindestens Mars oder so.

Ein Grundsatz meines Gewerbes ist: Bangemachen gilt nicht. Stattdessen: Lösungen finden, auf die andere nicht kommen.

Bei der Skandalbereinigung ist das mein oberstes Prinzip. Die Fantasie spielen lassen. Vorausdenken. Elegante, meist gewaltfreie, überraschende, saubere Lösungen. Spieltheorie in Praxis. Der Gegner muss erkannt und verblüfft werden. Überrumpelt, getäuscht, was sage ich, zu Tode erschreckt.

Jetzt denken Sie wahrscheinlich, ich verdiene mein Geld wie Oblomov, liege im Bett, spinne ein bisschen rum und schon rollt der Rubel. Das kann man so sehen. Aber: Wer hat schon Fantasie in diesem Land? Die Richter und Henker? Die Blender und Sender? Die Amateure aus der Kollegenschaft sowieso nicht. Kein Einfall, nirgends.

Ich gebe aber gerne zu, dass ich manchmal eine ›Hand‹ brauche. Einen Mann, der vor und hinter mir herputzt, der sich für nichts, aber auch für gar nichts zu schade ist. Hier mal eine kleine Erpressung, da mal einen Dachstuhl abbrennen, um Beweise zu vernichten. Meine Hand heißt Pietro B. Gemeinsam schaffen wir die drohenden Skandale besser aus der Welt, na ja, hauptsächlich aus Essen, also sozusagen: vom Tisch.

Warum ich nicht einfach die Platte geputzt habe, als die *Camorressa* anfing, mich als Dreckfleck zu betrachten, wollen Sie wissen? Haben Sie nicht gehört, was ich eben über Lösungen gesagt habe? Also!

Pietro, ich will ihm die Ehre lassen, sagte: »Du musst dich vervielfältigen.« Ganz schön abgefahren, wie? Die Bilokation ist ja leider noch nicht erfunden, sooft wir gerne auch an den Orten wären, wo wir gerade nicht sind. Also müssen Doubles her. Zwei, drei Lookalikes sollten in diesem Fall genügen.

Wir haben uns ein bisschen getummelt. Denn irgendwie wurde das Essener Pflaster immer heißer. Das große Fest auf der *Zeche Zollverein* stand an. Da sollte ich für immer in die Grube fahren. Quatschte jedenfalls einer.

*Alla får sitt välförtjänta straff.* Das ist wieder Schwedisch. *Everybody receives a deserved punishment.* Jetzt ist es klar? Ihr Deutschen sagt: Jeder kriegt das, was er verdient. Genau. Mein Job, kapiert?

Ich hab mir den Ort angesehen, an dem es passieren soll. Eine alte Zeche in Essen. Aufgegeben. Verlassen. Jetzt ein Ort für Kultur. *Zeche Zollverein.* Selten genug, dass man mir vorschreibt, wo es zu passieren hat. Ich hab auf Anhieb ein Dutzend Plätze gesehen, wo ich unbemerkt in Aktion treten kann. Unter Tage, über Tage. Ein Sturz von der Besucherplattform. Ein vergifteter Tee in der ehemaligen Kantine. Auf dem Kohleförderband. Begraben in der riesigen Koksofenbatterie. Und was das Größte war, der Typ, der mich rumgeführt hat, hat mir doch tatsächlich ein paar ›Mordwerkzeuge‹ gezeigt. Irre, was? Und nur, weil ich gesagt habe, ich heiße Margitta von Essen. Was ja nicht mal gelogen ist. So hieß meine Familie wirklich. Für mich eine entfernte Erinnerung an Familienunglück. Also die Mordwerkzeuge auf *Zollverein:* Der Mottek, das ist Polnisch, der Grubenhammer, und die eiserne Spitzhacke, beide lagen im Ruhrmuseum auf *Zollverein* herum und gut in der Hand. Waren aber sauschwer. Nix für mich. Später wurden diese Werkzeuge durch den *jackhammer* ersetzt, den Presslufthammer. Noch schwerer. Sechs Stunden am Tag, drei Tonnen Kohle pro Schicht haben die Bergmänner rausbrechen müssen. Die konnten das Gras mit den Fingern rauszupfen, ohne sich bücken zu müssen, so schleiften deren Arme auf dem Boden. Und dann diese *pan shovel*, die pfannengleiche Schaufel, die bei den Kumpels nur ›Weiberarsch‹ hieß. Wie gesagt: *It's a man's world.* Deswegen steht ja mein Beruf auch nicht im Wörterbuch: Oder haben Sie schon das Wort ›Killerin‹ darin gefunden? Was ja auch der Grund ist, weswegen man mich noch nicht geschnappt hat. Damals in Genf war es echt knapp. Wieder so ein Ministerpräsident. Aus Kiel.

Keine Namen, bitte keine Namen!

*Hotel Beau-Rivage.* Zimmer 317. War keine leichte Aufgabe, ihm den Doppelgänger zu präsentieren, den wir an seiner Stelle in die Badewanne gelegt hatten. Dem Kieler habe ich ein paar getönte Linsen und einen neuen Haarschnitt verpasst. Dazu Klamotten wie aus einem Stück von Strindberg.

Keine Ahnung, wo der Kerl heute lebt. Der musste einfach weg. Milliardengeschäfte mit Südafrika, U-Boote, jede Menge Sauereien im Wahlkampf. Hätte gereicht, um ihn dreimal zur Hölle fahren zu lassen. *Alla får sitt välförtjänta straff.* Alle Welt hat geglaubt, der Typ hätte sich selbst entleibt. Was die Leute alles so glauben.

Nach der Besichtigung auf *Zollverein* musste ich mir überlegen, wie ich diesen Patienten aus Essen ins Jenseits befördere. Und das auch noch an einem Tag, an dem mehrere Tausend Zuschauer da sein würden. Eine Aufgabe für Holzfäller, na ja, Holzfällerinnen.

Das Casting für mich ist ein reiner Spaß gewesen. Alle Bewerber mussten mit kahl geschorenem Kopf antreten. Glatze, Glatze, wer hat se? Damit ihnen eine Perücke aufgesetzt werden konnte, die meinem Hauptaar bis in die Spitzen nachgemacht worden war.

Bei der Profilprobe, »links um«, »rechts um«, »Augen geraaade-aus«, fielen siebzehn von dreißig Bewerbern durch. Mit dem Rest machten wir einen Kameratest. Jeder bekam einen kleinen Text, den er auswendig lernen musste. Minicam an und los ging's. Genau vier waren in der Lage, den Text fehlerfrei wiederzugeben. Dabei hatten einige auf ihrem Fragebogen sogar *Schauspieler* eingetragen. Nix da, *dilettanti!*

Von den vieren fiel einer raus, weil er fürchterlich lispelte. Pech gehabt. Der sah mir am ähnlichsten.

Pietro hat dann die Klamotten besorgt und ihnen beigebracht, wie ich gehe. Also eher schreite. Aufrecht wie ein Ausrufezeichen, die Hände lässig in den Hosentaschen, mich stets nach beiden Seiten absichernd, dabei den Eindruck erweckend: Hier kommt der Kaiser zu Fuß.

So muss ein Skandalbereiniger auftreten. Sonst nimmt man ihn nicht ernst.

Drei Doubles kosten, kann ich Ihnen sagen. Außerdem wussten sie ja noch nicht, worauf sie sich eingelassen hatten.

Pietro hat ihnen eine Legende aufgetischt. Also der Herr S. – mehr hat er von meinem Namen nicht verraten –, der Herr S. steckt in großen Schwierigkeiten. Seine Frau hat einen Detektiv engagiert, um herauszufinden, ob er fremdgeht. Nun sei es ihre Aufgabe, den Detektiv so gründlich zu verwirren, dass er nicht mehr wisse, wen er eigentlich gerade beschatte. Dass da noch niemand draufgekommen ist. Unglaublich, was?

Pietro hat das den Doubles natürlich nicht gemeinsam auf die Nase gebunden. Sondern schön einzeln. *Mich* haben die

Kerle überhaupt nicht zu Gesicht bekommen. Ich habe mir das alles in Ruhe angesehen. Per Videozuschaltung. Vom ersten Casting bis zum letzten Schliff. In meinem Iglu, ganz gemütlich, mit einem Glas Brandy oder einem steifen Gin Tonic.

Ja, das Iglu. Wo mag das in Essen wohl sein? Aus Stahl und orkansicherem Glas, mit rhombenförmigen Verstrebungen. Mein Büro. Auf einem Bürohaus. Mit Blick auf die Villa Krupp. Pardon: Hügel. Suchen Sie selbst.

Der Tag des großen Festes auf der *Zeche Zollverein* rückt näher. Pietro schockiert meine Doubles mit dem Satz: »Es kann sein, dass Sie erschossen werden. Aber wir tun unser Möglichstes, um das nicht eintreten zu lassen.«

Das hat einen der drei zum sofortigen Ausstieg aus dem Projekt veranlasst. Was man nun auch wieder verstehen kann.

*Förr eller senare dör vi alla en för tidig död.* Der Satz stammt nicht von mir, sondern von Kinky Friedman. *Sooner or later all die an early death.* Ein toller Autor. Hat den richtigen Witz, um der Welt den Stinkefinger zu zeigen. Lieber hätte ich diesen Herrn in Essen in der Villa Krupp aus dem Wege geräumt. Wäre eher meine Klasse gewesen.

Was für ein Prachtbau. Hat mich an unser Herrenhaus in Nordschweden erinnert. Schon die Eingangshalle wird hundert Proleten auf einmal eingeschüchtert haben. An einem sonnigen Besuchertag hätte ich das Opfer in die Katakomben unter der Villa geführt und ganz diskret beerdigt. Völlig spurlos. Aber, Auftraggeber sind eigen heutzutage. Werden immer pingeliger. Ort und Zeit waren vertraglich festgelegt. Aber wie umbringen? Das ist und bleibt mein Job. Da lass ich mir keine Vorschriften machen. Gesucht: eine unbekannte Methode. Pro Auftrag entwerfe ich ein eigenes Konzept. Nicht wie diese einfallslosen männlichen Kollegen, die immer nur rumballern oder das immergleiche japanische

Küchenmesser benutzen. Ich bin mit Hunden groß geworden. Wurde sogar dreimal gebissen und musste mir eine Reihe von Antitollwutinjektionen verabreichen lassen. Aber wir hatten auch Hunde zum Knutschen, Wachhunde und Jagdhunde jede Menge. Meine Mama hatte ein Schoßhündchen, das überall hinpinkelte. Das hätte mir nichts genutzt. Was ich brauchte, war eine andere Rasse. Kräftiger, bissiger. Vielleicht wie dieser bayrische Ministerpräsident, den ich mit dem goldenen Schuss in die ewigen Jagdgründe befördert habe. Oder dieser Typ von den Liberalen. So ein verbaler Muskelmann.

Keinen Namen, bitte!

Auch der hatte von der Bildfläche verschwinden müssen. Da waren Konten in Luxemburg und Liechtenstein aufgetaucht. Die ganze Partei hätte in die Binsen gehen können, wenn seine Illegalitäten rausgekommen wären. Er ist mit meinem Fallschirm abgesprungen. Dem fehlte nur … die Reißleine. Ich hatte vorher ein bisschen mit dem Mann geflirtet und ihm einen einzigartigen Sprung versprochen. Erotisches Tandem aus dem Himmel … *Ich* bin sicher gelandet. Und hab mich schnell aus dem Staub gemacht. Nachdem ich ihm seinen Fallschirm zurückgegeben hatte. Hat er aber nicht mehr mitgekriegt.

Essen, das heimliche Herz der Kulturhauptstadt Ruhr, das stählerne Zentrum der europäischen Kultur. Woche für Woche soll hier ein Feuerwerk abgebrannt werden, das weltweit Furore macht. Zumindest in den großen Medien.

Der Oberbürgermeister hat jeden Tag eine Schere in der Hand und eröffnet eine Ausstellung, ein Stadtteilfest, ein Erzählcafé.

Einer der Höhepunkte: *Zeche Zollverein – wie man sie seit mehr als dreißig Jahren nicht mehr gesehen hat.* Schon am Abend zuvor wurde die aufsehenerregende Beleuchtung eingeschaltet. Die Fördertürme und die Gebäude in Regenbogenfarben. Was für ein Spektakel.

Am Vormittag dann der Einzug der Bergleute. Zweitausend Statisten mit Helmen und Grubenlampen, Motteks, Spitzhacken, *jackhammers, pan shovels* und Henkelmännern.

Da wäre ich ein leichtes Ziel für einen Scharfschützen gewesen. Mit meinem Anzug von Brioni, den mir vor Jahren der Gazprominente als Arbeitskleidung empfohlen hat. Aber es gibt ja meine Doubles. Wir sind über Headset miteinander verbunden, sodass Pietro uns dirigieren kann. Wo immer der Schütze auftaucht, einen von uns kann er erwischen. Denn wir gehen nicht davon aus, dass er unser Spiel durchschaut. Da müsste er schon ein richtiger Profi sein.

Übrigens ihren Namen weiß ich auch schon. Margitta von Essen, hahaha, soll ein Witz sein. Wie gesagt: Einer quatscht immer. Aber das ist auch der in der ›Kleinen Runde‹, der am wenigsten zu melden hat. Der Underdog der Grubenschweine sozusagen.

Pietro hat uns so postiert, dass wir in dem Moment, in dem die Besuchermassen hineinströmen, auf der längsten Rolltreppe Europas, mit nach oben rollen. Einer pro fünfhundert. In der Menge abtauchen, aber auf keinen Fall zwischen den Bergmannstatisten.

Schon Wochen vorher sind die Karten für das Einfahren in die Grube ausverkauft gewesen. Da tobte ein Internetkrieg schlimmer als für die Eintrittskarten bei der WM in Südafrika.

Wir haben uns drei reservieren lassen. Denn der Plan ist einfach, aber wirkungsvoll: Wir locken diese Killerin unter die Erde, wo sie dann auch zu liegen kommen soll.

Unsere Mordwaffe: Mit Curare getränkte Zahnstocher. Ein Stich genügt. Oder wie es die englische Werbung früher mal formulierte: *One drop only.*

*Vem vill leva i evighet?* Das ist mal keine philosophische Frage, oder? *Who wants to live forever?* Gerangel ist immer gut. Gab mal diesen Film, in dem de Gaulle umgebracht werden sollte. *Der Schakal.* Hab ich mindestens zehnmal angeschaut. Aber die Methode war ja schon bekannt. Eine schwedische Adlige kopiert nicht. Niemals. Anders als IKEA. Da wird ja dauernd kopiert. In allen Farben, selbst in Blau-Gelb. Ich brauchte einen mexikanischen Kampfhund. Gar kein Problem. In Deutschland gibt es an jeder Ecke den Kampfhund, den man gerade haben will. Auch mit Maulkorb. Wenn es denn sein muss. Ich habe drei Züchter aufgesucht, immer in einer anderen Tarnung. Und mir mein Schätzchen rausgesucht. Jorge hieß er, sein Gebiss hätte manchen Hai die Schwanzflosse einziehen lassen. Whow, hatte der Zähne. Ein paar Tage sind wir durch die Wälder gestreift und haben ein bisschen geübt. Auch Mord will geübt sein, das muss man mal offen sagen. Gibt ja genügend männliche Kollegen, die nur deswegen geschnappt werden, weil sie vorher nicht geübt haben. Jorge hat mich gleich verstanden. Bin eben mit Hunden aufgewachsen und weiß, was die so den Tag über denken. Und warum sie nicht auf jede dumme Anweisung antworten. Muss ja fürchterlich sein, ständig von Herrchen und Frauchen gegängelt zu werden: Geh weg da, Platz, komm hierher, lass den Pantoffel in Ruhe, nimm deine Zunge da weg, hör auf zu jaulen *and so on.* Am Tag der offenen Tür würde ich leichtes Spiel haben. Und Jorge freute sich auch, mal wieder unter Menschen zu kommen. War ihm doch ein wenig einsam in seinem Käfig beim Hundezüchter geworden. Mit anderen Hunden hatte man ihn nicht zusammensperren können. Das hätten die nicht überlebt. Natürlich bekam er von mir erst mal einen Maulkorb für seinen Auftritt. Sonst hätten uns die Sicherheitskräfte bestimmt nicht aufs Gelände gelassen.

Ich entdecke Margitta von Essen auf der Aussichtsplattform. Sie hat eine verdächtig dicke Brille, wahrscheinlich mit Telefunktion, mit der sie das Gelände und die Besucherströme observiert.

Über Funk sage ich Pietro Bescheid. Er holt sie sich mit der Minikamera auf den Monitor und gibt uns Anweisungen. Double 1 dahin, Double 2 dorthin, Herr S. in Deckung bleiben.

Double 2 hat Schiss. Das höre ich an seiner Reaktion. Irgendwie scheint er Pietro nicht mehr ganz zu vertrauen.

Per Handy rate ich Pietro, den unsicheren Kantonisten sofort aus der Schusslinie zu nehmen, weil er das gesamte Unternehmen gefährden könnte.

»Nehmen Sie die Perücke ab und verlassen Sie umgehend das Gelände. Dann sind Sie außer Gefahr!«, befiehlt Pietro ihm.

Jetzt sind wir nur noch zwei.

Und wo ist die Scharfschützin jetzt?

»Pietro, wo ist sie hin?«, frage ich leise.

»Double 1! Gefahr im Verzuge!«, kommt seine Antwort.

Da sehe ich es auch. Sie geht geradewegs auf meinen Doppelgänger zu. Und was macht der Trottel? Anstatt zu verschwinden …

»Achtung! *Attention! Attenzione!*« Ich sage es in allen Sprachen, die mir einfallen.

Sie kommt ihm nahe, ganz nahe. Schlägt ihm auf die rechte Schulter. Will sie ihn jetzt auch noch küssen? Zu Tode küssen? Dann lässt sie ihn einfach stehen und verschwindet wieder in der Besuchermenge.

Gebannt schaue ich auf meinen Doppelgänger.

»Hallo, Pietro. Hört mich keiner?« Seine Stimme klingt ganz fröhlich. »Soll das etwa die Killerin gewesen sein?« Er lacht aus vollem Halse. So wie Sägen lachen, wenn sie auf einen Nagel im Holz treffen.

*Det finns ingen skillnad mellan gott och ont.* Sie werden mir recht geben müssen. *There is no difference between good and bad.* Die einen machen diesen Job, die anderen jenen. Und dieser Patient aus Essen, dem ich den letzten Löffel wegnehmen musste, wusste einfach zu viel. Der hätte die ganze Prominenz hochgehen lassen können. Und das im Jahr des größten Erfolges. Kulturhauptstadt Europas. Wann würde Essen je wieder derart im Mittelpunkt stehen? Wahrscheinlich nicht vor dem Jahr *twenty-five twenty-five.* Das heißt, die einen finden das gut, dass er von der Bildfläche verschwindet – er selber eher wohl nicht. Das Gute gibt es ohne das Böse nicht. Kapiert? Jorge setzte sich in Trab, nachdem ich ihm den Maulkorb abgenommen hatte, und spurtete auf das Opfer zu. Der pheromonale Duftstoff machte ihn ganz rasend. Wer immer den ausstrahlt, hat keine Chance. Nicht mal dieser Patient aus Essen. Ein Sprung, ein Biss in die Gurgel, ein Toter. Erschrecktes Aufschreien in der Menge. An den Hund wagte sich niemand ran. Notarzt, Polizei, Security. Alles da. Ich sprang in meinen Jaguar … und wusch war ich wech. Bestimmt hat Jorge ein bisschen traurig geschaut. Daraus hätte eine lebenslange Freundschaft werden können. Ach so, mein nächstes Opfer ist wieder ein Ministerpräsident. Dieser Typ aus Rom. So ein bronzener Strahlemann. Wie heißt er noch gleich?

Keine Namen, bitte, keine Namen!

Die Zeitungen brachten meinen Tod auf Seite fünf, so prominent bin ich auch nicht.

*Kampfhund völlig außer Kontrolle geraten*
*Auf der* Zeche Zollverein *hat sich ein bedauerlicher Unfall ereignet. Am Tag der offenen Tür hat ein Kampfhund einen Besucher zu Tode gebissen. Noch hat sich der Hundebesitzer nicht ausfindig machen lassen. Der Vorfall hat*

*viele Zeugen gehabt. Der Notarzt hat nur den Tod des Opfers Roman S. feststellen können.*

Mal abgesehen von dem unerträglichen Stil des Journalisten hat mich diese kleine Meldung auf eine Idee gebracht. Wenn ich schon tot-geschrieben bin, warum nicht die Gelegenheit nutzen? Die *Camorressa* geht davon aus, dass sie mich hat beseitigen lassen. Und von mir keine Gefahr mehr droht. Ich begebe mich in den Süden, Richtung Kanarische Inseln, lasse es mir ein paar Monate gut gehen, speziell im Winter, wenn es hier schneit, und dann fange ich ein neues Gewerbe an. Erpressung auf hohem Niveau. Jeder der Herren wird von mir was zu hören kriegen. Und wenn sie nicht zahlen, werden sie reihenweise ihre Posten verlieren. Mit dem Baudezernenten fange ich an. *Next exit Las Palmas.* Die sollen da so einen wundervollen Stadtstrand haben. So was gibt es in Essen nicht. Pietro, meine ›Hand‹, hat der Polizei eine perfekte Beschreibung der Killerin geliefert und zahlt auf meine Anweisung der Witwe vom Double 1 eine monatliche Apanage in Höhe von Hartz II. Damit sie nicht auf dumme Gedanken kommt.

Die Stelle des Skandalbereinigers ist wieder frei geworden. Aber wahrscheinlich wird es dafür keine Ausschreibung geben. Nicht mal in unserer ZEIT.

*Anne Chaplet*

## Countdown in Selm

*10*

Du kannst mich totschlagen, aber ich gehe nicht über den Brink.

Das ist das erste Gebot: Du darfst die Totenruhe nicht stören.

Und das zweite: Du darfst nicht über Gräber gehen.

Und deshalb mach ich einen Umweg. Immer.

Das macht sie wahnsinnig.

Weil sie es nicht verstehen. Dass es in mir hämmert und klopft und schreit.

Man darf nicht über Gräber gehen. Die Toten mögen das nicht. Sie wehren sich. Sie recken sich da unten und strecken sich und versuchen, nach oben zu stoßen. Aber sie können nicht. Weil der verdammte Möbelbunker obendrauf steht, da, wo der alte Friedhof war. Und der Scheißparkplatz und die Sparkasse und der Edeka.

Ich höre sie stoßen und schreien und heulen in meinem Kopf. Weil ihnen ein Bein fehlt oder beide oder die Arme oder die Rippen. Die haben sie ihnen weggenommen, als sie die Gräber aufgerissen und die Särge zerschlagen haben. Die fehlen jetzt.

Es schreit auch bei der Friedenskirche. Da liegt der unbekannte Soldat oder was von ihm übrig ist. Im Seitenschiff. Die Ohren muss ich mir zuhalten, wenn ich da langgehe.

»Tote schreien nicht«, hat Mama behauptet, als ich mal was gesagt habe. »Wenn man tot ist, ist man tot.«

Ist man nicht.

*9*

Es zersprengt mir den Kopf. Aber sie verstehen nichts, gar nichts, noch nicht mal Lisa. Nun stell dich nicht so an jetzt komm schon was hast du denn ist doch nichts dabei.

Die Pein die Qual das Blut.

Nun geh schon mach voran du hältst alle auf. Ist doch schon ewig lange her. Das spielen sie heute im Kino.

Die Schmerzen die Schreie der Henker der Tod.

Nur um mich zu quälen, erzählen sie die alten Geschichten. Immer wieder. Wie sie die Verbrecher zur Angstkuhle geschleift haben. Wie sie ihnen die Rippen gebrochen, die Finger gequetscht, die Füße zerschlagen haben. Die Zunge herausgeschnitten die Augen ausgestochen die Därme aus dem Leib gerissen.

Immer wieder. Bis es hämmert in meinem Kopf. Bis alles aus mir rauskommt, unten und oben. Bis sie lachen und johlen und mich verspotten. Bis die Lehrerin kommt, die schickt mich zum Arzt.

Der, scheißfreundlich: Wie alt bist du? Vierzehn? Das kommt schon mal vor bei Mädchen in deinem Alter.

Was hat das Alter damit zu tun?

*8*

Es ist etwas da. Es ist etwas Böses da. Das sieht man nicht, es kriecht aus dem Boden, kalt und klamm. Kriecht überall rein, setzt sich überall fest. Und weißt du was? Wir wohnen drauf.

Wir im Parkweg, wir sind die auf der Gifthalde, auf der Müllkippe. Was glaubst du wohl, was da alles zusammenkommt in so einem Bergwerk. Den ganzen giftigen Dreck aus der Zeche Hermann haben sie zusammengekippt und

Häuser drauf gebaut, genau da, wo ich wohne. Und jetzt dampft das alles aus, was da im Boden steckt.

Das kann einen irre machen. Noch viele Jahre später. Wahrscheinlich sind wir alle irre. Alle, die zwischen Parkweg und Buddenbergstraße wohnen und das Gift einatmen, tags und nachts und immer.

Die Werkmeister hat mich wieder zum Arzt geschickt, heute in der großen Pause, weil ich so blass war und so geschwitzt habe, obwohl mir ganz kalt war. Der hat mich gefragt, wo ich wohne. Da hab ich's ihm gesagt und er hat ganz besorgt geguckt. Und dann hab ich ihn gefragt. Was da im Boden liegt und lauert und wartet. Und ob das nicht rauswill. Und was, wenn es raus ist?

Er: Liegt doch schon fast hundert Jahre da. Hat sich noch niemand drüber beklagt. Und …

Ich: Und?

Er: Und überhaupt.

Und dabei hat er mich angesehen, als ob ich irre wäre.

## 7

Heute ist es still. Es ist so still, dass es richtig schön ist. Weil ich die Vögel singen höre. Die hör ich sonst nie. Und die Bienen und Hummeln summen.

Heute früh bin ich am Stadttor vor Schulze-Weischer vorbei, und es blieb still. Sonst hat es mir hier regelmäßig den Kopf zerspalten. Weißt du, warum? Wegen dem heiligen Ludger. Dessen Leiche haben sie hier zwischengelagert, weil: Den wollten sie nicht da begraben, wo er gestorben ist. Vielleicht war er ein Märtyrer? Vielleicht haben sie ihn gefoltert, vorher? Wie den heiligen Sebastian? Der war so wunderschön. Mit den Pfeilen überall drin.

Heute also alles still. Und dann kommt Tim vorbei und wir nehmen die Räder und fahren raus. Am Femeplatz und an der Angstkuhle vorbei. Da ist auch alles still. Und dann immer weiter, den Ondruperweg entlang. Bis ich merke, wie er mich anstarrt, so von der Seite, als wir zu einem Haus mit Zaun drum rum kommen.

Und dann sagt er: »Mörderranch.« Da weiß ich, warum er so blöd guckt. Hat wohl gedacht, ich würde mich mit Schaum vorm Mund auf der Straße wälzen, weil ich mich fürchte.

Das mit der Mörderranch, das war, als Oma noch ein Kind war. Da wohnten Asoziale – hat sie gesagt. Die Frau ist anschaffen gegangen. Es war nie Geld da. Und als der Bäcker mit dem Bäckerwagen vorbeikam, damit sie endlich die Rechnung bezahlen, hat der Sohn den Bäcker erschossen.

Ich: Hast wohl gedacht, ich hätte Angst?

Und er: Nein, natürlich nicht, wie kommst du drauf. Und so.

Er lügt. Ich lüge.

Ich habe Angst. Dass es mir wieder den Kopf zerreißt. Aber es bleibt still, die ganze Zeit. Und später liegen wir in der Sonne und küssen. Also Tim und ich. Ein bisschen komisch ist das schon. Das Küssen.

## 6

Warum ich? Was findet er an mir? Ich fass es nicht. Ich glaub's nicht. Es kann gar nicht wahr sein. Aber es fühlt sich gut an. Es kitzelt, wie im Whirlpool. Wie Brausepulver.

Albern, nicht?

Hab keinen klaren Gedanken gehabt in der Schule, hab an Tim gedacht und mich in Deutsch total blamiert. Die blöde Werkmeister: Du träumst, Jennifer. Oder willst du schon wieder umkippen?

Alles grölt. Ich hasse sie.

In Geschichte hat dann jemand was erzählt, das fand ich schön. Da wohnt ein Graf in einer Burg an der Lippe, der ermordet einen Priester, was dem Erzbischof nicht passt, weshalb der ihn belagert. Und als sie alle fast verhungert sind, tritt die edle Gräfin vor die Burg, und weil sie so gläubig ist, gibt der Erzbischof ihr freies Geleit. Sie darf gehen und mitnehmen, was ihr das Liebste ist. Und was tut sie? Sie nimmt den Grafen huckepack, schleppt ihn aus der Burg und überquert mit ihm die Lippe. Und der Bischof kann nichts dagegen machen.

Ist das Liebe?

Muss wohl.

5

Tim. Auf dem Schulhof. Tut, als ob er mich nicht kennt. Stößt seine Freunde mit dem Ellbogen an. Die kichern blöd.

Ist mir egal. Ist mir so was von egal. Der soll mir bloß nicht nahekommen. Mir soll niemand nahekommen. Nicht heute.

Weißt du, wie das riecht, Blut? Wie abgestandener Kaffee. Doch, bestimmt. Ich hab's gerochen, als ich heute früh aufwache und im Nassen liege.

Was für eine Schweinerei. Sagt Mama. Und ob ich denn nichts gemerkt habe. Hab ich nicht. In der Dusche läuft mir die rote Brühe die Beine runter. Mir ist schwindelig. Es ist eklig. Ich will nicht in die Schule.

Stell dich nicht so an das ist ganz normal wenn alle Mädchen in deinem Alter so ein Theater machen würden.

Ja, was dann?

Wenigstens brauch ich nicht zum Sport. Und Tim kann mich mal.

In der Freistunde bin ich in die Stadt zu Tchibo. Aber da weiß ich plötzlich nicht mehr, ob der Kaffee riecht oder ich. Und ob ich vielleicht auslaufe. Ob ich verblute und merke es gar nicht.

Und dann bin ich umgekippt.

## 4

Da ist doch nichts bei, bleib cool, ich hab das auch, seit zwei Monaten, das dauert vier Tage max, dann ist gut.

Ich: Ja, aber der Geruch.

Lisa: Wieso?

Ja, wieso! Riecht das denn niemand? Es stinkt! Wie das rostige Geländer an der Kellertreppe. Wie ein fett eingebrannter Kaffeerest in der Kaffeemaschine. Ich könnt kotzen. Mein Kopf.

Mama, voll auf Verständnis: Du wirst jetzt eine Frau. Du bist kein Kind mehr. Du wirst dich dran gewöhnen. Wirst sehen, wie schön das ist. Wenn man erwachsen wird.

Mir egal. Ich will, dass es aufhört. Der Gestank und das Blut. Überall.

Mama, voll genervt: Erzähl nicht so einen Unsinn. Du übertreibst schon wieder. Alles Einbildung, blühende Fantasie, hast du immer schon gehabt, bleib doch mal bei der Wahrheit. Und bla.

Was ist, wenn ich mir das nicht einbilde? Wenn es die Wahrheit ist? Dass es nach Blut riecht, überall, um mich herum, wohin ich auch gehe?

Es ist in den Straßen und in den Häusern, es kriecht aus dem Boden und aus den Wänden, alles ist durchtränkt von diesem widerlichen Geruch. Und die anderen riechen es nicht. Sie riechen nichts, weil: Sie waten drin.

Es steht knietief in diesem verdammten Kaff. Das Blut.

Weißt du, dass sie Knochen gefunden haben, als die Straße nach Lünen gebaut wurde? Hatten wir in Geschichte. Der Siebenjährige Krieg, auch Dritter Schlesischer Krieg genannt, 1756 bis 1763, Preußen und Hannoveraner gegen die Franzosen undsoweiter. Was die alle bei uns wollten und wieso Schlesien, wo wir doch Münsterland sind, weiß niemand. Jedenfalls haben sie irgendwann hier gekämpft und ein paar Franzosen sind dabei gefallen und die haben sie dort begraben, neben der Hasseler Kapelle.

Glaubst du, dass das spurlos bleibt?

Und was ist mit dem ganzen Schutt aus der Zeche, der unter unserem Haus liegt? Vielleicht sind da ja auch die Leichen drin von denen, die erschlagen und abgestürzt und verschüttet sind im Berg? Mindestens ein toter Bergmann pro Monat, das hatten wir auch in Geschichte. Und dann all die anderen. Die Verhungerten. Weißt du, dass man in Selm verhungern konnte, als sie die Zeche zugemacht haben?

Zwanzig Jahre Wohlstand und Glück. Hat die Oma immer gesagt. Obwohl die sich gar nicht dran erinnern kann. Das war ja alles schon in den Zwanzigern.

Zwanzig Jahre Glück. Und dafür Unglück bis heute.

*3*

Ich geh nicht mehr raus. Ich halt den Geruch nicht aus.

Der Arzt sagt, das sei eine ganz un-er-klärliche und außer-gewöhnliche Überempfindlichkeit. Und ob es Migräne gibt in der Familie.

Weiß nicht.

Epilepsie?

Keine Ahnung.

Ob ich Medikamente nehme?

Nein.

Was mit der Schilddrüse wäre?

Häh? Wozu ist der Mann Arzt?

Und dann der Hammer. Ob ich mal auf den Kopf gefallen …

Da bin ich dann raus. Ich will da nicht mehr hin.

Ich will nirgendwo mehr hin. Schon gar nicht auf den Schulhof. Da ist es am schlimmsten. Aber da kommt es nicht aus dem Boden. Da kommt es aus der Ecke beim Bach, wo die Jungs stehen und rauchen, obwohl das streng verboten ist. Tim dabei. Schon deshalb will ich da nicht hin.

Die Werkmeister will nicht, dass ich im Klassenzimmer bleibe in der Pause. Man müsste doch mal. Frische Luft. Ist gesund. Aber was soll sie tun? Mich gewaltsam rausschleifen zu den anderen?

Dahin, wo es am schlimmsten ist? Das mit dem Geruch?

*2*

Ich weiß, dass was passieren wird. Es ist schwer zu erklären – aber ich weiß es einfach. Ich rieche es. Der Geruch ist zwar überall, aber ich kann langsam unterscheiden, wo er schwächer ist und wo stärker. Wenn es still ist in meinem Kopf und ich Kraft genug habe, gehe ich durch die Straßen und versuche herauszufinden, wo es am stärksten ist. Das Kraftfeld. Das Blutfeld.

Weißt du, dass es Richtung Bork weniger stark ist? Stärker wird in Selm? Ganz stark ist in Beifang? Und nicht auszuhalten auf dem Schulhof?

Wenn ich daran denke, wird mir rot vor Augen.

Vielleicht liegt was begraben unter dem Schulhof? Früher hat man was Lebendes eingemauert ins Fundament, wenn man baute. Kleine Kinder oder Katzen. Hunde. Blut eben.

Aber das ist es nicht. Nicht wirklich. Je länger ich darüber nachdenke, desto sicherer bin ich mir. Was da ist, kommt nicht von damals. Es kommt auch nicht von heute. Es kommt aus der Zukunft.

Und es ist Tim.

*1*

Hier an unserer Schule?

Die Werkmeister. Voll am Ventilieren. Schlägt mit den

Flügeln wie ein Suppenhuhn vorm Geschlachtetwerden. Woher willst du das wissen? *Was* weißt du? Wer? Wieso?

Ich, cool: Ich riech das.

Da fällt sie zusammen. Schließt die Augen und nickt und sagt: Du armes Kind du! Das ist ja ganz, ganz schlimm! Soll ich den Arzt holen?

Den Arzt? Der hat keine Ahnung. Und tun kann der auch nichts. Aber man muss was tun. Tim riecht, jeden Tag mehr. Riecht nach Kälte und Wahnsinn. Nach Strömen von Blut. Ich sehe, wie es in den Boden rinnt. Auf dem Schulhof.

Es ist Tim, sag ich. Es ist dunkel um ihn herum und kalt und er riecht nach Blut.

Jetzt flattert die Werkmeister wieder hoch. Wie kannst du nur woher weißt du denn was unterstellst du da warum tust du das. Sag so was nie wieder, hörst du?

Guckt mich an, so mit zusammengekniffenen Augen. Schaltet auf die weiche Tour. Du bist traurig, Jenny, nicht? Weil er nicht mehr mit dir geht. Dich nicht mehr anguckt. Über dich lacht. Ist es das?

Dachte, ich sag lieber was, bevor es zu spät ist, sag ich und starre zurück.

Sie schickt mich nach Hause.

Ab sofort muss ich nicht mehr zur Schule. Mama hat einen Termin mit einem Psychologen gemacht. Sie macht sich Sorgen um mich, sagt sie. Mir egal. Ich warte.

Und heute ist es so weit. Ich geh früh los. Vom Parkweg zum Hagenplatz, die Hagenstraße entlang bis zur Brückenstraße. Ein Stückchen links die Kreisstraße hinunter. Dann rechts, am Bach entlang. Dem Geruch nach.

Im Kopf ist alles klar. Keine Stimmen oder sonst was Irres. Ich bin nicht verrückt. Ich bin völlig ruhig. Ich weiß, was geschehen wird.

*0*

Ich seh ihn auf dem Schulhof stehen. Schwarze Jeans und schwarzes T-Shirt, darüber ein langer schwarzer Mantel. Und das im August.

Tim. Er sieht blass aus. Er wartet.

Es schellt zur großen Pause. Alles rennt auf den Schulhof, an die frische Luft. Tim schlägt den Mantel zurück und legt die Hände auf die Hüften, wie in einem Western.

Jemand schreit. Lisa. Sie hat gesehen, was Tim unter dem Mantel hat. »Jenny! Bleib stehn!«

Alle sind still. Alle bleiben stehn, ich nicht. Ich geh auf Tim zu, dem Geruch entgegen, immer so weiter. Und jetzt sehen alle, was Tim unter dem Mantel hat. Ihr Aufschrei klingt wie Möwengeschrei, nur lauter.

Tim hat ein Gewehr unter dem Mantel. Er holt es hervor. Er legt an.

Bleib stehn, Jenny!

Der erste Schuss, der zweite.

Die Werkmeister. Recht geschieht ihr. Sie hat mir kein Wort geglaubt.

Der dritte vierte fünfte.

Tims Klassenlehrer. Der hat nie was geschnallt.

»Jenny!«

Der sechste Schuss.

Einer aus der Raucherecke. Der mit dem blöden Grinsen.

Der siebte achte neunte.

Schieß doch, Tim. Du hast dich auch nur über mich lustig gemacht.

Der zehnte.

Es steht knietief in diesem verdammten Kaff. Das Blut.

Der elfte.

*Raoul Biltgen*

# Wallfahrt nach Werl

*An einem Januarmorgen des Jahres 1990 wartete die vierundzwanzigjährige Manuela Tröger mit ihrer Mutter Waltraud und ihrem Mann Marco Bolz vor der Justizvollzugsanstalt in Werl auf die Entlassung ihres Vaters, der dort sechs Jahre Haft abgesessen hatte. Um zehn Uhr fünfunddreißig schoss Marco Bolz vierzehn Mal mit einem Kleinkalibergewehr der Marke* Browning Arms *auf Ullrich Tröger und schlug anschließend mit dem Gewehrkolben auf sein bereits totes Opfer ein. Mit dieser Tat wollte Bolz verhindern, dass Ullrich Tröger seine Drohungen gegenüber der Tochter Manuela wahr machte: »Wenn ich rauskomm, mach ich dich platt.«*

*Ins Gefängnis gekommen war Tröger, weil er sich über Jahre hinweg an seiner Tochter vergangen und sogar ein Kind mit ihr gezeugt hatte. Die BILD-Zeitung titelte:* Hinrichtung des Blutschänders.

Am siebten Oktober 2009 stand an jener Stelle, an der Manuela Tröger neunzehn Jahre zuvor Zeugin des Mordes an ihrem Vater geworden war, Elisabeth Schreiner und wartete auf die Entlassung ihres Vaters. Sie war zu diesem Zeitpunkt einunddreißig und hatte ihn seit sechzehn Jahren nicht mehr gesehen. Doch das war nicht, woran sie dachte. Sie dachte an Manuela Tröger und fragte sich, was Manuela damals gedacht, was sie gefühlt hatte. Und ob ihr auch so kalt gewesen war.

In der Telefonzelle wäre es sicher windgeschützter, doch ein Container der Altkleidersammlung versperrte die Sicht auf den Bergweg, den ihr Vater jeden Moment vom Gefängnis aus herunterkommen musste. Elisabeth schnippte die Zigarette auf die Straße, schob ihre rechte Hand in die Manteltasche und schloss die klammen Finger um die Waffe. Und wartete.

Seit sieben Uhr wartete sie. Kurz nach sechs war sie in Dortmund in den Zug gestiegen, um vor sieben Uhr da zu sein. Jetzt war es zehn nach acht. In Dortmund hatte sie sich ein Hotelzimmer in der Nähe des Hauptbahnhofs genommen. Sie wollte nicht länger als notwendig in Werl sein, keine Zeit in Werl verbringen, nicht durch Werl gehen, nicht die Orte ihrer Kindheit und Jugend wiedersehen. Sie hatte Werl verlassen. Und sie wusste, dieses eine Mal würde das letzte Mal sein, dass sie die Stadt wieder betrat.

Eine kleine Tür neben dem Gefängnistor wurde geöffnet und ein Mann trat ins Freie. Ihr Vater? Nein, dieser Mann war sicher über siebzig, trug einen schwarzen Hut und einen schwarzen Mantel und kam nun gemächlich, sich auf einen Stock stützend, Elisabeth entgegen. Er nickte freundlich, als er an ihr vorbeiging. Sie nickte zurück. Sie wollte sich nicht verstecken, nicht das Gesicht wegdrehen, scheinheilig tun. Manuela Tröger hatte damals in der Woche vor dem Mord einen Justizvollzugsbeamten angesprochen, daran erinnerte sich Elisabeth in diesem Augenblick. Der Beamte hatte ausgesagt, die junge Frau habe ihn nach der Uhrzeit der Entlassungen gefragt. Nichts ahnend hatte er Auskunft gegeben.

Elisabeth wollte sich gerade eine neue Zigarette anzünden, als sich das Gefängnistor weit in die Welt hinaus öffnete. Klein und unscheinbar erschien ein Mann.

Das war er.

Ihr Vater.

Trotz der Distanz, trotz der Jahre erkannte sie ihn sofort. Elisabeth steckte die Zigarettenschachtel weg und betrat nun doch die Telefonzelle, sie nahm den Hörer in die Hand und jede Sekunde, die sie wartete, wurde zu Minuten und Stunden. Dann kam er. Den Kragen seiner hellbraunen

Cordjacke hatte er hochgeklappt. Er schaute zu Boden, den Blick nicht weiter als zwei Schritte vor seinen Füßen. Wie nah er an ihr vorbeiging. Sie müsste nur die Tür der Telefonzelle öffnen, nur die Hand heben, er würde es sehen, sie sehen. Sie tat es nicht.

Sie tat gar nichts. Sie tat nicht einmal so, als ob sie gerade telefonieren würde. Sie ließ ihn einfach nur an sich vorbeigehen.

Dann war er um die Ecke hinter einer dichten Hecke verschwunden.

Elisabeth stieß die Tür der Telefonzelle auf und trat hinaus, sie spürte die Kälte nicht mehr, ihr war warm, heiß, zu heiß.

Du musst es tun.

Sie schloss die Augen, drehte sich um neunzig Grad, öffnete die Augen wieder.

Er war weiter weg als erwartet, sein krummer Rücken schon ganz klein. Er war ein alter Mann. Nein, er war kein alter Mann, er war doch erst vierundfünfzig, oder? Vierundfünfzig, das war doch kein Alter, es war nur so lange her, sie hatte einen anderen Menschen in Erinnerung. Einen Menschen, der keinen krummen Rücken hatte. Einen aufrechten Menschen. Einen aufrechten Menschen mit dunklen traurigen Augen. Warme Augen, die sie nur ein einziges Mal kalt gesehen hatte, vor Entschlossenheit blitzend.

Augen, deren Blick für einen kleinen Moment keinen Widerspruch geduldet hatte.

Sie schlich den Langenwiedenweg hinter ihrem Vater her, der nicht aufsah, der stoischen Schrittes einfach nur geradeaus ging. Bis er plötzlich stehen blieb. Hatte er sie bemerkt? Er griff in seine Gesäßtasche, zog ein Portemonnaie heraus, schaute hinein, steckte es wieder zurück und überquerte die Straße.

Wohin wollte er?

Elisabeth ging schneller, kam fast ins Laufen, sie durfte ihn nicht verlieren, nicht jetzt. Ein REWE. Ihr Vater betrat den Supermarkt. Elisabeth überquerte ebenfalls die Straße. Sie kannte den Laden nicht, den hatte es vor sechzehn Jahren noch nicht gegeben, zumindest konnte sie sich nicht daran erinnern. Während sie noch überlegte, ob sie ihm folgen sollte, kam ihr Vater schon wieder heraus, in der Hand eine Papiertüte, er hatte sich nur etwas zu essen geholt.

Schnell drehte sie sich weg, als er auf sie zukam, griff in der Tasche nach dem Revolver. Nein, das war nicht der richtige Augenblick, zu viele Leute, zu wenig … Intimität, das war es. Sie fischte eine Zigarette aus der Schachtel und zündete sie sich an, die Hand als Windschutz vor dem Gesicht, während sie aus dem Augenwinkel verfolgte, wie er über den Parkplatz zurück zur Straße schlenderte, den Blick wieder auf den Boden gerichtet, den Rücken bucklig.

Tief sog sie den Rauch ein und blies ihn in den klaren blauen Himmel. Gut, weiter. Sie suchte die Straße nach ihm ab und sah ihn auf der anderen Seite des Bahnübergangs, dessen Schranken sich gerade gesenkt hatten. Sie lief. Sie musste noch vor dem Zug über die Gleise kommen, er würde sonst zu weit weg sein, sie würde ihn nicht mehr finden, er …

Zuerst hörte sie den Zug, dann sah sie ihn. Der gleiche Zug, mit dem sie nach Werl gekommen war, ein regionaler Bummelzug, also würde er schnell vorbeigefahren sein.

Der Zug fuhr durch und hielt links am Bahnhof, doch die Schranken gingen nicht hoch. Elisabeth versuchte, über die Gleise hinweg ihren Vater zu erspähen. Warum gingen die Schranken nicht hoch? Dann erst sah sie, dass im Bahnhof zwei Züge standen. Der zweite setzte sich in Bewegung und rollte auf sie zu. Fahr vorbei, nun mach schon, fahr vorbei.

»Das war's erst mal.«

Was? Wer hatte was gesagt? Neben ihr stand ein Mann mit Gehstock, nein, nicht ein Mann mit Gehstock, sondern der Mann mit Gehstock, der vorhin aus dem Gefängnis gekommen war. Er lächelte sie an. »Sonst gibt es ja keine Züge mehr, die in Werl halten.«

Elisabeth nickte, sagte aber nichts. Der Mann kam ihr bekannt vor. Achtzehn Jahre hatte sie in Werl gelebt, vielleicht hatte sie mal mit ihm zu tun gehabt, ein ehemaliger Lehrer, einer aus dem Heim ... Egal, nervös spähte sie, sobald der Zug vorbei war, über die Straße. Die Schranken waren noch nicht ganz oben, da huschte sie schon hinüber, lief in die Straße hinein und schaute sich um. Nichts. Weg. Sie hatte ihn verloren.

Wohin konnte er gegangen sein? Zum Bahnhof? Oder war er in einen der Busse gestiegen, die gegenüber dem Bahnhof aufgereiht standen? Sie drehte sich nach links und nach rechts ... Auf der Bahnhofstraße, die in die Stadt führte, sah sie eine kleine, gebückte Person in heller Jacke. Dieser Gang, dieser kümmerliche Gang, er war's.

Nur was tat er in der Stadt? Hatte man ihm eine Wohnung in Werl vermittelt? Oder traf er einen Kumpel aus dem Knast? Hatte ihr Vater Kumpel? Er musste Kumpel haben. Er musste Freunde haben. Sechzehn Jahre hatte er in der JVA Werl verbracht, sechzehn Jahre, denn das war lebenslänglich wegen Mordes an seiner Frau, an Elisabeths Mutter.

Auf dem Gelände des ehemaligen britischen Militärlagers *Vittoria* im Werler Stadtwald hatte er die Leiche versteckt. In der Kapelle, das hatten die Zeitungen besonders hervorgehoben.

Warum in der Kapelle?

Er wusste es nicht.

Warum in den *Vittoria Barracks?*

Er wusste es nicht.

Glaubte er, die Leiche würde dort nicht so schnell gefunden werden?

Vielleicht.

Sechs Jugendliche, die dort ein illegales Paintballmatch veranstalten wollten, hatten sie nur drei Tage später entdeckt.

Ob sie eine Waffe gefunden hatten?

Nein.

Wo er die Waffe versteckt hatte?

Er zögerte.

Wo?

Er habe sie in den Wald geworfen, in hohem Bogen.

Wo genau?

Irgendwo weiter hinten im Wald, beim Schießkino.

Die Waffe wurde nie gefunden. Die Waffe konnte gar nicht gefunden werden, er hatte sie nicht im Wald entsorgt, Elisabeth hatte sie vom Küchentisch genommen und unter ihrer Matratze versteckt. Zuerst in ihrem Zimmer zu Hause, dann im Heim, dann in ihrer Wohnung. Und jetzt schlug sie mit jedem Schritt schwer in der Manteltasche gegen ihre Hüfte, als sie ihrem Vater in den Kurpark folgte. Wenn das der Kommissar wüsste, der sie immer wieder gefragt hatte, was sie gehört hatte, was sie gesehen hatte. Ob sie etwas über den Verbleib des Revolvers wüsste, mit dem ihr Vater ihre Mutter …

Ein schwarzer Hut über stechenden Augen, genau, Matussek, so hatte er geheißen, Kommissar Matussek. Sie drehte sich um. Er wartete gerade an der Kreuzung auf Grün. Wusste er, wer sie war? Oder hatte er nur zufällig gerade heute in der JVA zu tun gehabt?

Bist du sicher, dass du gesehen hast, wie dein Vater den Revolver mitgenommen hat?

Sie schwieg.

Mit welcher Hand hat er ihn genommen?

Sie schwieg.

Hat er ihn in eine Tasche gesteckt?

Sie schloss die Augen und schwieg.

Damals ging Matussek noch nicht am Stock. Sie musste jetzt beide im Auge behalten, ihren Vater und den Kommissar.

Elisabeth überquerte eine Holzbrücke über einen Bach, ihr Vater ging hundertfünfzig Meter vor ihr auf eine Kapelle zu. War es eine Kapelle? Elisabeth kannte sie nicht, die musste nach ihrer Zeit in Werl errichtet worden sein. Dann bemerkte sie, dass es gar keine Kapelle war, es war eine Art aus Holz gefertigte schmale Hütte, die nur von Weitem so aussah wie eine Kapelle. Kunst? Ihr Vater verschwand seitlich davon.

Der Kommissar war ihr in den Park gefolgt. Alte Menschen gehen doch ständig in Parks spazieren, oder? Sich umblickend ging auch sie um das Holzgebäude herum und erschrak: Ihr Vater saß auf einer Bank, keine drei Meter entfernt.

Aus der Kapelle, die keine war, drang Plätschern von Wasser. Sie verlangsamte ihren Schritt, blieb stehen und drehte unmerklich den Kopf. Ihr Vater biss in etwas, das noch halb in der Papiertüte aus dem Supermarkt steckte, kaute, wischte kauend ein paar Krümel von der Jacke. Seit sechzehn Jahren hatte sie ihren Vater nicht mehr essen gesehen. Hatte er vor sechzehn Jahren schon so gegessen? Sie versuchte sich zu erinnern, versuchte sich an ihre Küche in der Wohnung am Westuffler Weg zu erinnern. Der Tisch fiel ihr ein, ein viereckiger Tisch mit rot karierter Wachsdecke. Das war alles. Gab es denn keine Fenster? Wie sahen die Schränke aus? Wie roch es? Salzig. Nein, nicht in der Küche hatte es salzig gerochen, hier roch es salzig, nach Meer. Von Mellin. Plötzlich schoss es ihr in den Sinn, von Mellin, der Erbsälzer, mit dessen Vermögen laut seinem Testament ein Waisenhaus gegründet wurde, das spätere Kinder- und Jugendheim in Westuffeln, in dem sie zwei Jahre ihres Lebens verbracht hatte, von sechzehn bis achtzehn, vom Tod ihrer Mutter, von der Inhaftierung ihres Vaters bis zu ihrer Abreise aus

Werl. Natürlich hatte sie alles über von Mellin gelernt: Er hatte unglaublich viel Geld mit Salz gemacht, das salzhaltige Wasser wurde nach oben gepumpt und zum Verdunsten gebracht, indem man es über solche Gradierwerke plätschern ließ wie das, vor dem sie hier stand. Tief sog sie die feuchte Luft ein. Dann setzte sie sich.

Ihr Vater sah sie nicht an. Er biss ab, kaute, biss ab. Ob er wohl doch zum Zug gehen würde? Anschließend? Vielleicht war jetzt die einzige Gelegenheit, das zu tun, weswegen sie nach Werl gekommen war. Sich überwunden hatte. Die Tochter des Mörders von Werl.

Hast du gesehen, wie er sie umgebracht hat?

Hast du auch schon wen umgebracht?

Wie ist es, jemanden umzubringen?

In jeder Jugendwohngemeinschaft, in die man sie steckte, war es das Gleiche. Während die Psychologen zu helfen versuchten, streuten die anderen Jugendlichen jeden Tag aufs Neue Salz in ihre Wunden. Von mellinsches Salz. Westuffeln hätte eine gute Zeit sein können. Vielleicht war sie dort zu einem verschlossenen Menschen geworden, auf jeden Fall aber wurde sie zu einem Menschen, der wusste, dass er das Leben selbst in die Hand nehmen musste. Oder hatte sie das schon vorher gewusst? Du kannst die anderen nicht ändern. Und dich musst du nicht ändern. Die warme Hand des Heimleiters auf ihrer Schulter, kurz nur und spät in der Nacht, als sie sich nicht mehr zu helfen wusste. Als sie nur mehr schlafen wollte. Als sie für immer schlafen wollte. Scheiß auf die anderen, geh deinen Weg. Scheiß auf die anderen, hatte er gesagt. Sie hatte auf die anderen geschissen. Sie verließ die Wohngemeinschaft noch in der gleichen Nacht, als alle schliefen, ohne Gepäck, mit nichts als den Klamotten, die sie am Leib trug. Und der Waffe. Das war das Einzige, was ihr noch aus ihrem Leben zuvor geblieben war. Vor der Tat. Vor dem Mord.

Elisabeths Blick hing in den vom Salz überkrusteten Zweigen und Ästen im Gradierwerk. Unaufhörlich tropfte das Wasser hindurch und sammelte sich über Holzplanken in einer Rinne, wo es schäumend abfloss. Etwas Meditatives, dachte Elisabeth, wie in die Flammen von Opferkerzen vor den Seitenaltären in Kirchen schauen. Also doch eine Kapelle, der Quell und das Salz des Lebens. Für einen kurzen Moment war sie sich nicht mehr sicher, ob es richtig war, nach Werl gekommen zu sein.

Ob sie es tun sollte.

Sie konnte sich gar nicht mehr erinnern, wie sie überhaupt auf die Idee gekommen war. Wann ihr die Idee dazu gekommen war. Der Gedanke war einfach immer da gewesen. Wenn er rauskommt, dann …

Er steckte gerade die zusammengeknüllte Papiertüte in die Jackentasche und zündete sich eine Zigarette an. Gut, eine Zigarette, das war Zeit genug, um einen sechzehn Jahre alten Gedanken auf seine Richtigkeit hin zu überprüfen. Sie fingerte ebenfalls eine Zigarette aus der Schachtel, obwohl sie das in dem Moment vollkommen absurd fand, wo doch hier die Luft so gesund war, im Kurpark.

Doch er gestand ihr die Zeit nicht zu. Er stand auf und ging rauchend den Weg zurück. Also sie hinterher.

Der Kommissar stand einige Meter neben der Brücke über den Bach und fütterte Enten. Er sah nicht auf.

Diesmal ging es Richtung Stadt, in die Fußgängerzone, durch die Fußgängerzone zur Basilika, *Mariä Heimsuchung*. Elisabeth schaute sich um, ob Matussek ihnen weiter folgte, doch unter den vielen alten Menschen mit Krücken, in Rollstühlen, mit Pflegern und Helfern vor der Basilika gelang es ihr nicht, den schwarzen Hut des Kommissars auszumachen. Also konzentrierte sie sich lieber auf ihren Vater zwischen all den Pilgern, die in der Kirche das einstmals wundertätige Gnadenbild sehen wollten. Seit Jahrhunderten beteten die

Menschen zur Trösterin der Betrübten, brachten ihr Votivgaben dar, legten ihr Hände und Beine und Augen und Brüste in Silber zu Füßen und hofften auf ein Wunder wie in den alten verbrieften Berichten. Die Menschen veranstalteten Prozessionen und Messen und Brimborium und Tamtam, doch die gnadenreiche Jungfrau hatte irgendwann wohl einfach keinen Bock mehr auf Wunder gehabt. Warum taten Menschen all das dann immer noch? Als Buße für ihre Verfehlungen? Was war das für eine Buße, mit einem Bus mit fünfzig oder mehr anderen Menschen zu einer Kirche zu fahren, sich vor eine Holzstatue mit Krönchen auf dem Kopf hinzuknien und zu beten? Welche Erlösung erhofften sich diese Alten, die sich langsam über den Hof vor der Basilika ins Innere schoben? Vergebung wofür?

Elisabeth befürchtete, ihr Vater würde sich zu den Alten gesellen und mit ihnen in die Messe gehen. Vielleicht war er ja gläubig geworden im Knast, ein reuiger Mörder, vom Saulus zum Paulus? Nein. Er zwängte sich zwischen den letzten Nachzüglern der Gruppe hindurch und ging weiter, Gottseidank.

Er bog in eine enge Seitengasse zur Probstei ab, an deren Rückseite er bis zu einem Seiteneingang entlangging, durch den er die Kirche betrat. Also doch.

Elisabeth wartete kurz vor der Tür, ging dann sogar zehn Meter zurück und spähte um die Ecke, doch sie hatte sich wohl umsonst Gedanken gemacht, der Kommissar war nicht zu sehen.

In der Probsteikirche *St. Walburga* war es dunkel und es roch muffig, jeder ihrer Schritte hallte durch das Gewölbe, jedes Atmen klang zehnfach verstärkt zurück. Elisabeth blieb kurz am Gerichtsstuhl links neben dem Eingang stehen. Ihr Vater erreichte gerade einen der Seitenaltäre. Hatte er sich bekreuzigt, als er den Kirchenraum betreten hatte? Er setzte sich in eine Bank in der zweiten Reihe, ohne vorher das Knie zu beugen. Leise folgte Elisabeth ihm. In der gleichen Reihe wie ihr Vater saß eine Frau, die mit gesenktem Kopf ihr Gebet murmelte: »Gegrüßet seist du, Maria, voll der Gnaden …«

Elisabeth sah wie ihr Vater zum Altar auf: der Rosenkranzaltar.

»… der Herr ist mit dir, du bist gebenedeit unter den Frauen …«

Betete ihr Vater auch? Nein, es sah nicht so aus, er schaute nur hoch und betrachtete die prunkvollen Verzierungen und Figuren.

»… und gebenedeit ist die Frucht deines Leibes …«

Maria mit dem Jesuskind in der Mitte, drum herum in drei Rosenkränzen runde Tafeln, die die sogenannten Geheimnisse darstellten.

»… Jesus, der von den Toten auferstanden ist …«

Der von den Toten auferstanden ist. Elisabeth sah zu ihrem Vater, der nun den Kopf senkte. Der von den Toten auferstanden ist, dachte sie, während die Frau weiter betete.

»… Heilige Maria, Mutter Gottes, bitte für uns Sünder …«

Und Elisabeth wusste, wie es zu Ende ging: »… jetzt und in der Stunde unseres Todes.«

Hatte sie sich verhört oder hatte ihr Vater gerade ein »Amen« geflüstert?

Sie hätte sich niemals vorgestellt, dass sie es in einer Kirche tun würde, aber nun sollte es eben so sein.

Elisabeth wartete, bis die Frau ihren Rosenkranz zu Ende gesprochen hatte, aufgestanden war, neben der Bank mühsam ein Knie gebeugt und sich bekreuzigt hatte. Elisabeth wartete, bis die Schritte der Frau verhallt waren. Sie wartete, bis sie hörte, dass die Tür hinter der Frau ins Schloss fiel. Sie wartete.

Als sie genug gewartet hatte, setzte sie sich neben ihren Vater, der sie nicht wahrzunehmen schien, und sprach ihn an: »Sie kennen mich wahrscheinlich nicht, aber …«

Er unterbrach sie, ohne seinen Blick zu wenden: »Ich weiß, wer du bist, Elisabeth.« Er nickte, als ob er sich selbst bestätigen müsste. »Weißt du, dass schon mal eine Tochter vor der JVA auf ihren Vater gewartet hat?«

»Ja«, flüsterte sie und griff in die Tasche, in der sie die Waffe hatte, den alten Revolver ihres Vaters.

»Du hast ihn noch?«, fragte er, noch bevor sie ihn aus der Tasche nehmen konnte.

Erschrocken sah sie ihn an. War das ein Lächeln in seinem Mundwinkel? Ein paar Opferkerzen flackerten in einem leichten Windzug und warfen einen warmgelben Schein in sein Gesicht. »Das hat mir damals einen netten Ausflug in den Wald beschert, ins Waldlabor, wie es jetzt heißt. Ich sollte ihnen die Stelle zeigen, wo ich ihn weggeworfen hatte.«

Elisabeth zog den Revolver aus der Tasche, hielt ihn in der Hand, schaute ihn an. »Da.« Sie reichte ihn ihrem Vater.

»Du hättest ihn wegwerfen sollen.«

»Nein.« Nein, das konnte sie nicht. Sie hatte es versucht. Sie war an den Rhein gefahren, hatte am Ufer gestanden, den Revolver in der Hand, und es nicht tun können. Sie hatte ihn unrechtmäßig an sich genommen, also musste sie ihn dem Menschen zurückgeben, der als einziger das Recht hatte, ihn zu besitzen. Sie versuchte zu lächeln, doch sie spürte nur, wie eine Träne über ihr Gesicht rann. Sie hielt sie nicht auf.

»Du bist doch wohl nicht gekommen, um mir den alten Revolver zu geben?« Jetzt sah er sie an. Zum ersten Mal, seit sie in der Kirche waren.

Nein, zum ersten Mal seit sechzehn Jahren. Seit er sie in der Küche über ihre tote Mutter hinweg angeschaut hatte, tief in die Augen, unnachgiebig, und gesagt hatte: »Dafür wirst nicht du büßen müssen.«

»Ich bin gekommen, um dir zu danken.« Sie unterdrückte ein Schluchzen. »Um dir zu danken für das, was du getan hast für mich, dass du die Schuld auf dich genommen hast, dass du für mich in den Knast gegangen bist ... dass du mein Leben gerettet hast.«

»Hingerichtet hätten sie dich nicht.« Er lächelte. In seinen warmen traurigen Augen blitzte die Verschmitztheit einer Verschwörung zwischen Vater und Tochter auf.

»Sie hätte mich kaputt gemacht. Mutter ... Sie ...«

»Und ich hätte was dagegen unternehmen müssen, nicht du. Ich hätte einschreiten müssen, wenn sie dich schlug, wenn sie dich erniedrigte, wenn sie ...«

»Hör auf.« Elisabeth schloss die Augen und hoffte, dass vielleicht in diesem Moment zum letzten Mal die Bilder ihrer Kindheit vor ihrem inneren Auge aufloderten: die lieblose Mutter, die keinen Hehl daraus machte, dass sie nie ein Kind hatte haben wollen, die behauptete, dass Elisabeth ihr alles ruiniert habe, ihr Leben, ihre Freiheit. Die ihren Hass herausschrie auf den Mann, der der Vater war. Der Hass auf den Mann, der unter ihrem Hass zerbrochen war, der sich nicht wehrte, der verzweifelte an der Liebe zu seiner Tochter, der er nicht zu helfen imstande war. Nein, es war nicht in einem Moment, in dem Elisabeth von ihrer Mutter geschlagen oder beschimpft oder einfach nur ignoriert worden war, dass sie die Waffe aus dem Schrank im Elternschlafzimmer geholt und in der Küche auf ihre Mutter gezielt und abgedrückt hatte. Elisabeth hatte längst die Tür geknallt und hörte nur noch gedämpft die Stimmen aus der Küche, wie immer, und versuchte wegzuhören. Doch sie konnte es nicht, wie sie es nie gekonnte hatte. Und ihre Mutter sagte zu ihrem Vater: »Dann geh doch. Geh. Geh weg mit ihr. Geht weg von mir.« Und ihr Vater sagte: »Ja.« Aber es war nicht an ihrem Vater, zu gehen, und nicht an ihr. Die Mutter musste weg. Da hatte sie es getan.

Elisabeth spürte die Hand ihres Vaters auf ihrer Schulter, nein, um ihre Schultern. Ihr Vater nahm sie in den Arm und küsste sie auf die Stirn.

»Na schön«, drang von hinten eine tiefe Stimme zu ihnen. Elisabeth und ihr Vater fuhren auseinander und sahen Matussek, der drei Reihen weiter hinten Platz genommen hatte. »Das war alles, was ich wissen wollte.« Der Kommissar stieß den beiden einen Zeigefinger entgegen. »Hab ich's mir doch gedacht. Aber trotzdem war ich nicht sicher, ob es heute nicht doch wieder zu einem Vatermord vor der JVA kommt. Aber so ist es mir lieber.« Matussek stand auf und kam zu ihnen. Er griff nach der Waffe. »Die nehm ich dann mal, ja?« Er lächelte. »Ich denke, ich bring sie ins Waldlabor. Wenn sie dann doch irgendwann mal gefunden wird, in ein paar Jahren, wenn die Stadt sich endlich entschließt, was mit dem Gelände anzustellen, dann haben nicht Sie gelogen.« Er schaute Elisabeths Vater an, und dann Elisabeth. »Oder Sie.« Er seufzte. »Es wird aussehen, als hätte nur ich meine Arbeit nicht gründlich genug erledigt. Aber ich bin ein alter Mann und außer Dienst, da ist das egal.« Matussek blickte zur Marienstatue am Altar, dann tätschelte er Elisabeths Schulter und ging, ohne sich umzublicken, aus der Kirche.

Und Elisabeth wusste, dass Maria nie aufgehört hatte, Wunder zu vollbringen. Sie hatte einfach nur die Taktik geändert.

*Gabriella Wollenhaupt*

## Bochumer Rösselsprung

»Kimberley-Baby!«

Anita Brausewinkels Stimme zerschneidet die Luft in dem engen Raum. Kim zuckt innerlich zusammen. Ruhig bleiben, ermahnt sie sich.

Anita streckt beide Arme in die Höhe. »Die Mädchen müssen sich schneller umziehen. Die Leute werden ungeduldig. Der Schönemeyer kann doch nicht auf leerer Bühne singen.«

Robert Schönemeyer, der Ruhrgebietsbarde. Sein neustes Ding ist zur Hymne hochgejubelt worden, denkt Kim, einfacher Text und eine simple Melodie, die sogar für die Bochumer Symphoniker nicht zu schwer ist.

Sie denkt mit Schaudern an die Welturaufführung der Ruhrhymne. Der Sänger hat den Text so stark genuschelt, dass er nicht zu verstehen war. Kim hat den Liedtext später nachgelesen, um auf dem Laufenden zu sein:

*Wo ein lauer Wind sich regt,*
*weil der Smog die Straßen fegt,*
*wo die Tauben schneller fliegen,*
*weil sie keine Luft mehr kriegen,*
*wo die Menschen rau und offen,*
*sich ein bisschen Glück erhoffen.*

*Durchschwimm die Ruhr,*
*dann kommt's zum Schwur.*
*Oh Ruhr, du edles Schätzken der Natur …*
*Oh Ruhr, du edles Schätzken der Natur …*
*Oh Ruhr, du edles Schätzken der Natur …*

Das ist also die große Ruhrgebietskultur, denkt Kim, aber ich will wenigstens mein Bestes tun.

Sie hat wochenlang geprobt für die Schau. Sich die Finger wund genäht. Bis in die Nacht hinein entworfen und gezeichnet. Ihr gefällt der düstere Stollen des Bergbaumuseums als Veranstaltungsort überhaupt nicht. Doch die Brausewinkel gibt die Kohle. Wer die Musik bezahlt, bestimmt den Rhythmus. Das war schon immer so.

Schönemeyer ist verärgert. Es ist dunkel hier unten, die Bühne zu klein, er hat kaum Platz für die dreieinhalb Tanzschritte, die er beherrscht. Und dann noch diese Tussis: klapperdürr und unerotisch in diesen einfallslosen Fummeln!

Doch er fühlt sich seit Wochen endlich wieder sicher. Kein Brief, kein Blumenstrauß, kein Anruf. Vielleicht hat es doch geholfen, dass sich die Polizei der Sache angenommen hat. Die Stalkerin verfolgt ihn schon seit einem Jahr. Zuerst hat er an einen Scherz geglaubt. Es gibt immer irgendwelche Bühnenschwalben, die bei jedem Konzert rumlungern und hoffen, dass ihnen der Künstler ein paar Drinks spendiert und sie im Hotel flachlegt. Doch darauf legt Schönemeyer keinen Wert mehr. Seine wilden Jahre sind längst vorbei. Er bekommt manchmal schlecht Luft, hat leichten Bluthochdruck, kann nicht mehr die Nächte durchzechen.

Die Polizei hat sogar eine Sonderkommission mit Namen *Kulturhauptstalk* gegründet. Das hat in der Zeitung gestanden. Seither ist Ruhe.

Heute Abend sitzt Hauptkommissar Burbulla im Publikum – so hat man ihm jedenfalls versichert. Der Weg ist ja auch nicht weit, das Polizeipräsidium liegt nur einen Steinwurf vom Bergbaumuseum entfernt.

Noch immer kein Startsignal für seinen Auftritt. Schönemeyer schaut sich um. Er hat zwar viele Songs über Bergleute geschrieben, ihre harte Arbeit besungen und einen gewissen Schuss Romantik darübergegossen, doch so schlimm hat er es sich nicht vorgestellt. Enge Gänge. Mördermaschinen, die die Steinkohle aus dem Felsen gefräst haben. Transportbänder und Loren, Grubenfahrräder und Rettungskapseln für den Fall eines Unglücks.

Der Sänger übt seine Schritte. Er ist nicht mehr so behände wie früher. Wie kalt es hier unten ist! Er muss zurück, sonst verpasst er seinen Auftritt.

Kim ist zufrieden. Die Models machen ihre Sache gut. Stoffe rascheln, Kameras surren, Szenenapplaus. Blitzlichter erhellen den Gang. Die Maschinen wirken bedrohlich und unwirklich.

»Das wird ein großer Erfolg«, raunt Anita Brausewinkel. »Du kommst ganz groß raus, Kimberley-Baby!«

Kim lächelt und will Anita antworten. Doch die ist nicht mehr da. Wieder Applaus. Penelope trägt einen Traum aus orangefarbenem Organza und hellbrauner grober Jute. Eine gewagte Kombination, die den Namen *Sonnenschein* trägt – nach dem gleichnamigen Flöz, das vor vielen Jahren aufgegeben wurde.

Kim mag Penelope. Beide wohnen im selben Haus und eines Tages trafen sie sich im Fahrstuhl. Penelope lebte erst seit ein paar Wochen in Bochum.

»Ich war bisher in Berlin.«

»Wie kannst du freiwillig von Berlin nach Bochum ziehen?«, hat Kim sich gewundert. »Berlin ist eine so prickelnde Stadt!«

»Mein Freund lebt und arbeitet hier. Er hat gerade viel zu tun wegen Ruhr.2010. Da wäre es schwierig geworden, jedes zweite Wochenende hin- und herzufliegen.«

Kim hat sich nicht getraut, sich nach dem Namen des Mannes zu erkundigen, und fragte stattdessen: »Hast du denn hier Arbeit gefunden?«

»Noch nicht.«

»Ich hätte da eine Idee.«

Nach einem Glas Wein engagierte Kim sie als Model. Eine gute Entscheidung, wie die Blicke der Männer im Publikum beweisen.

Schönemeyer friert. Er ist einige Meter gegangen, will langsam zurück zu seinem Ausgangspunkt. Plötzlich hört er ein Geräusch. Er lauscht und lächelt. Nein, das kann nicht sein, denkt er, hier unten gibt es keine Pferde. Er hasst diese schrecklich großen Tiere.

Ein Wiehern schallt durch den engen Gang. Schönemeyer versucht, die Quelle des Geräusches auszumachen. Manchmal ist es hinter ihm, dann neben und über ihm – was gar nicht sein kann, weil sich dort nur die abgestützte Decke befindet. Er dreht sich um und sieht einen Schatten auf sich zukommen. Schönemeyer stößt einen Schrei aus und flüchtet.

Pause. Die Kellnerinnen und Kellner der Cateringfirma schleppen Tabletts mit Fingerfood durch die Gänge. Andere präsentieren Bier, Sekt und Wasser.

Kim hält Ausschau. Aber Anita Brausewinkel ist immer noch nicht zu sehen. Nervosität steigt in ihr hoch. Auch der Sänger ist weit und breit nicht zu entdecken. Nach der Häppchenpause soll der Auftritt von Schönemeyer folgen mit *Pommes Schranke* und *Meine Stadt.* Diese beiden Lieder findet Kim noch halbwegs authentisch. Doch sie hätte lieber andere Acts gehabt. *Silbermond* oder *Ich+Ich.*

Hauptkommissar Boris Burbulla genießt die Modenschau. Diese Frauen sehen nicht aus wie die Kolleginnen im Bullenbunker. Sie bewegen sich anders und tragen feine Kleider.

Wo ist bloß Schönemeyer?

Burbulla interessiert es nicht wirklich. Er mag Leute nicht, die mit dem Polizeidirektor gut Freund sind und das privat ausnutzen. Eine Stalkerin: Er glaubt nicht daran, dass sie existiert. Die Spurensicherung hat nichts gefunden. Keine Fingerabdrücke, kein DNA-fähiges Material. Die Schreiberin hat für ihre kranken Liebesbriefe eine verspielte Schrift gewählt, die man in jedem *Windows*-Programm einstellen kann.

*Wir gehören zusammen. Bald wird uns niemand mehr trennen. Du liebst mich so, wie ich dich liebe.*

Dazu Liebesgedichte oder schnulzige Songtexte.

»Was macht Ihnen daran eigentlich Angst?«, hat Burbulla gefragt. »Das hört sich doch nach einer harmlosen Schwärmerei an. Hat nicht jeder Schlagersänger ein Kontingent an weiblichen Fans?«

»Ich bin kein Schlagersänger«, widersprach Schönemeyer beleidigt. »Ich bin Rockmusiker.«

»Wie auch immer. Übertreiben Sie nicht etwas?«

»Nein! Da sind Anrufe auf meinem Handy. Keine Stimme zu hören, nur ein schmalziges Liebeslied. Schrott auf WDR-4-Niveau. Aber nicht nur das. Letzte Woche fiel ein schwerer Scheinwerfer auf die Bühne und verfehlte mich nur knapp. Und am selben Abend noch dieser eine Anruf!«

»Welcher Anruf?«

»Erst hörte ich diesen abgenudelten *Trauermarsch* von Chopin. Aber das war noch nicht alles. Ein Pastor begann mit einer Abschiedsrede auf mich! Als wäre ich es, der im Sarg liegt!«

Der Kommissar setzt ein Pokerface auf. Er denkt an die unerledigten Fälle auf seinem Schreibtisch. Den Triebtäter, der auf dem Unigelände mehrere Frauen vergewaltigt hat, die Geldautomatenbande aus Rumänien, die Kinderschänder im Internet und die Bestechungsaffäre im Bochumer Rathaus. Aber all das ist unwichtig. Hauptsache, der größte Sänger des Ruhrpotts kann bald wieder ruhig schlafen.

Er beißt – leicht angesäuert – in die mit Bacon umhüllte Dattel und spült mit Orangensaft nach.

Kim gibt ein Interview und lässt sich fotografieren.

»Wie sind Sie zur Mode gekommen?«, fragt der Reporter.

Nachts Taxi, tagsüber Fernstudium an einer privaten, teuren Designerschule. So ist Kims Leben die letzten drei Jahre dahingeplätschert. Doch das muss nicht unbedingt in der Zeitung stehen, denkt sie.

»Mein Weg ging übers Studium und mehrere Praktika in den einschlägigen Modezentren«, lügt Kim. »Paris, Mailand, Barcelona und New York.«

»Und warum sind Sie dann ausgerechnet nach Bochum zurückgekehrt?«, fragt der Journalist.

»Bochum ist doch meine Heimatstadt. Ich bin hier aufgewachsen und zur Schule gegangen. Und ... ich möchte dieser Stadt ein gewisses modisches Flair geben. Die Zeiten des Bergbaus sind doch endgültig vorbei«, sagt Kim.

»Und warum veranstalten Sie Ihre Modenschau dann ausgerechnet in einem Bergbaumuseum?«

»Gegensätze ziehen sich an«, lächelt Kim. »Bergbau und Design. Kohlenstaub und Seidenstoffe. Plumpheit und Eleganz.«

»Wollen Sie Bochum jetzt zur Weltstadt machen? Mit Ihrer Modenschau?«

»Es könnte ein Anfang sein, oder?«

Der Reporter lächelt süffisant, schreibt aber brav mit. Noch einige Fotos und Kim ist erlöst.

Sie geht in die Steigerstube, die als Umkleideraum für die Models dient. In zehn Minuten geht es weiter. Langsam lerne ich das Lügen, denkt sie. Dabei habe ich alles nur Anita zu verdanken.

Der Abend, an dem sie die Brausewinkel zum ersten Mal mit dem Taxi von zu Hause abgeholt hat, veränderte ihr Leben. Anita entdeckte im Wagen die Mappe mit Kims Modezeichnungen und wurde sofort aufmerksam.

Jedem anderen Fahrgast hätte Kim auf die Finger gehauen, doch durch die schrille, aber freundlich-offene Art der Brausewinkel hat sie sich überrumpeln lassen. Die Frau ist Mitte fünfzig und hat mehr Elan und Lebenshunger als manch zwanzigjähriges Hühnchen, das im *Bermuda-Dreieck* abhängt und auf den Märchenprinzen wartet.

Inzwischen ist Kim die Lieblingschauffeuse der Brausewinkel.

»Zu niemandem ein Wort, wo du mich hinbringst, Kimberley!«

»Diskretion ist Ehrensache, Frau Brausewinkel.«

Das Ziel der Taxifahrten heißt Bülent und ist um die dreißig. Aus dem rosa Hemd bricht ein schwarzer Flokati und das Goldkettchen glänzt im Dickicht.

Kim mag die Brausewinkel. Und umgekehrt ist auch ein Schuh draus geworden: Vor sechs Monaten hat ihr Anita vorgeschlagen, eine Kollektion zu entwickeln, die anlässlich der Feiern zur Kulturhauptstadt 2010 vorgestellt werden soll.

»Um die Kohle mach dir keinen Kopp, Kimberley-Baby«, hat Anita gestrahlt. »Das lass ma die Muddi machen.«

Kim drückt die Tür auf. Überall Gewusel. Die Visagisten renovieren Näschen, beim Figaro stehen die Models Schlange, einige Mädchen jammern über schlecht sitzende Schuhe und plötzlich erblühte Pickel.

Nur Penelope ist schon fertig. Sie sitzt entspannt in einem Sessel und liest.

Es ist ein Glück, dass ich sie getroffen habe, denkt Kim. Penelope hat langes schwarzes Haar, leicht gebräunte Haut, glänzende Augen und volle Lippen. Absolute Modelmaße: Um die eins achtzig groß, kleiner Busen, lange Beine, schmale Hüften.

»Das Kleid, das du trägst, schenke ich dir«, sagt Kim.

»Dieses traumhafte Stück?« Penelopes Augen glänzen.

»Es ist mein gelungenster Entwurf.«

Der Stoff schimmert nachtblau. Manche Stellen sind dünn und zart, fast durchsichtig, andere stärker gewirkt, sodass ein unregelmäßiges Relief entsteht.

Robert Schönemeyer flieht. Sein Keuchen vervielfacht sich an den Wänden des Gewölbes. Der Schatten folgt ihm immer noch. Er hat nicht erkannt, was da hinter ihm her ist – Mensch oder Tier. Aber er spürt, dass er diese Frage jetzt lieber nicht klärt. Er will nur weg.
In den Ohren pulsiert sein Blut, in seiner Brust ist es eng. In einem Nebenstollen steht eine riesige gelbe Maschine. Sie ist groß und bietet mehrere Versteckmöglichkeiten. Mit schnellem Blick liest er die Museumstafel: Es ist ein achtzig Tonnen schwerer Krupp-Tunnelfräser, der das Gestein aus dem Berg gräbt. Schönemeyer läuft an dem Koloss entlang und kauert sich genau vor sie – in das schmale Loch zwischen Fräsflügeln und Berg. Er bemüht sich, sein Keuchen in den Griff zu bekommen, damit der Verfolger ihn nicht wahrnimmt.

Mit Erfolg. Außer dem eigenen Atem hört er bald nichts mehr. Doch die Stille ist noch gespenstischer als die bedrohlichen Geräusche.

Es riecht muffig. Schönemeyer schließt die Augen.

Ein Dröhnen zerfetzt die Stille. Im Halbdunkel erkennt Schönemeyer, wie sich die Frässcheiben langsam, aber stetig bewegen. Genau auf ihn zu. Das Grauen macht ihn bewegungslos.

Hauptkommissar Burbulla langweilt sich. Er beobachtet die Leute. Vielleicht ist die Stalkerin ja heute Abend im Publikum. Wieder zweifelt er. Künstler neigen dazu, ihre sinkende Medienpräsenz durch fantasievolle Geschichten zu pimpen, denkt er.

Er erinnert sich an den Maler, der sich nur allzu gern bei

der Koksorgie mit ukrainischen Nutten erwischen ließ, um den Verkauf seiner Werke zu stimulieren.

Doch irgendwas Panisches hat Schönemeyer ja wirklich in den Augen gehabt, denkt er.

»Passen Sie doch auf!«

Burbulla schaut auf. Er hat versehentlich einen Mann angerempelt. Dessen Gesicht kommt ihm bekannt vor. »Entschuldigung!«

»Macht nichts«, sagt eine tiefe Stimme.

»Ich kenne Sie doch von irgendwoher?«

»Das kann gut sein«, dröhnt der Mann. »Ich bin Karl Röttgen, der Geschäftsführer der Kulturhauptstadt. Und Sie haben mich bestimmt früher mal im Fernsehen ertragen müssen.«

In Burbullas Hirn klicken die Synapsen. Genau. Röttgen war früher Intendant eines öffentlich-rechtlichen Senders und bessert nun seine Rente ein wenig auf.

»Interessieren Sie sich für Mode?«, fragt Burbulla.

»Ich finde, dass diese Modenschau eine hübsche Idee ist«, sagt Röttgen. »Mode ist doch auch Kultur – besonders hier in Bochum.«

Kim nähert sich. »Herr Röttgen, entschuldigen Sie, aber haben Sie zufällig Herrn Schönemeyer gesehen?«

»Nein. Ist er denn weg?«

»Wir können ihn nicht finden. Deshalb die lange Pause. Er sollte jetzt auftreten. Mit *Meine Stadt* und *Pommes Schranke.*«

»Echte Klassiker«, lächelt Röttgen. »Robert wird schon auftauchen. Machen Sie sich keine Sorgen. Vielleicht hat er sich hier unten verlaufen. Kann ja schnell passieren bei den vielen Gängen.«

»Die Leute vom Museum suchen ihn schon«, berichtet Kim.

Hauptkommissar Burbulla bekommt einen trockenen Hals. Er hat plötzlich das Gefühl, etwas versäumt zu haben.

Eine Stunde später sind die Models umgezogen und abgeschminkt, die Besucher warten in der Eingangshalle des Museums auf die Vernehmung. Kim, Brausewinkel und Röttgen sitzen wie versteinert in der Steigerstube. Überall Polizei, Spurensicherer und Zivilbeamte.

Reporter knubbeln sich – aber nicht die Schreiberlinge der Bunten Seiten oder die Schickimickis der Gesellschaftsteile, sondern die harten Jungs von der Blaulichtfront.

»Eine bessere PR können die sich doch gar nicht wünschen«, flachst ein Bluthund. »Die Ikone der Ruhri-Musik – plattgemacht von 'ner ollen Bergbaufräse. Geil, was?«

Burbulla schluckt. Der blutrote Klumpen Fleisch an der Wand hat keine Ähnlichkeit mehr mit einem Menschen.

»Wie konnte das passieren?«, blafft der Polizeidirektor. »Hatten Sie keinen Personenschutz angeordnet, Herr Kollege?«

»Mit welchem Personal denn?«, fragt Burbulla zurück. »Der Schutz war ich. Und ich habe heute Abend eigentlich frei.«

»Überzeugendes Ergebnis, wirklich!«, schnaubt der Polizeichef. »Irgendeine Spur von der Frau, die ihn bedroht hat?«

»Nein. Ich habe nichts Ungewöhnliches bemerkt.«

»Wenn man von dem Gulasch an der Wand absieht, haben Sie recht, Burbulla. Kann mir einer sagen, warum diese Maschinen überhaupt noch laufen? Ich dachte, das sei ein Besucherbergwerk!«

»Das habe ich den Museumsdirektor auch gefragt«, antwortet Burbulla. »Und es kann sich hier niemand erklären. Eigentlich geben die Geräte nur Geräusche von sich, bewegen sich aber nicht. Aber es gibt einen Schlüssel. Die Spusi ist hier schon durch. Ich zeige Ihnen das mal.«

Er steckt einen Schlüssel in einen kleinen unscheinbaren Metallkasten und dreht ihn um. Ein furchterregender Lärm entsteht.

»Machen Sie das aus, Mann!«, schreit der Polizeichef. »Das haut ja den stärksten Gaul aus den Puschen.«

»Von hier aus wird die Fräse gesteuert«, erläutert Burbulla, nachdem das Getöse verstummt ist, und deutet auf einen schmalen Kommandostand auf der linken Seite der Maschine. »Der Maschinenführer kann nicht erkennen, was bei der Schraube passiert und ob sich dort jemand befindet. Das Ding hat eine Vortriebsgeschwindigkeit von fünf Metern pro Stunde.«

Wenige Stunden später sind die Personalien der Modenschaubesucher aufgenommen und sie können nach Hause gehen. Niemandem ist etwas Ungewöhnliches aufgefallen. Kim, Anita Brausewinkel, Karl Röttgen und die Models befragt Burbulla einzeln. Später liest er im Büro die Protokolle durch. Schönemeyer ist noch nicht lange tot gewesen, als er gefunden wurde – so der Gerichtsmediziner nach erster Einschätzung.

Der Sänger war während des ersten Teils der Modenschau ins Museum gekommen. Die Zeugin Brausewinkel hat ihn in das Bergwerk geführt – zu einem Ort, an dem er sich auf seinen Auftritt vorbereiten sollte. Weitere Musiker sind nicht dabei gewesen – aus Platzgründen hat man sich auf Halbplayback geeinigt. Karaoke für Superstars?

Er war also allein dort unten. Fast allein.

Burbulla liest die Aussage von Kimberley Rosenthal. Sie hat sich um die Kleider und die Models gekümmert. Den Schönemeyer hat sie nur von Weitem gesehen. *Das war auch nicht meine Aufgabe,* steht auf dem Blatt, *für die Betreuung von Herrn Schönemeyer war Frau Brausewinkel zuständig.*

Frau Brausewinkel hat den Sänger wenig später ebenfalls aus den Augen verloren. Er habe sich vor dem Auftritt konzentrieren wollen. *Er wollte allein sein,* so die Brausewinkel. *Erst in der Pause wunderte ich mich, dass er gar nicht mehr auftauchte. Ich hab die Leute vom Museum gebeten, ihn zu suchen.*

Karl Röttgen hat noch weniger mitbekommen. Er hat die Honneurs und einen guten Eindruck gemacht.

Die Befragung der Models ist genauso erfolglos verlaufen.

Kim fährt nach Hause und überlegt. Sie hat etwas beobachtet, was ihr keine Ruhe lässt. Penelope und Karl Röttgen, der große alte Mann der Kulturhauptstadt, haben sich Blicke zugeworfen. Ist Röttgen etwa der geheimnisvolle Freund, für den sie Berlin verlassen hat?

Noch etwas irritiert sie. Anita Brausewinkel hat ausgesagt, dass sie sich ständig um den Ablauf der Show gekümmert hat, und Kim als Zeugin benannt. Kim hat nicht widersprochen, als der Polizist sie dazu befragt hat. Aber Anita ist längere Zeit verschwunden gewesen. Warum hat sie gelogen?

Am nächsten Morgen grellt die Nachricht von Schönemeyers Tod von jedem Titelblatt. Burbulla liest den Obduktionsbericht, der nicht besonders aufregend ist. Die Maschine hat Schönemeyer schlicht zerquetscht.

Der Hauptkommissar setzt eine Dienstbesprechung an. Die Kriminaltechniker haben auch schon Ergebnisse, sie sind schnell gewesen, denn die öffentliche Erregung ist groß.

»Es gibt zwar unzählige Spuren«, erklärt der Chef der Spurensicherung, »doch die meisten dürften den Besuchern zugeordnet werden. Aber etwas Merkwürdiges haben wir doch noch entdeckt. Es befand sich auf dem Führungsstand der Fräse und auf der Leiche.«

»Und was ist das?«, fragt Burbulla ungeduldig.

»Pferdehaare.«

»Pferdehaare?«

Ein Raunen geht durch die Reihen.

»Und wie erklären Sie sich das?«, fragt Burbulla.

»Gar nicht.«

»Vielleicht war der Mörder vorher auf einer Pferdekoppel«, versucht sich Burbulla. »Ist Pferdebesitzer oder er reitet.«

Der Spusi-Mann schüttelt den Kopf. »Das Pferd, von dem die Haare stammen, ist schon lange tot. Das Material ist voller Milbenrückstände und Kohlenstaub.«

»Ein totes Pferd? Wollen Sie mich verarschen, Kollege?«, braust Burbulla auf.

»Keineswegs. Die Analyse ist eindeutig. Das Pferd, von dem die Haare stammen, frisst schon lange keinen Hafer mehr.«

Kim ist enttäuscht. Der Mord an Schönemeyer hat die Berichterstattung über die Modenschau völlig in den Hintergrund gedrängt. Noch nicht einmal ihr Name ist erwähnt. Keine Fotos, kein Lob der Kollektion.

Sie wählt die Telefonnummer von Anita Brausewinkel. Die hat auch schon Zeitung gelesen.

»Schicksal, Kimberley-Baby«, plappert Anita. »Lass dein hübsches Köpfchen nicht hängen. Das wird schon noch!«

»Danke, Anita. Aber ohne PR komme ich nicht weit. Musste der Schönemeyer sich gerade an diesem Tag abmurksen lassen?«

»Frag mich was Leichteres!«

»Ich fahre ab heute Nachmittag wieder Taxi«, sagt Kim. Und dann fragt sie: »Sag mal, wo warst du gestern eigentlich die ganze Zeit?«

»Welche Zeit?«

»Als der Schönemeyer verschwunden war! Ich hab dich gesucht und nicht gefunden.«

Kurze Stille auf der anderen Seite. »Dann hast du mich wohl übersehen«, entgegnet Anita. »Ich hatte dich jedenfalls im Auge. Du hast mit dem alten Röttgen geredet, stimmt's?«

Burbulla hat Probleme mit dem toten Pferd. Er hat in seinem Job schon skurrile Dinge erlebt, doch das hier toppt alles. Ein Mörder, der vermilbte Pferdehaare auf seinem Opfer platziert. Der Hauptkommissar ruft die Pressestelle des Bergbaumuseums an.

»Ich habe da mal eine ganz dumme Frage«, sagte er zu der Frau am anderen Ende der Leitung. »Gibt es da unten im Besucherbergwerk irgendwas, das mit toten Pferden zu tun hat? Ein Ausstellungsstück vielleicht? Kleidung?«

»Ja klar, unser Tobias.«

»Tobias? Wer zum Teufel ist Tobias?«

»Unser Grubenpony.«

Burbulla nimmt unverzüglich den Weg über die Straße zum Bergbaumuseum.

»Hier ist er!«

Das Pferdchen steht in einem kleinen Holzverschlag am Hauptgang des Besucherbergwerkes. Über dem Stall ein Holzschild mit dem Namen *Tobias.* Im Halbdunkel ist nur der Kopf zu sehen. Glasaugen spiegeln das schummrige Licht.

Burbulla geht näher heran. Ein schepperndes Wiehern ertönt. Er zuckt zusammen. Ein Tonband, ausgelöst durch einen Bewegungsmelder.

»Grubenponys gab es nur bis 1966«, gibt die Führerin zum Besten. »Das hier ist der ausgestopfte Tobias. Er hat noch vier Jahre auf einem Bauernhof gelebt, bevor er in die ewigen Jagdgründe trabte.«

»Kann man den Stall öffnen?«, will Burbulla wissen.

»Der ist zum Glück immer verschlossen. Geht gar nicht anders bei den vielen Kindern, die hier durchgeführt werden. Die wollen Tobias striegeln oder sogar auf ihm reiten.«

Burbulla mustert das Schloss. Dann drückt er die Stalltür auf.

»Geht doch«, sagt er.

»Das Material stammt von diesem … Tier!« Der Kriminaltechniker hat die Haarprobe untersucht.

»Dann ist Tobias der Mörder«, murmelt Burbulla. »Das Pferd, nicht der Gärtner. Fragt sich nur, was der Scheiß soll. Was hatte Schönemeyer mit Pferden zu tun?«

»Mörder denken nicht immer klar«, konstatiert der Kollege. »Das sollten Sie doch inzwischen auch mitbekommen haben. Gab es da nicht eine Stalkerin?«

Penelope packt ihre Sachen. Sie muss verschwinden. Es ist nur eine Frage der Zeit, bis die Polizei ihren wirklichen Namen herausbekommt, einen Blick in ihre Akte wirft und Bescheid weiß. Sie nimmt nur das Nötigste mit. Ihre Unterlagen über Schönemeyer lässt sie in der Wohnung liegen. Abgehakt. Aus und vorbei. Schade, dass sie ihn nicht hat überzeugen können, dass er ihr gehört. Wirklich schade. Besonders für ihn. Kein schöner Tod, so zwischen Kohle und Stahl sein Leben auszuhauchen. Ob er sehr gelitten hat? Sie ruft ein Taxi.

Kim ist verwundert, dass die Zentrale sie zu ihrer eigenen Adresse schickt. »Der Fahrgast wartet vor dem Haus«, so die Ansage. Als Kim in die Straße einbiegt, sieht sie Penelope mit zwei kleinen Koffern.

»Welch ein Zufall!«, strahlt Kim. »Warum hast du dich nicht bei mir gemeldet?«

Penelope ist verblüfft. »Du? Ich wusste gar nicht, dass du Taxi fährst.«

»Von irgendwas muss ich ja leben«, stellt Kim fest. »Wo geht es denn hin?«

»Ich habe ein Jobangebot und fahre hin, um mich vorzustellen.«

»Wie schön. Wo soll ich dich absetzen?«

»Am Hauptbahnhof.«

»Bleibst du lange weg?«, fragt Kim.

»Ein paar Tage nur«, antwortet Penelope und denkt sich schnell eine Geschichte aus. »Eine Werbeagentur in Amsterdam sucht eine Assistentin für den Chef. Ich hatte schon gar nicht mehr mit einer Antwort gerechnet.«

»Wir sind da.« Kim stoppt kurz darauf. »Ich wünsche dir viel Erfolg. Lass dein Geld stecken – die Fahrt geht aufs Haus.«

»Das hier haben wir in einem Spind gefunden!« Der Beamte legt Burbulla ein kleines Diktiergerät auf den Tisch und drückt den Knopf: Wiehern und Pferdegetrappel ertönen.

»Damit hat der Mörder ihn gejagt«, sinniert Burbulla. »Bei der Akustik im Bergwerk kommt das bestimmt schön gruselig. Wer hat diesen Spind benutzt?«

»Eines der Models. Penelope. Den Nachnamen weiß ich nicht. Aber sie wohnt im selben Haus wie diese Kimberley Rosenthal. Das ist die Modetante, die die Klamotten entworfen hat.«

»Weiß ich. Nichts wie hin.«

In Penelopes Appartement finden die Polizisten einen gut gefüllten Aktenordner mit Zeitungsausschnitten über Robert Schönemeyer, Konzertdaten und Autogrammkarten. Im Papierkorb liegen angefangene und wieder verworfene Liebesbriefe an den Sänger.

»Damit haben wir die Stalkerin«, stellt Burbulla fest. »Sie ist vermutlich auch die Mörderin. Die Dame scheint sich allerdings fluchtartig abgesetzt zu haben. Geben Sie eine Großfahndung raus. Und informieren Sie die Pressestelle.«

»Sie werden der Held der Medien sein, Chef«, strahlt der Kollege.

»Mal abwarten«, grummelt Burbulla. Er denkt an das Grubenpony. Das passt immer weniger zu der Geschichte. Aber –

es muss ja nicht für alles eine Erklärung geben. Stalker haben ja sowieso nicht alle Latten am Zaun.

Der lokale Fernsehsender bringt einen Film über den Mord. Der Reporter berichtet über die Pferdehaare, die am Mordwerkzeug und an der Leiche gefunden worden sind, erwähnt das Tonband und die Durchsuchung einer Wohnung. Der Kameramann zeigt das Haus, in dem die Stalkerin und mutmaßliche Mörderin gewohnt hat.

Kim lächelt. Das ist also der Freund, von dem Penelope erzählt hat. Nicht Röttgen, sondern Schönemeyer. Nur wusste der nichts davon.

Aber getötet hat sie ihn nicht, denkt Kim, ich hatte sie ständig im Auge. Die Lösung muss eine andere sein. Ich habe da schon eine Idee.

Kim beschäftigt sich mit dem Leben von Anita Brausewinkel. Die hat vehement darauf bestanden, dass Schönemeyer die Musik macht und kein anderer. Könnte es eine Verbindung zwischen den beiden geben? Kim gibt die beiden Namen in eine Internetsuchmaschine ein.

Robert Schönemeyer und Anita Brausewinkel sind gleich alt und beide in Bochum auf dieselbe Schule gegangen. Na bitte!

Kim recherchiert weiter. Schönemeyer macht als Musiker Karriere. Auf seiner Homepage gibt es Fotos aus seinen frühen Jahren. Kim vergrößert sie und erkennt Anita Brausewinkel. Damals hieß sie noch Anita Grochowiak. Ein schmales, hübsches junges Ding. Sie taucht auf mehreren Bildern auf. Dann verliert sich ihre Spur.

Kim liest die Vita des Sängers. Das übliche geschönte Zeugs. Auch einige Interviews sind abgedruckt. Manche beleuchten sein Privatleben. Vorlieben, Abneigungen, Lieblingsfarben, Hobbys. *Ich habe Angst vor Pferden,* gesteht der Sänger, *diese Tiere versetzen mich in Panik.*

Genau das habe ich gesucht, denkt Kim und lächelt still vor sich hin.

Am nächsten Morgen präsentieren die Zeitungen Penelope als Mörderin. Sie heißt in Wirklichkeit Petra Lehmann und ist als Stalkerin bekannt. Doch bisher sind ihre Aktionen weitgehend gewaltlos verlaufen. In der Psychiatrie hat sie auch schon gesessen.

Kim ruft Anita Brausewinkel an. »Hast du etwa eine alte Rechnung beglichen, Anita?«

Anita hält sich gut und erzählt Kim ihre Geschichte. Sie handelt von Verliebtheit, erstem Sex, Schwangerschaft, Verrat, Abtreibung und später Rache.

Einen Monat später zieht Kim in eine schöne helle Wohnung in Paris. Anita Brausewinkel hat sie ihr gekauft. Genauso wie die Boutique in der Nähe des *Place des Victoires.* Kim arbeitet hart an ihrer Karriere. Anita und sie gehen jetzt getrennte Wege und Kim hat versprochen, nicht nach Bochum zurückzukehren. An Schönemeyer denkt sie nur noch selten. Auch nicht an Penelope, die als Mörderin verurteilt und in eine forensische Klinik eingewiesen wurde.

Ein bisschen sentimental ist Kim aber doch. Ihrer ersten Kollektion, mit der sie die Pariser Fachwelt begeistern will, hat sie den Namen *Saibot* gegeben.

Wer rückwärts lesen kann, ist klar im Vorteil.

*Petros Markaris*

# Bergkamen – auf vertrautem Boden

*Deutsch von Michaela Prinzinger*

»Papa, wie bist du bloß auf dieses Kaff verfallen?«, fragte Murat seinen Vater, der auf dem Rücksitz des VW Golf saß.

Der Flug der *Turkish Airlines* von Istanbul nach Düsseldorf war mit einer Stunde Verspätung gelandet. Sedat, der Vater, hatte am Flughafen auf Murat und seine Schwiegertochter gewartet. Anfangs überlegten sie, mit der Bahn nach Kamen zu fahren, doch Nermin bestand darauf, einen Wagen zu mieten, um sich freier und unabhängiger bewegen zu können.

Als sie die E 34 verließen und in die Werner Straße einbogen, tauchte das ›Kaff‹ vor ihren Augen auf. Murat konnte nicht begreifen, warum sich sein Vater als Rentner in Bergkamen niedergelassen hatte, in einer Stadt mit gerade mal fünfzigtausend Einwohnern. Normalerweise wählen Rentner ein Dorf oder eine Großstadt als Alterswohnsitz. Keiner sucht sich eine Kleinstadt aus.

»Wo geht's jetzt lang?«, fragte er seinen Vater.

»Bieg links in die Landwehrstraße und fahr anschließend geradeaus. Ich sag dir dann schon, wie's weitergeht.«

Murat konzentrierte sich nachdrücklicher als nötig auf den Verkehr, da fast keine Autos auf den Straßen unterwegs waren.

»Genauer gesagt wohne ich nicht direkt in Bergkamen«, erläuterte Sedat seiner Schwiegertochter, »sondern zwischen Bergkamen und Rünthe. Wir machen eine kleine Spazierfahrt, bevor wir zu mir nach Hause fahren, damit mein Sohn sieht, dass ich nicht in einem *Kaff* wohne.«

»Papa, mach dir nichts draus, er zieht dich doch nur auf«,

beruhigte ihn Nermin, während sie ihren Mann mit einem strengen Seitenblick bedachte.

»Wart's nur ab«, sagte ihr Schwiegervater. Sein Gesichtsausdruck verriet, dass er noch ein Ass im Ärmel hatte. Danach bedeutete er seinem Sohn, wo er abbiegen musste. »Hier entlang kommen wir zum Datteln-Hamm-Kanal. Vor dem Hotel stellen alle Spaziergänger ihre Wagen ab.«

Neben dem Parkplatz lag ein Hafen mit kleinen und großen Segel- und Motorbooten. Am Wasser entlang verlief eine kleine Promenade.

»Na so was, hier gibt's auch eine Marina?«, rief Nermin aus.

»Aus diesem Grund habe ich mich für Bergkamen entschieden«, erklärte Sedat, ganz begeistert, dass endlich jemand seiner Wahl etwas abgewinnen konnte. »Fast kann man das Meer riechen.«

»Und deswegen musstest du hierher ziehen?«, wunderte sich Murat. »Für das Geld hättest du dir doch in Bodrum, Izmir oder Antalya ein Haus kaufen können.«

Sedat verschlug es die Sprache. »So viele Jahre habe ich in diesem Land mein Brot verdient. Und dann soll ich als Rentner einfach weggehen? Das wäre doch schäbig. Früher haben wir Begriffe wie Dankbarkeit in der Türkei hochgehalten, aber das gilt euch ja alles nichts mehr heutzutage.«

Sedat Sağlams Bleibe lag in einer Siedlung mit renovierten zweistöckigen Häusern. Vom Fenster des oberen Stockwerks aus hatte man einen schönen Blick auf den Jachthafen und auf einen Park am anderen Ufer.

»Du tust deinem Vater unrecht«, meinte Nermin. Sie stand am Fenster und war ganz beeindruckt von der Aussicht.

»Ich?«, wunderte sich Murat. »Wieso denn?«

»Du solltest den Ort, an dem er seinen Lebensabend verbringen möchte, nicht als Kaff bezeichnen.«

»In Antalya oder Bodrum hätte er es viel schöner und würde zudem mit weniger Geld auskommen. Wie kann er nur diesen kleinen Binnenhafen mit dem Mittelmeer vergleichen?« Er hielt kurz inne und fügte dann hinzu: »Ich mache mir eben Sorgen. Wenn ihm etwas zustößt, müssen wir aus Istanbul anreisen. Dort wäre er in unserer Nähe und wir könnten uns besser um ihn kümmern.«

Nermin löste ihren Blick vom Fenster und sah ihren Mann an. »Das Problem liegt weder an Bergkamen noch an deinem Vater. Dein Verhältnis zu Deutschland ist das Problem.«

»Was denn für ein Verhältnis? Da gibt es kein Verhältnis.«

»Das ist es ja gerade. Seit wir Deutschland verlassen haben, hast du keinen Fuß mehr hierher gesetzt. Du hast es deinen Kollegen nie verziehen, dass sie dich scheel angeschaut haben, weil ich Kopftuch trage.«

»Ich konnte es einfach nicht ertragen, dass mich die Kollegen, die ich seit der Ausbildung und vom Dienst her kannte, plötzlich misstrauisch beäugten. Außerdem lebe ich jetzt in Istanbul, und Deutschland hat keine Bedeutung mehr für mich.« Das fügte er rasch hinzu, als wolle er das Thema damit ein für alle Mal vom Tisch wischen. »Komm, gehen wir hinunter, er wartet bestimmt auf uns.«

Tatsächlich saß Sedat bereits vor den dampfenden Mokkatassen.

»Sehr hübsch hast du es hier«, meinte Murat. Die Worte seiner Frau waren anscheinend auf fruchtbaren Boden gefallen, denn er versuchte, weniger schroff als vorhin zu klingen.

»Es ist eine dieser alten Bergarbeitersiedlungen und wurde erst kürzlich renoviert. Mein Freund Faruk hat sie entdeckt. Eines Samstags setzte er mich einfach in den Zug und nahm mich mit hierher. ›Das ist der ideale Ort für passionierte Tavla-Spieler‹, meinte er. So haben wir zwei nebeneinanderliegende Häuser gekauft und den ganzen Tag lang Tavla gespielt.« Ein tiefer Seufzer entfuhr ihm, und mit gebrochener Stimme setzte er hinzu: »Bis vorgestern.«

»Wieso? Ist er umgezogen?«, fragte Nermin.

»Nein, er ist tot. Er wurde umgebracht.« Plötzlich brach Sedat in Tränen aus.

»Umgebracht?«, wunderte sich sein Sohn. »Von wem?»

»Deine Kollegen tappen noch im Dunkeln. Vier Tage lang haben wir nach ihm gesucht. Am Anfang glaubten wir, er sei zu seiner Tochter nach Dortmund gefahren. Aber dort war er nicht, und auch Esme hatte schon seit einer Woche nichts mehr von ihm gehört. Die Polizeibeamten fragten mich, ob er an Demenz oder Alzheimer leide ... Aber Faruk war kerngesund.« Nach einer Pause fügte er hinzu: »Schließlich hat man ihn in einem alten Bergwerksschacht gefunden.«

»War es vielleicht ein Unfall?«, fragtc Murat.

»Nein. Jemand hat ihm von hinten auf den Kopf geschlagen.« Sedat wischte sich die Tränen von den Wangen. »Fünfundzwanzig Jahre waren wir zusammen auf dem Bau, seit 1985. Er war Ingenieur und ich Bauführer. Wir waren unzertrennlich.«

Dass sein Vater seinen besten Freund verloren hatte, betrübte Murat, doch er hatte nicht vor, sich in den Fall einzumischen. Er hatte Faruk nicht persönlich gekannt, und der Mord oblag der deutschen Kriminalpolizei.

Doch ein paar Tage später änderte er seine Meinung. Es war Mittag und er fand seinen Vater in Gesellschaft zweier Türken vor. Der eine trug Vollbart, der andere einen Schnauzer. Sobald sie Murat erblickten, unterbrachen sie das Gespräch und erhoben sich. Bevor sie gingen, stellten sie sich ihm zwar vor, doch Murat stand so unter dem Bann von Sedats aufgewühlter Miene, dass er nicht auf ihre Namen achtete. An der Tür drehte sich der Vollbärtige um und meinte zu Sedat: »Also, wie abgemacht?« Sedat nickte eifrig.

»Wer waren die beiden?«, fragte Murat.

»Die gehören zu einer türkischen religiösen Vereinigung.«

»Und was wollten sie?«

»Sie erklärten mir, der Mord an Faruk sei eine sehr verzwickte Angelegenheit, und ich solle mich da raushalten. Und wenn ich was wüsste, solle ich nicht zur Polizei gehen, sondern zuerst mit ihnen reden und auf ihre Anweisungen warten.«

Murats Befürchtungen wurden von Nermin bestärkt. »Wenn du meine Meinung hören willst: Geh zur Polizei«, sagte sie.

»Und was soll ich dort sagen? Dass zwei Typen hier waren und meinen Vater unter Druck gesetzt haben?«

»Das war kein freundschaftlicher Besuch. Das war eine Warnung, dass er sich ruhig verhalten soll, weil er sich sonst in Gefahr begibt. Wie konnte sich sein Freund nur mit solchen Leuten einlassen! Die verstehen keinen Spaß.«

Der Kommissar, der den Fall übernommen hatte, hieß Josef Schwarz. Als Murat sich als ein türkischer Kollege vorstellte, horchte er auf. Der Name Murat Sağlam schien ihm nichts zu sagen. Umso besser. Murat wollte die Vergangenheit lieber ruhen lassen.

»Wenn Sie sich um Ihren Vater sorgen, kann ich Ihnen sagen, dass er mit Sicherheit nicht in die Sache involviert ist«, erklärte ihm Schwarz.

»Ja, aber warum haben ihn dann die beiden besucht? Aus welchem Grund sollten sie ihm drohen?«

Schwarz zuckte mit den Achseln. »Das Problem ist, wir finden keinen Zugang zu diesen Kreisen. Die funktionieren wie geschlossene Bruderschaften, sie arbeiten nicht mit den Behörden zusammen und das erschwert die Ermittlungen.« Er machte eine kurze Pause und setzte dann nachdenklich hinzu: »Außer, es hätte etwas mit der Moschee zu tun.«

»Welcher Moschee?«

Schwarz blickte verwundert auf. »Hat Ihnen Ihr Vater nicht erzählt, dass das Opfer, Faruk Ceyhan, eine Moschee bauen wollte?«

»Nein.«

Murat fragte sich, warum ihm sein Vater diese Information vorenthalten hatte. Vielleicht, weil er vor diesen Leuten Angst hatte? So eine Option wollte er sich gar nicht ausmalen.

»Es wäre hilfreich, wenn Sie sich für uns dort ein wenig umhören könnten«, presste Schwarz mit offensichtlichem Unbehagen hervor. »Mit Ihnen reden sie ja vielleicht, weil Sie Türke sind. Man darf nur nicht mitkriegen, dass Sie Kontakt zu uns haben.« Nach einer kurzen Pause fügte er hinzu: »Tun Sie es Ihrem Vater zuliebe, der seinen besten Freund verloren hat.«

»Ich weiß nicht, darüber muss ich erst nachdenken«, entgegnete Murat und erhob sich. An der Tür blieb er kurz stehen. »Wie komme ich zum Tatort?«

»Eigentlich ist es nur die Fundstelle der Leiche, die Tat wurde woanders begangen«, antwortete Schwarz. »Ich gebe Ihnen die Adresse. Die Stadt ist überschaubar, und Sie werden den Ort leicht finden.«

»Ich habe dir nichts davon erzählt, weil ich es nicht ernst genommen habe«, entgegnete Sedat, als ihn sein Sohn nach der Moschee fragte. »Faruk hat immer wieder mal eine verrückte Idee ausgebrütet. So auch die mit der Moschee. Eines Morgens kam er zu unserem Tavla-Treffpunkt, und während ich die Steine aufstellte, erklärte er mir, er habe vor, eine Moschee zu bauen.«

»Mit wem wollte er sie bauen?»

»Allein. Und das war auch das Seltsame an der Sache. Faruk war überhaupt nicht religiös. Als ich ihn fragte, wie er denn auf die Idee verfallen war, meinte er, er hätte in seinem Leben schon alles Mögliche gebaut, aber nie eine Moschee. ›Außerdem‹, sagte er, ›werden hier alle Moscheen von religiösen Vereinigungen kontrolliert. Es sollte auch eine Moschee für diejenigen geben, die ihr Gebet verrichten wollen, ohne von einem Verband gegängelt zu werden.‹ Damals habe ich seinen Worten keine große Bedeutung zugemessen. Ich dachte, das träge Rentnerdasein ginge ihm auf die Nerven und er sei auf der Suche nach einer sinnvollen Beschäftigung.«

»Wie oft haben dich diese Typen schon besucht?«

»Zwei Mal. Beim ersten Mal haben sie mir erzählt, es sei ein Unfall gewesen. Faruk hätte den Schachteingang übersehen, sei ausgerutscht und hineingestürzt. Dieselbe Erklärung war ja anfänglich auch von der Polizei zu hören. Später erst kamen sie zu dem Schluss, es sei Mord gewesen. Deshalb sind sie gestern wiedergekommen, um meinem Besuch bei der Polizei zuvorzukommen, falls mir doch noch etwas einfiele.«

»Hast du ein Foto von Faruk?«

Die Aufnahme, die ihm sein Vater überreichte, zeigte einen Mann, der jünger war als Sedat, mittelgroß, mit Mütze, Lederjacke und gepflegtem Bart. Bis auf sein dunkel gelocktes Haar verriet nichts seine türkische Herkunft.

Was hatte dieser Mann bloß mit Moscheen am Hut?, fragte sich Murat. Doch dann führte er sich Nermin vor Augen, die als Informatikerin mit Kopftuch mehr Geld nach Hause brachte als er. Da zog er es vor, die Frage lieber auf sich beruhen zu lassen.

»Kann ich das Foto ein paar Tage behalten?«

»Solange du willst.«

»Und mach den beiden Typen nicht auf, falls sie noch einmal aufkreuzen.«

Murat hatte zunächst daran gedacht, seinen Vater zur Leichenfundstelle mitzunehmen, doch dann überlegte er es sich anders. Diese Typen hatten bestimmt spitzgekriegt, dass er Polizeibeamter war. Wenn man sie zusammen am Schacht sah, brachte er seinen Vater möglicherweise in Gefahr.

Er bat Nermin, ihn zu begleiten, da sie einen besseren Orientierungssinn hatte als er und die Stelle schneller finden würde. Trotzdem hatten sie sich bald schon heillos verirrt. Der Schacht lag versteckt am Rande einer ruhigen, dicht bewachsenen Gegend. Früher musste dort ein Industriegebiet gelegen haben. Dahinter erstreckte sich die Autobahn nach Bergkamen, wo der Förderturm der ehemaligen Zeche Monopol in den Himmel ragte.

Murat warf einen Blick zurück und fingerte nach seinem Handy. »Sag mal, Papa, wo wollte Faruk denn die Moschee bauen?« Er lauschte der Antwort und meinte dann zu Nermin: »Faruk stand in Verhandlungen über genau dieses Gelände für den Moscheebau. Vielleicht wollten seine Mörder der türkischen Bevölkerung zeigen, was mit Landsleuten passiert, die ohne ihre Billigung handeln.«

Dieser Gedanke versetzte Murat in große Unruhe. Religiöse Fanatiker waren bereit zu töten, zuweilen auch auf brutale Weise, doch diese Art von beispielhafter Bestrafung passte nicht zu ihrer sonstigen Vorgehensweise. Solche Exempel wurden ausschließlich in Kreisen des organisierten Verbrechens statuiert. Möglicherweise hieß das, dass der Mord an Faruk eher mit dem Grundstück als mit der geplanten religiösen Einrichtung zu tun hatte und dass sein Vater weniger von fanatischen Islamisten als durch das organisierte Verbrechen bedroht wurde.

Seine Besorgnis war so groß, dass er gleich nach seiner Ankunft in Sedats Haus Kommissar Schwarz anrief.

»Wir haben auch schon daran gedacht, aber es scheint etwas weit hergeholt«, beruhigte ihn der deutsche Kommissar. »Eine akute Gefährdung Ihres Vaters halte ich für unwahrscheinlich.« Nach einer kurzen Pause hakte Schwarz ein wenig gepresst nach: »Der Mord geht auf das Konto Ihrer Landsleute.«

Aha, meine Landsleute, dachte Murat. Wie oft hatte er dieses Argument gehört, als er noch bei der deutschen Polizei arbeitete! »Na, was haben deine Landsleute wieder ausgeheckt?« Das war einer der Gründe gewesen, seinen Job zu kündigen und Deutschland zu verlassen. Und in all den Jahren war offenbar alles beim Alten geblieben.

In den folgenden Tagen musste er feststellen, dass sich auch bei den Türken kaum etwas verändert hatte. Sie waren Fremden gegenüber noch immer verschlossen und misstrauisch, selbst wenn sie gleicher Herkunft waren und derselben Religion angehörten. Eine ganze Woche verbrachte er damit, durch Bergkamen zu streifen und diverse türkische Läden und Cafés aufzusuchen. Doch stets erhielt er dieselben gleichlautenden Antworten.

»Ich hab schon davon gehört, dass er umgebracht wurde. Allah möge seiner Seele ewige Ruhe schenken, aber näher habe ich ihn nicht gekannt.« Immer wenn Murat dann das Gespräch auf den von Faruk geplanten Moscheebau lenkte, wurde die Mauer des Schweigens undurchdringlich. »Ich höre einfach nicht hin und kümmere mich nur um meine Angelegenheiten«, kanzelte ihn ein junger Mann ab, der ein Geschäft mit türkischen Waren in einer kleinen Weddinghofener Straße führte.

Als Murat seinem deutschen Kollegen davon erzählte, lachte Schwarz auf. »Verstehen Sie jetzt? Nicht einmal mit Ihnen wollen sie reden. Wie dann erst mit uns!« Dann ergänzte er, als müsste er sein schlechtes Gewissen beruhigen: »Stellen Sie Ihre Nachforschungen ruhig ein. Es hat wenig Sinn, und außerdem möchte ich Sie nicht in Ihrem Urlaub damit behelligen.«

Murat hätte auch wirklich von weiteren Schritten abgesehen, wäre nicht von Nermin ein interessanter Hinweis gekommen. »In Rünthe gibt es ein Café in einer Seitengasse der Rünther Straße. Der Wirt könnte etwas wissen, und er ist bereit, mit dir zu sprechen.»

Murat reagierte ungehalten, mehr aus Angst denn aus Ärger. »Was? Hinter meinem Rücken mischst du dich in die

Sache ein?«, schimpfte er. »Ich habe gar nicht mitgekriegt, dass du seit Neustem bei der Polizei bist.«

»Schrei mich nicht so an«, entgegnete Nermin gereizt. »Ich war auf der Suche nach einer Bluse, und als ich zahlen wollte, flüsterte mir die Kassiererin zu, ich solle meinem Mann sagen, Suat würde mit ihm reden. Und sie gab mir die Adresse. Das ist alles. Der Name der jungen Frau ist Selma.«

Murat fand das Café namens *Boncuk* auf Anhieb. Es machte einen ruhigen und gepflegten Eindruck. Eine fünfköpfige Männergruppe beugte sich über eine türkische Zeitung und diskutierte lautstark. Zwei ältere Männer saßen am Fenster und betrachteten den spärlichen Verkehr. Die übrigen Tische waren leer. Murat nahm in der Mitte des Cafés Platz. Mit Absicht hatte er eine Tageszeit gewählt, zu der nur mit wenigen Gästen zu rechnen war.

Ein Mann Mitte dreißig kam auf ihn zu. Murat bestellte einen doppelten Espresso, und als der Kellner sich gerade wieder entfernen wollte, flüsterte er ihm zu: »Selma schickt mich.«

Der Kellner entfernte sich wortlos. Murat bemerkte, wie die um die Zeitung sitzenden Männer ihr Gespräch unterbrachen und zu ihm herüberblickten. Er war sicher, dass sie gleich nur noch flüstern würden, und er behielt recht.

»Entschuldigen Sie, mir ist der Kaffee ein wenig übergeschwappt, deshalb habe ich Ihnen eine kleine Serviette dazugelegt, damit Sie sich nicht bekleckern«, meinte der Kellner, stellte den Espresso ab und kehrte zum Tresen zurück.

Murat maß dem Vorfall keine Bedeutung bei, doch als er den ersten Schluck trinken wollte, bemerkte er, dass auf der Papierserviette etwas in türkischer Sprache notiert war. Er führte die Tasse an seine Lippen – die Männergruppe diskutierte inzwischen wieder eifrig – und steckte das Stück Papier rasch in die Jackentasche. Überrascht stellte er fest, dass auf der Untertasse noch eine weitere unberührte Serviette lag. Er lächelte über Suats Einfallsreichtum, doch wurde dadurch auch ersichtlich, wie viel Angst herrschen musste.

Als er in seinen Wagen stieg, las er Suats hastig hingekritzelte Nachricht: *Morgen früh um acht am Ostufer im Naturpark Beversee.*

Diesmal musste Murat nicht lange suchen, denn der Naturpark war eine bekannte Sehenswürdigkeit der Stadt. Seinen Wagen stellte er nicht auf dem Parkplatz der Marina, sondern in einer Seitenstraße ab. Er betrat das Gelände durch den Eingang am Kanal und spazierte auf den See zu. Schon von Weitem sah er Suat ungeduldig auf und ab gehen.

»Tut mir leid, dass ich Sie so früh hier herbestellt habe, aber um diese Uhrzeit sind wir hier ungestört.« Sie schlenderten am Seeufer entlang. »Der Freund Ihres Vaters hat sich hier auf Dinge eingelassen, von denen er nichts verstand«, meinte Suat. »Er kannte die Stadt nicht, er hatte keine Ahnung davon, dass ohne die Erlaubnis der religiösen Vereinigungen gar nichts läuft. Er meinte, er würde mit seinem Vorhaben etwas Gutes bewirken. Doch Gutgläubigkeit kann einen manchmal geradewegs vom Leben in den Tod befördern.«

»Egal, ob man ein Haus errichtet oder eine Moschee, man braucht einen Baugrund, Baupläne und Arbeitskräfte. Also muss er Verhandlungen aufgenommen haben.«

»Das hatte er auch. Nur eines war ihm entgangen: Alle, mit denen er sprach, haben es brühwarm den Verbänden weitererzählt, um ihre Ruhe zu haben. Der Freund Ihres Vaters hatte einen türkischen Namen, aber im Grunde war er ein Deutscher.«

»Wie meinen Sie das?«, fragte Murat.

»Faruk glaubte, dass man in Deutschland mit Geld und einer Baugenehmigung frei und ungehindert bauen könne.

Das stimmt zwar, aber nur für die Deutschen und nicht für die Immigranten, die ihre eigenen Gesetze haben. Doch er hat sich von den Warnungen und Drohungen nicht einschüchtern lassen.«

»Wer könnte ihn umgebracht haben?«, fragte Murat. »Haben Sie eine Ahnung?«

»Wissen Sie, hier gibt es keine Mafia. Daher haben wir hier auch keine Auftragskiller. Doch es findet sich immer irgendein verrückter Fanatiker, der meint, als Mörder könne man zum Märtyrer werden.«

»Es scheint mir jedoch ausgeschlossen, dass es ein Einzeltäter war. Er wurde an einem anderen Ort umgebracht und dann erst zum Schacht gefahren. Das schafft keine einzelne Person.«

Suat zuckte die Schultern. »Keine Ahnung. Vielleicht gab es Unterstützung von auswärts.«

»Jedenfalls danke ich Ihnen für Ihre Hilfe. Sie haben als Einziger den Mut aufgebracht, mit mir zu sprechen«, sagte Murat abschließend, da er von Suat wohl nichts Neues mehr erfahren würde.

»Ich war Ihnen etwas schuldig.«

»Etwas schuldig? Mir?« Murat fiel aus allen Wolken.

»Als Sie in Esslingen bei der Polizei waren, wurde einmal eine Gruppe Deutscher und Türken festgenommen, die ein altes Ehepaar an einer Bushaltestelle überfallen hatten. Unter ihnen war ein gewisser Metin Peker. Ihnen war der Nachweis zu verdanken, dass er nicht an dem Raubüberfall beteiligt war, sondern rein zufällig am Tatort war. Metin Peker ist mein Bruder.«

»Und was macht Ihr Bruder jetzt?«, fragte Murat, vorwiegend um seine Genugtuung zu verbergen, dass seine Arbeit bei der deutschen Polizei doch nicht ganz umsonst gewesen war.

»Er hat eine Ausbildung zum Automechaniker gemacht und arbeitet jetzt in einer Werkstatt.« Suat streckte ihm die

Hand hin. »Schön, dass ich mich revanchieren konnte. Wer weiß, was aus Metin geworden wäre, wenn er im Gefängnis gelandet wäre.«

Er ließ Murats Hand los und ging auf den Nordausgang zu. Nach ein paar Schritten blieb er stehen und blickte Murat noch einmal zögernd an. »Ich sage Ihnen noch etwas, aber am besten vergessen Sie es ganz schnell wieder«, meinte er schließlich. »Wer hier unter den Türken das Sagen hat, ist ein gewisser Erol Kutluyol. Ohne seine Zustimmung läuft gar nichts. Alle haben großen Respekt und zugleich eine Heidenangst vor ihm. Denn er macht dich fertig, aber er gibt dir auch Kredit, damit du einen Laden eröffnen oder ein Haus kaufen kannst. Alles, was unter den Türken dieser Stadt läuft, liegt in Erols Hand.«

»Was macht dieser Erol geschäftlich?«

»Er hat eine Spedition. Alle Transporte zwischen der Türkei und hier bündeln sich bei ihm. Böse Zungen behaupten, er sei bloß ein Strohmann. Das sagt man vielleicht, weil er nicht nur Türken beschäftigt, sondern auch Deutsche, vor allem als Lkw-Fahrer. Eins ist jedenfalls sicher: Er ist tiefgläubig.«

Murat beschloss, Suats Aussage an Schwarz weiterzuleiten. Der hörte ihm stumm zu und wiegte nur ab und zu mit dem Kopf, bis der Name von Erol Kutluyol fiel. Das hatte sich Murat, ganz wie Suat, als allerletzten Trumpf aufgehoben.

»Kutluyol?«, fuhr Schwarz auf. »Das ist ja interessant.«

»Wieso?«

»Kutluyol arbeitet mit der deutschen rechtsextremen Szene zusammen. Unseres Wissens stammt ein Teil seines Firmenvermögens aus diesen Kreisen.«

»Und er beschäftigt deutsche Lkw-Fahrer«, ergänzte Murat. »Denken Sie daran, dass das Opfer zum Schacht hingefahren wurde.«

»Glauben Sie, das waren Deutsche? Wieso sollten die so etwas tun? Was hätten sie davon?«

»Die Rechtsextremen wollen keine Moscheen in Deutschland, genauso wenig wie Kutluyol Moscheen gutheißt, die sich seiner Kontrolle entziehen.«

Und ganz unverhofft, als käme ihm der Gedanke zum ersten Mal, drängte sich Murat die Frage auf die Lippen: »Sagen Sie, haben Sie vielleicht Spuren eines Lastwagens in der Nähe des Schachts gefunden?«

»Nein, das nicht, aber Spuren von Rollen, die vermutlich von einem Handhubwagen stammen. Wir haben zu Beginn unserer Untersuchungen nicht speziell darauf geachtet, da wir annahmen, das Gerät sei vom Opfer benutzt worden.«

»Damit hat man den Toten zum Schacht befördert. Sie haben ihn mit dem Lkw bis zum Ende der Asphaltstraße gebracht, um keine Spuren zu hinterlassen, und anschließend mit dem Hubwagen zum Schacht transportiert. Wenn Sie Kutluyols Lagerhallen durchsuchen, finden Sie das Gerät möglicherweise noch.«

»Nun, wer hat ihn schließlich getötet? War es Kutluyols Schlägertrupp, der alle hiesigen Türken terrorisiert?«, fragte Nermin ihren Mann.

Beide saßen im Wagen in Richtung Düsseldorf, um den Rückflug nach Istanbul anzutreten.

»Nein, die hat Erol außen vor gelassen. Einer seiner Bauführer hat ihn in der Lagerhalle, gleich hinter den Büros, umgebracht. Unter dem Vorwand eines günstigen Angebots für Baumaterialien hat er ihn dorthin gelockt und ihn dann von hinten mit einem Hammer angegriffen. Anschließend hat er sich und den Toten von einem deutschen Fahrer mit einem Lastwagen zum Gelände bringen lassen. Mit einem Handhubwagen wurde Faruk dann zum Eingang des Schachts verfrachtet.«

»Und was hat Kutluyol mit alldem zu schaffen?«

»Schwarz meint, Faruk sei auf seine Anweisung hin getötet worden. Aber das ist schwer zu beweisen, da der Täter den Mund hält und behauptet, er habe aus eigenem Antrieb gehandelt.«

»Vielleicht redet der Deutsche.«

»Der hat von Kutluyols wahren Absichten keine Ahnung. Den hat Süleyman, der Täter, mit dem Argument geködert, eine weitere Moschee müsse verhindert werden.«

»Und warum deckt Süleyman Kutluyol?«

»Weil der ihm offensichtlich versprochen hat, für seine Familie zu sorgen, während er im Gefängnis sitzt. Wer sollte sonst für die drei kleinen Kinder aufkommen? Und für seine Kopftuch tragende Frau, die keinen Schritt vor die Tür setzt?«

»Was hat denn das eine mit dem anderen zu tun?«, reagierte Nermin empört. »Ich bin doch auch Kopftuchträgerin, aber ich verdiene besser als du!«

Murat lachte auf. »Verwunderlich ist nicht, dass du besser als ich verdienst.«

»Sondern?«

»Dass du Kopftuch trägst.«

Nermin hüllte sich in Schweigen. Nach und nach tauchten am Rande der Autobahn die ersten Vororte von Düsseldorf auf.

*Taavi Soininvaara*

# Vanakkam in Hamm!

*Deutsch von Peter Uhlmann*

Es regnete und gewitterte in Hamm, als Lukas Keller den Hindutempel *Sri Kamadchi Ampal* betrat, ohne auch nur zu ahnen, dass er achtundzwanzig Stunden später sterben würde. Die reich verzierte Fassade des imposanten Gebäudes hatte ihn beeindruckt, nun wartete er voller Interesse darauf, was er drinnen vorfinden würde. Doch Lukas Keller war nicht hier, um den Tempel kennenzulernen, sondern um mehr über seinen Feind zu erfahren.

Der erste Bereich war für die Schuhe bestimmt. Keller zog seine Sportschuhe aus und stellte sie auf die unterste Ablage eines Regals aus unbehandeltem Holz. Dann schloss er sich einer Gruppe von Touristen an, die unter dem Vordach ihre Kameras einstellten, und folgte ihnen in die Eingangshalle des Tempels. Am Informationsstand blieb er stehen und nahm sich einen Prospekt aus der Ablage. Exotische Musik erklang überraschend laut.

»*Vanakkam*«, sagte ein Tamile, der den Hauptraum des Tempels betreten hatte und seine Handflächen aneinanderdrückte, während er sich verbeugte. Das Wort bedeutete *willkommen,* las Keller in seinem Prospekt. Den Tempel hatten tamilische Hindus gegründet, die 1983 aus Sri Lanka geflohen waren, nachdem die dort herrschenden Singhalesen begonnen hatten, die größte ethnische Minderheit des Landes, die Tamilen, grausam zu verfolgen und umzubringen und der Bürgerkrieg ausbrach. Der jetzige Tempel war 2002 fertiggestellt und mit einem dreizehnstündigen Fest eingeweiht worden, zu dem mehr als dreitausend Hindus aus ganz Europa gekommen waren.

Keller betrat den hohen Hauptsaal des Tempels und roch den schweren Duft der Räucherstäbchen. Sein Blick schweifte durch den üppig verzierten, farbenfrohen Raum. Erst als er schon ein Stück gegangen war, las er in dem Prospekt, dass man den Rundgang im Uhrzeigersinn absolvierte. Er machte auf dem Absatz kehrt.

Der Tempel *Sri Kamadchi Ampal,* las Keller weiter, war der größte europäische Tempel im Dravida-Stil und der zweitgrößte aller europäischen Hindutempel. Die Höhe betrug siebzehn Meter und die Seitenlänge siebenundzwanzig Meter. Keller blieb stehen und betrachtete den großen Schrein in der Mitte des Saals. Das musste eine Art Hauptheiligtum sein, das Allerheiligste. Es war mit den Darstellungen von Göttern geschmückt, wie nahezu alles andere im Tempel auch: reich verzierte Gestalten mit vielen Gliedmaßen, in grellen Farben auf den Säulen, den Ornamenten, den Bildern.

An den Wänden standen kleinere Schreine, deren Öffnungen von roten Vorhängen verdeckt waren. Keller trat vor das nächstgelegene Heiligtum, hob die Kamera und las durch den Sucher: *Sri Ganesha.* Über dem nächsten Schrein stand: *Sri Shiva.* Er drehte gemächlich seine Runde durch den Hauptsaal, machte dabei Fotos und kam schließlich wieder am Vordach des Eingangs an. Jetzt hatte er den Ort gesehen, den ein Singhalese namens Ranjan Wijeratne fast täglich besuchte. Der Tempel spielte in Wijeratnes Plänen irgendeine Rolle, da war sich Keller ganz sicher.

Für die Fahrt vom Tempel in Uentrop bis in den Südwesten des Zentrums von Hamm brauchte er knapp zwanzig Minuten. Keller stellte sein Auto auf dem Parkplatz im Kimbernweg ab, stieg aus und spürte die feuchte Sommerluft. Er warf einen Blick hinauf zu den Fenstern von Ranjan Wijeratnes Wohnung, doch da bewegte sich nichts. Sie wohnten beide in der zweiten Etage des Aufgangs B. Das graubraune Haus sah nicht sonderlich schön aus, aber die Miete war bezahlbar und die Lage gut.

Wenig später ließ sich Lukas Keller zu Hause in seinen Sessel fallen und öffnete eine Flasche kühles *Isenbeck.* Für ihn gehörte das Bier immer noch zu Hamm, wo es mehr als zweihundert Jahre lang gebraut worden war, ehe *Warsteiner* die Marke übernommen hatte, und zudem wohnte er ja in dem Stadtteil, der den Namen Isenbeck trug.

Als Keller die Post durchsah, verdüsterte sich seine Laune – eine Reklame und fünf Rechnungen. Das Geld wollte einfach nicht reichen, seit er vor einem Jahr aus dem Polizeidienst hatte ausscheiden müssen und eine Dienstunfähigkeitsrente bekam. Jeden Cent musste er dreimal umdrehen. Aber wenn er jetzt die Pläne Ranjan Wijeratnes aufdeckte, durfte er vielleicht wieder in den Dienst zurückkehren. Er war erst achtundzwanzig und hielt es für unnatürlich, dass man einen Mann im besten Alter zum Rentnerdasein verdammte. Genau wie jeder andere konnte er doch Büroarbeiten verrichten, auch wenn sein linkes Bein steif wie ein Holzklotz war und zu nichts taugte. Schließlich haben sie ja die ganze Zeit von meinem Gebrechen gewusst, dachte Keller wütend. Die Beinverletzung hatte er sich schon vor vielen Jahren als kleiner Junge zugezogen.

Er setzte sich an den Schreibtisch und blätterte seine Aufzeichnungen über Ranjan Wijeratne durch: geboren in Colombo/Sri Lanka im Juli 1982. Verlor seine Mutter 1988 bei einem Anschlag der *Liberation Tigers of Tamil Eelam,* die sich auch *Tamil Tigers* nannten und gegen die Herrschaft der Singhalesen kämpften. Kam 1993 nach Deutschland, wohnhaft seitdem in Hamm. Mit zunehmendem Frust blätterte Lukas Keller immer hektischer in seinem Notizheft.

Ranjan Wijeratne plante eine Art Terroranschlag, davon war Keller überzeugt. Warum war der Mann denn sonst wochenlang in der Gegend herumgefahren und hatte in verschiedenen Geschäften Substanzen gekauft, die man für den Bau einer Bombe brauchte: Nagellackentferner, Wasserstoffperoxid zum Blondieren von Haaren und Salzsäure zum Säubern von Klinkern. Stoffe, aus denen er den Lieblingssprengstoff der Terroristen herstellen konnte: Acetonperoxid. Die ›Mutter des Satans‹.

Keller beobachtete Wijeratne schon, seit er vor ein paar Wochen gehört hatte, wie er im Biergarten des Maximilianparks einem deutschen Freund großspurig erklärte, dass sich endlich jemand an den Tamilen für all die Brutalitäten rächen müsse, mit denen sie Sri Lanka im Bürgerkrieg überzogen hatten. Aufgebracht hatte Wijeratne behauptet, dass die Tamilen Tausende unschuldiger singhalesischer Zivilisten umgebracht und die *Tamil Tigers* über hundertsiebzig Selbstmordanschläge begangen hätten, mehr als jede andere Terrororganisation.

Keller legte das Notizbuch zurück. So wie bisher konnte er nicht weitermachen, die Observierung Wijeratnes entwickelte sich zu einer Zwangsvorstellung, in der letzten Zeit hielt er nicht einmal mehr Kontakt zu seinen Freunden. Er fühlte sich so abgespannt wie nie zuvor; lange würde er das nicht mehr durchstehen. Sein Entschluss stand fest: Es musste heute getan werden. Er würde bei seinen Ermittlungen nicht weiterkommen, wenn er nicht bereit wäre, Risiken einzugehen.

Keller schaute auf die Uhr. Es war Mittag, Wijeratne würde also gleich essen gehen. Jetzt musste er es wagen.

Zwölf Minuten vor zwei stand Lukas Keller im stockfinsteren Flur von Ranjan Wijeratnes Wohnung, die er problemlos mit dem Dietrich geöffnet hatte. Außer seinem heftigen Herzschlag hörte er nur das Rauschen des Verkehrs auf der Dortmunder Straße und der Radbodstraße. Er schaltete das Licht an.

Wijeratnes Wohnung wirkte überraschend sauber, nur ein besonderer Duft, der wahrscheinlich von Räucherstäbchen oder Gewürzen herrührte, und das Modell eines Hindutempels verrieten, woher er stammte. Im Wohnzimmer setzte Keller sich an den kleinen Schreibtisch Wijeratnes, auf dem eine Menge Notizbücher, Prospekte und Blätter lagen. Er öffnete ein Heft mit einem Plastikeinband und fluchte – der Mann machte seine Aufzeichnungen in Sinhala. Als er die anderen Notizbücher durchsah, wurde er immer nervöser – alles war in Singhalesisch geschrieben.

Doch da, ein Faltblatt, ein deutschsprachiges Faltblatt. Das zweiwöchige Jahresfest des Tempels *Sri Kamadchi Ampal* würde in zwei Tagen beginnen. Man erwartete, dass die Besucherzahl wie in den letzten Jahren wieder in die Zehntausende ging. Und das Datum der Eröffnungsfeier hatte Wijeratne eingekreist.

Keller war erregt und zugleich erschrocken. Jetzt kannte er den Zeitpunkt und das Ziel; was immer Ranjan Wijeratne auch plante, es würde übermorgen im Tempel geschehen. Nun musste er noch herausfinden, was der Mann mit den Chemikalien gemacht hatte.

Keller sah in jedem Schrank in der Küche nach und war bitter enttäuscht, als er nichts Verdächtiges fand. Auch im Badezimmer nicht und ebenso wenig im Flur. Das Schlafzimmer blieb seine letzte Chance.

Als er Wijeratnes Kleiderschrank öffnete, wurde ihm klar, dass er auf eine kugelsichere Weste aus Polizeibeständen starrte. Wo hatte der Bursche sich die bloß beschafft? Keller streckte die Hand aus und war gerade im Begriff, die Weste aus dem Schrank zu nehmen, da fiel sein Blick auf die Drähte. Dann entdeckte er auch den Zünder und die Sprengkapsel. Die Bombe war einsatzbereit. In zwei Tagen bei der Eröffnung des Tempelfestes wollte Ranjan Wijeratne sich und Dutzende oder Hunderte andere Menschen in die Luft jagen. Keller schloss die Schranktür, er musste sich einen Augenblick hinknien. Sein Herz hämmerte so wild, dass es im Kopf dröhnte, und durch sein linkes Bein jagten Schmerzwellen, als hätte man ihm Nadeln unter die Haut getrieben. Er atmete tief durch, erhob sich und hoffte, während er die Wohnung verließ, dass Wijeratne nichts von seinem Besuch bemerkte.

Die vier Kilometer vom Kimbernweg bis zum Polizeipräsidium in der Grünstraße schaffte Keller mit durchgetretenem Gas in fünf Minuten. Er grüßte Laura Peters, die in seiner ehemaligen Dienststelle am Empfang saß, und kam sofort zur Sache.

»Ist im KK 5 jemand da?«

»Was ist denn los?« Polizeimeisterin Peters wirkte seltsam verlegen.

Keller wäre am liebsten weiter zur Treppe gehastet, denn er wusste natürlich, wo die Büros der Kripo waren, aber er durfte jetzt kein Aufsehen erregen, er musste ganz ruhig bleiben. »Worum es geht, sage ich denen oben im KK 5.«

Laura Peters zögerte einen Augenblick und griff dann zum Telefon. Sie wandte Keller den Rücken zu und sprach leise mit jemandem.

»Kriminalkommissar Rödl ist da und erwartet dich«, sagte sie und rang sich ein Lächeln ab.

Keller stieg rasch die Treppe hinauf. Er war gerade bis zur ersten Etage gekommen, als ihm ein sechzigjähriger Mann mit Bauch und Schnurrbart entgegenkam.

»Tag, Keller. Ich bin offen gestanden etwas besorgt, dich hier zu sehen«, sagte Kriminalkommissar Johannes Rödl und führte seinen ehemaligen Kollegen in ein Besprechungszimmer.

»Wie geht es dir?«, fragte Rödl verlegen. »Du siehst ziemlich müde und abgespannt aus.«

»Du kannst dir sicher denken, dass es kein Zuckerlecken ist, in meinem Alter seine Tage als Rentner zu verbringen«, antwortete Keller mit einem Achselzucken.

»Hat sich dein ... Gesundheitszustand ... verbessert?«

»Das Bein taugt noch genauso wenig wie früher.«

»Ich meinte nicht ...«

Keller unterbrach Rödl: »Ranjan Wijeratne, sri-lankischer Staatsbürger, will übermorgen in Uentrop einen Selbstmordanschlag verüben. Dann beginnt das Jahresfest im Hindutempel, da kommen die Leute in hellen Scharen.«

Johannes Rödl wirkte nicht überrascht. »Eine ziemlich kühne Behauptung. Wie hast du von diesem ... Mann aus Sri Lanka und seinen Absichten erfahren?«

»Ich bin vor einer halben Stunde in seine Wohnung eingebrochen«, erwiderte Keller. »Dort habe ich eine Bombenweste gefunden. Wijeratne hat Acetonperoxid hergestellt. Schon seit Wochen hat er in verschiedenen Geschäften stets geringe Mengen Salzsäure, Wasserstoffperoxid und Aceton gekauft.«

Johannes Rödl schwieg so lange, dass Keller ungehalten fragte: »Willst du dir das nicht wenigstens notieren?«

»Na gut«, sagte Rödl schließlich. »Wo wohnt dieser Wirenatja?«

Keller kritzelte die Adresse auf ein Stück Papier.

Rödl holte die Brille aus seiner Brusttasche, setzte sie auf und las, musterte Keller, las die Adresse noch einmal und schaute Keller wieder an. »Es ist am besten, du überlässt mir die Sache jetzt«, sagte er in einem väterlichen Ton und stand auf. »Geh nach Hause und beruhige dich. Schalke spielt heute und Borussia Dortmund auch, schau dir doch einfach ein Spiel an und trink ein paar Bier. Und es ist sicher am klügsten, wenn du niemandem etwas von diesem Warenetja erzählst.«

Noch ehe Lukas Keller richtig begriffen hatte, dass ihr Gespräch beendet war, hatte Rödl ihm schon auf die Schulter geklopft und war auf dem Flur verschwunden. Sollte das alles gewesen sein, wollten sie nicht mehr wissen? Oder hatte es Rödl eilig, um sofort die Erstürmung der Wohnung von Wijeratne zu organisieren?

Der Abend und die Nacht vergingen entnervend langsam. Lukas Keller saß im Flur seiner Wohnung auf dem Fußboden und lauschte, ob im Treppenhaus Geräusche zu hören waren. Immer wenn draußen jemand das Licht einschaltete, schaute er durch den Spion.

Gegen vier Uhr morgens kam er endlich zu dem Schluss, dass ein Sturmangriff der Polizei auch in seinem Schlafzimmer zu hören wäre, und kroch ins Bett.

Als er am Vormittag kurz vor zehn wieder aufwachte, hatte die Polizei die Wohnung von Wijeratne immer noch nicht gestürmt. Warum zum Teufel zögerten die nur? Wollten sie bis zum letzten Augenblick abwarten, möglicherweise so lange, bis der Bursche mit angelegter Bombenweste seine Wohnung verließ?

Keller kochte Kaffee, holte den *Westfälischen Anzeiger* herein und setzte sich an seinen kleinen Küchentisch, um die Zeitung zu lesen. Doch seine Gedanken schweiften ab.

Johannes Rödls Verhalten verwunderte ihn immer mehr: Der Kriminalkommissar war seiner Anzeige gegenüber misstrauisch gewesen, er hatte überhaupt nichts notiert und sich auch nicht im Geringsten dafür interessiert, dass Keller in Wijeratnes Wohnung eingebrochen war. Außerdem hatte er ihm verboten, mit anderen über die Sache zu reden. Vielleicht waren die Kollegen Wijeratne ja schon vor seiner Anzeige auf der Spur gewesen. Oder wollte Rödl womöglich Kellers Aussage unter den Tisch fallen lassen, um nach Wijeratnes Verhaftung den Ruhm nicht mit ihm teilen zu müssen? Und der Fall sollte ihm doch die Chance bieten, seine Fähigkeiten unter Beweis zu stellen. Es sollte die Eintrittskarte sein, die ihm ermöglichte, wieder zu arbeiten, wieder unter Menschen zu sein. Lukas Keller hatte Angst.

Er wusste, was zu tun war.

Fünfzehn Minuten später fuhr Keller mit seinem altersschwachen Golf in Richtung Zentrum. Er hatte nur noch diesen einen Tag Zeit, um alle Vorkehrungen zu treffen. Lukas Keller unterschätzte die Gefährlichkeit seines Vorhabens nicht, er war sich vollkommen bewusst, dass ihm ein Angriff auf Ranjan Wijeratne zum Verhängnis werden konnte. Aber was hatte er denn schon zu verlieren als achtundzwanzigjähriger dienstunfähiger Expolizist mit einem steifen Bein, in dessen Leben die intimste Berührung einer Frau ein Händedruck gewesen war?

Er parkte seinen Wagen am Willy-Brandt-Platz und betrat das weiträumige, hohe Bahnhofsgebäude. Nachdem er sich eine Flasche Cola und einen Streuseltaler gekauft hatte, setzte er sich an einen Tisch der Bäckerei und schaute hoch zur malvenfarbenen Decke der Bahnhofshalle mit ihren weißen Ornamenten. Alles war so wie damals. Genau hier hatte er gesessen, als er seinen Vater zum letzten Mal sah, hatte dagesessen und an die Decke gestarrt und so vermieden, sich von seinem Vater zu verabschieden, als dieser Hamm verließ. Allerdings konnte er heute nicht weinen.

Keller trank die Cola aus, ließ den Streuseltaler unberührt liegen und trat wieder hinaus auf den Bahnhofsvorplatz. Nach einigen Schritten blieb er vor der neuen Stadtbibliothek stehen, um die große beleuchtete Glasmalerei von Otmar Alt über dem Eingang zu bewundern. Ihm gefiel das farbenprächtige Bild, seine Fröhlichkeit wirkte beinahe ansteckend.

Er stieg wieder in seinen Wagen, fuhr einige Minuten in östliche Richtung, parkte bei der St.-Pankratius-Kirche und ging über die Soester Straße hinüber in eine schmale, von Laubbäumen gesäumte Allee. Wie auf Bestellung kam die

Sonne hervor. Am Ende der Allee erhob sich der Burghügel Mark, der Ort, an dem Graf Adolf von der Mark am Aschermittwoch 1226 hier am Zusammenfluss von Lippe und Ahse die Stadt Hamm gegründet hatte. Hier war Lukas Keller mit seiner Mutter bei ihrem letzten Besuch in Deutschland gewesen. Sie hatte sich für die Geschichte Hamms interessiert und war stolz auf ihre Wurzeln gewesen. Eine Weile schaute er von der Anhöhe auf das rauschende Grün ringsum.

Dann kehrte er zur Alten Soester Straße zurück und blieb vor dem Restaurant *Alte Mark* stehen, um das Geld in seinem Portemonnaie zu zählen – es waren achtunddreißig Euro und etwas Kleingeld. Das reichte. Er betrat das Restaurant, ging in den kleinen unteren Saal und wählte denselben Ecktisch, an dem er und seine Mutter damals gesessen hatten. Alles, was er an jenem Tag gegessen hatte, stand immer noch auf der Speisekarte, vermutlich gehörten die Gerichte zu den Klassikern des Hauses.

Er bestellte eine klare Ochsenschwanzsuppe und Lachsfilet mit Sauce béarnaise, Brokkoli und Kroketten und gleich noch als Dessert Vanilleeis mit heißen Himbeeren.

Während er aß, sah Keller immer wieder auf den Platz gegenüber, bis er manchmal glaubte, seine Mutter zu sehen. Der Druck, unter dem er stand, wurde allmählich unerträglich. Von Minute zu Minute hielt er es für unwahrscheinlicher, dass er seine Begegnung mit Ranjan Wijeratne überleben würde. Deshalb war es gut, dass er sich verabschiedet hatte.

Es war kurz vor zwei Uhr nachmittags, und in Ranjan Wijeratnes Küche brannte Licht. Lukas Keller stand auf dem Kimbernweg, schaute nach oben und spürte, dass er nie wieder so bereit wie jetzt sein würde.

Angst rauschte in seinen Ohren.

Er atmete tief ein und stürmte los. Haustür auf, die Treppe hinauf in die zweite Etage, an der Tür lauschen, nichts zu hören, den Schlüssel ins Schloss, Tür auf und die Pistole ziehen. Lukas Keller schaute in den Garderobenspiegel, setzte sich die Mündung der Sig Sauer P226 an die Schläfe und schoss Ranjan Wijeratne eine Kugel ins Gehirn.

Erschüttert stand Kriminalkommissar Johannes Rödl in Lukas Kellers Wohnung. Seit dem Anruf der Nachbarn, die einen Schuss gehört hatten, war eine Stunde vergangen. Der Notarzt hatte Kellers Tod festgestellt, und nun fotografierten die Männer von der Spurensicherung die Leiche, nahmen Proben und sammelten Beweisstücke.

Zwei Kriminaltechniker machten Aufnahmen vom Modell des Hindutempels in einer Ecke des Wohnzimmers. Ihre hellen Leuchten heizten den Raum auf, in Kellers Zweizimmerwohnung hing ein leichter Duft von Räucherstäbchen.

»So etwas konnte man doch nicht ahnen«, sagte Rödl und schüttelte den Kopf.

Lea Heimann schwieg. Sie war Psychiaterin beim Polizeipsychologischen Dienst, und Rödl hatte sie herbestellt.

»Natürlich habe ich von seiner Krankheit gewusst«, fuhr Rödl fort. »Alle haben es ja gewusst. Lukas Keller ist auch früher schon im Präsidium gewesen und hat völlig wirre Geschichten erzählt. Diesmal hat er behauptet, er sei in die Wohnung eines Terroristen aus Sri Lanka eingebrochen, und als ich gefragt habe, wo der Mann wohnt, hat Keller mir seine eigene Adresse gegeben. Wir wollten heute Nachmittag mal hier vorbeischauen und uns vergewissern, ob alles in Ordnung ist. Nun sind wir ein paar Stunden zu spät gekommen. Warum hat Lukas Keller sich erschossen?«

»Lukas Keller hat nicht sich erschossen, sondern seiner Meinung nach Ranjan Wijeratne, der ein Selbstmordattentat vorbereitete«, entgegnete die Psychiaterin.

Rödl zog die Brauen hoch. »Was fehlte Keller eigentlich genau?«

»Was heute in seinem Kopf vorging, werden wir nie genau erfahren«, antwortete Lea Heimann. »Ich habe Lukas seit einigen Jahren wegen einer dissoziativen Identitätsstörung behandelt. Als Folge der Traumata in seiner Kindheit entwickelten sich bei Keller mehrere Persönlichkeiten, in seinem Kopf lebten gewissermaßen mehrere Personen, jede von ihnen mit ihrer eigenen Geschichte, ihrem eigenen Namen, ihren eigenen Erinnerungen. Manche dieser Personen hatten sogar eigene physische Eigenschaften, eine eigene Stimme, eine eigene Art, sich zu bewegen. Die einzelnen Personen hatten keine Verbindung zueinander, waren sich aber auf einer gewissen Ebene bewusst, dass die anderen existierten.«

»Was für Traumata hat Keller denn als Kind erlitten?«, fragte Rödl.

»Das kann man sich kaum vorstellen«, erwiderte Lea Heimann. »Er war 1988 mit seiner Mutter, einer deutschen Missionarin, in der Nähe von Colombo in einem Bus unterwegs, den die *Tamil Tigers* überfielen. Neunzehn Zivilisten wurden getötet und neun verletzt. Lukas war damals gerade sechs geworden. Seine Mutter starb und der Junge hätte beinahe ein Bein verloren.«

»Schrecklich«, sagte Rödl und runzelte die Brauen.

»Der Bürgerkrieg in Sri Lanka war einer der blutigsten der Weltgeschichte, wenn er denn überhaupt zu Ende ist. Ich habe irgendwo gelesen, dass bei Terroranschlägen und bei den Kämpfen fast einhunderttausend Menschen umgekommen sind.«

»Der Tod der Mutter hat also dazu geführt?«, sagte Rödl und deutete auf Kellers Leiche.

»Das war erst der Anfang«, entgegnete Lea Heimann. »Kellers Vater ist Singhalese. Verbittert über den Tod seiner Frau schloss er sich singhalesischen Freischärlern an und zwang seinen Sohn, ihn bei Racheaktionen gegen tamilische Dörfer zu begleiten. Lukas hat als Kind Gräueltaten erlebt, über die er auch Jahrzehnte danach nicht sprechen konnte, nicht einmal mit mir, seiner Psychiaterin.«

Rödl rieb sich das Kinn. »Ich bin nicht sicher, ob ich das wirklich alles verstehe.«

»Lukas Keller musste als Kind zu viel Schlimmes erleben!«, sagte Lea Heimann. »Also hat sein Verstand Ranjan Wijeratne geschaffen und ihm die Last der Erinnerung an die Gräueltaten übertragen. Seine Persönlichkeit hat sich völlig aufgespaltet, er war sowohl der Deutsche Lukas Keller als auch der singhalesische Terrorist Ranjan Wijeratne. Und weitere Personen kamen noch hinzu.«

»Gab es außer Keller und Wijeratne noch mehr ... Personen?«, fragte Rödl.

»Mir waren acht verschiedene Persönlichkeiten bekannt.«

Rödl brauchte einen Moment, um das Gehörte zu verarbeiten. »Was ist mit Kellers Vater? Lebt der noch hier?«

»Vater und Sohn sind 1993 in der Hoffnung auf einen besseren Lebensstandard nach Hamm gekommen, Lukas besaß ja die deutsche Staatsbürgerschaft. 2003 ist der Vater dann wieder in seine Heimat zurückgekehrt, kurz nachdem man Lukas Kellers Krankheit diagnostiziert hatte.«

Rödl wirkte ungläubig. »Diese dissozia..., diese Krankheit Kellers muss wirklich etwas Seltenes sein.«

»Einigen Schätzungen zufolge erkrankt daran fast ein Prozent der Menschen«, erwiderte Lea Heimann.

Aus dem Schlafzimmer tauchte ein Polizist auf und räusperte sich. »Chef, hier ist etwas, was Sie sich ansehen sollten.«

Rödl trat ins Schlafzimmer und beugte sich über die Schwelle des begehbaren Kleiderschranks, um Lukas Kellers Polizeischutzweste zu betrachten. »Er hat tatsächlich eine Bombe gebaut. Unfassbar.«

Und Lea Heimann sagte bedrückt: »Dann hat Keller wohl doch einen Selbstmordanschlag verhindert.«

*Petra Ivanov*

## Der Schwanzhammer von Lüdenscheid

Luzi Schmied stand vor der Erlöserkirche und legte den Kopf in den Nacken. Ein Nordostwind war aufgekommen und jagte dunkle Wolkenfetzen über den Himmel. In der Ferne glaubte Schmied, die Fahrzeuge auf der Sauerlandlinie zu hören. Vielleicht war es aber auch nur der Wind, der heulte. Schmied fröstelte. In der Eile hatte er lediglich das Nötigste in eine Tasche gestopft, bevor er aus dem Haus gestürzt war und die sechshundert Kilometer lange Fahrt von der Schweiz nach Lüdenscheid in Angriff genommen hatte.

Zuvor war er jedem Hinweis nachgegangen. Er hatte Internetrecherchen angestellt, Nachbarn befragt, Verstand und Intuition eingesetzt. Bis er glaubte, die Antwort auf seine Frage gefunden zu haben: Sweta war nach Lüdenscheid verschleppt worden.

Als er ihr Verschwinden entdeckt hatte, war Panik in ihm aufgestiegen. Seine Sweta. Weg. Freiwillig wäre sie niemals gegangen. Ein Kloß bildete sich in seinem Hals. Er stemmte die Hände in die Seiten und atmete tief ein. Auf keinen Fall wollte er Aufmerksamkeit auf sich ziehen. Also keine Tränen. Er war schon auffällig genug, ohne dass er weinte. Ein fast zwei Meter großer Koloss mit rotem Haarkranz und zusammengewachsenen Augenbrauen. Wenn er sich bewegte, machten ihm die Leute Platz, als wäre er ein Eisbrecher.

Ging Sweta jedoch neben ihm, so beachtete ihn niemand. Mit ihren grazilen Bewegungen, den langen blonden Haaren und dem tiefen Braun ihrer Augen zog sie die Menschen in ihren Bann. Wo immer sie gemeinsam auftauchten, folgten ihr die Blicke. Manchmal stieg in Schmied deswegen Eifersucht auf. Doch er konnte Sweta nicht zu Hause verstecken. Sie mochte Gesellschaft. Im Gegensatz zu ihm ging sie auf die Leute zu. Sie genoss die Bewunderung, stand gern im Mittelpunkt.

Erste Regentropfen setzten ein. Schmied drehte sich um die eigene Achse und ließ seinen Blick durch die ringförmige Altstadt schweifen. Ihre Schönheit berührte ihn nicht. Weder lieferten ihm die renovierten Fassaden einen Hinweis auf Swetas Aufenthaltsort, noch beantworteten sie seine Fragen. Schuhgeschäfte, eine Apotheke, ein Goldschmied. Nichts Außergewöhnliches. Vor dem *Café Monaco* unterhielten sich einige Jugendliche in einer Sprache, die Schmied nicht erkannte.

»Wo bist du?«, stöhnte er. »Sweta!«

»Sweta«, äfften ihn die Jugendlichen nach. »O Mann, ein Irrer.«

Obwohl Schmied um Fassung rang, lief ihm eine Träne übers Gesicht. Er wischte sie mit dem Handrücken ab und fluchte leise vor sich hin. Er war so weit gekommen. Sich jetzt seinen Gefühlen hinzugeben würde ihn nicht ans Ziel bringen. Entschlossen marschierte er auf den Eingang der Kirche zu. Mit Religion hatte er nichts am Hut, doch wenn er Sweta finden wollte, musste er so denken wie ihr Entführer. Er hatte gelesen, dass der Turmschaft das älteste erhaltene Bauwerk der Stadt war. Auf Symbolik legte er in der Regel keinen Wert, doch in diesem Fall dürfte sie eine große Rolle spielen. Nicht umsonst war Sweta in Lüdenscheid. Die Suche am ältesten Punkt der Stadt zu beginnen, erschien Schmied passend.

Vorsichtig trat er in die Kirche ein. Als ihn die Stille empfing, hielt er automatisch den Atem an. Mit gesenktem Kopf schlich er zum Kanzelaltar. Die Säulen darüber erinnerten ihn an einen griechischen Tempel. Er kniete sich hin, wider Vernunft erwartend, dass ihm eine Stimme den Weg weisen würde. Nichts geschah. Der Wind rüttelte an der Seitentür, der Regen prasselte gegen die hohen Fenster. Als seine Knie zu schmerzen begannen, erhob er sich grunzend. Der modrige Geruch entlockte ihm ein Niesen.

Dass ›Sweta‹ auf Russisch ›Licht‹ bedeutete, hatte er erst gelernt, als er zu recherchieren begonnen hatte. Er war nie besonders sprachbegabt gewesen. Lesen bereitete ihm keine Freude. Die Informationen über Lüdenscheid, die er im Internet gefunden hatte, war er allerdings sorgfältig durchgegangen. Von ihnen hatte er sich Erleuchtung erhofft. Doch die Fakten hatten ihm genauso wenige Hinweise geliefert wie die Kirche. Zwar wusste er jetzt, dass er sich zwischen Volme und Lenne befand, im Märkischen Sauerland, zusammen mit 77.361 Lüdenscheidern – sofern die Statistik stimmte –, zwölf Grundschulen, 46 Zahnärzten und einem Ausbildungszentrum der westfälischen Schraubenindustrie. Aber es war ihm egal. Außer, wenn einer der 77.361 Einwohner Sweta gesehen hatte. Oder ihren Entführer.

Medardus Lux. Schon der Klang des Namens ließ Wut in Luzi Schmied aufwallen. Er verließ die Kirche weniger leise, als er sie betreten hatte.

Der Regen fiel nun in regelmäßigen Strömen. Die Feuchtigkeit vermochte das innere Feuer, das in Schmied brannte, nicht zu löschen. Zornig überquerte er die Wiese und sprang von der niedrigen Mauer, die sie zur Wilhelmstraße hin abgrenzte. Er hatte Medardus Lux von Anfang an misstraut. Als der unscheinbare Prediger in das kleine Schweizer Dorf gezogen war, in dem Schmied mit Sweta lebte, hatten viele zurückhaltend reagiert. Doch Medardus Lux hatte es fertiggebracht, die Zweifel zu beseitigen. Mit seiner Hilfsbereitschaft, seiner Großzügigkeit und seinem Charme hatte er immer mehr Anhänger gewonnen. Alleinstehenden alten Frauen trug er die Einkäufe nach Hause; Familienvätern hörte er geduldig zu, während sie über Schwierigkeiten am Arbeitsplatz klagten. Er hütete Kinder und goss Blumen, wenn jemand verreiste.

Seine Predigten besuchten zu Beginn nur wenige. Schmied war aus reiner Neugier hingegangen. Er wusste immer gern, mit wem er es zu tun hatte. ›Selas‹ nannte Medardus Lux seine Glaubensgemeinschaft. Auf Deutsch bedeutete das altgriechische Wort ›Licht‹. Genau wie das lateinische ›Lux‹. Der Prediger würfelte in seiner Lehre alles zusammen, was im Entferntesten mit Licht zusammenhing. Für den Gottesdienst hatte Schmied nur Kopfschütteln übrig gehabt. Nichts als salbungsvolle Worte, leere Versprechen und Selbstlob.

Schon bald hatte er die zitierten Bibelstellen wieder vergessen. Erst mit Swetas Verschwinden war ihm die Bedeutung der Predigt aufgegangen. »Ich bin das Licht der Welt. Wer mir nachfolgt, der wird nicht wandeln in der Finsternis, sondern wird das Licht des Lebens haben«, hatte Medardus Lux Johannes 8,12 zitiert. Immer wieder sprach er von Licht. Darauf baute er seine Lehre. Daraus schöpfte er Kraft. Und deshalb brauchte er Sweta. Das Opfer.

Schmieds Knie wurden weich, als er sich ausmalte, was der Prediger mit ihr anstellen würde. Er stolperte die Fußgängerzone hinunter, unfähig, seine Bewegungen zu koordinieren. Aus dem Schaufenster eines Optikergeschäfts blickten ihn Augenskulpturen an. Ein Zeichen? Rechts das Einkaufszentrum *Stern-Center.* Ein Hinweis des Himmels? Und wie sollte er die Bettler deuten, die ihm mit sanftem Lächeln ihre Mützen und Becher entgegenstreckten? Im Mittelalter hatten Reiche ihr Seelenheil durch Almosen erkaufen können. Dadurch waren sie ins Paradies gelangt, ohne selbst in Armut leben zu müssen.

Seine Fantasie ging mit ihm durch. Er musste sich auf das Licht konzentrieren. Deshalb war er in Lüdenscheid, der Stadt des Lichts. Jetzt, da die Dämmerung einsetzte, wurde die Stadt ihrem Namen gerecht. Der Rathausplatz verwandelte sich in einen Lichtteppich; die grellen Punkte auf dem Tower of Temperature lieferten die Information, dass es acht Grad warm war. Im alten Rathaus leuchteten die Fensterwölbungen auf, auf dem Graf-Engelbert-Platz der Schornstein. Am besten gefiel Schmied aber der Glühwürmchenpalast. Für Tiere hatte er immer schon eine Schwäche gehabt.

Lüdenscheid wollte mit Licht identifiziert werden, weit über die Stadtgrenze hinaus. Genau wie Medardus Lux als Prediger des Lichts bekannt werden wollte. Grund genug für ihn, seine Lehre mit der westfälischen Stadt zu verknüpfen. »Licht hilft uns, die Dinge so zu sehen, wie sie wirklich sind«, pflegte er zu sagen. »Es erleuchtet unser Verständnis. Damit das Licht des Herrn aber weiterbrennt, müssen wir Opfer erbringen.«

Luzi Schmied hatte die Aufforderung als leeres Gerede abgetan. Medardus Lux war vielleicht ein Irrer, aber nicht gewalttätig. Hatte er geglaubt. Bis er an jenem verhängnisvollen Abend nach Hause gekommen war und Swetas Verschwinden bemerkt hatte.

Er kam am Sternplatz an, wo er vor dem neuen Rathaus stehen blieb. Der Regen hatte nachgelassen, doch der Wind wehte weiterhin zügig. Alte Männer hielten ihre Mützen fest, Kinder pressten die Hände auf die Ohren. Schmieds Blick fiel auf ein Café. Obwohl ihm die Sorge um Sweta die Kehle zuschnürte, verspürte er Hunger. Seit dem frühen Morgen hatte er nichts mehr gegessen. Als er sich mit einem tiefen Seufzer in Bewegung setzte, knirschte es unter seinem Schuh. Er entdeckte eine Glasscherbe, die sich ihm in die Sohle gebohrt hatte. Als er sie herauszog, erstarrte er. Sie stammte vermutlich von einer Bierflasche. Sein Herz begann schneller zu schlagen.

Wie hatte er es übersehen können? Dass Medardus der Schutzpatron Lüdenscheids war, hatte er gewusst. Das war ein weiterer Grund, weshalb der Prediger Lüdenscheid für seine Opfergabe gewählt hatte. Medardus war Mitte des sechsten Jahrhunderts Bischof gewesen, bevor er wegen seiner Mildtätigkeit heiliggesprochen wurde. Er war Patron verschiedener Berufe, unter anderem der Schirmmacher. Vielleicht hatte Lüdenscheid ihn deswegen als Schutzfigur gewählt. An gutem Wetter fehlte es der Stadt offensichtlich. Daneben galt Medardus jedoch auch als Patron der Bierbrauer. Und wenn sich Schmied nicht täuschte, wurde das *Medardusbräu* in Lüdenscheid hergestellt.

Aufgeregt betrat er das Café *Extrablatt*. An Zufälle glaubte er nicht. Er griff nach einer Speisekarte auf einem der Bistrotische und schlug sie auf. Unter *Biere* fand er alles von *Iserlohner Pils* über *Diebels Alt* bis hin zu *Schöfferhofer*. *Medardusbräu* war nicht aufgeführt. Enttäuscht ließ er sich auf einen Stuhl fallen. Das Rattan ächzte bedenklich. Als ihn die Bedienung nach seinen Wünschen fragte, verlangte er trotzdem ein *Medardusbräu*. Verwirrt runzelte die Kellnerin die Stirn. Schmied bestellte eine Apfelschorle.

»Entschuldigen Sie«, meldete sich ein Gast am Nachbartisch. »Die Kellnerin stammt nicht aus der Gegend, sonst hätte sie Ihnen weiterhelfen können. Das *Medardusbräu* ist tatsächlich ein einheimisches Dunkles. Nicht schlecht für ein Standard. Mild am Anfang, im Hauptteil malzig, sogar leicht süßlich. Aber im Nachgeschmack, da geht die Post ab! Ich …«

»Wo?«, unterbrach Schmied. »Wo wird es verkauft? Oder hergestellt?«

Leicht brüskiert verzog der Gast das Gesicht. Als Schmied aufsprang und sich bedrohlich vor ihm aufbaute, wich er zurück.

»I-im *Schillerbad*.«

»In einem Bad?«, bellte Schmied.

»Es war früher ein Bad. Heute ist es ein Restaurant, beziehungsweise ein Hotel. Und eine Brauerei natürlich«, stotterte der Gast. »Hier in Lüdenscheid.« Er beschrieb die Lage.

Schmied verließ das Café, ohne auf seine Apfelschorle zu

warten. Er rannte den gleichen Weg zurück, den er gekommen war. Vor der Confiserie Hussel bog er jedoch rechts ab, wie der Gast es ihm erklärt hatte. Tatsächlich stand dort das ehemalige Schillerbad. Von außen war es nur anhand der Beschriftung zu erkennen. Als sich Schmied dem Eingang des Restaurants näherte, sah er durch die Fenster drinnen die Sudwerke, Leitungen und Gärtanks. Das Lokal war hell erleuchtet.

Schmied suchte nach Medardus Lux und Sweta. Würde sich der Prediger wirklich in aller Öffentlichkeit mit ihr zeigen? Wenn er sie tatsächlich seinem Lichtgott opfern wollte, wie Schmied vermutete, würde er später nicht mit der Leiche in Verbindung gebracht werden wollen. Medardus Lux predigte zwar Unsinn, doch dumm war er nicht. Um Fassung ringend, schloss Schmied die Augen.

Nein, dumm war der Prediger wirklich nicht. Jedes Mitglied von ›Selas‹ lieferte ihm einen Zehntel seines Einkommens ab. Medardus Lux gab vor, das Geld für wohltätige Zwecke einzusetzen. Schmied glaubte ihm kein Wort. Wie leicht die Menschen doch zu täuschen waren. Blumige Sätze, ein offenes Ohr und ab und zu eine gute Tat. Schon hingen sie einem Wildfremden an den Lippen. In letzter Zeit waren die kritischen Stimmen jedoch lauter geworden. Vermutlich hatte dies Medardus Lux auf die Idee gebracht, eine Opfergabe zu inszenieren. Seine Anhänger brauchten ein gemeinsames Erlebnis. Vor allem aber brauchten sie einen gemeinsamen Feind: ihn, Luzi Schmied.

Er stieg die Treppe zum Eingang des Brauhauses hoch. Einzelne Gäste rauchten vor der Tür. Sie machten ihm Platz, als er auf sie zustapfte. Lautes Stimmengewirr empfing ihn im Restaurant, die meisten Tische waren besetzt. An der Theke saßen einige Einzelpersonen. Medardus Lux befand sich nicht unter ihnen. Schmied wählte eine Nische, von der aus er den Eingang im Blickfeld hatte. Er bestellte ein *Me-*

*dardusbräu,* dazu dicke Bohnen und Mettwurst. Im großen Saal fiel seine massige Gestalt nicht auf. Außerdem lenkten die Wandbilder, alten Kacheln sowie die Dekorationen von den Gästen ab. Ein antikes Schild erinnerte an die Städtische Badeanstalt, neben der Treppe hing sogar ein Motorrad von der Decke.

Was, wenn er sie nicht fände? Oder schlimmer: Wenn er nur noch ihre Leiche bergen konnte? Ein Leben ohne Sweta war schlicht undenkbar. Wer würde mit ihm lange Spaziergänge unternehmen? Auf dem Sofa kuscheln und Fußball schauen? Ihn nachts wärmen, morgens liebevoll wecken? Die Vorstellung, dass er vielleicht nie mehr sein Gesicht in Swetas langen blonden Haaren vergraben würde, beelendete ihn. Statt sich den Verlust seiner geliebten Gefährtin vorzustellen, gab er sich Rachegelüsten hin.

Er betrachtete die Gärtanks. Schade, dass er keine Ahnung vom Bierbrauen hatte. Ein *Medardusbräu* mit echtem Medardus war ein befriedigender Gedanke. Noch im Tod könnte sich der Prediger über die Symbolik erfreuen. Mit Gift kannte sich Schmied ebenfalls nicht aus. Somit kam ein tödlicher Humpen genauso wenig infrage. Eine Waffe besaß er nicht.

Vorsichtshalber hatte Luzi Schmied niemandem seinen Namen genannt. In kein Hotel eingecheckt. Sein Wagen stand in einer Seitenstraße. Als hätte er geahnt, dass er nicht unverrichteter Dinge in die Schweiz zurückkehren würde. An sein Äußeres würden sich viele Lüdenscheider erinnern. Bis dann wäre er aber längst wieder über der Grenze.

Aus dem Augenwinkel nahm Schmied eine Bewegung wahr. Als er aufsah, zuckte er zusammen. Medardus Lux stand am Eingang des Restaurants und suchte nach einem freien Platz. Ohne Sweta. Langsam erhob sich Luzi Schmied. Der Prediger drehte den Kopf in seine Richtung und seine Augen weiteten sich, als er seinen Nachbarn erkannte. Sofort setzte er ein Lächeln auf. Mit gleitendem Schritt und ausgebreiteten Armen kam er auf ihn zu.

»Luzi Schmied!« Er sang den Namen beinahe. »Welch eine Überraschung! Was machen Sie in Lüdenscheid?«

Schmied presste die Kiefer zusammen. Selbstbeherrschung hatte noch nie zu seinen Stärken gehört. Jetzt aber musste er sich zusammenreißen, um Medardus Lux die nötigen Informationen zu entlocken. Er rang sich ein winziges Lächeln ab und hob sein Bier. »Auf das Licht«, sagte er mit ausdrucksloser Stimme.

»Das Licht«, wiederholte der Prediger unsicher.

Sein weißblondes Haar war an den Wurzeln dunkel, stellte Schmied fest. Fehlte ihm das Geld, um es nachzufärben? Als der Kellner mit dem Essen an den Tisch trat, bestellte Schmied einen Vier-Liter-Bierturm.

»Geht auf mich«, beruhigte er den Prediger.

Nachdem die Bedienung den Behälter hingestellt hatte, füllte Medardus Lux sein Glas und leerte es in einem Zug. Rasch zapfte Schmied den Turm ein zweites Mal an. Während der Prediger ein Glas nach dem anderen hinunterstürzte, widmete sich Schmied seiner Mettwurst. Es kostete ihn Überwindung zu schlucken. Doch die zunehmende Entspannung seines Gegenübers machte ihm Mut.

»Auf das Licht!« Schmied hob sein Glas erneut, worauf der Prediger weitertrank.

»Das Licht«, bestätigte Medardus Lux. »Ich will euer Licht sein; den Weg vor euch bereiten, wenn ihr meine Gebote haltet. Ihr werdet wissen, dass ihr von mir geführt werdet. 1 Nephi 17,13.«

»Auf Sweta!«, fuhr Schmied fort.

»Sssweta«, wiederholte Medardus Lux. »Wendet euch ab von der Dunkelheit! Dem Bösen!«

Seine Worte durchfuhren Schmied eiskalt. Mit zitternden Händen füllte er dem Prediger das Glas erneut.

Medardus Lux griff gierig danach.

»Der Dunkelheit?«, lieferte ihm Schmied das nächste Stichwort.

Der Prediger hob den Finger. »Ihr könnt mich nicht täuschen!«, nuschelte er. »Die Zeichen sind da!« Sein Blick huschte zu Schmieds Augenbrauen. »Teufelssohn!«

Da begriff Schmied endlich. Seine roten Haare, die zusammengewachsenen Augenbrauen – mittelalterliche Zeichen für Hexen, Vampire und den Teufel. Fast hätte er laut aufgelacht. Wäre es nicht für Sweta gewesen. Medardus Lux war es wirklich ernst. Indem er Sweta dem Licht opferte, besänftigte er seinen Gott und schlug gleichzeitig dem Teufel – ihm, Luzi Schmied – ein Schnippchen. Zumindest würde er die Tat seinen Anhängern so verkaufen.

Der Prediger nickte. »Ich werde die arme Sweta erlösen. Schmiede steckten schon immer mit dem Teufel unter einer Decke! Ihr Tod wird einem höheren Zwecke dienen.«

Schmied entging nicht, dass Medardus Lux in der Zukunftsform sprach. Sweta lebte also noch! Adrenalin schoss durch seinen Körper. Auf einmal war sein Verstand hellwach. Warum erwähnte der Prediger den Beruf des Schmieds? Nur wegen seines Namens? Angestrengt dachte Luzi Schmied nach. Fast konnte er hören, wie sein Verstand arbeitete, ähnlich dem regelmäßigen Klopfen eines Hammers. Und plötzlich ergab alles einen Sinn.

Schmied ließ Messer und Gabel fallen, knallte einen Fünfzigeuroschein auf den Tisch und griff dem Prediger unter die Arme. Medardus wankte, als er auf die Beine kam, doch Schmied stützte ihn mühelos. Der Kellner warf einen besorgten Blick in ihre Richtung. Besänftigend hob Schmied die Hand.

Die kalte Luft vermochte Medardus Lux nicht zu ernüchtern. Er brabbelte etwas von Erleuchtung, stieß Gebete und Rülpser aus.

Schmied dirigierte ihn in die Seitenstraße zu seinem Wagen, schob ihn auf den Beifahrersitz und fuhr los.

Aus seinen Recherchen wusste Schmied, dass nur noch an einem Ort in Lüdenscheid geschmiedet wurde: im Bremecker Hammer. Das Hammerwerk am Oberlauf der Verse war zwar im letzten Jahrhundert aufgegeben worden, seit den Achtzigerjahren diente es aber als Schmiedemuseum. Dass es zurzeit geschlossen war, erhöhte die Chance, Sweta dort zu finden. Es war das perfekte Versteck. Niemand würde sie bemerken.

Luzi Schmied bog in die Hochstraße ein. Beim Bräuckenkreuz zögerte er kurz, unsicher, welche Richtung er einschlagen musste. Dann erkannte er die senfgelben Häuser, an denen er auf dem Hinweg vorbeigefahren war. Schon bald erstreckten sich die Wälder der Umgebung vor ihm. Als er wegen Korrekturarbeiten vor einem Kreisel warten musste, stöhnte er laut. Waren die Sauerländer nicht fähig, einen Kreisel von Anfang an mit dem richtigen Durchmesser zu bauen?

Medardus Lux öffnete die Augen einen Spalt. Die Ampel wechselte auf Grün und Schmied drückte das Gaspedal durch. Er hielt das Lenkrad so fest umklammert, dass seine Knöchel weiß hervorstachen. Ein Schild kündigte den Bremecker Hammer an. Mit rasendem Herzen lenkte Schmied seinen Wagen über die dunklen Straßen, bis er eine niedrige Häuserreihe an einem Bach erblickte. Vor den alten Backsteingebäuden standen Werkzeuge aus Metall und Holz. Ein Tor versperrte die Einfahrt. Schmied stieg aus und rannte darauf zu. Das rostige Gitter rührte sich trotz heftigen Rüttelns nicht.

»Isss geschlossen«, erklang eine Stimme neben ihm.

Vor Schreck wirbelte Schmied herum. Im Mondlicht leuchteten die Augen von Medardus Lux gespenstisch. Der Prediger streckte die Hände zum Himmel und stimmte ein Lied an.

»Wo ist sie?«, rief Schmied.

»Die Dunkelheit soll weichen, mein …«

Schmied packte Medardus Lux und schleuderte ihn gegen das Eisen. Ernüchtert kam der Prediger wieder auf die Füße und machte sich stolpernd davon. Er steuerte auf einen Eingang des Museums zu, den Schmied übersehen hatte. Die Tür schwang quietschend auf. Schmied folgte Medardus Lux. Der Prediger konnte sich kaum auf den Beinen halten. Er torkelte auf eine der Werkstätten zu und verschwand im Inneren.

Außer dem Rauschen des Bachs war kein Geräusch zu hören. Als sich seine Augen an die Dunkelheit gewöhnt hatten, erkannte Luzi Schmied die Werkzeuge, die offenbar heute noch zu Demonstrationszwecken eingesetzt wurden. Mitten im Raum stand der wuchtige Schwanzhammer, ein dreihundert Kilogramm schwerer mechanischer Hammer, der vielen Schmieden den Rücken zerstört und das Leben verkürzt hatte. Angetrieben wurde er durch Wasserkraft. Schmied legte den Kopf schräg und betrachtete die Konstruktion. Lief das Wasser, so traf der Strahl auf ein Schaufelrad und setzte es in Bewegung. Die Nocken auf der Achse sorgten dafür, dass der Hammer bei jeder Drehung emporgehoben wurde, bis er durch sein eigenes Gewicht wieder herunterfiel. Im Moment blockierte ein eingeschobener Keil das Rad.

Luzi Schmied kniete sich neben Medardus Lux, der vor der Feuerstelle schnarchte. Vorsichtig zog er den Prediger zum Schwanzhammer und legte ihn auf den Amboss. Mehr Informationen würde er nicht aus ihm herausbekommen. Doch Sweta konnte nicht weit weg sein. Er würde sie auch ohne die Hilfe des Predigers finden.

Nachdenklich machte sich Luzi Schmied auf, um die Schleuse zu öffnen. Dass Schmiede Gehilfen des Teufels waren, stimmte nicht. In dieser Beziehung, wie in so vielen, hatte sich Medardus Lux geirrt. Schmiede standen zwar im

Ruf, den Umgang mit dunklen Mächten zu pflegen. Aber nur, um sie zu vernichten, wenn man den Erzählungen Glauben schenken konnte.

Luzi Schmied drehte das Wasser auf. Er legte seine Hand auf den Keil, der das Rad am Drehen hinderte. Hier hatte früher der Reidemeister gestanden, der Betreiber des Schwanzhammers, und seine harte Arbeit verrichtet. Gut, dass die Stadt Lüdenscheid das Handwerk am Leben erhielt. Langsam zog Schmied den Keil heraus.

Als sich der mehrere Hundert Kilogramm schwere Schwanzhammer in Bewegung setzte, verließ Luzi Schmied die Werkstatt. Die ersten Schläge klangen noch gedämpft, doch dann hallten sie rein und klar durch die Schmitte. Der Lärm war so laut, dass Luzi Schmied das Bellen zuerst gar nicht hörte. Erst als er an den Gebäuden vorbei auf einen abseits stehenden Bau zulief, hörte er ihre Stimme. Ein Glücksgefühl erfasste ihn. Er flog auf die Tür zu und riss sie auf. Zwei Pfoten schlugen auf seiner Brust auf, eine feuchte Zunge leckte ihm über das Gesicht.

»Sweta!«, stieß er hervor. »Da bist du! Meine Liebste!«

Luzi Schmied fiel auf die Knie, die Arme um seinen Afghanischen Windhund geschlungen. Sweta winselte, als Schmied sie an sich drückte. Ihr Fell war zottelig, doch ansonsten wirkte sie gesund. Schmied fuhr ihr über den Rücken, unsicher, ob die Knochen nicht doch stärker hervortraten als üblich. Er wollte sie zum Wagen tragen, doch sie bestand darauf, zu Fuß zu gehen.

Der Schwanzhammer klopfte weiter, als Schmied davonfuhr. Liebevoll blickte er zum Beifahrersitz, wo Sweta hechelnd die Schnauze aus dem Fenster steckte. Er hatte keine Eile. Bis die Polizei Medardus Lux identifiziert hatte, wäre er Hunderte Kilometer von Lüdenscheid entfernt. Wenn überhaupt etwas vom Prediger übrig blieb, das sich zu identifizieren lohnte.

*Thomas Hoeps & Jac. Toes*

## Die Salzleiche von Werne

*Niederländische Passagen übersetzt von Thomas Hoeps*

»Eine Pilgerfahrt? Ich bin nicht mal gläubig!«

Micky Spijker sah ihren Freund Robert Patati an, als wollte er sie mit einem Onewayticket in ein Flugzeug Richtung Sahara setzen.

»Ist auch nicht nötig. Du musst einfach nur reif dafür sein.«

»Und du meinst, das bin ich?«

Ja, sie war reif. Zehn nervige, strapaziöse Jahre bei der Arnheimer Polizei hatten sie ausgezehrt. Zehn Jahre Pionierarbeit ohne Buschzulage, in denen sie die Abteilung *Profile & Prozessanalyse* aufgebaut hatte, mit Arbeitswochen von sechzig, siebzig Stunden.

»Eine Pilgerfahrt ... Und wohin in äh ... Gottes Namen?«, fragte sie mit gespielter Verzweiflung.

Robert machte eine ausladende Geste, als könnte sie jeden Ort des Universums wählen. Dann landete sein Finger auf dem Bildschirm seines Laptops.

»Hier, eine Liste mit gut fünfzig Möglichkeiten. Sag ›Stopp‹!«

»Wir haben Mitte November«, lautete ihre letzte Beschwerde, bevor sie kapitulierte: »Halt!«

»Glückwunsch! Der Westfälische Jakobsweg. Und dein Startpunkt ist ...«

»Stopp«, rief sie und wollte ergänzen, »... mit dem Unsinn!«

Aber Robert kam ihr zuvor. »... die Benediktskirche in Herbern. Und deine erste Nacht verbringst du dann bei den Kapuzinern in Werne.«

Micky machte noch eine schwache wegwerfende Handbewegung. Aber am sechzehnten November schnürte sie ihre neuen Wanderschuhe und ging los.

Sie hatte es auf ihren ersten zwölf Kilometern durch eine Landschaft mit Wäldern und Äckern ruhig angehen lassen. Und doch hatten ihre Füße bald zu schmerzen begonnen. Nun, da es dämmerte, sehnte sie sich nach einem warmen Bad und einem gedeckten Tisch. Erleichtert läutete sie an der Tür des Werner Klosters und wurde vom Abt zu einem Pilgerhäuschen geführt. Eine halbe Stunde später saß sie beim Abendbrot im Refektorium, wachsam beäugt von einem ganzen Trupp Heiliger, der in Farbe an den Wänden hing. Nachdem sie den ganzen Tag kein Wort gesprochen hatte, war es eine Erlösung, dem Abt und seinen drei interessierten Padres Ludovicus, Severus und Ubaldus in ihrem besten Deutsch zu erklären, was für eine Art Polizistin sie war.

Einige Zeit später lag Micky auf dem Bett in ihrer Kammer und schaute seufzend zum x-ten Mal auf ihre Uhr. An der Wand über ihrem Kopf hing ein Kreuz, von links sah die Gottesmutter gütig auf sie herab. Eben waren vom Hof noch ausgelassene Stimmen zu ihr heraufgedrungen, als sich die Versammlung im Jugendkeller gegenüber aufgelöst hatte. Jetzt lastete die Stille noch schwerer auf der kargen Einrichtung.

Micky allein in Werne.

Mit einem Sprung rettete sie sich vor der aufkeimenden Depression und landete dabei auf einer schmerzenden Blase unter dem Fußballen. »*Godverdomme!*«, fluchte sie und murmelte ein »War nicht so gemeint!« in Richtung des Kreuzes hinterher, während sie sich hektisch etwas überzog. Sie wollte auf dieser Wanderschaft zwar zu sich selbst finden, aber das musste ja nicht gleich am ersten Tag geschehen.

Nahe dem Markt fand sie eine Kneipe. Sie setzte sich an die Theke und bestellte einen Salzkuchen mit Käse und ein Landbier. Ein vielleicht sechzigjähriger Mann zwei Hocker weiter brummte sie grob an.

»Ich habe Sie leider nicht verstanden«, antwortete Micky höflich.

Der Zorn wich aus seinem Gesicht und er schaute sie überrascht an, als hätte er nicht damit gerechnet, dass ihm jemand zuhören würde.

»Diese elende Plattentektonik wird uns alle umbringen.« Der Mann nickte nachdrücklich, nahm einen tiefen Schluck Bier und brüllte wie ein Auktionator in den Saal hinein: »Chile 8,8; Haiti 7,0; China 8,0. Merkt's euch!«

Von einem Tisch, an dem ein älterer Mann mit fünf jüngeren saß, kam Gejohle zurück. »Hauptsache, du vergisst nix, Wendler!«, rief einer.

Der Ältere wies ihn sofort zurecht. »Klappe, Lars!«

»Idioten«, brüllte Mickys Nachbar. »Die Erde wird uns alle verschlingen! Die gerechte Strafe ...« Der Rest versickerte in einem unverständlichen Murmeln.

Die Wirtin griff zum Telefon. Kurze Zeit später betrat ein Mädchen die Schenke. Das Gesicht des Grantlers hellte sich auf. »Meine Lisa«, erklärte er Micky stolz. »Nächstes Jahr macht sie Abi. Das haben wir gut hinbekommen, nicht wahr, Lisachen?!«

»Komm, Papa, wir müssen nach Hause.«

»Ich muss nicht nach Hause. Du musst, aber ich bleib hier, klar?!« Mühsam versuchte er, etwas väterliche Autorität aufzubringen.

Lisas Wangen röteten sich. Scham, Verzweiflung und Wut, diagnostizierte Micky. Das Mädchen blieb hilflos stehen, bis sich der ältere Mann vom benachbarten Tisch erhob und zu ihnen kam. Mit einer Handbewegung orderte er zwei Schnäpse. »Prost, Andreas.«

»Hans«, antwortete Wendler und kippte den Pinn.

»Geh nach Hause, Andreas. Die Lisa hat doch nur noch dich.«

Zu Mickys Überraschung nickte Andreas nur stumm und stieg unsicher vom Hocker. Als er in seinen Taschen nach Geld grub, schob Hans ihn zur Tür. »Ich mach das.«

»Was ist mit ihm?«, fragte Micky die Wirtin.

»Das Übliche. Seine Frau hat ihn sitzen lassen. Vor fünf Jahren. Ist einfach über Nacht verschwunden, die Sigrid. Hat noch 'nen Brief aus Portugal geschickt. Herzlichst mit Schreibmaschine getippt.«

»Und er da?«

»Hans Voss? Ihm gehört das größte Hotel hier. Und die Seniorenresidenz am alten Zechengelände.«

»Warum hört denn der Herr so auf ihn?«

»Alte Schulfreunde. Der Hans war immer für den Andreas da.«

»Als die Frau weglief?«

»Also ehrlich, an Ihnen ist auch eine Polizistin verlorengegangen.«

Micky musste so herzlich lachen, dass die Wirtin davon angesteckt wurde.

»Andreas war als Ingenieur gerade ein Jahr auf der Zeche, da haben sie den Laden 75 dichtgemacht. Er muss ein ziemliches Ass gewesen sein. Jedenfalls gehörte er zu denen, die das Licht ausgemacht haben.«

Micky sah die Wirtin verständnislos an.

»Na, man muss doch die Schächte verfüllen, die Gebäude sichern, den Boden für neue Firmen bereiten. Danach hat Andreas sich selbstständig gemacht. Und Hans hat alle seine Bauten immer nur mit Andreas abgewickelt.«

Das Läuten der Glocken weckte Micky aus unruhigem Schlaf. Sie blieb still liegen und lauschte eine Weile den Vögeln, die sich in den Bäumen rund um das ehemalige Pesthaus einquartiert hatten. Dann schwang sie sich aus dem Bett und setzte vorsichtig ihre nackten Füße auf den Boden.

Auf sie warteten fünfzehn Kilometer von Werne nach Lünen. Sie bückte sich und rieb über ihre Achillessehnen. Die Blasen an ihren Fersen fühlten sich an wie pralle Kaugummikugeln. Höchste Zeit für eine Runde Blasenpflaster.

Nach dem Frühstück im Refektorium suchte sie in der Werner Altstadt nach einer Apotheke. An einem enorm großen Förderrad blieb sie stehen. Eine Reliquie des Bergbaus, der Werne im letzten Jahrhundert groß gemacht hatte, entnahm sie einer Tafel.

Sie schlenderte entspannt weiter. Doch es brauchte nur einen kleinen Anstoß, um ihre professionellen Sinne wieder zu aktivieren. Und sie bekam gleich drei davon, während sie sich einem eigenartigen Gebäude aus schwarzbraunem Holz näherte: erst die kreuz und quer geparkten Polizeiautos mit ihren Blaulichtern, dann Absperrbänder und schließlich das aufgeregte Gemurmel von Schaulustigen.

Unwillkürlich beschleunigte sie ihre Schritte. Beinahe wäre sie unter der Absperrung durchgeschlüpft, wie sie es von zu Hause gewöhnt war, aber der warnende Blick eines deutschen Kollegen hielt sie davon ab. Sie ging um den riesigen Holzbau herum und gelangte an eine Freitreppe mit Aussicht auf einen Weiher.

Ein Mann stand dort und schaute trübsinnig auf das Wasser. Der Trubel hinter ihm schien ihn kaum zu interessieren.

»Was ist das für ein Gebäude?«, fragte Micky.

»Ein Gradierwerk«, sagte der Mann, ohne den Blick vom Wasser zu nehmen.

»Was tut man damit?«

»Naturreines salzhaltiges Wasser wird mithilfe eines Systems von in einem Holzgerüst aufgestapelten Schwarzdornzweigen vernebelt«, erklärte er, als würde er den Text einer

Gebrauchsanweisung aufsagen. »Damit wird ein Mikroklima geschaffen, das mit der Seeluft vergleichbar und gut für die Lungen ist.« Wie zum Beweis atmete er tief ein.

»Und was ist jetzt hier los?«, fragte Micky weiter.

»Eine Tote. War im Auffangbecken unter den Holzplatten versteckt.«

Micky nickte und versuchte vergeblich, den Blick des Mannes zu fangen.

»War nur noch ein Skelett«, fuhr er fort. »Komplett vom Salz abgebeizt. Und ermordet, wenn Sie mich fragen.«

»Wer weiß ...«, setzte Micky an, aber der Mann tippte mit dem Fingerknöchel an seine Schläfe.

»Ein großes Loch im Schädel. Wie ein eingedötschtes Ei. Mit einer dicken Kruste aus Salz, Kalk und Eisen an den Rändern.«

»Und Sie haben die Leiche gefunden?«

Er nickte. »Ich bin der Betriebsleiter hier. Die wollen noch eine Zeugenaussage von mir.« Ein schiefes Lächeln glitt über sein Gesicht. Ein Nerventick nach einem einschneidenden Erlebnis, dachte Micky.

»Tausende Menschen sind all die Jahre wegen der guten Luft hergekommen«, sagte er kopfschüttelnd. »Aber in Wirklichkeit haben sie den Verwesungsgeruch einer Leiche eingeatmet.«

War das hier eine Variante des Spruchs vom Berg und dem Propheten? Wenn Micky nicht zum Tatort kam, kam der Tatort eben zu Micky? Ihr war klar, dass sie die Stadt besser verlassen sollte, ehe sie zu viel Interesse für den Fall entwickelte.

Also kehrte sie zum Pilgerhaus zurück, packte ihr Bündel und ging hinüber zum Kloster. Aus der Küche kam eine Stimme, laut und aufgeregt. Natürlich ging es um die Leiche im Gradierwerk.

»Und es ist ganz sicher Sigrid Wendler?«, hörte sie den Abt jetzt fragen.

»Hundertprozentig. Ich kam gerade mit den Baguettes ins Büro, als Gerd dem Kommissar von der Mordkommission ihren Namen diktierte«, antwortete der Laute.

»Und woher weiß unser Wachtmeister das so genau? Die Leiche soll doch nur noch ein Skelett gewesen sein?« Das war Ludovicus.

»Sie haben einen Ehering gefunden. Mit der Gravur *Andreas* und dem Datum von ihrem Hochzeitstag. Und dass sie seit fünf Jahren verschwunden ist, passt auch zum Zustand der Leiche, hat Gerd gesagt. Beim Weggehen hab ich noch gehört, dass sie Unterlagen von Sigrids Zahnarzt mit dem Gebiss der Leiche verglichen haben.«

Micky betrat die Küche, das Gespräch brach ab.

Der Laute nahm eine große Box, in der das Mittagessen für die Mönche gewesen war, und ging. Die Erschütterung stand den beiden Padres ins Gesicht geschrieben.

»Ich wollte mich verabschieden«, sagte Micky.

»Ach so, ja«, antwortete der Abt zerstreut. »Gehen Sie mit Gott!«

»Ob die kleine Lisa es schon weiß?«, sorgte sich Ludovicus.

Als der Name fiel, begriff Micky. Es ging um die Frau des Mannes, mit dem sie gestern am Tresen gesessen hatte. »Man sagt doch, die Frau wäre nach Portugal verschwunden?«, wunderte sich Micky. Die Mönche sahen sie überrascht an.

»Ich bin Andreas und Lisa in einer Kneipe begegnet«, erklärte sie.

»Es war eine so nette Familie«, meinte Ludovicus. »Gute Kirchgänger und Sigrid hat uns viel geholfen. Als sie ohne ein Wort wegging, ist Andreas völlig zusammengebrochen. Aber er wollte keine Hilfe. Er kam nur noch ein einziges Mal zu uns. Mit einem Lieferwagen voller Bergbauliteratur, die Sigrid von ihrem Großvater geerbt hatte.«

»Dafür ist Lisa hier beinahe zu Hause«, ergänzte der Abt. »Wir kümmern uns um das Mädchen, so gut wir alten Leute das können.« Er seufzte tief.

Micky erinnerte sich an ihren Vorsatz und riss sich zusammen. »Ich muss jetzt leider los«, sagte sie. »Sonst komme ich erst im Dunkeln an.«

»Gottes Segen«, wünschte der Abt.

Doch als Micky die Tür öffnete, stand Lisa Wendler tränenüberströmt vor ihr und warf sich an ihr vorbei in die Arme von Pater Ludovicus.

»Mama ist tot«, schluchzte sie. »Und ich kann Papa nirgends finden.«

Der Pater strich Lisa behutsam über den Rücken, während sie ihr Gesicht immer tiefer in seine Kutte grub. Unsicher trat er einen Schritt zurück, aber Lisa hielt sich heulend an ihm fest. Hilflos sah Ludovicus Micky an. Offensichtlich wusste er nicht, wie er mit der körperlichen Nähe der jungen Frau umgehen sollte. Der Abt stand in Sorge versunken daneben und machte keine Anstalten, einzugreifen. Micky ließ ihren Rucksack von den Schultern gleiten und holte eine Packung Taschentücher aus dem Seitenfach. Sie nahm Lisas Arm.

»Komm mal her«, sagte sie.

Das Mädchen ließ den Pater los und lehnte sich nun bei Micky an. Ihr Schluchzen verebbte ein wenig. Micky tupfte ihr die Tränen ab.

»Weiß dein Vater, dass man deine Mutter gefunden hat?«, fragte sie.

»Ich weiß nicht«, schniefte Lisa. »Er geht nicht an sein Handy. Das tut er sonst immer.« Sie klang so verzweifelt, dass Micky sie wieder an sich drückte. Ludovicus wischte verschämt einen Streifen Schnodder von seinem Habit.

»Wer hat es dir gesagt?«, fragte Micky.

»Mein Direktor, in der Schule. Was ist mit Mama geschehen?«

»Können wir uns hier irgendwo in Ruhe hinsetzen?«, fragte Micky.

»Kommen Sie!« Der Abt lief unerwartet behende vor und führte sie ins Refektorium. Lisa ließ Micky erst los, als Ludovicus ihr ein Glas Wasser reichte.

»Frau Spijker arbeitet bei der niederländischen Polizei«, begann der Abt. »Äh …, Lisa, es ist so …« Er stellte sich hinter sie und legte seine Hände auf ihre Schultern. »Deine Mutter, sie ist ermordet worden. Jemand hatte sie im Gradierwerk … versteckt.« Micky machte sich auf einen Ausbruch von Wut und Verzweiflung gefasst, aber Lisa schlug nur die Hände vors Gesicht.

»Wo könnte dein Vater sein? Vielleicht im Büro?«, fragte der Abt nach einer Weile.

»Da war er schon seit Wochen nicht mehr«, antwortete Lisa. »Er hat kaum noch Aufträge. Und er hat vor irgendetwas Angst.«

»Hat er nicht gesagt, wovor?«

»Papa hat noch nie gern über sich geredet. Schon gar nicht, seit Mama weg ist. Er hat so sehr gehofft, dass sie eines Tages zurückkommen würde. Das wird er nicht überleben.« Sie stand abrupt auf. »Wir müssen ihn finden, bevor er sich etwas antut!«

»Ich helfe dir«, versprach Micky und warf alle ihre Vorsätze über Bord. »Wir fangen bei euch zu Hause an.«

Die Wendlers wohnten nur ein paar Hundert Meter vom Kloster entfernt. Doch das Haus war leer. Hektisch war Lisa durch alle Räume gelaufen, ehe sie im Flur weinend in sich zusammensank. Gerade als sie wieder vor der Tür standen und Micky vorschlagen wollte, zur Polizei zu gehen, kam Pater Ludovicus angerannt. »Andreas war eben bei uns im Kloster!«, sagte er aufgeregt.

»Was?« Lisa wollte loslaufen.

»Er ist wieder weg!«, sagte der Pater zerknirscht. »Es ging alles so schnell. Ich öffnete, er stürzte an mir vorbei, rief, er müsse an Sigrids alte Bücher. Ich lief ihm hinterher. Aber ehe ich in der Bibliothek war, kam er auch schon wieder zurück und rannte zur Tür hinaus.«

»Hat er gesagt, wohin er wollte?«, fragte Micky.

»Mit keinem Wort. Er sah schrecklich aus. Als wäre der Teufel hinter ihm her.«

»Hat er etwas mitgenommen?«

»Ich weiß es nicht. Er hatte eine Tasche dabei, aber ob etwas fehlt …«, verzweifelt hob Ludovicus die Hände.

»Ruf ihn noch mal an, Lisa«, schlug Micky vor. Das Mädchen holte ihr Handy heraus und drückte eine Kurzwahl. Verzweifelt lauschte sie. »Er geht nicht ran!«

»Gehen wir zum Kloster zurück«, beschloss Micky. »Ich möchte diese Bücher sehen.«

Auch wenn Micky wegen Andreas Wendlers Verhalten sehr besorgt war, konnte sie sich der Schönheit dieser Bibliothek nicht entziehen. In dem gut sechs Meter hohen Raum stiegen die Regale von den dunklen Holzdielen bis zur Decke empor. Eine hölzerne Wendeltreppe führte zu einer Galerie mit den obersten Buchreihen.

Micky starrte auf die Bücherwand, die Ludovicus ihnen gezeigt hatte. »Wenn wir nur wüssten, was er hier gesucht hat … Es hilft nichts, wir müssen alles durchsehen.«

Es waren nicht weniger als vier Regalmeter mit meist großformatigen Bänden über den Bergbau im 18. und 19. Jahrhundert. Sie stapelten sie auf einem großen Lesetisch und sahen sie nacheinander durch, ohne etwas Auffälliges zu finden.

Draußen dämmerte es bereits, als Ludovicus noch einmal vor die Regalwand trat und seinen Blick über die Buchrücken wandern ließ. Nach einer Weile zog er kopfschüttelnd einen Band hervor. »Der hier war ganz falsch eingeordnet. Unbegreiflich.«

»Darf ich?« Micky ließ die Seiten durch die Finger gleiten. Sie stieß auf gefalzte Pläne und faltete sie auseinander. In zwei Plänen fand sie weitere versteckt. Gezeichnet auf deutlich jüngerem Papier.

»Das ist doch unsere Zeche«, rief Ludovicus.

»Dieser Plan ist von 1995 und die beiden von 2005«, wies Micky auf Datumsangaben. »Worum geht es da?«

Der Pater sah ratlos auf die Zeichnungen. »Keine Ahnung. Aber wir können unseren Altbürgermeister fragen. Der ist quasi auf der Zeche groß geworden.«

»Sehen Sie die Nummerierungen da unten rechts? Hier eine 1, dort 3B und 4A. Vielleicht hat Andreas Wendler die Pläne 2 und 3A und eventuell weitere mit höheren Zahlen mitgenommen.«

Der Abt erschien aufgeregt in der Tür. »Jemand hat Andreas gesehen. Vor einer Stunde, beim *Hotel Voss.* Ich habe gleich angerufen. Er hat an der Rezeption nach Hans gefragt. Als das Mädchen meinte, der sei im Büro auf der Baustelle, ist Andreas fortgerannt.«

»Was für eine Baustelle?«, fragte Micky.

»Bei der Seniorenresidenz. Voss erweitert sie gerade zum dritten Mal.«

»Und Papa hat wieder die ganze Statik dafür gemacht«, ergänzte Lisa nicht ohne Stolz.

»Wir fahren dorthin. Komm, Lisa.«

»Soll ich die Polizei rufen?«, fragte der Abt.

»Nein«, sagte Lisa. »Wenn Papa bei Hans ist, ist alles in Ordnung. Hans passt schon auf, dass er keine Dummheiten macht!«

Micky versuchte, sich ihre Zweifel nicht anmerken zu lassen.

»Da ganz hinten wird der neue Flügel des Seniorenheims gebaut!« Lisa wies nach rechts. »So langsam übernimmt Hans das ganze Zechengelände.«

Eng unter einem Regenschirm aneinandergedrückt betraten sie das Industriegebiet über die Flöz-Zollverein-Straße. Links standen die Verwaltungsgebäude, düstere backsteinerne Ungetüme, die zwar eine neue Bestimmung gefunden hatten, doch immer noch die beinahe feudale Atmosphäre des 19. Jahrhunderts ausstrahlten. Dahinter waren Schuppen und Werkhallen zu erkennen, die mittlerweile als Lager für Altpapier und Kunststoffabfälle fungierten. Eine ziemlich triste Landschaft, in der einst das pulsierende Herz des Bergbaus den Werner Wohlstand befördert hatte.

Auf der rechten Seite erhob sich ein deutlich freundlicherer Komplex, auch hier in Backsteinarchitektur, jedoch mit viel Glas, das die Strukturen aufbrach, sodass das Gebäude ebenso ein Gefühl von Geschütztheit wie von Offenheit vermittelte. Das Seniorenheim des Hans Voss.

Der Klingelton von Mickys Handy durchschnitt die Stille.

Es war der Abt. Seine Stimme klang zittrig. »Frau Spijker, unser Altbürgermeister hat sich die Zeichnungen angesehen. Es gibt ein großes Problem.«

Micky blieb stehen.

»Voss baut die Erweiterung exakt über den alten Zechenschächten! Wenn Wendlers Berechnungen stimmen, dann ist die Stabilität des Grundes dort kaum gewährleistet.«

»Und das bedeutet?«

»Dass einige Schächte damals anscheinend nur zu sechzig, siebzig Prozent verfüllt worden sind. Nach Wendlers Zahlen und seinen Zeichnungen ist der Untergrund dort so löchrig wie … wie ein holländischer Käse, wenn ich so sagen darf.«

»Aber mit solchen Informationen hätte Wendler doch zu den Behörden gehen müssen?«

»Hätte er das getan, wäre nicht nur ein Baustopp verhängt

worden. Man hätte sofort das gesamte Seniorenheim geräumt. Und Voss wäre pleite gewesen. Vermutlich hat Andreas das nicht übers Herz gebracht. Außerdem soll er damals selbst einer der Verantwortlichen für die Verfüllung gewesen sein.«

»Aber warum hat er gerade jetzt die Papiere aus seinem Versteck holen wollen?«, fragte Micky. »Seine Frau wird ermordet aufgefunden, da müsste er doch andere Sorgen haben.«

Die Antwort gab nicht der Abt, sondern Lisa.

»Mama wollte nicht, dass Papa weiter für Hans arbeitete«, erinnerte sie sich. »Deswegen hatten sie zuletzt immer wieder Streit!«

Micky hörte Lisa zu, während sie die neuen Informationen miteinander kombinierte. Plötzlich warf sie den Regenschirm weg und griff nach Lisas Hand.

»Wo ist die Bauhütte? Schnell!«

Die Baustelle lag in der hintersten Ecke des Geländes, wo längst keine Straßenlaternen mehr standen. Der neue Gebäudeflügel war noch im Rohbau – ein Betongerippe aus Pfeilern und Platten, das in der Finsternis gespenstisch zum Himmel aufragte.

»Da steht Papas Fahrrad!«, rief Lisa. »Er muss hier sein.«

Micky blieb keuchend an der Bauhütte stehen. Das armselige Licht der Minitaschenlampe an ihrem Schlüsselbund reichte gerade, um das Vorhängeschloss an der Tür zu erkennen.

»In der Hütte ist er jedenfalls nicht.« Micky schaute auf den Rohbau. Die Etagen zu durchsuchen war gefährlich und würde die halbe Nacht dauern. Vielleicht sollten sie doch besser die Polizei anrufen.

Die Melodie von Lisas Handy riss sie aus ihren Gedanken. Lisa kramte das Telefon aus ihrer Jackentasche. »Das ist Papa!«, rief sie aufgeregt.

Sie drückte die Annahmetaste. »Papa, wo bist du? Papa? Hörst du mich?« Dann schüttelte sie verzweifelt den Kopf. »Er ist bestimmt wieder aus Versehen an die Kurzwahl gekommen. Er steckt das Handy immer ohne Tastensperre in die Hosentasche.«

»Schalt mal auf Lautsprecher«, meinte Micky.

Sie hörten Männerstimmen, ein Ächzen und schleppende Schritte.

»Ihr habt den Brief aus Portugal geschrieben?«, fragte plötzlich jemand.

»Papa!«, rief Lisa. »Gott sei Dank, er lebt.«

Eine andere Männerstimme, von weiter weg: »Andreas, warum musst du uns eigentlich immer in Schwierigkeiten bringen?«

»Das ist Hans«, sagte Lisa beinahe tonlos.

Kurz darauf hörten sie das Rasseln von Ketten und einen Schrei.

Andreas Wendlers Stimme klang gepresst. »Warum habt ihr sie umgebracht?«

Eine barsche Stimme unterbrach ihn. »Du hattest sie nicht unter Kontrolle!«

Wieder rasselten Ketten, ein dumpfer Schlag folgte.

»Du bist ein Schlappschwanz. Hätten wir nicht gehandelt, hätte uns Sigrid ans Messer geliefert. Du hast ja nichts dagegen unternommen. Du bist selbst schuld an ihrem Tod.«

»Lars Voss.« Lisas Stimme war voller Angst. »Was tun sie mit Papa?«

»Hier oben hilft dir keiner«, drohte dieselbe grobe Stimme. »Wo finden wir die restlichen Papiere?«

Wieder ein stumpfer Schlag. Wendler schrie vor Schmerz.

Lisas Gesicht war kalkweiß.

Micky starrte durch die Dunkelheit auf den Rohbau. »Wo sind sie nur?«, murmelte sie.

»Langsam, Lars«, sagte Hans Voss. »Wir können das noch

anders lösen. Haben wir dich nicht schon zweimal großzügig entlohnt, Andreas? Deine Firma gerettet? Zuletzt vor fünf Jahren?« Und nach einer Weile: »Vergiss nicht: Du hast alle Gutachten unterschrieben. Du würdest mithängen. Denk an deine Lisa.«

»Ihr Schweine habt Sigrid …«, setzte Andreas an, aber ein Schlag stoppte ihn. Eine Zeit lang war nur sein keuchender Atem zu hören.

»Sei vernünftig, Andreas! Lars wird nicht aufhören, ehe wir nicht die fehlenden Unterlagen haben. Er hat ein Recht auf eine gute Zukunft.«

»Glaubst du, wir lassen uns von einem Trottel wie dir zwingen, uns selbst anzuzeigen?« Die Aggression in Lars' Stimme explodierte und entlud sich in einer Reihe von heftigen Schlägen.

Andreas verlor an Kraft, er stöhnte leise.

»Du und ich, Andreas! Wir wollen doch nur das Beste für unsere Kinder, oder? Sag mir, wo die Pläne sind, und wir lassen dich gehen. Und morgen schicke ich dir einen Fördervertrag für Lisas Studium, okay?«, sagte Hans Voss sanft.

Andreas konnte nur noch ein Wimmern hervorbringen.

»Andreas«, warb Hans eindringlich.

»Er bricht zusammen«, flüsterte Micky. »Und wenn er verrät, dass er die übrigen Pläne in der Klosterbibliothek versteckt hat, ist das sein Todesurteil. Sie werden ihn herunterstürzen.«

Sie war automatisch in die Haltung gerutscht, die sie als psychologische Beraterin bei Verhören in einem Regieraum nebenan einnahm. Plötzlich begriff sie erschrocken, dass hier ja aber eine Beteiligte neben ihr stand.

Lisa starrte sie geschockt an. »Ich muss Papa helfen!«, rief sie plötzlich und wollte loslaufen.

»Nein, nicht!« Micky stellte sich ihr in den Weg. »Das würde alles nur noch schlimmer machen. Warte …« Sie sah sich suchend um. »Wir brauchen Licht«, murmelte sie. »Hier muss doch irgendwo ein Sicherungskasten sein. Hilf mir suchen!«

Sie teilten sich auf und gingen an beiden Seiten der Bauhütte entlang.

»Hier!«, rief Lisa plötzlich.

Micky fand sie bei einem Blechschrank, auf dem ein Aufkleber mit einem roten Blitz prangte. Sie leuchtete auf dem Boden umher, bis sie ein geeignetes Instrument fand.

»Die holländische Methode«, erklärte sie, während sie mit einer Eisenstange das Schloss aufbrach. Dann riss sie die Tür auf und begann die Schalter hochzudrücken.

»Geht schon an!«, flüsterte sie. Aber alles blieb dunkel. Sie verfluchte das nur noch schwache Glimmen ihrer Taschenlampe.

»Die Papiere …«, kam es kläglich aus Lisas Handy, »sie …«

Der letzte Schalter! Die Scheinwerfer schossen an und setzten das Bauwerk schlagartig in grelles Licht.

»Verdammt, was …«, schallte es aus dem Telefon.

Weit oben im Rohbau entdeckte Micky drei Männer. Zwei hielten geblendet die Hände vor ihre Augen, der dritte kniete gefesselt und zusammengesunken vor ihnen.

Mit aller Kraft schrie sie: »Lars und Hans Voss. Sie sind festgenommen! Wegen Mordes an Sigrid Wendler und Mordversuchs an Andreas Wendler.«

Als hätte Micky sie bestellt, näherten sich aus der Ferne plötzlich Sirenen. Instinktiv stieß der Jüngere Andreas Wendler zu Boden und zerrte seinen Vater weg ins Dunkle des Rohbaus.

Fast gleichzeitig klingelte Mickys Handy. Während sie Lisa nur mit Mühe davon abhalten konnte, zu ihrem Vater und dabei womöglich direkt seinen fliehenden Peinigern in die Arme zu laufen, ging sie ran.

»Frau Spijker?«, hörte sie den Abt. »Ist alles in Ordnung

bei Ihnen? Was ist mit Andreas? Ich habe lieber die Polizei gerufen, das war mir alles nicht geheuer.«

»Gott sei Dank!«, seufzte Micky. Sie konnte sich ein Grinsen nicht verkneifen. »Und das meine ich ganz ehrlich!«

*Bernhard Jaumann*

# Hagen, Ebene 2

Belmira Dos Santos fragte sich, warum sie nicht zu Hause war. Und warum sie im Nachthemd und mit einem Messer in der Hand über ›Ebene 2‹ lief. Das war falsch. Alles war falsch, sogar die Bezeichnung ›Ebene 2‹. Die Leute hier in Hagen nannten das zwar so, aber es war keine Ebene, es war eine Hochbrücke für den Autoverkehr. Unter einer Ebene verstand Belmira flaches, weites Land, wie in ihrer Heimat im Norden Mosambiks, wo sich Maniok- und Zuckerrohrfelder ausdehnten und die Inselberge die Weite noch grenzenloser wirken ließen. Rings um Hagen lagen dagegen bewaldete Hügel, über die grauer Nebel schwappte. Ihm wuchsen die Häuser aus dem Talkessel entgegen, als wollten sie darin verschwinden. Und an den Fenstern eines dieser Häuser führte eine Hochbrücke vorbei, auf der Fußgänger nichts zu suchen hatten. Schon gar nicht nachts.

Auch der Asphalt der Fahrbahn war grau. Die Bilder der Künstlerinnen sah man nur, wenn man unter der Brücke stand. Sie waren sowieso falsch. Himmelblau, Zuckerrohrgrün, das Ocker der Erde Mosambiks gab es für Belmira nicht mehr. Die einzige Farbe, die neben dem Grau noch existierte, war ein kräftiges Rot.

Blutrot.

Belmira fragte sich, warum es ihr nicht gelang, das Messer loszulassen. Von fern hörte sie eine Polizeisirene. Sie stolperte weiter, hoch über der Kreuzung. Niemand war unterwegs, niemand außer ihr konnte sehen, dass die Straßenlichter am Märkischen Ring einen blutroten Schein warfen. Erzählte sie das später, würde man ihr nicht glauben. Keiner würde ihr irgendetwas glauben. Selbst wenn es ihr gelänge, das Messer nach unten ins Wasser der Volme zu werfen.

Die Sirene kam ihr rasend schnell entgegen. Belmira wunderte sich ein wenig, dass das Licht auf dem Streifenwagen blau leuchtete. Sie blieb stehen, als der Wagen ein paar Meter vor ihr hielt. Zwei Polizisten stiegen aus, kamen aber nicht näher.

»Lassen Sie das Messer fallen!«, sagte der eine. Der zweite zog seine Pistole. Jetzt plötzlich öffneten sich Belmiras Finger. Das Messer klirrte, als es aufschlug.

»Gehen Sie zwei Schritte zurück!«, befahl der Polizist.

»Es ist alles falsch«, sagte sie.

»Was um Gottes willen haben Sie …?«, fragte der Polizist.

»Ich will nach Hause«, sagte Belmira und deutete in die Richtung, in der sie Afrika vermutete.

Kai Hasselmann hatte den Schädel rasiert und trug eine *Thor-Steinar*-Jacke. Als rechtsradikal wollte er sich aber deswegen noch lange nicht bezeichnen lassen. Er sei eben national gesinnt. In einer Stadt wie Hagen, bei einer Kanakenquote von vierunddreißig Prozent, sei es verdammt nötig, das Deutschtum zu verteidigen. Und nichts anderes hätten Marc Sailer und er vorgehabt. Es sei doch wohl schlimm genug, mit einer Schwarzen im selben Haus leben zu müssen. Die Adresse sei schließlich immer noch Märkischer Ring 7, und nicht Ouagadougou-Weg oder Fidschi-Allee.

Die Wohnungstür hätten sie eingetreten, weil sie keine so lange Leiter besäßen, um von unten aus zu arbeiten. Im zweiten Stock von Nummer 7 führte die ›Ebene 2‹ im Abstand von gerade mal einem Meter vorbei. Da konnte man hinübergreifen, und mit einer Teleskopstange kam man auch weit genug nach rechts und links. *Hagen bleibt deutsch* wollten die beiden in dickem Schwarz hinpinseln, und zwar genau auf das Farbgekleckse an der Unterseite der Hochbrücke. Das Wort ›Kunst‹ wollte Kai Hasselmann dafür nicht verwenden. Ob damit die Integration gefördert würde oder nicht, darauf pfiff er. Wenn die Ausländer solche Sehnsucht nach den Farben ihrer Heimat hätten, sollten sie gefälligst wieder dorthin verschwinden. Außer denen natürlich, die kaltblütig einen deutschen Kameraden umgebracht hatten. Er sei ja schon immer für die Todesstrafe gewesen, und gerade in so einem Fall …

»Nur die Fakten, bitte!«, mahnte der vernehmende Polizist.

»Wie oft denn noch?«, bellte Kai Hasselmann. »Aber gut, zum Mitschreiben: Zuerst ist die Frau aus der Wohnung im Nachthemd herumgestanden und hat vor Schiss gezittert, obwohl keiner von uns sie angerührt hat. Marc hat bloß das Fenster aufgerissen und ich habe die Teleskopstange mit dem Pinsel ausgezogen. Als die Frau mitbekam, was wir vorhatten, hat sie zu betteln begonnen. Wir sollten doch bitte einen anderen Ort wählen. Marc hat nur gelacht, und ich wohl auch. Wer konnte denn ahnen, dass die Alte wegen so was gleich durchdrehen würde?

Ich habe den Deckel der Farbdose aufgestemmt, und als ich wieder aufgesehen habe, war die Schwarze mit dem Brotmesser in der Hand direkt hinter Marc. Ich schreie: ›Marc!‹, er dreht sich um, und da sticht sie zu. Mit so einer Gewalt, Scheiße, Mann, da hätte jeder begriffen, dass die Schwarzen das Morden im Blut haben! Ich habe vor Schreck die Farbdose umgestoßen, sodass die Farbe zäh über die Teppichfliesen gelaufen ist, und zwischen den Fingern der Hand, die Marc auf die Wunde in seiner Brust presste, ist langsam das Blut durchgequollen. Dann hat die Frau noch einmal zugestoßen, und Marc ist nach hinten gesunken, über die Fensterbrüstung, und plötzlich war er weg, hinausgestürzt. Man hat sogar das dumpfe Plopp gehört, als er unten vor dem PC-Store aufschlug, verdammte Scheiße, und dann ist die Schlampe auf die Fensterbank geklettert, als wolle sie Marc nachspringen, aber sie ist nicht gesprungen, sondern hat nach dem Geländer der Hochbrücke gegriffen und sich rübergehangelt, und dann erst konnte ich mich wieder rühren und habe sofort die Polizei verständigt.«

Dass ein Skin mit nationaler Gesinnung sich darauf beschränkte, die Polizei zu rufen, nachdem eine Ausländerin seinen Kameraden niedergestochen hatte, kam den ermittelnden Beamten durchaus ungewöhnlich vor. So besorgten sie sich in der Zentrale die Aufzeichnung des Notrufs. Kai Hasselmanns Stimme klang erregt, nur die Tatsache, dass er vorbildlich Namen und Adresse genannt hatte, bevor er seine Meldung abspulte, wirkte ein wenig so, als habe er das Ganze vorher ein paarmal geübt. Natürlich war das kein Beweis, sondern allenfalls ein Grund, das Unbehagen zuzulassen, das sich bei der Vorstellung einschlich, diese stille, zerbrechlich wirkende 52-jährige Mosambikanerin habe solch eine Bluttat begangen. Sie selbst äußerte sich zur Sache überhaupt nicht. Von dem Moment an, als ihre Wohnungstür unter den Stiefeltritten splitterte, sagte sie, könne sie sich an nichts mehr erinnern.

Wer immer in ihrer Altenhagener Nachbarschaft befragt wurde, sprach ihr jeden Hang zur Gewalt ab. Zugeben musste man allerdings, dass sie jahrelang völlig isoliert gelebt und sich praktisch nie aus ihren eigenen vier Wänden gewagt hatte. Geändert hatte sich das erst mit dem Kunstprojekt, bei dem Frauen aus neunundzwanzig Nationen, die alle im Umkreis der Hochbrücke lebten, nach den Erinnerungen an ihre Heimat befragt wurden. Nach den Farben, dem Licht, den Stoffen, aus denen die Frauen ihre Kleider geschneidert hatten, nach dem Geruch der Erde und dem Gesang der Vögel. Zwei Künstlerinnen hatten die Erzählungen in abstrakte Farbprotokolle umgesetzt und diese auf den Beton von ›Ebene 2‹ aufgetragen. An der Unterseite der Hochbrücke prangten seitdem weißrussische Weiten neben dem Dschungel Brasiliens, die karstigen Hügel Kroatiens neben vietnamesischen Reisfeldterrassen. Und ein kleines Stück Mosambik, das vom zweiten Stock des Hauses Märkischer Ring 7 zum Greifen nahe war.

Belmira, hieß es, habe bei dem Projekt nur unwillig mitgemacht, doch sobald es realisiert worden war, hatte man sie oft stundenlang am offenen Fenster stehen sehen. Den Autolärm und die Abgase von der Hochbrücke schien sie nicht zu bemerken, so sehr konzentrierte sie sich auf die grünen, roten, gelben Flächen und auf das, was diese in ihr wachrufen mochten. Ein paar Tage später sprach sie zum ersten Mal den türkischen Lebensmittelhändler auf der gegenüberliegenden Seite der Altenhagener Brücke an. Wie es bei ihm zu Hause aussehe, in der Türkei? Ob es da auch Inselberge gebe? Und Zuckerrohr, aus dem man köstlichen Saft pressen konnte?

Von da an schien Belmira wie ausgewechselt. Sie verkehrte regelmäßig im Bücherladen *Ilim Kitabevi* neben ihrem Haus, und als im aserbaidschanischen Kulturbüro ein Diaabend veranstaltet wurde, fragte sie ungeniert, ob sie auch teilnehmen dürfe. Mit den Kamerunern aus der Werdestraße schloss sie genauso Freundschaft wie mit den Chilenen in der Wittekindstraße. Die marokkanischen Drogenhändler mochten sie, die vietnamesischen Zigarettenschmuggler mochten sie, und die ukrainischen Nutten ebenso, denn gegenüber allen zeigte sie sich nun offen und herzlich. Und wenn jemand sich erkundigte, woher sie denn käme, griff sie seine Hand, führte ihn vor den PC-Store am Märkischen Ring, wies nach oben zu den Farbflächen an der Hochbrücke und sagte: »Da komme ich her. Das ist meine Heimat.«

Die Bewohner ihres Viertels berichteten das alles in der Absicht, Belmira in einem günstigen Licht zu zeichnen, ohne sich anfangs bewusst zu sein, dass sie ausgerechnet damit das Mordmotiv lieferten, das die Staatsanwaltschaft für eine Anklageerhebung benötigte. Eine Frau, die vor vielen Jahren ihre Heimat verloren hatte, glaubte ein kleines Stück davon in den Farben von ›Ebene 2‹ wiedergefunden zu haben. Das gab ihr den Mut und die Kraft, ein neues Leben für möglich zu halten. Selbst hier, im kalten, nebligen Deutschland, in Hagen, in einer kleinen Wohnung, durch die der Autoverkehr direkt hindurchzubrausen schien. Und gerade als sie an dieses neue Leben zu glauben begann, brachen zwei Rechtsradikale bei ihr ein, nur um dessen Kristallisationspunkt zu zerstören. War es da nicht nachvollziehbar, dass sie durchdrehte?

Ein gewisses Verständnis brachten auch die Polizisten für sie auf, doch Fakt blieb, dass sie mit der Tatwaffe in der Hand gestellt worden war und dass sich darauf einzig ihre Fingerabdrücke befanden. Die Vernehmungsbeamten versuchten, ihr eine goldene Brücke zu bauen, indem sie mehrfach nachfragten, ob die beiden Skins Belmira tätlich angegriffen hatten. Dann hätte sie ja in Notwehr zum Messer greifen können. Belmira nahm die angebotene Chance nicht wahr. Sie könne sich an nichts erinnern. Eine ärztliche Untersuchung brachte keine Anhaltspunkte dafür, dass sie geschlagen oder getreten worden wäre. So blieb die Darstellung des einzigen Augenzeugen Kai Hasselmann unwidersprochen. Belmira saß weiter in Untersuchungshaft und wartete auf einen Prozess, der keine großen Überraschungen versprach.

Wer die Versammlung im aserbaidschanischen Kulturbüro einberufen hatte, war im Nachhinein nicht mehr auszumachen. Die Kameruner behaupteten, Ort und Zeitpunkt von den Marokkanerinnen erfahren zu haben, welche ihrerseits auf den Inhaber der *Anadolu-Metzgerei* verwiesen, bei dem sie regelmäßig einkauften. Dieser, ein älterer Armenier mit mächtigem grauem Schnurrbart, erklärte wiederum, die Kameruner hätten ihn gebeten, seine Kundschaft über das geplante Treffen zu informieren. Er habe das gern getan, weil er Belmira als ausgesprochen sympathische Person kennengelernt habe und weil auch er schon von den beiden Skins angepöbelt worden sei.

Jedenfalls drängten sich am Mittwochabend nach der Verhaftung Belmiras an die siebzig Leute im kleinen Versammlungsraum des Kulturbüros. Niemand machte sich die Mühe, eine Anwesenheitsliste zu erstellen, doch dürften wohl fast alle der neunundzwanzig am Kunstprojekt ›Sehnsucht nach Ebene 2‹ beteiligten Nationalitäten vertreten gewesen sein. Ein paar Portugiesinnen hatten Samosas mitgebracht, eine Griechin gefüllte Weinblätter. Während man aß, sammelte ein Kameruner mit seiner schwarzen Wollmütze Spenden ein. Man wollte für Belmira einen guten Rechtsanwalt verpflichten.

Anschließend beriet man über eine Resolution, in der die Nachbarschaft ihren festen Glauben an Belmiras Unschuld bekräftigte und kaum verhohlen unterstellte, dass es zwischen den beiden Skins, die ja hinlänglich als gewalttätig bekannt waren, zu einer Auseinandersetzung gekommen sein könnte, bei der wohl der eine den anderen erstochen habe. Formuliert wurde die Erklärung von einer Deutschrussin, die früher in Moskau als Rhetorikprofessorin gearbeitet hatte und nun den Schreibkram einer kleinen Wehringhausener Autowerkstätte erledigte. Ihr Text gefiel, wurde per Akklamation verabschiedet und sollte baldmöglichst an die Ermittlungsbehörden, den zu verpflichtenden Rechtsanwalt und die örtliche Presse weitergeleitet werden. Damit war der offizielle Teil der Veranstaltung beendet. Natürlich sprach man danach noch über dies und jenes, doch Belmira spielte dabei nach übereinstimmenden Aussagen aller Anwesenden keine Rolle mehr.

Dass sich am nächsten Morgen drei von ihnen unabhängig voneinander bei der Polizei meldeten, musste also Zufall sein. Als Erste kam eine Angestellte des türkischen Reisebüros *Cetin Aras* und legte der Ermittlungsbehörde Buchungsunterlagen vor, die belegten, dass Marc Sailer zwei Tage vor seiner Ermordung einen Flug nach Palma de Mallorca reserviert hatte. Einfach und erster Klasse. Dann sagte ein Mexikaner namens José Barreras aus, er habe für Marc Sailer ein paar Übersetzungen aus dem Spanischen angefertigt. Die Texte hatte er noch. Es handelte sich um Immobilienangebote aus dem Internet. Durchweg hochpreisige mallorquinische Fincas. Als Barreras die Übersetzungen am Nachmittag vor dem Mord bei Sailer abliefern wollte, habe er dort allerdings nur Kai Hasselmann angetroffen. Der sei ziemlich überrascht gewesen, nein, eigentlich eher völlig aus dem Häuschen. Doch woher hätte José Barreras wissen sollen, dass Marc Sailer seine Auswanderungspläne vor dem Wohngenossen geheim gehalten hatte?

Ein paar Stunden später, nämlich zwischen 21 und 23 Uhr, war Kai Hasselmann in der *Spiel-Arena* gleich gegenüber seiner Wohnung aufgefallen. Der Ghanaer namens Abel Touré, der das der Polizei berichtete, wollte dort von ihm angesprochen worden sein: Er als Schwarzer kenne sicher die Belmira Dos Santos. Die zeige doch jedem das Klein-Afrika-Geschmiere vor ihrem Fenster. Daran hänge sie wohl sehr, oder?

»Klar«, hatte Touré geantwortet, »das ist das Einzige, was ihr von Mosambik geblieben ist. Wir Afrikaner hängen an unserer Heimat.«

»Wie schön«, hatte Hasselmann gesagt und genickt. Dann sei er gegangen.

Hasselmann leugnete das Gespräch. Er rede mit keinem Schwarzen, und in die genannte Kanaken-Spielhölle habe er in seinem ganzen Leben noch nie einen Fuß gesetzt.

»Woher wissen Sie dann, dass dort vor allem Ausländer verkehren?«, fragte der Vernehmungsbeamte.

»Weil in dem ganzen Scheißviertel bloß Kanaken rumlaufen«, brüllte Hasselmann. Außer Abel Touré konnten sich jedoch drei Tschechen, zwei Polen und der Spielhallenbesitzer gut an seine Anwesenheit erinnern. Hasselmann sei ganz schlechter Laune gewesen. Er habe einen der Geldspielautomaten ruiniert, weil er so aggressiv auf ihn eingeprügelt habe.

Die anonyme Anzeige, die Sailer und Hasselmann beschuldigte, den spektakulären Einbruch im *Emil Schumacher Museum* vor drei Monaten begangen zu haben, trudelte am Montag im Polizeipräsidium ein. Eigentlich war man davon ausgegangen, dass eine professionelle Bande mit internationalen Verbindungen die Tat zu verantworten hatte und die zwölf gestohlenen Werke schon längst in russischen oder japanischen Privatsammlungen hingen. Nach dem Werk zweier halbstarker Schulabbrecher, die sich die Zeit damit vertrieben, Ausländer zu jagen, sah es jedenfalls nicht aus. Aber da der Tipp offensichtlich von einem Insider mit genauen Kenntnissen über den Tathergang stammte, wurde eine Durchsuchung von Kai Hasselmanns Wohnung beantragt und richterlich angeordnet. Von den gestohlenen großen Schumacher-Gemälden wie *Sodom*, *Pinatubo* oder *Subito* fand sich keines, dafür aber eine der beiden verschwundenen kleineren Papierarbeiten. Die signierte Zeichnung mit dem Titel *G-3* lag zusammengerollt unter dem Wohnzimmersofa.

Wie sie dorthin gekommen war, konnte Kai Hasselmann nicht erklären. Er bestritt vehement, dass Marc oder er etwas mit dem Museumseinbruch zu tun gehabt hätten. In der fraglichen Nacht seien sie zu Hause gewesen. Dem widersprachen allerdings die Nachbarn. Die aserbaidschanische Familie, die über dem Kulturbüro wohnte, erinnerte sich genau, dass die beiden gegen vier Uhr morgens heimgekommen und auf der Straße einen Krach veranstaltet hatten, von dem sogar die Kinder aufgewacht waren. Der Vater hatte aus dem Fenster geblickt und Kai Hasselmann wie

Marc Sailer zweifelsfrei erkannt. Die beiden hätten vor der offenen Heckklappe eines Kleinlasters erregt debattiert. Worum es dabei ging, hatte er nicht mitbekommen, doch da konnte eine Gruppe rumänischer Bauarbeiter weiterhelfen, die es in jener lauen Sommernacht vorgezogen hatten, am Ufer der Volme statt im Gemeinschaftsschlafraum der heruntergekommenen Pension zu übernachten, in der ihr Subunternehmer sie untergebracht hatte.

Hasselmann hätte Sailer angegiftet, dass er gefälligst vorsichtig zu Werke gehen solle. Die Rumänen hatten sich ein wenig über die nächtliche Aktivität gewundert, aber bei den großen, in Decken gehüllten Rechtecken, die dann ausgeladen wurden, eher an Fensterscheiben als an Gemälde gedacht.

Als schließlich einige Monate später im Saal 201 des Landgerichts Hagen der Prozess eröffnet wurde, hatte der Staatsanwalt den Mordvorwurf gegen Belmira Dos Santos fallen gelassen. Er klagte sie stattdessen des Totschlags an, schien aber von seiner Beweisführung selbst nicht völlig überzeugt zu sein. Belmiras Anwalt dagegen kostete das Verfahren sichtlich aus. Er war ein in die Jahre gekommener Linker, dessen Telefonnummer früher jeder der im Kulturzentrum *Pelmke* verkehrenden Autonomen mit sich getragen hatte. Inzwischen gab es in Hagen keine radikale Linke mehr, und auch die Gelegenheit, einen jungen Rechtsradikalen vor Gericht zu zerlegen, bot sich nicht allzu häufig.

Genüsslich fuhr der Rechtsanwalt seine Entlastungszeugen auf, um im Schlussplädoyer unter dem Geraune der multinationalen Prozessbesucher zu verkünden, die Anklage habe seiner Meinung nach zwei fundamentale Fehler begangen: Erstens hätte sie auf Mord plädieren müssen und zweitens die falsche Person auf die Anklagebank gesetzt. Denn die Zeugenaussagen ließen es mehr als wahrscheinlich erscheinen, dass Kai Hasselmann zusammen mit Marc Sailer ins Schumacher-Museum eingebrochen sei und den Großteil der gestohlenen Gemälde zu Geld gemacht habe. Marc Sailer habe dabei offensichtlich seinen Mittäter hintergehen und sich mit der gesamten Beute ins Ausland absetzen wollen. Als Kai Hasselmann davon erfahren habe, habe er nach einem Weg gesucht, Marc Sailer so zu ermorden, dass er selbst nicht verdächtigt würde.

»Das ist doch totaler Schwachsinn!«, brüllte Hasselmann dazwischen. Er randalierte so lange, bis ihn der Vorsitzende von der Verhandlung ausschloss.

Der Verteidiger fuhr fort: »Gegen Belmira Dos Santos hatte Hasselmann nicht mehr als gegen alle anderen Ausländer. Ihr Pech war, dass sie über ihm wohnte und dass man ihr ein Motiv für den Mord an seinem Gesinnungsgenossen zuschieben konnte. Das Mosambik-Gemälde an der ›Ebene 2‹ war eben ihr Ein und Alles. Hasselmann überredete also Marc Sailer, bei meiner Mandantin gewaltsam einzudringen, um Graffiti auf die Hochbrücke zu malen. Damit versuchte er, Hinweise auf einen fremdenfeindlichen Hintergrund zu schaffen und zu verschleiern, dass es ihm um etwas ganz anderes ging. Denn während Marc Sailer durchs Fenster die Hochbrücke begutachtete, holte Kai Hasselmann das Brotmesser aus der Küche und Belmira Dos Santos, aus dem Schlaf gerissen, verängstigt, zu Tode erschrocken, musste wie in einem Albtraum zusehen, wie er seinen Kameraden eiskalt erstach. Dann wischte er den Griff des Messers ab, drückte es Frau Dos Santos in die Hand, schloss ihre Finger fest darum, zeigte zum Fenster und brüllte: ›Raus!‹ Plötzlich war sie auf der Brücke, hielt ein Messer in der Hand und wusste nicht, wie ihr geschehen war. Bis heute weiß sie es nicht.«

Der Rechtsanwalt ließ seine Worte ein paar Sekunden wirken, warf dann dem Staatsanwalt einen Blick zu und sagte: »Ich weiß nicht, ob das genügt, um Kai Hasselmann anzuklagen, aber eines weiß ich sicher: Wer jetzt noch behauptet, es sei bewiesen, dass meine Mandantin Marc Sailer erstochen habe, der spricht allen Grundsätzen unseres Rechtssystems Hohn.«

Keiner der anwesenden Gerichtsreporter konnte sich erinnern, dass die Große Strafkammer schon einmal in so kurzer Zeit zu einem Urteil gelangt war. Belmira Dos Santos wurde aus Mangel an Beweisen freigesprochen.

Um die dicken, runden Pfeiler der Hochbrücke waren Papiergirlanden geschlungen, immer abwechselnd in den Farben der deutschen und der mosambikanischen Flagge. Über dem Eingang des Hauses Märkischer Ring 7 hing ein riesiges Transparent aus Papier. Der Armenier von der *Anadolu-Metzgerei* wies darauf und sagte: »Willkommen zu Hause! Das steht da in neunundzwanzig verschiedenen Sprachen. Wir alle freuen uns, dass du wieder da bist.«

Die Menge applaudierte, und Belmira Dos Santos wusste, dass sie sich bedanken sollte, doch sie brachte kein Wort hervor. Sie schielte zur Seite. Nach unten. Wo der Leichnam Marc Sailers gelegen hatte, standen die Marokkanerinnen und die Kameruner. Einer von ihnen näherte sich und flüsterte Belmira ins Ohr: »Du brauchst keine Angst zu haben. Kai Hasselmann wohnt nicht mehr hier. Wir haben ihn überredet, sich nie mehr in Altenhagen blicken zu lassen.«

Belmira spürte keine Angst, aber auch keine Erleichterung. Sie spürte gar nichts, nur eine entsetzliche Leere, durch die manchmal ein jäher Schmerz zuckte. Wie ein Messerstich. Sie blickte nach oben. Dorthin, wo ›Ebene 2‹ am Fenster des zweiten Stocks vorbeiführte. Belmira betrachtete die Farben an der Unterseite der Hochbrücke. Das verwaschene Blau, das Grün mit dem gelben Unterton, das ausfransende Ocker. Sie hatte geglaubt, darin einen weiten, wolkenlosen Himmel, wogendes Zuckerrohr und die Erde Mosambiks zu sehen, aber das war falsch gewesen. Es war nicht ihre Heimat, es waren nur Farbkleckse auf grauem Beton, die nichts mit ihr zu tun hatten.

Belmira wandte sich um, hörte nicht auf das, was ihr die Aserbaidschaner und Griechen und Peruaner nachriefen. Sie musste zur Polizei, um eine Aussage zu machen. Belmira erinnerte sich. Ihre Farben waren andere. Nachtgrau und Blutrot.

*Helene Tursten*

# Die Kellerjungen von Unna

*Deutsch von Lotta Rüegger und Holger Wolandt*

Die *Kellerjungen* halten ihre Versammlungen zwei Mal im Jahr ab. Das Frühlingstreffen findet immer am ersten Samstag im April statt und das Herbsttreffen am ersten Samstag im November. So ist es in den zwanzig Jahren seit Bestehen des Klubs immer gewesen. Er wurde auf Initiative des Finanzmannes Horst Wagner gegründet, die Mitglieder waren seine engsten Freunde. Er war, wie jeder von ihnen auch, seit jeher eine der Stützen der Gesellschaft Unnas gewesen. Kurz nachdem er sein Studium der Betriebswirtschaft abgeschlossen hatte, erbte er nach dem unerwarteten Tod seines Vaters ein blühendes Unternehmen. Zu dem Imperium gehörten zudem ältere und neuere Immobilien sowie ein beträchtlicher Grundbesitz. Wagners Vater hatte seine Gewinne in andere erfolgreiche Unternehmen im Ruhrgebiet investiert und so sein Risiko minimiert. Horst Wagner hatte den Betrieb weiter gut verwaltet und war inzwischen zweifellos einer der vermögendsten Männer Westfalens. Offiziell hieß es, die *Kellerjungen* seien ein exklusiver Klub von Herren, die sich hauptsächlich für feine Speisen und teure Weine interessierten und zudem karitative Projekte unterstützten. In Wirklichkeit diente der Klub den anfänglich jüngeren, inzwischen schon älteren Männern als Kulisse, hinter der sie Poker spielen und sich betrinken konnten, ohne dass ihnen jemand dabei zusah.

Um ihr Weininteresse glaubhaft zu machen, hatten sie in den ersten Jahren mit dem Sommelier des Restaurants *Ölckenthurm* gelegentlich Weine verkostet. Aus dem Restaurant wurde auch das Essen für die Treffen geliefert. Nach den ersten Verkostungen begannen die *Kellerjungen*, sich ernsthaft für teurere Weine zu interessieren. Einstimmig wurde beschlossen, dass ein Teil des Pokereinsatzes für den Kauf interessanterer Weine verwendet werden solle. Dann blieb zwar weniger für die Wohltätigkeit übrig, aber den Grund dafür kannten nur die Mitglieder des Klubs und die sahen keine Veranlassung, ihn der Öffentlichkeit bekannt zu geben.

Die Flaschen lagerten im Keller von Horst Wagners recht zentral in Unna gelegenem denkmalgeschütztem großem Haus, das er nach seiner Scheidung allein bewohnte. Die Ehe war kinderlos gewesen. Bei mehreren der letzten Treffen der *Kellerjungen* hatte er betont, dass er nicht vorhabe, wieder zu heiraten, was allerdings nicht daran lag, dass er keine Frauen gehabt hätte. Im Gegenteil. Sein Interesse am anderen Geschlecht war die Hauptursache für das Scheitern seiner Ehe gewesen.

Das Haus stammte aus der Mitte des 18. Jahrhunderts und lag neben der Evangelischen Stadtkirche, mit deren Bau bereits 1322 begonnen worden war. Wagner behauptete immer, dass der Keller seines Hauses ebenfalls aus dieser Zeit oder vielleicht sogar noch älter sei. Möglich wäre es, denn in Unna gab es viele Keller aus dem Mittelalter. Der große Stadtbrand von 1723 hatte die meisten Häuser zerstört, aber die unterirdischen Kellergewölbe waren erhalten geblieben. Die neuen Häuser konnten auf den alten Kellern errichtet werden, die noch heute genutzt wurden.

Natürlich war es auch Horst Wagner gewesen, der sich den Namen *Kellerjungen* ausgedacht hatte. Er bezog sich auf die Sage von dem jungen Mann, der in einem der Keller von Unna verschwunden war. Zwei junge Burschen waren von einer lieblichen Frauenstimme in einen Keller gelockt worden. Was dort unten geschah, wusste bis heute niemand. Der eine der beiden erwachte in dem dunklen Gewölbe und bemerkte, dass er allein war. Es gelang ihm, die Treppe nach oben zu finden und die Bewohner des Hauses zu verständigen. Man suchte in allen Winkeln des Kellers, aber von dem verschwundenen Freund des Jünglings war keine Spur zu finden. Er war und blieb verschwunden. Der andere junge Mann konnte sich an nichts erinnern, auch nicht daran, was die Frau eigentlich gesagt hatte. Nur dass ihre Stimme verführerisch gewesen war, wusste er noch.

Das alles sollte vor mehreren Hundert Jahren passiert sein. Damals besaßen viele Keller in Unna einen Tunnel, durch den man im Krieg oder in Zeiten der Unruhe zur Kirche fliehen konnte. Aber die Sage wusste zu berichten, dass der Keller, in den die Jünglinge hinabgestiegen waren, keinen solchen Fluchttunnel besessen hatte. Man glaubte jedoch, dass es trotzdem einen gegeben hatte. Wer die Frau gewesen war, die die jungen Männer nach unten gelockt hatte, konnte jedoch in all den Jahrhunderten nie geklärt werden.

Bei Gründung des Klubs waren die *Kellerjungen* zu zwölft gewesen, aber mittlerweile kamen nur noch zehn zu den Treffen. Wolfgang Böll war vor fünf Jahren nach New York gezogen und Ralph Thomas war direkt vor dem Herbsttreffen an Leukämie gestorben.

Nach seinem Tod hatten sie vorsichtig begonnen, die Aufnahme neuer Mitglieder zu erwägen, denn sie befürchteten, dass die letzte Aktivität des Klubs nur aus einer Partie Patience bei einer Pizza vom Pizzaservice bestehen würde, wenn das letzte verbliebene Mitglied die letzte Versammlung abhielt. Das war keine erfreuliche Zukunftsperspektive. Es war vielleicht an der Zeit, darüber nachzudenken, wie neue Mitglieder zu rekrutieren seien. Zu dieser Frage wollten sie beim Herbsttreffen 2009 einen Beschluss fassen.

Die Glocke der Stadtkirche schlug acht, als die ersten Herren eintrafen. Eine Viertelstunde später waren sie vollzählig. Horst Wagner hob sein Champagnerglas und hieß alle zur

Herbstversammlung der *Kellerjungen* willkommen. »Diese Versammlung ist wichtig, da wir eventuelle Neuaufnahmen von Mitgliedern besprechen wollen. Aber natürlich wollen wir erst gut essen und trinken. Das Essen dieses Abends habe ich ausgesucht, die Getränke Andreas. Mit diesem trockenen *Palmer Millesime* von 1998 hat unser Kamerad Andreas eine sehr gute Wahl getroffen, die diesen Abend sehr vielversprechend einleitet«, sagte Wagner und hob sein Glas in Richtung des Mundschenks des Abends.

Mundschenk Andreas Fritze errötete leicht bei dem Lob. Er war Apotheker und nach ein paar Jahren in Kamen in seinen Geburtsort zurückgekehrt. Er war schon seit der Kindheit Wagners bester Freund.

Mit geheimnisvoller Miene ging Horst Wagner, der für die Speisen des Abends verantwortlich war, in die Küche und brachte von dort ein Tablett mit. Der erste kulinarische Höhepunkt des Abends. Kanapees mit Räucherlachs, Schnittlauch und schwedischem Kaviar aus eiskalten Gebirgsseen passten perfekt zum Champagner. Wagner hatte den Kalix-Kaviar und den Lachs im Delikatessengeschäft des Stockholmer Flughafens Arlanda gekauft. Die Kanapees hatte er nicht selbst zubereitet, das hatten wie immer die Kaltmamsellen aus dem *Ölckenthurm* übernommen. Zusammen mit den fähigen Köchen des Restaurants hatte er das Menü des Abends zusammengestellt. Daraufhin hatte Andreas Fritze nur noch mit seinen Weinkenntnissen das dazu passende Getränk finden müssen. Das war immer die spannende Frage bei ihren Treffen.

Dieses Ritual hatten sie sich nach den ersten Verkostungen einfallen lassen. Sie wechselten sich damit ab, die Speisenfolge auszuwählen. Dieses Menü war geheim. Der jeweilige Mundschenk des Abends, und diese Aufgabe ging ebenfalls reihum, hatte dafür zu sorgen, dass die Weine mit den Gerichten harmonierten.

Damit das nicht vollkommen schiefging, hatte man entschieden, dass sich der Gastgeber und der Mundschenk stets gemeinsam in den Weinkeller begaben, um einen passenden Wein auszusuchen. Der Gastgeber hatte dabei nur eine beratende Funktion inne, die Entscheidung lag beim Mundschenk. Die Flasche, für die sie sich entschieden, wurde von der gesamten Tischrunde verkostet. Mundete der Wein nicht, so mussten die beiden wieder in den Keller hinabsteigen und einen anderen aussuchen. Dieses Ritual vollzog sich bei Vorspeise, Hauptgang und Dessert. So konnte es geschehen, dass die beiden an einem Abend viele Male im Keller ihre Auswahl treffen mussten.

Die üppigen Mahlzeiten der *Kellerjungen* fanden immer im großen Esszimmer von Wagners Haus statt. Das behutsam renovierte Gebäude war mit Antiquitäten eingerichtet. Alle waren jedoch dankbar dafür, dass die Stühle am Esstisch neu und bequem, wenn auch nach einem alten Vorbild gefertigt waren. Der breite Eichentisch stammte jedoch aus dem frühen 17. Jahrhundert, die riesige barocke, geschnitzte Anrichte ebenfalls. Über dem Tisch hing ein prächtiger Kronleuchter. An den beiden Tischenden standen imposante silberne Kandelaber mit je acht Kerzen.

Nach dem Hauptgang flackerten die Kerzen friedlich über den leeren Tellern, auf denen sich nur noch Soßenreste befanden. Wachs war auf die weiße Damasttischdecke getropft. Die Herren hatten das nicht bemerkt, es war ihnen auch egal. Die Glasleuchter an den Wänden waren heruntergedimmt. Alle Lichter funkelten in den Prismen des riesigen Kronleuchters, dessen Glühbirnen jedoch nicht brannten. Die Stimmung am Tisch war ausgelassen und in der Küche standen bereits ungewöhnlich viele leere Flaschen.

»Meine lieben Freunde, die Steinpilzsuppe als Vorspeise und der Rehbraten *Capreol* mit Kastanien, gedünstetem Rosenkohl und Kartoffeln sowie Zucchinibratlingen war eine hervorragende Wahl. Ein besseres Herbstgericht lässt sich kaum denken! Der *Château la Reyne à l'excellence* von 2006 zum Braten war ein Volltreffer, Andreas. Dieses kulinarische Glanzlicht bildet eine gute Grundlage für den Beschluss über die Rekrutierung neuer Mitglieder für unseren glorreichen Klub. Ich bedanke mich bei Horst und Andreas, den beiden Verantwortlichen für den heutigen Abend. Wir trinken darauf, dass die *Kellerjungen* noch viele Jahre fortbestehen mögen!«

Bankdirektor Heinrich Norbert hob sein Glas in Richtung von Horst und Andreas. Er hatte wie die anderen Herren bereits sein Jackett abgelegt und die Ärmel hochgekrempelt. Die Rötung seines Gesichts hatte mit der Zahl der konsumierten Weinflaschen zugenommen. Er schmatzte zufrieden, nachdem er den letzten Schluck des herben, aber vollen Rotweins getrunken hatte. Anschließend ergriff er erneut das Wort: »Ich bin schon sehr gespannt, was es für ein Dessert gibt. Und welchen Wein dazu. Das wird richtig aufregend!«

Er schenkte Horst Wagner ein joviales Lächeln und dieser erhob sich rasch. Etwas zu rasch, wie er bemerkte, als der Boden unter ihm schwankte. Das Essen und die Weine waren wirklich gut gewesen. Er nickte Andreas zu, dass er ihn begleiten solle. Es war an der Zeit, dem Mundschenk zu verraten, welche Nachspeise es geben würde. Alle Herren am Tisch sahen, wie Andreas Fritze und Horst Wagner mit gesenkten Köpfen und gebeugten Rücken im schummerigen Durchgang zur Küche verschwanden. Dieser Durchgang wurde, weil er so niedrig war, nur von zwei Wandlampen erleuchtet. Aus demselben Grund waren auch entlang der Kellertreppe die Lampen an den Wänden angebracht.

Die beiden Gastgeber des Abends traten in die Küche, und Horst kontrollierte als Erstes, ob der verführerisch duftende Apfelkuchen geliefert worden war. Sehr gut, er war noch lauwarm. Mit dem Himbeerparfait und einem richtig guten Dessertwein würde er dieses Diner vervollkommnen. Das Restaurant *Ölckenthurm* war wirklich wieder zur Hochform aufgelaufen. Er würde zwei Mal in die Küche gehen müssen, erst um den lauwarmen Kuchen, dann um das eiskalte Himbeerparfait zu holen. Aber zuvor musste er sich mit Andreas in den Keller begeben und einen passenden Wein aussuchen. Vielleicht einen *Sauternes,* dachte Horst, als sie in den schwach erleuchteten Durchgang zur Küche traten.

Die Tür zur Küche lag am Ende dieses Korridors. Daneben war eine schmale Tür, die auf den Hof führte. Gegenüber lag die Kellertreppe. In eine Nische neben der Treppe hatte Wagner eine Gästetoilette einbauen lassen. Sie war winzig, wurde aber allgemein geschätzt, da seine Gäste sonst immer in den ersten Stock hätten gehen müssen. In diesen alten Häusern war es oft schwierig, modernen Bedürfnissen Rechnung zu tragen. Der Korridor stellte eine Abkürzung zur Küche dar. Man konnte aber auch durch die Diele und über einen langen Gang mit Geschirrschränken dorthin gelangen, wenn man sich nicht bücken oder den Kopf anschlagen wollte. Aber Horst und seinen Gästen gefiel der niedrige Gang, der einem das Alter des Hauses ins Bewusstsein rief. Außerdem konnte man nur auf diesem Weg in den Weinkeller gelangen.

Die Unterhaltungen und das Gelächter hallten von der weißen Decke des Esszimmers wider. Die Kerzen warfen Schatten an die Wände, und obwohl das Feuer in dem offenen Kamin heruntergebrannt war, verbreitete es immer noch eine angenehme Wärme. Es war ein weiterer perfekter Abend im Kreise der Freunde.

Nach einer Weile erhob sich Friedrich Eckert. Auch er war seit Kindertagen ein Freund Horst Wagners und Andreas Fritzes. Seit jungen Jahren lebte er vom Schreiben und war seit Langem Journalist bei der Lokalzeitung. Außerdem schrieb er Gedichte. Beides war nicht sonderlich einträglich.

Wären sie nicht schon so lange befreundet gewesen, wäre er wohl kaum in den Klub aufgenommen worden. Er war seinerzeit auch nur etwas widerwillig eingetreten, aber dann Mitglied geblieben. Die Mitgliedschaft garantierte ihm immerhin zwei Mal im Jahr einen erstklassigen Rausch und ein paar nette Partien Poker. Er erhob sich und wischte sich mit der schon nicht mehr sehr sauberen Damastserviette den Schweiß von der Stirn. Dann steuerte er leicht schwankend den Durchgang zur Küche an.

Bernhard Stempel und Jan Berthold saßen so, dass sie in den Durchgang hineinschauen konnten. Sie sahen Eckerts breiten Rücken im Halbdunkel verschwinden. Der Journalist öffnete die Tür der Gästetoilette. Sein Bierbauch war ihm im Weg, als er versuchte, durch die schmale Tür zu kommen. Es kostete ihn einige Anläufe, bis ihm dies gelang. Kurz darauf hatte er ebenso große Mühe damit, die Toilette wieder zu verlassen. Er stützte sich an der Wand ab, als er sich wieder zurück ins Esszimmer begab. Schwer atmend ließ er sich auf seinen Stuhl sinken und wischte sich erneut mit seiner Serviette den Schweiß von der Stirn.

»Kann es wirklich so verdammt lange dauern, sich für einen Dessertwein zu entscheiden?«, meinte Heinrich Norbert humorig mit seiner dröhnenden Stimme, die allerdings etwas ungeduldig klang.

Die Herren am Tisch kamen rasch zu dem Schluss, dass sich die beiden Gastgeber wirklich ungewöhnlich viel Zeit im Kellergewölbe ließen.

»Ich sehe mal nach, was daran so schwierig ist«, sagte Norbert mit Nachdruck.

Stempel und Berthold sahen, dass er erst kurz in der Toilette verschwand und dann die Kellertreppe hinunterstieg.

Plötzlich machte sich bei den Herren an der Tafel das Gefühl breit, dass etwas nicht in Ordnung war. Ein gewisses Unbehagen drang durch die alkoholgeschwängerte Stimmung und forderte Aufmerksamkeit. Nach einer Weile verstummten sie und lauschten.

Ein Schrei. Jemand schrie. Nein, ›brüllte‹ war vermutlich der richtige Ausdruck.

»Das kommt aus dem Keller«, stellte Jan Berthold fest.

Wie auf Kommando erhoben sich die Männer gleichzeitig von der Tafel und schoben sich in geordneter Formation durch den engen Gang zur Kellertreppe. Mehrere schlugen sich den Kopf an dem Ziegelgewölbe an und fluchten laut. Jan Berthold verstauchte sich den Fuß, als ihn jemand anstieß und er auf der Treppe ausrutschte. Doch das Bild, das er im Keller sah, ließ ihn den Schmerz schnell vergessen.

Heinrich Norbert kniete mit blutigen Händen neben Andreas Fritze. Norbert schrie aus vollem Hals:

»Ruft einen Krankenwagen! Er lebt noch! Beeilt euch!«

Stempel, der ganz hinten auf der Treppe stand und nichts von dem, was unten vorging, sehen konnte, eilte in das Speisezimmer zurück und holte sein Handy.

Der Notruf ging bei der Polizei um 23.18 Uhr ein. Ein offenbar nicht mehr ganz nüchterner Mann behauptete, ein bewusstloser, verletzter Mann liege in einem Weinkeller und ein weiterer sei spurlos verschwunden. Als der Polizist ihn fragte, von wo aus er anrufe und wer die anderen Männer seien, antwortete er: »Die *Kellerjungen.* Wir hatten … unsere Versammlung. Hier … bei Horst.«

»Bei welchem Horst?«, fragte der Polizist geduldig.

»Wagner. Horst Wagner. Er ist weg.«

Die Stadt Unna ist so klein, dass der Polizist sofort wusste, dass es sich um den vermögenden Immobilienbesitzer handeln musste. Aber wer waren die *Kellerjungen?* Man muss sich wirklich einiges anhören, dachte der Polizist müde und verständigte einen Streifen- und einen Krankenwagen.

Mehrere Wochen lang durchsuchte die Unnaer Kripo den alten Keller Millimeter für Millimeter. Es gab keinen Geheimgang. Der, den es einmal gegeben hatte, war sorgfältig zugemauert. Eventuelle Fußspuren im Staub des Fußbodens hatten die herbeieilenden *Kellerjungen* vernichtet, als sie ›wie eine Herde betrunkener Elefanten‹, so drückte sich einer der Kriminalinspektoren aus, in den Keller hinuntergeeilt waren. Die einzigen Blutflecken stammten von Andreas Fritzes stark blutender Wunde am Hinterkopf. Er hatte eine schwere Gehirnerschütterung davongetragen und man hatte ihn zwei Tage zur Beobachtung im Katharinen-Hospital behalten. Die Ärzte versicherten, dass er keine bleibenden Schäden davontragen würde.

Von Horst Wagner fehlte jede Spur. Die schmale Pforte zum Hof war von innen verschlossen gewesen. Und keiner der Herren hatte ihn durch die Haustür verschwinden sehen. Mehrere von ihnen hatten die Haustür von ihren Plätzen aus im Blick gehabt. Mindestens zwei hatten den Durchgang zur Küche sehen können und so auch die Pforte auf den Hof.

Niemand hatte Horst Wagner das Haus verlassen sehen.

*Liebe Freunde!*
*Wenn ihr dies hier lest, bin ich tot. Dieser Brief ist meine Lebensversicherung, und zwar buchstäblich. Ich habe Müller gesagt, dass dieser Brief bei meinem Rechtsanwalt liegt und nach meinem Tode geöffnet wird, damit er gar nicht erst auf irgendwelche Ideen kommt. Ich kann die Wahrheit, solange ich lebe, jedoch nicht preisgeben. Ich gebe zu, dass ich feige bin. Der Gedanke an die Gefängnisstrafe schreckt mich ab. Ich muss mit meinem schlechten Gewissen und mit meinen Dämonen leben. Wenn es am schlimmsten ist, hilft nur noch der Alkohol. Ich weiß, dass das gefährlich ist, man verplappert sich dann leicht, aber*

*ich versuche immer, allein zu trinken. Daran bin ich übrigens gewöhnt.*

*Keiner der Polizisten hat bedacht, dass das Essen mit dem Auto geliefert wurde. Horst hatte wie immer alles im* Ölckenthurm *bestellt. Der Cateringservice des Restaurants sorgte dafür, dass alles pünktlich angeliefert wurde. Kopfzerbrechen bereitete nur das Dessert, das sowohl lauwarm als auch eiskalt sein musste. Man konnte es also nicht gleichzeitig mit der Vorspeise und dem Hauptgang liefern. Der Apfelkuchen wäre kalt geworden und die halbgefrorene Sahne des Himbeerparfaits hätte sich im Kühlschrank in normale Sahne oder im Gefrierschrank in ganz gewöhnliches Eis verwandelt. Die einzige Möglichkeit war, das Dessert später anzuliefern. Man müsse einfach nur per SMS mitteilen, wann es geliefert werden solle, hatte der hilfsbereite Koch vorgeschlagen. »Ausgezeichnet«, hatte Horst gemeint und sich beim Koch Michael Müller herzlich bedankt. Er war sich nicht bewusst gewesen, dass ihn Müller bei der Wahl des Desserts manipuliert hatte. Wahrscheinlich war ihm gar nicht klar gewesen, wer Michael überhaupt war.*

*Ich treffe Michael gelegentlich auf der Trabrennbahn. Wir wetten beide gern auf Pferde. Im Laufe der Jahre haben wir uns recht gut kennengelernt. Letztes Jahr befand ich mich in einer ziemlichen Klemme, da ich bei ein paar Wucherern im Internet Geld geliehen hatte. Michael hatte gerade eine größere Summe gewonnen und konnte mir aushelfen. Leider kehrte mein Glück im Spiel nicht mehr zurück und ich schulde ihm immer noch 15.000 Euro. Mir ist klar, dass ich diese Summe nie werde zurückzahlen können.*

*Im September 2009 rief mich Michael an. Er sagte, wir müssten uns sofort treffen. Wir einigten uns auf die Trabrennbahn. Das war ein ganz unauffälliger Treffpunkt. Niemand dort würde etwas von unserer Unterhaltung mitbekommen. Ohne Umschweife erklärte Michael, dass er vorhabe, Horst Wagner zu ermorden. Ich sollte ihm dabei helfen. Michael war dahintergekommen, dass seine Frau eine Affäre mit Wagner hatte. Beate Müller arbeitete bei Wagner in der Buchhaltung. Sie ist zwar ein paar Jahre jünger als ihr Mann und sehr gut aussehend, doch von Affären hatte ich bislang noch nie etwas gehört. Es stimmte aber offenbar, und Michael war außer sich. Sie haben ein noch recht kleines Kind, ich habe also ein gewisses Verständnis für ihn.*

*Als wir uns trafen, stand Michaels Plan bereits fest. Er sollte beim Herbsttreffen der* Kellerjungen *in die Tat umgesetzt werden. Michael würde mit Horst Wagner das Menü für den Abend planen und ich würde beim Essen der* Kellerjungen *dort zu Gast sein. »Perfekt«, fand Michael. Ich hatte Zweifel, sah aber keine Möglichkeit, die Sache irgendwie abzuwiegeln.*

*Beim Herbstfest lieferte Michael persönlich das Essen. Eigentlich fiel das Treffen auf sein freies Wochenende, er hatte sich jedoch bereit erklärt, bei der Lieferung mitzuhelfen. Da war weiter nichts dabei, da das beliebte Restaurant den ganzen Abend ausgebucht war. Der Eigentümer hatte Michaels Angebot, Überstunden zu machen, dankbar angenommen.*

*Horst hatte das große schmiedeeiserne Tor in der Mauer offen gelassen, damit der Lieferwagen des* Ölckenthurm *auf den Hof fahren konnte. Die schmale Hintertür war ebenfalls unverschlossen, damit Michael das Essen in die Küche stellen konnte. Die Hintertür sollte den ganzen Abend über nicht abgeschlossen werden, damit Michael das raffinierte Dessert anliefern konnte, wenn es an der Zeit war. Dann sollte er unbemerkt verschwinden und erst am Tag darauf zurückkehren, um das schmutzige Geschirr abzuholen.*

*So sah das Programm des Abends aus, aber Michael hatte ganz andere Pläne. Nachdem er das Dessert auf den Küchentisch gestellt hatte, lauschte er an der Küchentür. Während Heinrich Norbert seine Rede hielt und die Vor- und Hauptspeise lobte und die Aufmerksamkeit aller dem Redner zugewandt war, schlich Michael sich in den Keller. Er hatte ein Eisenrohr und ein Messer dabei. Er versteckte sich im Keller und wartete auf seine Opfer. Als die beiden nichts ahnenden Gastgeber des Abends kamen, um den Dessertwein auszuwählen, schlug Michael Andreas von hinten das Eisenrohr auf den Kopf. Andreas brach sofort zusammen und bekam von dem Angriff überhaupt nichts mit. Den schockierten Horst Wagner hielt Michael mit dem Messer in Schach. Er stieß ihn die Treppe hoch und wartete, bis ich die Tür zur Toilette geöffnet hatte. Die Tür und ich verstellten die Sicht vom Speiseraum aus. Niemand sah, wie Michael Horst vor sich her durch die Hintertür und zu seinem Lieferwagen im Hof trieb. Für den Bruchteil einer Sekunde begegnete ich Horsts Blick. Der Ausdruck seiner Augen wird mich den Rest meines Lebens verfolgen. Ich schaute weg und tat so, als sei nichts. Meine einzige Aufgabe bestand darin, den Blick auf die Kellertreppe und die Hintertür zu blockieren, damit Michael Horst ungesehen auf den Hof bringen konnte. Anschließend sollte ich rasch den Schlüssel im Schloss der Hintertür umdrehen. Das konnte ich mit der Hand tun, die von den Gästen im Speisesaal nicht zu sehen war. Sie würden nur sehen, wie ich mich abmühte, mich durch die schmale Tür der Toilette zu zwängen. Das musste ich gar nicht spielen, da es mir mein zunehmendes Gewicht in den letzten Jahren immer schwerer macht, mich in engen Räumlichkeiten zu bewegen. Michael wies mich mehrmals darauf hin, dass ich eine Serviette mitnehmen müsse, damit man nicht auf dem Schlüssel meine Fingerabdrücke fände.*

*Ich tat, worum er mich bat. Er hat mir meine Schulden erlassen. Doch meine Strafe kann mir niemand nehmen. Ich kann nicht mehr schlafen.*
*Was geschah mit Horsts Leiche? Ich vermute, dass er in Unna-Massen begraben liegt. Das Aussiedlerlager dort ist mittlerweile ganz geräumt. Niemand weiß, was mit den Häusern geschehen wird. Das Haus von Michael und Beate liegt ganz in der Nähe. Er hat sich gelegentlich darüber ausgelassen, wie unnötig es sei, Abfluss- und Wasserleitungen in der Geisterstadt zu sanieren. Dazu war man jedoch gezwungen, da bei Rohrbrüchen große Schäden an Straßen und Häusern entstanden sind. Ich vermute, dass er die Leiche irgendwo vergraben hat, wo gerade eine Leitung repariert wurde. Ein paar Tage später waren dann vermutlich die Straßenbauer da und haben das Grab asphaltiert.*
*Der Tod schreckt mich nicht. Er ist nicht endgültig. Diese Einsicht sah ich in Horsts Augen. Dort sah ich auch die Hoffnung aufschimmern, dass das Ganze nur ein grausamer Scherz sei. Dass er Michaels Messer doch noch entgehen würde. Aber niemand entgeht dem Tod. Auch ich werde eines Tages sterben. Dann werdet ihr die Wahrheit erfahren und könnt euch auf die Suche machen.*
*Friedrich Eckert*
*Journalist und Dichter*

*Ævar Örn Jósepsson*

# Wildwest in Wickede

*Deutsch von Coletta Bürling*

Der Bahnsteig vibrierte unter Bjarnis Füßen, als der Zug aus dem Bahnhof in die nasskalte Nacht hinausrollte. Er blickte sich um. Was er sah, verdiente eigentlich kaum die Bezeichnung Bahnhof. Nirgends ein Schild oder ein Hinweis irgendwelcher Art, der Aufschluss darüber gab, wo genau er sich gerade befand. Bjarni setzte sich seine schwarze Strickmütze auf die struppigen dunkelblonden Haare und griff automatisch nach seinem Koffer, doch dann fiel ihm ein, dass der noch in Amsterdam war. Er zog eine Grimasse, als er die Gleise überquerte und auf das hell erleuchtete gelbe Haus auf der anderen Seite zuging.

Ich weiß, wo mein Koffer ist, dachte er, aber ich habe keine Ahnung, wo ich selber bin. Aber wenn ich es nicht weiß, fügte er in Gedanken hinzu, dann wird es wohl auch kein anderer wissen.

Eine gute halbe Stunde war vergangen, seit er in Dortmund aus dem ICE aus Amsterdam gestiegen war, um gleich wieder in den erstbesten Zug auf dem gegenüberliegenden Gleis einzusteigen. Und jetzt war er hier, wo auch immer ›hier‹ war. Er ging zu einem der Fenster im gelben Haus, warf einen Blick hinein und sah nichts als Regale voller Bücher. Der Bahnhof ist eine Bibliothek, dachte Bjarni, dies muss ein richtiges Kulturstädtchen sein. Dann schlenderte er ziellos weiter, beide Hände tief in den Taschen vergraben und die Schultern hochgezogen. Seinen Koffer vermisste er nicht, da war nichts drin, was er haben wollte. Aber er war heilfroh, dass er in diesem Regen wenigstens noch seine Mütze hatte.

Auf dem Dach eines Hauses ganz in der Nähe des Biblio-Bahnhofs stand in großen weißen Lettern *Colorado.* Bjarni betrat den Schuppen und der Anblick, der sich ihm bot, machte es ihm nicht leichter, sich auf dem Globus zu lokalisieren. Von den Gästen und der Einrichtung her zu urteilen, konnte er sich durchaus in Colorado befinden. Das konnte aber nicht stimmen, so viel wusste Bjarni, obwohl er in Geografie keine große Leuchte gewesen war. Was aber nichts daran änderte, dass diese Kneipe den Westernkneipen, die er aus dem Kino kannte, verdammt ähnlich war. Und genau wie in den Filmen verstummte die gesamte Kneipe, als er eintrat. Alle starrten ihn an. Und alle waren wie Cowboys kostümiert, abgesehen von dem Indianerhäuptling am Eingang. Der war zwar aus Holz, sah aber trotzdem ziemlich imponierend aus.

Wo zum Teufel bin ich bloß gelandet, dachte Bjarni. Was, wenn jetzt jemand aufsteht, seinen Revolver zieht und mich zum Duell herausfordert? Zu seiner großen Erleichterung erwies sich diese Befürchtung als grundlos; als er den nächsten Schritt in Richtung Bar machte, wandten sich die Gäste einer nach dem anderen wieder einander und ihrem Bier zu.

Hinter dem Tresen stand ein Typ im besten Alter, mit silbrigem Bart und Cowboyhut. Über einem grauen T-Shirt trug er eine schwarze Lederweste mit einem glänzenden Lone-Ranger-Stern auf der Brust.

»Bier, bitte, please«, sagte Bjarni.

»Bier«, erwiderte der Lone Ranger und setzte den Zapfhahn an einem grünen dreiarmigen Kaktus in Bewegung.

»Entschuldigung, ich hab keine Ahnung, wo ich bin«, fuhr Bjarni auf Englisch fort. »Wie heißt dieser Ort?«

»Wickede«, antwortete der Lone Ranger.

»In Deutschland, oder?«

»In Deutschland«, bestätigte der Lone Ranger und zapfte weiter am Bierkaktus. »An der Ruhr. Woher kommst du?«

Bjarni zögerte ein Augenblick. »Aus Island«, sagte er dann. Regel Nummer eins: keine unnötigen Lügen.

»Willkommen in Wickede, Isländer«, sagte der Lone Ranger. »Das erste Bier geht aufs Haus. Prost.«

»Prost!«, sagte Bjarni und trank einen Schluck. »Sag mal«, fuhr er dann fort, »wie lebt es sich in Wickede?«

»Es gibt Schlimmeres«, antwortete der Lone Ranger achselzuckend. »Warum?«

»Ach, nur so«, sagte Bjarni. »Ich bin schon verdammt lange auf Achse und hab irgendwie die Schnauze voll.« Das war jedenfalls nicht gelogen. »Würde mich gern irgendwo in einer ruhigen Ecke niederlassen.«

»Dann bist du hier richtig«, sagte der Lone Ranger. »Ein ruhigeres Kaff als Wickede gibt es kaum. Hier passiert nie was. Ich bin der Rolf.« Bjarni schüttelte seine ausgestreckte Hand.

»Bjarni Gunnarsson«, sagte Bjarni Thorsteinsson ohne Zögern.

Warum nicht?, dachte er drei Biere später. Ich steige in einen Zug ein, ich steige wieder aus. Steige wieder ein und wieder aus, und hier bin ich. Schicksal? Was spricht eigentlich dagegen, dachte er, als er das vierte Bier bestellte, dass ich mir hier ein neues Leben aufbaue?

Genau zehn Monate und drei Tage später erhielt er endlich die Antwort auf diese Frage. Dann kamen nämlich die Indianer.

Uwe Säuberlich, Kommissar bei der Dortmunder Kriminalpolizei, hatte eine ausgesprochene Abneigung gegen Kleinstädte, heiße und feuchte Tage und außergewöhnliche Kriminalfälle. Und jetzt war er in Wickede, dessen gesamte Einwohnerschaft in ein paar anständige Wohnsilos in Dortmund passen würde, die Sonne stach vom Augusthimmel herunter und vor ihm lag die übel zugerichtete Leiche einer Indianerin. Zumindest steckte sie in einem mit bunten Lederlappen verzierten Wildlederkleid. Die schwarze Zopfperücke aber war verrutscht und gab blonde Haare frei. Das blutverschmierte Gesicht war durch brutale Schläge übel zugerichtet worden. Auch die Hände waren blutig, Knie und Schienbeine abgeschürft und die weißen Sneakers waren nicht mehr weiß. Mitarbeiter des Erkennungsdienstes in weißen *Tyvek*-Overalls beugten sich über die Leiche, die auf einem flachen Gelände von der Größe zweier Fußballplätze lag. Es befand sich zwischen der Eisenbahntrasse und einem Supermarkt. Ein heruntergekommenes Fabrikgebäude am anderen Ende schien kurz vor dem Einsturz zu stehen.

»Wo zum Kuckuck sind wir hier eigentlich?«, fuhr Säuberlich seinen Kollegen Elmar Schenkel von der Wickeder Polizei an. Sie standen auf einer verwitterten Betonfläche, auf der es in Pfützen und zwischen üppigem Unkraut von Leben wimmelte.

»Hier war mal eine Fabrik«, erklärte Schenkel, »*Stahlwerke Mannesmann.* Aber jetzt nicht mehr«, fügte er sicherheitshalber hinzu.

Kommissar Säuberlich verzog das Gesicht. Er hatte die vierzig um zwei Jahre überschritten, war über zwei Meter groß und wog hundert Kilo. Der Mann aus Wickede war fünfzehn Zentimeter kleiner, fünfzehn Kilo schwerer und mindestens fünfzehn Mal glücklicher als er. Unerträglicher Kerl, dachte Säuberlich.

»Sie wurde nicht beraubt und nichts deutet auf eine Vergewaltigung hin«, fuhr Schenkel fort. »Vermutlich ist sie von da drüben hierher gekrochen«, sagte er und deutete auf einen kleinen Park am anderen Ende dieses Niemandslands. »Dort ist sie wahrscheinlich umgebracht worden. Wir haben da viel Blut und wahrscheinlich auch die Tatwaffe gefunden. Möchten Sie sich das anschauen?«

Dämliche Frage, dachte Säuberlich und folgte schweigend einer deutlichen und gut markierten Blutspur, die ihn zu der

Waffe führte. Seine Laune wurde bei dem Anblick nicht besser. »Ein Vorderlader?«, fragte er überrascht. »Sie wurde mit einem Vorderlader erschlagen?«

»Ja«, bestätigte Schenkel. »Es hat zumindest den Anschein.« Die Waffe lag in einer eingetrockneten Blutlache zwischen einem kleinen Teich und einer Bank in dem winzigsten Park, der Säuberlich je unter die Augen gekommen war. »Und soweit wir wissen, stammt das Ding von dort«, sagte Schenkel und deutete in Richtung des *Colorado.*

»Tatsächlich?«, fragte Kommissar Säuberlich. »Aus einer Westernkneipe?« Der Fall ging ihm immer mehr auf den Geist. »Und was für Jecken sind das?«

Auf der Bank vor der Kneipe saßen ein bärtiger Sheriff und neben ihm ein Mann mit nacktem Oberkörper und langem dunklem Haar, in dem irgendwelche Federn steckten. Seinen Kopf hatte er an die Schulter einer schmächtigen bleichen Frau mit dicken schwarzen Zöpfen gelehnt. Der Wildlederkaftan, den sie trug, ähnelte dem der Toten. Unwillkürlich überlegte Säuberlich, ob das Haar echt war. Eine mausgraue Strähne, die unter dem schwarzen Pony hervorlugte, beantwortete diese Frage,

»Das ist Rolf, der Wirt«, sagte Schenkel, als sie sich dem Haus näherten. *»Howdye!«,* sagte der Sheriff und nickte ihnen zu. »Ein entsetzlicher Tag.« Das fand Kommissar Säuberlich ebenfalls. Der Fall wurde von Minute zu Minute bizarrer.

»Und das ist Schwarze Feder«, fuhr Schenkel fort, »der Häuptling der Duisburger Ogallalah, mit bürgerlichem Namen Stefan Erhardt.« Schwarze Feder zog die Nase hoch, gab aber darüber hinaus nichts von sich. »Und das ist Kleine Feder, oder Birgit E. Luge, die Sekretärin von Herrn Erhardt. Herr Erhardt ist, äh, war mit der Toten liiert«, erklärte Schenkel. Nun glättete sich Säuberlichs schweißnasse Stirn ein wenig.

»Die Leiche wurde also identifiziert?«, fragte er aufatmend.

»Ja. Sie heißt Helga Grímsdóttir.«

»Grim…, wie bitte?«

»Grímsdóttir. Eine Isländerin.«

Säuberlichs Laune sank trotz der Hitze unter den Gefrierpunkt.

»Eine isländische Frau in Indianerkluft vor einer Cowboykneipe in Wickede an der Ruhr mit einem Vorderlader erschlagen«, ächzte er. »Einfacher geht's ja wohl kaum, oder?«

»Nein«, lächelte Elmar Schenkel, »da haben Sie recht. Im Grunde genommen war es auch nur eine Formsache, Sie hinzuzuholen. Kommen Sie.« Schenkel führte Säuberlich zu einem Streifenwagen, der vor der Kneipe stand, und öffnete den hinteren Wagenschlag.

»Der da hat zwar noch nicht gestanden«, sagte er, »aber das tut er hoffentlich, wenn er aufwacht. Vorausgesetzt, dass er sich überhaupt noch an irgendetwas erinnert.«

Säuberlich warf einen Blick in das Auto und sein Gesicht verzerrte sich. Die Gestalt in Cowboymontur, die da seltsam zusammengekrümmt auf dem Rücksitz lag, stank penetrant nach Alkohol, Urin und Erbrochenem.

»Wer ist das?«, fragte Säuberlich.

»Das ist der isländische Cowboy von Wickede«, antwortete Elmar Schenkel.

Ein erleichtertes Lächeln huschte über Kommissar Säuberlichs Gesicht. Dieser Fall war vielleicht doch nicht so kompliziert, wie es zunächst den Anschein gehabt hatte.

»Mensch, Katrín, bitte«, jammerte Bjarni. Er hatte einen schlimmen Sonnenbrand und die Ringe unter den geröteten Augen deuteten auf Schlaflosigkeit hin.

»Um es noch einmal zu sagen, Bjarni«, sagte Katrín, »mit dem Fall hier habe ich nichts zu tun. Die deutsche Polizei war nur so freundlich, uns zu gestatten, dich hier zu all dem zu befragen, was in Island gegen dich vorliegt. Und das ist so allerlei, mein lieber Bjarni, wenn auch nicht gerade Mord. Du kommst wohl nicht so schnell nach Island zurück.«

Bjarni bewegte sich unruhig und die Handschellen klirrten. »Verdammt noch mal, Katrín, ich hab doch niemanden umgebracht. Du weißt genau, dass ich nicht der Typ dazu bin. Ich sag dir ja auch alles, was du wissen willst, sogar über die Litauer, wenn du mich nur hier rausholst. Ich bin jetzt schon seit drei Wochen hier und gegen dieses verdammte Loch ist unser Knast in Eyrarbakki ein Wellnesshotel. Kannst du nicht ...«

»Nein«, sagte Katrín. »Aber du wolltest mir was über die Litauer erzählen und was du mit den dreihundert Titaniumschrauben gemacht hast, die du im letzten Jahr bei diesem Zahnarzt in Kópavogur hast mitgehen lassen. Und davon, wo die Hundert-Millionen-Planierraupe abgeblieben ist, die du vor zwei Jahren geklaut hast, und auch ...«

»Hundert Millionen?«, knurrte Bjarni gereizt. »Die verdammten Arschlöcher haben mir nur fünf bezahlt. Aber ich sage nichts, wenn du mir nicht hilfst, nach Island zurückzukommen. Meinetwegen geh ich auch in den Knast, ich will bloß nach Hause.«

»Okay, ich hör mir deine Story an«, sagte Katrín, »und ich sprech mit dem Kollegen, der hier die Ermittlung leitet. Er ist natürlich nicht dazu verpflichtet, mir irgendetwas zu sagen, aber er machte einen ganz patenten Eindruck. Mehr kann ich dir nicht versprechen.«

»Wie ist das Zimmer?«, fragte Kommissar Uwe Säuberlich, der Leiter der Mordkommission und Katríns Ansprechpartner bei der Dortmunder Kripo. Sein Englisch war viel besser, als Katrín befürchtet hatte.

»Sehr gut«, sagte Katrín. »Ganz gemütlich. Bjarni hatte sich da auch die ersten Tage hier in Wickede einquartiert, bis er eine Wohnung gefunden hatte.«

Katrín versuchte, sich auf der deutschen Speisekarte zurechtzufinden, aber das klappte nicht sonderlich gut. »Bjarni hat gesagt, das Schnitzel sei gut.«

»Schnitzel klingt prima«, sagte Säuberlich. »Eine preisgekrönte Spezialität von *Haus Gerbens,* glaube ich.« Er winkte der Kellnerin und bestellte zwei Schnitzel und zwei Pils. »Hat Thorsteinsson sonst noch was gesagt oder hat er nur das Schnitzel empfohlen?«

»Er sagt, dass er in diesem Gefängnis in Werl um sein Leben fürchtet.« Katrín trank einen Schluck Bier. Eigentlich war sie eher für Rotwein, aber an diesem Ort und zu diesem Essen passte Bier besser. »Das verstehe ich auch ganz gut«, fügte sie hinzu, »ich hab mich sogar als Besucherin da drinnen unwohl gefühlt.«

»Ein ziemliches Weichei, dieser Thorsteinsson«, brummte Säuberlich. »Sitzt da im sichersten Trakt und hat trotzdem Schiss.« Kaum war ihm das herausgerutscht, als ihm klar wurde, dass seine attraktive rothaarige Kollegin aus Island seine abschätzige Bemerkung auch auf sich beziehen konnte. Daran war ihm aber in Anbetracht der Tatsache, dass sie keinen Ehering trug, ganz und gar nicht gelegen. »Entschuldigen Sie, Frau Eiðsdóttir«, sagte er, »ich gebe mich manchmal härter, als ich bin.«

Katrín wehrte mit der ringlosen Hand ab. »Macht nichts«, sagte sie. »Und bitte einfach Katrín. In Island gibt es keine Nachnamen und wir duzen uns alle. Okay?«

»Uwe«, sagte der Kommissar erleichtert und hob sein Glas, um mit ihr auf das Du anzustoßen. »Das mit den Namen ist ja wirklich ein komisches System bei euch Isländern. Du heißt Eiðsdóttir, weil du …«

»Nein«, korrigierte Katrín, »ich *bin* Eiðsdóttir. Mein Vater heißt Eiður, deswegen bin ich Eiðs*dóttir* und entsprechend ist mein Bruder Eiðs*son.* Mein Vater heißt mit vollem Namen Eiður Vilhjálmsson, weil mein Großvater Vilhjálmur hieß. Mein Sohn ist Sveinsson und meine Tochter Sveinsdóttir, weil mein Mann …« Katrín bemerkte, dass das Lächeln in Uwes Gesicht blitzartig verschwand, aber sofort zurückkehrte, als sie sich korrigierte: »Mein *Ex*mann, er heißt Sveinn. Heutzutage können Kinder auch nach der Mutter benannt werden, aber traditionellerweise wird der Name des Vaters genommen.«

Sie prostete ihm noch einmal zu und fuhr fort: »Aber es stimmt natürlich, was du sagst. Bjarni ist kein hartgesottener Typ. Er hatte sich in Island mit einer litauischen Gang eingelassen, doch mit deren Brutalität konnte er es nicht aufnehmen. Er setzte sich ab, als er für sie einen Koffer voller Drogen von Amsterdam nach Island bringen sollte, doch das tut hier eigentlich nichts zur Sache.«

Katrín entging nicht, wie Uwe sie ansah, aber sie war sich nicht sicher, was sie davon halten sollte. Der Mann, der sie um mindestens zwanzig, wenn nicht sogar fünfundzwanzig Zentimeter überragte, war attraktiv, kräftig gebaut, durchtrainiert und dunkelhaarig, sah intelligent aus und hatte braune Augen …

Sie räusperte sich. »Tja, also Bjarni streitet rundheraus ab, dass er etwas mit diesem Mord hier in Wickede zu tun hat.«

»Selbstverständlich«, pflichtete Uwe ihr bei. »Aber wenn man sich das genau überlegt – ein Isländer auf der Flucht nistet sich unter falschem Namen in einem kleinen Ort an der Ruhr ein. Arbeitet tagsüber im Metallbau und jobbt abends in einer Westernkneipe. Zehn Monate später kommt ein deutscher Indianerstamm daher, um seine Zelte in ebendiesem Kaff aufzuschlagen. Zu der Truppe gehört auch eine Isländerin, die den Mann wiedererkennt. Am selben Wochenende wird in Wickede der erste Mord seit Jahren verübt – und das Opfer ist die isländische Frau, und der Tatort ist der Bernhard-Bauer-Park, gleich neben der Kneipe des isländischen Cowboys. Zufall? Sag mir bloß nicht, dass du an so etwas glaubst. Es ist ungefähr so glaubwürdig wie seine Story mit der Blondine und dem Zettel. Hat er dir die nicht auch aufzutischen versucht?«

»Ja«, musste Katrín zugeben, »das hat er, der Arme.«

»Von allen Westernkneipen dieser Welt musste sie sich ausgerechnet in meine verirren«, sagte Bjarni. »Beziehungsweise in die von Rolf. Richtig gekannt hab ich sie nicht, aber ich wusste, wer sie war, und umgekehrt auch. Sie war ja Model und ich – na ja. Das war schon voll krass, als da plötzlich an dem Freitagabend Helga Grímsdóttir in ihrer komischen Indianermontur am Tresen im *Colorado* stand, das war ein ziemlicher Schock für mich, verstehst du. Und dann kam gleich der nächste Schock, als sie sagte: ›Du bist Bjarni Thorsteinsson, und zu Hause suchen dich die Bullen. Es gibt Leute, die meinen, du wärst tot. Ein Bier für mich, bitte!‹ Ganz ruhig und nett.«

»Und was hast du gemacht?«

»Ich hab ihr natürlich das Bier gezapft. Und dann sind wir ein bisschen ins Gespräch gekommen. Sie wollte wissen, wieso ich jetzt Cowboy in Wickede bin, und ich hab gefragt, was sie als Indianerin in Wickede macht. Dann kam ihr Macker dazu, irgendein Industrieller oder so was, ein richtiger Bigshot, unheimlich reich. Und in seiner Freizeit Indianerhäuptling. Ich raff einfach nicht, was solche Leute daran finden, sich als Indianer zu verkleiden und tagelang in Zelten zu hausen. Total bescheuert.«

Katrín verkniff es sich, ihn nach seiner eigenen Cowboyexistenz zu fragen.

»Die Helga hat sich nur wegen dem Macker in diese Montur geworfen«, fuhr Bjarni fort. »Aber im Tipi pennen wollte sie nicht, dafür hatte sie so ein Luxuswohnmobil. Also, jedenfalls taucht ihr Häuptlingsmacker da auf und will ihr eine Szene machen, aber die Helga, die lächelt nur, nimmt ihn bei der Hand und geht mit ihm raus. Kein Theater, verstehst du. Helga war schon ein klasse Typ. Ich hab die ganze Zeit gehofft, dass sie wiederkommen würde, aber ich hab sie da zum letzten Mal gesehen, ich schwör's. Und dann kam Elke, und danach hab ich natürlich überhaupt nicht mehr an sie gedacht.«

»Elke?«, fragte Katrín.

»Ja.«

»Was für eine Elke?«

»Na, die Mörderin!«, sagte Bjarni. »Sie hat die Helga umgebracht und den Verdacht auf mich abgewälzt.«

»Wir haben den Zettel in einem kleinen Umschlag gefunden, der an das Opfer adressiert war. Er steckte in einem kleinen Portemonnaie in einer der Vordertaschen ihrer Kluft«, sagte Uwe Säuberlich. »Auf dem Zettel stand auf Isländisch: *Komm um halb drei zum Teich im Park.* Der Zettel stammt von einem der Kellnerblöcke im *Colorado.* Die Schrift ist seine und er gibt auch zu, es geschrieben zu haben. Ich ...«

In diesem Augenblick erschien die Kellnerin mit zwei Riesentellern. Die Schnitzel waren nur wenig kleiner als die Teller.

»Guten Appetit«, sagte Uwe, der übers ganze Gesicht strahlte.

»Guten Appetit«, entgegnete Katrín und hoffte, dass das richtig war. Sie probierte das Schnitzel. Du lieber Himmel, dachte sie und schnitt sich gleich den nächsten Happen zurecht. Und noch einen ...

»Sie war ungefähr so groß wie du, hatte aber viel größere Titten«, sagte Bjarni, »und außerdem eine tolle Figur und lange blonde Haare. Sie setzte sich an den Tresen und bestellte ein kleines Bier. Es war Samstagnachmittag und es war noch vor vier, da war nicht viel los. Sie hat mich über Island ausgefragt und ...«

»Halt, kannte sie dich auch, diese Elke?«, fragte Katrín.

Bjarni zuckte mit den Achseln. »Hier wissen doch praktisch alle, dass ich Isländer bin, ich hab mich nie für was anderes ausgegeben. Elke ist aber nicht von hier, ich hatte sie auch noch nie gesehen, deswegen ging ich davon aus, dass sie mit Helga in dieser Indianertruppe war. Bestimmt hat sie schon lange überlegt, wie sie Helga aus dem Weg räumen könnte, und als sie von mir erfuhr, ist ihr dann aufgegangen, wie. Anders kann es eigentlich gar nicht gewesen sein. Ich meine, ich bin Isländer und ich lebe hier. Dann kommt Helga nach Wickede, und als sie umgebracht wird, denken natürlich alle, dass ich dahinterstecke. Das liegt ja so was von auf der Hand, dass ich das wahrscheinlich sogar selber glauben würde, wenn ich es nicht besser wüsste. Und als diese Elke, oder wie sie heißt, das kapierte, hat sie beschlossen, diese Chance zu nutzen. Und es hat ja auch total hingehauen – ich bin in die Falle getappt.«

»Und wie hat diese Falle ausgesehen, mein lieber Bjarni?«, fragte Katrín.

»Also, wir beide haben da über alles Mögliche geredet und auf einmal hat sie mich gefragt, wann ich fertig wäre, und ich sagte, irgendwann zwischen zwei und drei in der Nacht. Dann sagte sie, sie müsste jetzt zur Arbeit und ob ich mich nicht um halb drei mit ihr treffen wollte. Darauf bin ich sofort abgefahren und sie sagte: ›Okay, dann komm um halb drei zum Teich im Park.‹ Und ich hab natürlich Ja gesagt. Dann hat sie mich noch gefragt, wie das auf Isländisch heißt. Ich habe es ihr gesagt, und dann wollte sie es auch noch geschrieben sehen, also hab ich ihr das auf einen Block gekritzelt: *Komm um halb drei zum Teich im Park.* Und zum Schluss fragte sie, ob sie sich den Vorderlader ausleihen könnte, den Rolf da hängen hat.«

»Und den hast du ihr wirklich gegeben?«

»Ja.«

»Einfach so?«

»Ja.«

»Hat sie gesagt, was sie damit wollte?«

»Sie ist Fotografin, oder zumindest hat sie das behauptet. Angeblich war sie wegen dieses Indianerlagers nach Wickede gekommen, um da Aufnahmen zu machen. Und als sie all diese Gewehre sah – ich meine, bei Rolf hängen da jede Menge Flinten hinter der Bar, keine richtigen, aber sie sehen völlig echt aus –, da wollte sie eben eine als Requisit für ihre Bilder. Also habe ich ihr die Flinte geliehen und dann sagte sie: ›Bye-bye, treffen wir uns aber doch lieber erst um drei‹, und gab mir noch einen Kuss. Da hätte ich vielleicht misstrauisch werden sollen, aber ehrlich gesagt habe ich zu dem Zeitpunkt praktisch nur noch mit dem Schwanz gedacht.«

»Er schlief seinen Rausch auf der Bank beim Teich aus und da hat man ihn blutbeschmiert gefunden«, sagte Uwe. »Das Blut stammte von Frau Grímsdóttir. Als wir ihn endlich vernehmen konnten, erklärte er, an diesem Abend viel getrunken zu haben. Gegen drei ist er in diesen Park gewankt, hat sich auf die Bank gesetzt und dort weitergesoffen, während er auf diese Elke wartete. Irgendwann war er dann völlig hinüber. Zeugen, darunter auch der Wirt des *Colorado,* haben bestätigt, dass er übermäßig getrunken hat und auch, dass er da auf der Bank gehockt hat. Außerdem haben wir zwei Zeugen, die am Samstagnachmittag in dem Schuppen waren und sich vage an eine blonde Frau erinnern können. Das ist aber auch schon alles, was diese zweifelhafte Geschichte untermauern könnte. Möchtest du einen Kaffee?«

»Ja, bitte«, sagte Katrín. »Ihr habt also keine weiteren Nachforschungen angestellt?«

Uwe verzog das Gesicht. »Ich bin zwar faul«, sagte er, »aber so faul nun doch nicht.«

Katrín wurde rot. »Entschuldige, ich wollte nicht …«

Uwe grinste. »Sollte doch nur ein Scherz sein. Wir haben uns im Indianerlager umgesehen, aber da war keine Frau, auf die Thorsteinssons Beschreibung von dieser Elke passte. Wir haben selbstverständlich auch den Freund des Opfers abgecheckt, Stefan Erhardt, nicht zuletzt deswegen, weil der vor drei Jahren seine Frau durch einen Unfall verloren hat. Seine Frau ist im Titisee ertrunken, er selber war zu der Zeit in China. In der Nacht, in der Helga Grímsdóttir ermordet wurde, hat er an einem Ritual in so einer komischen Schwitzhütte teilgenommen, um nach seinem inneren Ogallalah zu suchen oder so etwas, das dauerte bis halb vier, und die drei Indianer, die mit ihm schwitzten, konnten sein Alibi bestätigen. Außerdem hat seine Privatsekretärin ausgesagt, dass er gegen Mitternacht in die Hütte verschwand. Um deiner nächsten Frage zuvorzukommen«, sagte er, als Katrín den Mund öffnete, »die Beschreibung von Elke passt nicht auf diese Sekretärin, die ist ein schmächtiges kleines Ding. Nein«, sagte Uwe und lehnte sich zurück, »Bjarni Thorsteinsson hatte nicht nur guten Grund, sondern auch gute Gelegenheit, Frau Grímsdóttir umzubringen. Er war am Tatort, er hat kein Alibi und er hatte Zugang zur Tatwaffe. An der waren übrigens auch seine Fingerabdrücke, wenn auch ziemlich verwischt. Ich könnte noch lange fortfahren, aber ...« Er zog ein Foto in einer Plastikhülle aus seiner Aktentasche. »Selbst wenn ich nur das hier hätte«, sagte er, »würde es schon ausreichen. Das ist der Zettel, den er geschrieben hat, und das hat er auch zugegeben. Damit hat er Frau Grímsdóttir gebeten, ihn zur Mordzeit am Tatort zu treffen. Es tut mir leid.«

Katrín griff nach dem Foto des Zettels. Das Bild zeigte sowohl den Zettel als auch den Umschlag. Katrín verschluckte sich beinahe an ihrem Kaffee.

»Der Umschlag«, prustete sie, »hat er auch zugegeben, dass er den geschrieben hat?«

Uwe Säuberlich sah sie verwundert an. »Ich ... also ich kann mich nicht genau erinnern, ob wir ihm den auch vorgelegt haben. Aber es ist ja dieselbe Schrift wie auf dem Zettel, deswegen ...«

»Sei dir da nicht so sicher«, sagte Katrín. »Es ist natürlich dein Fall, aber an deiner Stelle würde ich damit sofort zu einem Grafologen gehen.«

Uwe nahm das Foto zur Hand, starrte eine Weile intensiv darauf und legte es dann auf den Tisch.

»Ich sehe keinen Unterschied in der Schrift«, sagte er. »Was für ein Buchstabe ist da ...«

»Ich sehe da auch keinen Unterschied«, sagte Katrín. »Trotzdem bin ich mir zu neunundneunzig Prozent sicher, dass es sich um eine Fälschung handelt. Denn das hier«, sagte sie und deutete auf das Foto, »das würde ein Isländer nie so auf einen Umschlag schreiben.«

Uwe runzelte die Stirn. Dann fiel bei ihm der Groschen. »Nie?«, fragte er.

»Niemals«, bekräftigte Katrín.

Katríns Verdacht bestätigte sich an dem Tag, als sie die Heimreise antrat, und daraufhin nahm die Ermittlung einen ganz anderen Verlauf. Uwe hielt sie in den nächsten Wochen mit E-Mails und Anrufen auf dem Laufenden. Man knöpfte sich jeden einzelnen Indianer intensiv vor; vor allem die Indianerinnen, die klein und schmal waren. Die weggepackten Zelte wurden genauestens untersucht, denn das Zeltlager an der Ruhr war längst abgebrochen worden und die Duisburger Ogallalahs waren in den grauen Alltag ihrer Betonkästen zurückgekehrt. Der Häuptling selbst geriet bei mehrtägigen Marathonvernehmungen mehr ins Schwitzen als bei irgendwelchen schweißtreibenden Ritualen. Zudem nahm man sich ein weiteres Mal die Akten über den Tod seiner Frau vor.

»Und dabei ist jemandem aufgefallen«, sagte Uwe Säuberlich an dem Abend, als endlich das Geständnis vorlag, »dass die Person, die seinerzeit die Überführung der toten Gattin vom Titisee nach Duisburg beauftragt hatte, niemand anderes als Birgit E. Luge gewesen war, die Privatsekretärin des Häuptlings. Das schmächtige kleine Ding. Sie war damals nicht mit dem Chef nach China gefahren, sondern kümmerte sich in seiner Abwesenheit um das Büro. Hallo, bist du noch dran?«

»Ja, ja, ich bin noch dran«, sagte Katrín. »Ich hab nur auf Lautsprecher geschaltet, ich mach nämlich gerade eine Flasche Rotwein auf.«

»Na dann Prost. Danach habe ich mich dann voll und ganz auf sie konzentriert. Wir haben Schuhe mit fünfzehn Zentimeter hohen Absätzen in ihrer Wohnung gefunden, eine blonde Langhaarperücke, einen Büstenhalter mit reichlich Stopfmaterial und so weiter, also alles, was sie brauchte, um sich in Elke zu verwandeln. Ich ließ Birgit so zurechtmachen, wie Thorsteinsson seine ›Elke‹ beschrieben hatte, und eine Aufnahme von ihr machen, und da erkannte er sie wieder. In beiden Fällen hatte sie kein Alibi, weder für den Mord an Helga Grímsdóttir noch für die Zeit, als Frau Erhardt ertrunken ist. Endgültig kapituliert hat sie, als ich ihr nachweisen konnte, dass sie am Tag des ›Unfalls‹ auf dem Titisee in der Nähe von Freiburg wegen Überschreitung des Tempolimits geblitzt worden war. Sie gab zu, Frau Erhardt ermordet zu haben, weil sie selbst den Platz an der Seite von Stefan Erhardt einnehmen wollte. Der sah in ihr aber keineswegs seine Zukünftige, sondern verlobte sich mit irgendeinem isländischen Flittchen, ›das nicht das geringste Verständnis für die Schönheit des Indianerlebens hatte‹, wie sie sich ausdrückte. Der Rest lief dann ungefähr so ab, wie Thorsteinsson vermutete. An ihm ist anscheinend ein guter Detektiv verloren gegangen.«

»Vielleicht«, sagte Katrín schmunzelnd. »Und wann darf der arme Junge nach Island zurückkommen?«

»Thorsteinsson? Der ist doch schon lange auf freiem Fuß. Hab ich dir das nicht gesagt?«

»Nein«, sagte Katrín. »Hast du nicht. Steht er wieder hinter dem Tresen im *Colorado,* als wäre gar nichts passiert?«

»Nein. Als ich das letzte Mal dort war, hat der Wirt mir gesagt, dass der Isländer am gleichen Tag, als wir ihn freiließen, die Stadt verlassen hat. Wohin, wusste er aber nicht.«

»Aber du wusstest doch, dass wir hier in Island auf ihn warteten«, sagte Katrín irritiert. Warum ...«

»Sorry«, sagte Uwe. »Ich war davon ausgegangen, dass du alles, was du wissen wolltest, aus ihm herausgeholt hast, als du hier warst. Soweit ich weiß, lag da auch kein offizieller Auslieferungsantrag von euch vor. Aber lassen wir das, reden wir lieber über etwas Erfreulicheres.«

Das Gespräch zog sich in die Länge und Katrín hatte die Rotweinflasche schon halb geleert, als sie endlich den Hörer auflegte und die Post von der Kommode in der Diele holte. Lauter Rechnungen, aber auch eine Ansichtskarte von den Rocky Mountains. *Greetings from Colorado.* Sie lächelte und drehte die Karte um. Der Text war nicht lang:

*Du hast gesagt, dass kein Isländer einen Brief an einen anderen Isländer so adressieren würde. Das stimmt natürlich, und es hat mich gerettet. Trotzdem würde ich es gern mal probieren. Viele Grüße, Bjarni*

Katríns Lächeln breitete sich über das ganze Gesicht aus, als sie die Anschrift sah. Zuoberst stand nur ein Wort:

*Eiðsdóttir*

*Tatjana Kruse*

# Holzwickedelics

Hitchcock pur! Aber nicht in Hollywood, sondern in Holzwickede.

Die erste Krähe stürzte sich direkt vor der katholischen Liebfrauenkirche auf Karl-Heinz G., der wie jeden Morgen auf dem Weg von seiner Wohnung in der Sölder Straße zur Arbeit den Vorplatz der Kirche überquerte. Der Vogel ließ erst nach mehreren Minuten von ihm ab. Der Rest des Schwarms, der in den drei Bäumen vor der Kirche zu ruhen pflegte, tat es kurz darauf der Vorreiterkrähe gleich. Karl-Heinz G. ging in die Knie und lag schließlich rücklings, schreiend und wild mit den Armen rudernd auf dem Asphalt, über ihm – wie eine wogende schwarze Wolke – schätzungsweise fünfundzwanzig Krähen.

Die Zeugen waren sich uneins. Einige behaupteten, die Vögel hätten dem 45-jährigen Einzelhandelsfachverkäufer die Augen auspicken wollen. Sie forderten Schrotflinten für alle Bürger und dass man endlich die eigentlich geschützten Krähen zum Abschuss freigebe. Andere, darunter auch das Opfer, erklärten, die Krähen hätten sich in überbordender Begattungslaune auf den Mann gestürzt und eindeutige, nicht jugendfreie Handlungen an ihm vollzogen. Diese Deutungsvariante fand allerdings keinen Eingang in die Medien. Der Zwischenfall ließ jedoch den seit Langem schwelenden Streit darüber, was mit den lästigen Vögeln zu geschehen habe, erneut heftig aufflammen.

Da sich in unmittelbarer Nähe der katholische St.-Aloysius-Kindergarten mit angeschlossener Grundschule befand und eine Gefährdung der Kinder zwingend ausgeschlossen werden musste, wurden noch am selben Abend auf Anweisung von ganz oben diplomierte Tierfänger aus Dortmund-Brackel damit beauftragt, die Krähen einzufangen und in angemessen großer Distanz – vorzugsweise nicht vor Niederbayern – wieder auszusetzen.

Einen Tag später das Unfassbare.

Im frisch renovierten Emscherpark lief die einundzwanzigjährige Corinne G. aus Opdenhoevel mit ihrem zweijährigen Zwergpinscher-Rauhaardackel-Mischlingsrüden Diego gegen 14 Uhr von der *Glückauf*-Lore in Richtung Teich, als sich ein Erpel mit gesträubtem Gefieder in ungehemmtem Liebesrausch auf sie stürzte. Der in seiner Begleitung befindliche zweite Erpel warf sich zeitgleich mit eindeutigen Absichten auf den völlig überraschten Diego. In dem nachfolgenden Gerangel waren noch bis zur Hauptstraße wilde Flüche (Corinne), ängstliches Jaulen (Diego) und begeistertes Geschnatter (Erpel eins und Erpel zwo) zu hören.

Corinne und Diego blieben körperlich, wenn auch nicht seelisch, unversehrt. Erpel eins wurde von einem helfend herbeigeeilten Passanten gefangen und am folgenden Wochenende zu *Ente à l'Orange* verarbeitet – ein Akt des Gemeinwohls, wie der Mann fand, schließlich durfte so ein Tier sich doch nicht weiterhin in einem idyllischen Stadtpark tummeln, in dem Mütter mit Kindern Erholung suchten.

Erpel zwo konnte unerkannt entkommen.

Der Vorfall wurde nicht publik.

Ungleich mehr mediale Aufmerksamkeit erhielt allerdings der peinliche Zwischenfall an der Emscherquelle. Eine Besuchergruppe, die auf der hölzernen Aussichtsplattform die Quelle der Emscher in unzähligen Digitalbildern festhielt, wurde hinterrücks von einer Formation hemmungsloser weiblicher Ringeltauben angefallen. Die Vögel, man kann es nicht anders sagen, schmiegten sich verliebt an die verdutzten Touristen. Dabei verlor allerdings ein bebrillter Junggeselle aus Klein Wernigerode das Gleichgewicht und stürzte in den Quellteich. Er schluckte reichlich Emscherwasser und wurde zur Beobachtung in das Krankenhaus Unna eingeliefert, wo er – extrem erotisiert – ausgiebigst mit den Krankenschwestern flirtete.

Daraufhin war klar: Die Emscher war vergiftet worden! Mit einer psychedelisch wirkenden Substanz, die in Mensch und Tier erotische Gefühle weckte!

Die BILD-Zeitung titelte deutschlandweit: *Holzwickedelics – eine Stadt im Rausch der Psychodroge.*

Anfangs fand das die Bevölkerung zu weiten Teilen noch erheiternd und man zwinkerte sich bisweilen verschwörerisch zu – vor allem, als bekannt wurde, dass auch die Fische im Regenbogensee amouröse Abenteuer mit Menschen suchten und sich zwar den Ködern der Mitglieder des Angelvereins *Regenbogen Holzwickede-Opherdicke e.V.* verwehrten, sich dafür aber von sich aus den Anglern in brennender Leidenschaft an die Brust warfen.

Manch einer wurde sogar dabei beobachtet, wie er Emscherwasser in leere PET-Flaschen füllte.

Aber all das endete abrupt am frühen Sonntagmorgen. Da fand man den vierundfünfzigjährigen Justus K. vor Haus Opherdicke in der Gräfte dümpelnd.

Tot.

»Mein Gott, habt ihr je so was Entsetzliches gesehen?« Kommissar Schmülling und seine Teamkollegen standen vor dem Toten, den die Jungs von der Spurensicherung mittlerweile auf dem trockenen Ufer deponiert hatten.

Der Tote grinste sie an. Er grinste anzüglich. Selbst die starren Augen schienen noch lüstern zu blicken. Das war sogar für hartgesottene Kriminalisten nicht leicht auszuhalten.

»Macht dem mal einer die Augen zu?«, verlangte Schmülling.

Sein Team inspizierte geflissentlich die Rundbogenfenster und die Seitentürme des malerischen Wasserschlosses, zu dem die Gräfte gehörte. Alles, nur nicht dem Toten in die libidinösen Augen geschaut!

Der Gerichtsmediziner, der neben der Leiche gekniet hatte, erhob sich, ohne dem Wunsch Schmüllings zu entsprechen. »Auf den ersten Blick keine äußere Verletzung zu erkennen. Könnte Gift sein, vielleicht dieses ominöse Emscher-Psychopharmakon, von dem gerade alle Welt spricht?« Er grinste. »Genaueres natürlich erst nach Autopsie und toxikologischem Befund. Und? Kommt ihr heute Abend alle mit zum Kegeln?«

»Unser Leitungswasser ist sicher!«, erklärte der Vertreter der Stadtverwaltung und nahm einen kräftigen Schluck von eben demselben aus einer PET-Flasche mit abgekratztem Etikett.

Er stand vor dem grünen Tor des Wasserturmes im Stadtteil Hengsen und demonstrierte Zuversicht in sämtliche Holzwickeder Fließgewässer. Es wurden Häppchen gereicht.

Kameraobjektive zoomten sich auf den Stadtverwaltungsvertreter ein, wachsame Reporteraugen, vor allem vom *Hellweger Anzeiger* und der *Westfälischen Rundschau*, versuchten, selbst die kleinste Veränderung an ihm wahrzunehmen. Aber es veränderte sich nichts. Er strahlte weiterhin Amtswürde und Kompetenz aus und das blieb auch so, nachdem er mit weiteren Schlucken die anonymisierte 0,75-Liter-Flasche vollends geleert hatte.

»Ein sehr mutiges, eindrückliches Signal, aber sind Sie wirklich sicher, dass man jedes Risiko für die Bevölkerung ausschließen kann?«, rief eine geschlechtslose Stimme aus dem Reporterpulk, die zu einem Arm gehörte, in dessen Hand ein Mikro von *antenne unna* steckte.

Bürgermeister Rother hob beruhigend die Hände und versicherte: »Noch liegen keine schlüssigen Beweise für eine großflächige Vergiftung der Emscher vor. Außerdem beziehen wir in Holzwickede unser Trinkwasser nicht aus der Emscher, sondern aus der Ruhr. Es besteht also absolut kein Grund zur Panik!«

»Was halten Sie als Holzwickedenser … Holzwickedaner … Holz… äh … also, Sie als Bürger dieser Stadt, was halten Sie von diesen Vorkommnissen?«

Der kugelrunde Jungreporter eines überregionalen Boulevardblattes hielt dem Mann in dem karierten Sakko, der sich eben im *Ristorante Ratskeller* mit echt italienischer Mittagsküche gestärkt hatte und ahnungslos ins Freie getreten war, das Mikrofon seines Aufnahmegeräts vor den Mund.

»Interessant, dass Sie gerade mich fragen«, fing der Karierte an und hob seine buschigen Augenbrauen. »Ich bin zufällig Chemiker im Ruhestand und habe selbst einige Emscherwasserproben analysiert. Ich kann Ihnen versichern, dass die Bevölkerung sicher ist.«

Das war gut und schön und auch beruhigend, aber nicht das, was als Schlagzeile für ein Boulevardblatt taugte. Der junge Reporter betrat den *Ratskeller* und konnte sein Glück kaum fassen, als er dort Kommissar Schmülling und seinen Assistenten Waxmann beim Mittagessen vorfand. Er setzte sich, scheinbar unbeteiligt, an den Nebentisch, um in Ruhe den Fachsimpeleien der Polizisten zu lauschen.

Das Gespräch ließ sich aber bestenfalls als stockend bezeichnen. Und auch nicht wirklich als fachlich.

»Super Nudelsoße, muss man echt sagen!«, lobte der Kommissar mit vollem Mund.

»Hm«, nickte Assistent Waxmann.

Zehn Minuten später kamen noch ein »Bitte zahlen!« und ein »Getrennt!« dazu. Das war's.

Vor dem *Ratskeller* erwiesen sich die Journalistengötter schon als gnädiger. Eine Passantin erklärte dem jungen Reporter, dass sie sich nur noch mit Flaschenwasser die Zähne putze und auch nur mit Flaschenwasser koche – deutsches Mineralwasser zum Zähneputzen, französisches für die Küche. Man musste sich eben nur zu helfen wissen.

»Hören Sie, Schmülling, machen Sie Ihren Jungs und Mädels mal Dampf unterm Hintern. Es bricht ja schon Panik aus!«, verlangte der Polizeichef mit dröhnender Stimme.

Schmülling hmpfte.

»So was wie gestern darf nicht noch mal passieren!«, bellte der Polizeichef, der – wenn er sich in diesem Leben als Hund inkarniert hätte – Molosser geworden wäre.

Am gestrigen Tag, knapp eine Woche nach der ersten Krähenbegattungsattacke und zwei Tage nach dem Fund der Leiche, hatte irgendein Scherzbold gegen 15.30 Uhr in der *Schönen Flöte* lauthals gerufen, das Wasser des Freibads sei mit der Liebesdroge durchsetzt. Daraufhin hatte es ein spontanes Massenknutschen unter den Badegästen gegeben. Besser, man fragte gar nicht groß nach, wer da alles wem im Arm gelegen hatte. Selbst die eigentlich nicht betroffenen Solariumsbesucher und Beachvolleyballer warfen sich einander an den Hals. Die Leitung der Schwimmbadanlage hatte selbstverständlich umgehend Polizei und Notärzte alarmiert, die mit einem Großaufgebot angerückt kamen. Später stellte sich im Labor heraus, dass die Feuchtgebiete der *Schönen Flöte* unberührt, also sozusagen jungfräulich geblieben waren.

Unterm Strich schien das zwar die harmloseste und für alle Beteiligten angenehmste Form einer Massenpanik, aber natürlich konnte so etwas unmöglich geduldet werden. Der Spuk musste ein Ende haben.

»Ich verlasse mich auf Sie!«, betonte der Polizeichef und sah Schmülling streng an.

Schmülling erklärte mit fester Stimme: »Das können Sie auch!«

In Wahrheit hatte er noch keine heiße Spur, nicht einmal eine lauwarme.

»Hmpf«, machte Schmülling.

Bürgerpatrouillen sicherten den Lauf der Emscher von der Quelle bis zur Stadtgrenze von Holzwickede. Jeder, der sich in Flussnähe aufhielt, wurde kritisch beäugt und im Zweifel angesprochen. Doch wenn das Verhalten der Vögel und Fische als Anhaltspunkt dienen konnte, dann war die Zeit der Psychodroge vorbei. Niemand wurde mehr von begattungsfreudigen Gefieder- oder Schuppenträgern belästigt. Was aber auch daran liegen konnte, dass die Verwaltung mittels riesiger Tankwagen Ruhrwasser in die Emscher einfüllen ließ, damit etwaige chemische Substanzen bis zur Unwirksamkeit verdünnt wurden.

Der junge Reporter des Boulevardblattes fand das unbefriedigend. Seine Kollegen von den anderen überregionalen Zeitschriften recherchierten – gemäß der Prämisse, der Blitz schlage nie zweimal an derselben Stelle ein – längst andernorts. Er jedoch war überzeugt, dass der Täter immer an den Ort der Tat zurückkehrte, und machte es sich folglich mit seinen belegten Broten auf einem Baumstumpf an der Gräfte bequem.

Es war ein milder Tag. Haus Opherdicke sah im Licht der Sonnenstrahlen besonders eindrucksvoll aus. Irgendwo zwitscherte eine Amsel.

»Wissen Sie, das mit dem Toten, das war ich nicht!«

Der Reporter fuhr wie von der Tarantel gestochen zusammen. Er hatte den Mann nicht kommen hören. Und weil er auf seinem sonnigen Baumstumpf gerade mit halb geschlossenen Lidern den Blick nach Süden ins Tal der Ruhr genossen hatte, hatte er ihn auch nicht kommen sehen. Und – zugegebenermaßen – hatte er gestern im Biergarten der *Phumabar* womöglich ein oder zwei oder mehr Bier zu viel gekippt und war ohnehin an diesem Tag nicht der Fittesten einer.

Dabei ... auf den zweiten Blick kam ihm der Mann mit den buschigen Augenbrauen und dem karierten Sakko irgendwie bekannt vor. Natürlich! Vor dem *Ratskeller:* Das war der erste Holzwickeder, den er nach seinem Eintreffen interviewt hatte.

Der Mann schien sehr erregt. »Ich gebe Ihnen mein Wort! Der Tote geht nicht auf mein Konto! An B4538CHG kann man nicht sterben, das ist völlig ausgeschlossen. Stoffwechsel und Kreislauf werden in keinster Weise beeinträchtigt. Selbst bei größter Überdosierung scheidet der Körper den Wirkstoff nebenwirkungsfrei aus. Man hat allerhöchstens multiple ... äh ... Befriedigungserfahrungen. Aber ansonsten ist mein Mittel absolut harmlos!«

Der dickliche Jungreporter zückte seinen Notizblock. Er witterte eine Schlagzeile und konnte sein Glück kaum fassen. »Sie geben also zu ...?«

»Ich gebe gar nichts zu!«, echauffierte sich der Karierte. Gleich darauf schrumpelte er in sich zusammen wie ein schottischer Luftballon, aus dem man die Luft gelassen hat. »Ich räume allerdings ein, dass ich aufgrund der traumatischen Erfahrung meiner Entlassung womöglich etwas zu voreilig in meinen Handlungen war ...«

»Was meinten Sie mit B4-Dingenskirchen?«

»B4538CHG – ein von mir entdeckter Wirkstoff zur Anregung der Libido. Eigentlich ein Nebenprodukt. Wir waren ursprünglich auf der Suche nach einem Inkontinenzmittel.«

»A-ha!« Der Reporter schrieb eifrig mit. »Sie wurden von einem Chemieriesen entlassen und haben aus Rache die Emscher vergiftet!«

»Nein, nein, so war das doch gar nicht.« Der Karierte plusterte sich wieder auf. »Ich habe Ihnen doch eben versichert, dass das Mittel ungiftig ist. Es wird sich als Segen für die Menschheit erweisen. Zorn, Zwietracht, Kriege – alles gehört der Vergangenheit an, wenn das Mittel weltweit dem Trinkwasser beigefügt wird.«

»Weil wir infolgedessen eine Konfliktlösung wie bei den Bonobo-Affen pflegen werden?« Der Reporter guckte skeptisch. Mit seiner Freundin konnte er sich dergleichen ja noch vorstellen, aber mit jemand anderem? Also, mal angenommen, mit seinem Chef?

»Mein Arbeitgeber wollte die Formel vernichten. Zerstören! Ist das zu glauben? Löschen! Einstampfen! Da habe ich natürlich nicht mitgemacht. Die Welt braucht dieses Mittel! Ich bin ein Kind der 68er. Ich wollte mit einer flächendeckenden Demonstration die Wirksamkeit meines Mittels beweisen. Und dabei ist es noch kostengünstig in der Herstellung. Aber jetzt …« Wuchtig holte er mit dem rechten Arm aus und zeigte auf die Gräfte, in der der Tote gedümpelt hatte. Der Reporter konnte sich gerade noch rechtzeitig ducken, um nicht von dem karierten Männerarm ausgeknockt zu werden. »Aber jetzt hat irgendein Wahnsinniger einen Mord begangen! Und ich stehe dumm da. Sie müssen mir helfen, meinen Namen reinzuwaschen!« Er sah den Reporter aus großen Welpenaugen Hilfe suchend an.

»Wie denn?«

»Sie wissen, wie man schnüffelt, und ich weiß, wo!«

»Gibt es einen Grund, warum irgendjemand Ihrem Mann den Tod gewünscht haben könnte?«, fragte der junge Reporter. Das Aufnahmegerät in seiner Hand zitterte. Wie oft hatte er seine älteren Kollegen davon erzählen hören, wie sie wichtige Infos aus einer trauernden Witwe herausinterviewt hatten! Bald würde er auch so eine Geschichte haben!

Hannelore K., 49, schüttelte den Kopf. Neben ihr saß Gabriele K., 55, ihre Schwägerin. Die beiden Frauen hielten sich an den Händen.

Obwohl die Identität des Toten noch nicht bekannt gegeben worden war, wussten die Einheimischen natürlich Bescheid. Der Karosakkoträger hatte den Reporter in seinem alten VW Passat zu dem Einfamilienhaus des Opfers im Neubaugebiet *Auf der Bredde* chauffiert. »Ich warte im Wagen auf Sie«, hatte er gesagt und den Reporter förmlich hinausgeschubst.

»Mein Mann war sehr beliebt.« Hannelore K. seufzte schwer. »Er war ein Segen für die Menschheit. Er war an der Entwicklung unzähliger Medikamente beteiligt. Sein größter Erfolg war natürlich die Enthaarungscreme für Nasen- und Ohrenhaare. Juckreizfrei und antiallergen.«

Die Medikamentenforschung des Gatten K. musste einträglich gewesen sein, denn nicht nur das Haus war enorm beeindruckend, der Schmuck, den Hannelore K. trug, war es ebenfalls.

Nachdem der Damm gebrochen war – will heißen, nachdem Hannelore K. erst einmal angefangen hatte zu reden –, kannte sie kein Halten mehr. Der Reporter wagte nicht, sie zu unterbrechen. Die Sekunden auf dem Display seiner Digitalarmbanduhr blinkten dahin, dann die Minuten. Eine halbe Stunde später wusste er, dass dreihundertzwölf Menschen an der Hochzeit von Justus und Hannelore teilgenommen hatten, dass Tochter Susanne exakt neun Monate und sieben Tage später als Zangengeburt zur Welt gekommen war und heute als Klangschalentherapeutin in Wuppertal arbeitete, dass Justus stetig Karriere gemacht und sie ihm dafür den Rücken freigehalten hatte. Endlich verstummte Hannelore K. und sah seufzend zu dem Ölbild über dem Kamin, an dem eine schwarze Schleife prangte. Justus K. hatte sich für sein Alter erstaunlich gut gehalten. Hannelore K. auch, aber leider sah man ihr an, dass dafür diverse Schönheitschirurgen und Kosmetikfachfrauen nötig gewesen waren.

»Also liebten ihn alle?«, fragte der junge Reporter, und weil er sich in diesem Moment nach vorn beugte und die Restlaufzeit seines Aufnahmegeräts überprüfte, entging ihm der bedeutungsschwangere Blick, den die beiden Frauen tauschten.

Kommissar Schmülling lehnte an der Theke der Bezirksdienstaußenstelle Holzwickede, blies den Kaffee in seiner Hand kalt und sah durch die Gardine auf die andere Seite der Opherdicker Straße, hinüber zu den Ausläufern des Viertels, das manch ein Alteingesessener wegen der vielen Bungalows immer noch ›Legoland‹ nannte.

Holzwickede. Ein Ort mit unterdurchschnittlicher Kriminalitätsrate. Aber überdurchschnittlichem Wohnkomfort. Mitten im Grünen und doch mit exzellenter Anbindung an alle relevanten Großstädte. Ein Ort, an dem man seine Kinder großziehen möchte. In einem der Flachbauten auf der anderen Straßenseite.

Doch nun ging ein Ungeist um. Und er, Karl-Uwe Schmülling, musste ihn austreiben. Wiewohl die Autopsie gezeigt hatte, dass Justus K. nicht an Gift, sondern an einem Stich mitten ins Herz gestorben war, ausgeführt mit medizinischer Präzision und einem enorm scharfen Gegenstand wie beispielsweise einem Skalpell.

Was die Öffentlichkeit in diesem Moment noch nicht wusste: Es war ein zweiter Toter gefunden worden. Auf einer der Bänke unter dem *Hilgenbaum,* einer Eiche, die sich an der Kreuzung Massener Straße und Goethestraße etwas außerhalb des Ortskerns seit Urzeiten stolz in den Himmel reckte. Nun ja, nicht diese spezielle Eiche, die war erst in den Achtzigerjahren an alter Stelle neu gepflanzt worden. Aber die Eiche als Symbol an sich, als *Hilgenbaum,* war seit Menschengedenken Teil des Holzwickeder Wappens. Und an diese Eiche hatte jemand, über der Bank, auf der der Tote saß, einen gelben Zettel geheftet, auf dem *Schwein* stand.

Hier war nicht nur ein Baum geschändet worden.
Ganz Holzwickede war entweiht!
»Hmpf«, machte Schmülling.

»Hmpf«, machte auch der junge Reporter, wiewohl mit ungnädigem Timbre, vor allem deshalb, weil er auf dem Teppichboden im Wohnzimmer der Witwe K. lag, an Armen und Beinen gefesselt und mit einem Knebel im Mund.

Neben ihm standen zwei *Samsonite*-Trolleys. Und zwei Frauen in flotter Reisekleidung.

»Was machen wir jetzt mit ihm?«

»Dasselbe wie mit unseren Männern. Runter in den Keller! Wenn wir ihn unter die Lammkeulen in die Tiefkühltruhe packen, findet den erst mal so schnell keiner.«

»Der ist aber zu schwer für uns, den können wir nicht tragen.«

»Wer spricht von ›tragen‹? Wir schubsen ihn die Treppe runter. Mit etwas Glück bricht er sich das Genick.«

»Hmpf!«, machte der junge Reporter erneut und es klang definitiv panisch.

Auf der Fahrt zum Haus des zweiten Opfers stachen Kommissar Schmülling die unzähligen gelben Zettel mit der Aufschrift *Schwein* an Laternenmasten, Trafokästen und Buswartehäuschen ins Auge. Wahrscheinlich alle mit dem gleichen perfiden Alleskleber angeleimt wie der Zettel am Eingang der Polizeiwache, den er vorhin entdeckt hatte. Die würden schwer wieder zu entfernen sein. Kommissar Schmülling sah vor seinem inneren Auge schon die kostenlose Ausgabe von Plastikkratzern an alle Bürger und eine große Stadtreinigungsaktion wie damals das ›Kratzen gegen rechts‹.

Die Identität des zweiten Opfers hatte ebenso schnell gelüftet werden können wie beim ersten, wozu wesentlich die Tatsache beigetragen hatte, dass beide Tote ihre Personalausweise bei sich trugen: Hannes K., 50, Bruder des ersten Opfers, bekannter Frauenarzt.

So viel Zufall konnte nicht sein, weswegen sich Kommissar Schmülling mit seinem Assistenten Waxmann auf den Weg zu den Witwen machte, die beide übrigens – wie der Kollege von Bezirksdienstbereich 11 ihm vor der Abfahrt noch schnell erzählt hatte – ehemalige Krankenschwestern waren.

Als das Zivilfahrzeug vor der Villa im Neubaugebiet zum Stehen kam, rutschte weiter vorn auf der Straße ein Mann in einem karierten Jackett in den Fußraum eines VW Passat. Die Beamten stiegen aus und klingelten an der Villa. Der Karierte ließ aus dem Fußraum heraus den VW an.

In diesem Moment hörten Schmülling und Waxmann im Innern der Villa laute Geräusche. »Hallo? Hier ist die Polizei! Bitte öffnen Sie die Tür!«, rief Schmülling. Als er durch das Fenster neben der Eingangstür schaute, sah er gerade noch, wie ein gefesselter vollschlanker Mann eine Kellertreppe hinunterpolterte. Schmülling brüllte seinem Assistenten »Ruf einen Krankenwagen! Und Verstärkung!« zu, dann zerschlug er mit dem Ellbogen die Fensterscheibe und kletterte ins Haus. Auf der Straße rollte unterdessen langsam ein VW Passat vorbei. Am Steuer schien niemand zu sitzen. Nur ein buschiges Augenbrauenpaar war über dem Lenkrad zu sehen.

Schmülling wischte sich Glassplitter vom Ärmel. Aus dem Keller drangen Stöhngeräusche, hinter sich hörte er das Klacken von Stöckelschuhen. Schmülling zog seine Dienstwaffe. Zu spät – eine Frau mittleren Alters in einem cremefarbenen *Chanel*-Kostüm und mit wehender Strähnchenfrisur kam wie aus dem Nichts auf ihn zugeflogen, in der Hand ein Skalpell. »Hanni, gib's ihm!«, rief Gabriele K. aus dem Hintergrund. Doch Schmülling machte nicht umsonst seit zwanzig Jahren Formationstanz. Mit einem raschen Quickstep entkam er dem Skalpellangriff und brachte sich mit einem Sambaausfallschritt aus dem Gefahrenbereich. Hannelore K. knallte unsanft auf den Läufer im Flur und schlug mit dem Kopf auf den Schuhschrank. Sie blieb bewusstlos liegen. Schmülling öffnete die Haustür, brüllte »Waxmann!« und rannte zu Gabriele K., die mit ihrem Beautycase wild um sich schlug. »Sie haben es nicht besser verdient. Alle beide nicht. Die haben alles vernascht, was nicht bei drei auf den Bäumen war. Aber irgendwann war Schluss!«, kreischte sie. »Endgültig Schluss. Mit uns nicht mehr!«

Schmülling versuchte vergeblich, mit einem Walzergrundschritt auszuweichen, und bekam eine volle Breitseite ab. Schnaufend ging er zu Boden. Wäre Gabriele K. nicht schluchzend auf dem Perserteppich zusammengebrochen, hilflos mit den Fäusten auf ihr Beautycase einschlagend, der Ausgang des Zweikampfs hätte bedenklich sein können – für ihn persönlich und für die Standardformation der *Tanz-Senioren Unna* bei dem anstehenden Verbandsturnier Ruhr.

In der Ferne hörte man Polizei- und Krankenwagensirenen.

Das Grauen hatte ein Ende.

Oder doch nicht?

Tags darauf saß Schmülling auf dem Krankenbett des jungen Reporters, der sich bei seinem Treppensturz böse Prell- und Quetschwunden sowie – trotz seiner eigentlich üppigen Polsterung – einen doppelten Rippenbruch zugezogen hatte.

»Die Damen K. hatten sich also ihrer Ehemänner entledigt und hofften, das mit den Stichen ins Herz würden wir erst herausfinden, wenn sie es mit dem Ersparten nach Brasilien geschafft hätten.« Schmülling löffelte den fettreduzierten Krankenhausjoghurt. »Das Zeug in der Emscher bot ihnen die perfekte Tarnung. Sie erstachen ihre Männer im Liebesspiel und schoben die Morde somit dem Psychodrogenmann unter.« Er sah den Reporter an. »Leider ist dieser Chemiker, dieser Ferdinand von Irgendwas, untergetaucht. Sie wissen nicht zufällig, wo er ist?«

Der junge Reporter schüttelte heftig den Kopf. Was für eine Story! Und er hatte sie exklusiv. Blöd nur, dass er den Karosakkomann nicht mehr befragen konnte. Wo war der nur abgeblieben?

Ferdinand von Sch. umklammerte die Thermoskanne mit der blassgrünen Flüssigkeit.

Er hatte seine Siebensachen inklusive seiner sieben karierten Sakkos gepackt und Holzwickede verlassen. Aber aufgeben würde er niemals – es galt, eine hehre Mission zu erfüllen!

Ferdinand von Sch. stand an einem schnell fließenden Fluss, der der Trinkwassergewinnung diente. Seine Hand zitterte.

Er musste die Welt von seinem Mittel überzeugen. Liebe und Frieden und Harmonie, ohne Nebenwirkungen – vom möglichen Anstieg der Bevölkerungszahlen einmal abgesehen.

Vorsichtig öffnete er die stahlummantelte Thermoskanne aus der letzten Sonderaktion eines bundesweit vertretenen Kaffeerösters und schüttete den Inhalt in das Fließgewässer. 0,01 Milliliter auf einen Liter Fluss hätten eigentlich schon genügt. Mit seiner vollen Thermoskanne würde der Fluss bis an seine Mündung gesättigt sein. Hunderttausende – ach was, Millionen! – im Liebestaumel. Ferdinand lächelte beseelt.

Gestern war es die Emscher, heute die Ruhr und morgen … morgen ganz Deutschland!

*Doris Gercke*

## Der Bulle von Gelsenkirchen

Ein Jahr bevor Horst Griese pensioniert werden sollte, verließ ihn seine Frau. Dass Polizistenehen nicht für die Ewigkeit geschlossen werden, war auch ihm bekannt. Und wenn die Trennung vor fünfzehn oder zwanzig Jahren stattgefunden hätte, wäre von kaum einem Kollegen ein Wort darüber verloren worden. Ein Jahr vor der Pensionierung auseinanderzugehen, war aber so ungewöhnlich, dass sich einige von Grieses Mitarbeitern mitfühlend nach seinem Befinden erkundigten. Er versuchte, dem Thema mit einer nichtssagenden Antwort zu entgehen.

Griese und seine Frau hatten sich vor dreißig Jahren während eines Urlaubs auf den Kanaren kennengelernt. Sie war mit ein paar Freundinnen unterwegs gewesen, er allein. Sie war ihm aufgefallen, weil sie in der Gruppe am lautesten lachte und ihr Ruhrgebietsdialekt ihm gefiel, obwohl er eigentlich kein Freund von dialektgefärbter Sprache war. Als er Edith, sie war klein, zierlich und blond, eines Abends allein an der Bar getroffen hatte, hatten sie sich näher kennengelernt. Im Jahr darauf waren sie zusammen in Urlaub gefahren. Vorher hatte sie ihn schon in Hamburg besucht und festgestellt, dass sie dort nie leben könnte. »Hamburg? Nä, da kannzen Ei drüber schlagen.« So stand fest, dass sie nach der Heirat in Gelsenkirchen wohnen wollten, der Stadt, von der Edith sich nie trennen würde.

Fünfzehn Jahre ging es Griese und seiner blonden Edith in Gelsenkirchen gut. Er machte Karriere bei der Kripo, sie liebte ihren Beruf als Lehrerin. Nach ein paar Jahren kauften sie sich eine hübsche Wohnung in einer Villa am Stadtgarten, und wenn Griese abends nach Hause kam, legte Edith die Hefte ihrer Schüler beiseite und sie sprachen über das, was sie am Tag erlebt hatten. Edith beklagte sich oft über die zunehmende Zahl von Schülern, die kein Deutsch sprachen, und sie überlegten gemeinsam, wie man deren Interesse am Lernen wecken könnte. Griese berichtete von seinen Erfolgen bei der Mordkommission und Edith hörte ihm bewundernd zu. Ihre Wochenenden verbrachten sie auf Schalke, wenn es Heimspiele gab, sie waren oft mit dem Fahrrad unterwegs, und wenn er oder sie Kollegen zum Abendessen einluden, dann waren alle davon überzeugt, dass die beiden auch ohne Kinder ein glückliches Paar waren.

Und so war es ja auch, bis zu diesem verdammten Trinkhallenfall.

Am 23. August vor zehn Jahren bekam die Gelsenkirchener Mordkommission von einer Streife einen merkwürdigen Hinweis, dem Griese, weil noch Urlaubszeit war und seine Abteilung schwach besetzt, gemeinsam mit einem jungen, unerfahrenen Kollegen nachging. Einer der Streifenpolizisten war an einer Trinkhalle an der Bochumer Straße ausgestiegen, um für sich und seinen Kollegen zwei Flaschen Wasser zu kaufen. Der Tag war sehr heiß. Es war nachmittags gegen 17 Uhr und vor der Trinkhalle standen vier oder fünf Männer, die sich darüber unterhielten, dass sie einen ihrer Saufkumpane schon länger nicht gesehen hätten. Kein Grund, irgendetwas Böses zu denken. Als aber der Besitzer der Trinkhalle erklärte, eine Nachbarin des Vermissten sei vor ein paar Stunden da gewesen und habe sich über den Gestank in ihrem Treppenhaus beschwert, war der Polizist hellhörig geworden und hatte sich nach dem Namen des vermissten Mannes erkundigt. Griese nahm den Anruf entgegen, und obwohl eigentlich Feierabend gewesen wäre, machten sie sich auf den Weg.

»Ich hab einen Instinkt für so was«, erzählte er am Abend seiner Frau. »Ich wusste sofort, dass da etwas faul war.«

Dass dieser Anruf Veränderungen in seinem Leben hervorrufen würde, die mit der Trennung von seiner Frau fünfzehn Jahre später noch nicht zu Ende waren, ahnte Griese nicht.

Wie immer, wenn Griese an einen vermeintlichen Tatort kam, stellte er das Auto ein Stück entfernt ab; bis ans Ende seiner Tage würde er sich über Fernsehkommissare ärgern, die mit dem Wagen direkt neben der Leiche hielten. Obwohl es in der Bochumer Straße vor zehn Jahren noch nicht so viele leer stehende Wohnungen und Billigläden gab, fiel ihm doch – Griese war empfänglich für Stimmungen und Atmosphären, unter anderem darauf gründete mancher seiner Fahndungserfolge – bereits damals eine gewisse Vernachlässigung an den Häusern auf. Viele Hausbesitzer hatten auf einen Neuanstrich verzichtet, obwohl wegen der stillgelegten Zechen kaum noch Ruß die Luft verschmutzte. Sie kamen an einem überquellenden Mülleimer vorbei, den jemand zu spät auf die Straße gestellt und nicht wieder ins Haus geholt hatte. Es war immer noch sehr heiß und an einer Ecke, an der am Vormittag wohl ein Obsthändler gestanden hatte, glänzten zertretene Früchte in der Sonne. Sie waren froh, als sie die angegebene Adresse erreicht hatten und von der Straße verschwinden konnten.

Im Hausflur war es kühl, aber schon auf der untersten Stufe nahmen sie den Geruch wahr, der stärker wurde, je höher sie stiegen. Leichengeruch, da bestand kein Zweifel. Griese bedauerte einen Augenblick, dass die Kollegen von der Streife nicht dabei waren. Das letzte Schloss, das er ohne Schlüssel geöffnet hatte, war vor zehn Jahren sein eigenes Kellerschloss gewesen, aber der junge Kollege erwies sich als geschickt.

»Und dann«, sagte Griese am Abend zu seiner Frau, »stand ich da in all dem Müll und Gestank und der Kollege rannte ins Treppenhaus und übergab sich, was die Geruchslage auch nicht besser machte. Das Treppenhaus war übrigens noch ganz gut in Schuss, rot-weiße Fliesen auf dem Fußboden, die Treppe mit grauem Linoleum und sogar geputzt, die Wände ordentlich gestrichen, gelb, glaube ich.«

Von diesem Tag an ließ Griese das Bild der heruntergekommenen und durchwühlten Wohnung mit dem alten Mann, der tot, gefesselt und geknebelt auf dem Ehebett lag, nicht mehr los. Die Beschreibung, die er am Abend seiner Frau gab, war so gründlich, dass Edith sich die Szene in allen Einzelheiten vorstellen konnte und ihr tatsächlich übel wurde. Vielleicht deshalb verzichtete sie in diesem Fall darauf, sich nach dem Fortgang der Ermittlungen zu erkundigen. Außerdem hatte ihr Mann am Ende seines Berichts gesagt: »Den krieg ich, das steht fest«, und sie hatte keinen Grund, daran zu zweifeln.

Als Horst Griese zusammen mit dem jungen Kollegen den Tatort verlassen hatte, war sein erster Gang zur Trinkhalle gewesen, an der von dem verschwundenen Mann gesprochen worden war. Die Trinkhalle war geschlossen. Niemand stand mehr davor herum, den man hätte befragen können. Leer lag die Straße in der brütenden Abendhitze vor ihnen; selbst in der Straßenbahn, die an ihnen vorüberfuhr, waren kaum Menschen. Die Ückendorfer nutzten den Sommerabend. Sie grillten unter den Bäumen im Nienhauser Park, badeten im Rhein-Herne-Kanal oder lagen hinter zugezogenen Gardinen bei eisgekühltem Bier auf dem Sofa vor dem Fernseher.

Griese war sicher, dass der Besitzer der Trinkhalle seinen Laden dichtgemacht hatte, als die Autos der Spurensicherung und des Arztes vorbeigefahren waren, und er ärgerte sich, dass er es unterlassen hatte, die Kollegen zu bitten, weiter entfernt zu halten. Später, wenn er über den Fall nachdachte, wurde ihm bewusst, dass hier sein erster Fehler gelegen haben könnte. Damals, vor der verschlossenen Bude stehend, dachte er nur: Der macht morgen wieder auf und auch seine Kunden kommen wieder.

Die Erwartungen Grieses, den oder die Täter dingfest zu machen, erfüllten sich nicht. Je länger Erfolge bei seinen Ermittlungen ausblieben, desto mehr beschäftigte er sich mit der Sache. Nach einem Jahr kannten nicht nur er selbst und seine Kollegen alle Einzelheiten des Falles, sondern auch seine Frau bekam an jedem Abend die ganze Geschichte, so, wie sie sich Griese gerade darstellte, serviert.

Sämtliche infrage kommenden Kunden und der Besitzer der Trinkhalle waren gründlich vernommen worden. Nach ihren Aussagen war der Tote ein Witwer, dem vor einem halben Jahr die Frau weggestorben war. Seit dieser Zeit hatte er sich verändert. Er hatte begonnen zu trinken, aber nicht aus Trauer, wie er versicherte, sondern vor Freude, dass die Alte ihn nicht mehr kujonieren könne. Ein paar Wochen nach ihrer Beerdigung war er gekommen und hatte großsprecherisch erzählt, er habe Geld und Schmuck gefunden und sei nun ein reicher Mann. Damit habe er bei jeder Gelegenheit angegeben, auch hin und wieder mal eine Runde ausgegeben und kurz vor seinem Verschwinden erklärt, er sei entschlossen, den größten Teil seines Geldes Schalke zu spenden.

Schalke hatte keine Spende bekommen. Geld und Schmuck fand man in der Wohnung nicht. Dafür fanden sich zwei Taxifahrer, die am vermutlichen Todestag im Abstand von einer halben Stunde zur Wohnung des Opfers gerufen worden und, nachdem ihnen niemand geöffnet hatte, wieder weggefahren waren. Nachbarn bestätigten das. Die Frau sei ein Drachen gewesen und 'ne Schlunze obendrein, ihr Mann habe gekuscht und sei erst lebendig geworden, als sie tot gewesen sei. Niemand hatte gesehen, dass er Fremde mit in seine Wohnung genommen hatte.

Die Ergebnisse, die die Spurensicherung vorlegte, waren

gleich null. Es gab keine Fingerabdrücke in der Wohnung, außer denen des Toten. Das Seil, mit dem er gefesselt worden war, erwies sich als Teil einer Wäscheleine, deren Rest in der Speisekammer hing. Der Knebel, an dem der alte Mann erstickt war, bestand aus den Socken, die man ihm ausgezogen hatte.

So war der Stand der Ermittlungen und jeder vernünftige Kriminalbeamte hätte nach einer gewissen Zeit den Fall beiseite gelegt. Nicht so Griese. Bei Griese trat eine Eigenschaft zutage, ein bis dahin nicht gekannter Ehrgeiz, den zuerst seine Frau und später auch seine Kollegen als Besessenheit bezeichneten.

Es begann damit, dass Griese den jungen Kollegen beauftragte, die Kunden der Trinkhalle ausfindig zu machen und sie und den Besitzer zu vernehmen, während er selbst sich jeden Nachmittag nach Feierabend eine Stunde, manchmal auch länger, unerkannt unter die Kunden und Säufer mischte, die sich vor der Trinkhalle trafen. Er war nämlich in zwei Punkten ganz sicher: Erstens war der alte Mann nicht von einem, sondern von zwei Tätern überfallen worden; wahrscheinlich Mann und Frau. Und zweitens kamen die Täter aus dem Kreis der Trinkhallenbesucher.

Während er zunächst meist stumm dort stand, kam er, als er erfahren hatte, dass einige der Männer Bergleute gewesen waren und auch der Besitzer kurz vor der Staublunge aus dem Schacht gekrochen war (Watisdat: Hängt anne Wand, is gelb und stinkt?), je nach seiner Stimmungslage mit einem fröhlichen oder ruhigen oder nachdenklichen »Glück auf!« bei den Leuten an. Dann trank er sein Bier, meist zwei oder drei, nie mehr, hörte zu und beteiligte sich an Gesprächen nur selten, und wenn, dann mit Themen, die er der Gelsenkirchen-Seite der WAZ entnommen hatte. Niemand fragte ihn nach seinem Beruf, seiner Wohnung, seinen Lebensverhältnissen. Man stellte sich dazu und war akzeptiert. Man kam nicht und war aus dem Gedächtnis der Übrigen verschwunden.

Diese und andere Mechanismen besprach Griese nicht mit seinen Kollegen, die ihm schon bald nicht mehr zuhörten, weil sie mit anderen Fällen beschäftigt waren, sondern ausführlich und jeden Abend mit seiner Frau. Wochenlang diskutierte er zum Beispiel mit ihr die Frage, ob Trinkhallen für den sozialen Zusammenhalt der Leute wichtig seien oder nicht.

»Natürlich sind sie das«, sagte Edith.

»Aber wieso, wenn in Wirklichkeit keiner Interesse am anderen hat? Man redet nicht über Abwesende. Man redet nicht über Privates«, war dann seine Gegenrede.

Ihm war klar, dass dieses Verhalten seine Arbeit erschwerte. Er war sicher, dass die Täter die Trinkhalle nach der Tat eine Weile gemieden hatten. Vielleicht waren sie verreist, wenn sie wirklich Geld gefunden hatten, obwohl er das eigentlich nicht glaubte. Er begann deshalb, eine Zeit lang auch die nächstgelegenen Trinkhallen zu besuchen. Ein Pärchen, das als Täter infrage kommen konnte, entdeckte er nicht. Dafür philosophierte er lange Abende mit seiner Frau darüber, wie wohl ihre Ehe verlaufen wäre, wenn sie sich Abend für Abend an einer Trinkhalle aufgehalten hätten; so lange, bis Edith der Kragen platzte und sie ihn anschrie: »Du kriss gleich ein getupft, wenne nich sofort ruhig biss!«

Edith wurde um diese Zeit die stellvertretende Schulleitung der Ückendorfer Gesamtschule angeboten, weil ihren Vorgesetzten nicht verborgen geblieben war, dass sie große Erfolge im Unterrichten nichtdeutschsprachiger Kinder aufzuweisen hatte. Griese war da schon nicht mehr in der Lage, mit ihr über ihre Arbeit in der Schule zu sprechen.

»Ja«, sagte er wohl, wenn sie davon anfing, »da sind auch zwei Türken und ein Libanese. Die kommen öfter, reden wenig und trinken Kakao. Ich kann mir nicht vorstellen, dass die etwas mit dem Mord zu tun haben.«

Irgendwann hatte Edith keine Lust mehr, ihre beruflichen Sorgen mit ihm zu teilen. Der erste Urlaub, den sie nach dem Trinkhallenfall miteinander verbrachten, ging so gründlich daneben, dass Edith froh war, als sie wieder zu Hause waren. Sie stand am Fenster ihrer hübschen Wohnung, sah hinüber zum Stadtgarten, sah auf die blühenden Rhododendren und einen kleinen schwarzen Hund, der durch die Büsche stromerte, und Griese stellte sich neben sie.

»Einen Hund hatten die nicht. Leute mit Hund kommen auf jeden Fall nicht infrage«, sagte er, während er automatisch ihren Arm streichelte. Einen kurzen Augenblick hatte Edith das Bedürfnis, laut zu schreien.

Nach und nach verstummten auch die Gespräche zwischen ihnen. Hin und wieder erzählte ihr Griese von neuen Hypothesen. Dass die Antworten seiner Frau nur noch aus Ja oder Nein bestanden, fiel ihm gar nicht auf.

»Wenn es eine Liste gäbe, auf der die gestohlenen Schmuckstücke aufgeführt wären«, sagte er einmal, »dann könnte man sich auf den Schmuck konzentrieren. Aber solche Leute führen keine Listen. Wahrscheinlich war eh alles Plunder, was da herumgelegen hat. Was meinst du?«

»Was hast du gesagt?«, fragte Edith nach einer Weile, aber Griese antwortete nicht. Er war damit beschäftigt, zum hundertsten Mal die Tatortfotos anzusehen, von denen es inzwischen Vergrößerungen gab, die jedes Detail erkennen ließen.

Irgendwann begann Edith, wieder mit ihren Freundinnen in Urlaub zu fahren. Wenn sie dann zurückkam und sich von den Frauen unten auf der Straße lachend und lärmend verabschiedete (»Willse den Tortenarsch wirklich schreiben?«), stand er hinter dem Fenster und freute sich über ihre Fröhlichkeit. Kam sie anschließend nach oben und umarmte ihn mit einem Rest der Fröhlichkeit, die sie von unten mitgebracht hatte, küsste er sie, sah ihr in die Augen und sagte: »Setz dich, ich hab dir was zu erzählen.«

Edith tat dann, wie ihr geheißen, hörte ihm schweigend zu.

Dass Eheleute nebeneinanderher leben, kommt nicht nur in Gelsenkirchen vor. Es hätte so weitergehen können mit den beiden. Dann aber kam Griese eines Abends, ein Jahr bevor er pensioniert werden sollte, nach Hause und Edith sah ihm an, dass er Neuigkeiten hatte. Sie selbst war inzwischen von ihrem engagierten Einsatz in der Schule so aufgerieben worden, dass sie Stundenermäßigung beantragt und auch bekommen hatte. Deshalb war sie nun oft früher zu Hause und hatte ein wenig Zeit für sich selbst. Vielleicht war das der Grund, dass sie ihm wieder bereitwilliger zuhörte. Sie setzte sich an den Küchentisch und sah ihn an.

»Der Kioskbesitzer hört auf«, sagte Griese. »Was hältst du davon, wenn wir den Kiosk kaufen? Es wird auch nicht schwer sein, in der Ückendorfer oder in der Bochumer Straße eine Wohnung zu finden. Da sollen inzwischen mehr als hundert Wohnungen leer stehen. Das wird auch günstiger für uns, wenn ich pensioniert bin«, setzte er hinzu, als er in Ediths entgeistertes Gesicht sah.

Edith stand auf, ging ins Schlafzimmer und holte eine Reisetasche aus dem Schrank. Sie packte ein paar Sachen in die Tasche und erschien nach einer Weile im Wohnzimmer, wo Griese am Fenster stand und in den Stadtgarten hinaussah.

»Ich geh dann«, sagte Edith. Das Geräusch der hinter ihr ins Schloss fallenden Tür blieb Griese mehrere Wochen in den Ohren.

So kam es, dass Kriminaloberkommissar Horst Griese ein Jahr vor seiner Pensionierung geschieden wurde. Man verkaufte die Wohnung, die inzwischen im Wert gestiegen war, und teilte den Erlös. Was Edith mit dem Geld anfing, entzog sich Grieses Kenntnis, denn er sah sie nicht wieder. Alle ihre Angelegenheiten wurden von einem Anwalt erledigt, dem sie vertraute. Griese traf mit dem Besitzer der Trinkhalle ein Abkommen. Der Mann würde noch ein Jahr länger hinter dem Tresen stehen und dafür beim Verkauf einen Preis erzielen, der höher war als der, den er üblicherweise bekommen hätte. Den Kollegen erzählte Griese nichts von seinen Absichten. Er wusste, dass sie ihn in der Trinkhallensache schon lange nicht mehr ernst nahmen.

Als der Tag seiner Pensionierung gekommen war, versammelte man sich im Zimmer des Polizeipräsidenten, um ihn in allen Ehren zu verabschieden. Der Präsident sang ein Loblied auf die gute Arbeit, die Griese geleistet hatte, und er übertrieb dabei nicht. Man kaute Häppchen, die seine Mitarbeiterin bestellt hatte, und stieß mit ihm auf die guten Jahre an, die nun kommen würden.

»Hat es eigentlich irgendeinen Fall gegeben, Herr Griese, den Sie in Ihrer Dienstzeit nicht gelöst haben?«, fragte der Polizeipräsident irgendwann locker.

Die Kollegen verstummten wie auf Befehl. In die Stille hinein sagte Griese laut und vernehmlich: »Jawohl, Herr Präsident. Ich bin froh, dass ich nun mehr Zeit haben werde, mich mit dieser verd… Entschuldigung, mit dieser Sache zu beschäftigen. Ich gebe mir ein Jahr. Dann, so hoffe ich, werden Sie noch einmal von mir hören.«

Der Präsident lachte kurz auf. Er hatte plötzlich so eine Ahnung, etwas Falsches gesagt zu haben.

Die Wohnung, die Griese in der Bochumer Straße gemietet hatte, befand sich in der Nähe des Arbeitsgerichts und des Wissenschaftsparks über einem türkischen Basar und dem Tatort schräg gegenüber. Sie hatte zwei Zimmer, eines lag zur Straße hin und das andere zum Hof hinaus, und ähnelte in gewisser Weise der Wohnung, in der der alte Mann erstickt worden war. Auch dessen Wohnung hätte Griese mieten können, sie stand seit damals leer. Der Leichengeruch, den er sofort wieder in der Nase gehabt hatte, als er sie besichtigte, war ausschlaggebend dafür, dass er es nicht tat.

Das Zimmer, das zur Straße hin lag, war sein Arbeitszimmer geworden, zum Hof hinaus schlief er.

Am Abend vor seinem ersten Tag in der Trinkhalle saß er an dem Wohnzimmertisch, der ihm als Schreibtisch diente und den er unter das Fenster geschoben hatte. Es war Sommer, der 25. Juli 2010, ein langer, warmer Sommerabend, elf Jahre und elf Monate nach der Tat, die sein Leben verändert hatte. Vor ihm auf dem Tisch lagen die Tatortfotos. Wenn er den Kopf hob, sah er auf die Fenster des Tatorts. Bevor er seinen Dienst, so nannte er von nun an die Stunden, die er hinter dem Tresen der Trinkhalle verbringen würde, antrat, wollte er sich noch einmal Klarheit verschaffen, wo er mit seinen Ermittlungen ansetzen würde. Er nahm an, dass seine Täter damals Anfang zwanzig gewesen waren. Das war, wie er aus langjähriger Erfahrung wusste, genau das Alter, in dem ähnliche Taten am häufigsten begangen wurden. Es kam auf körperliche Kräfte an, der Entschluss zur Tat wurde eher spontan und unbekümmert gefasst, mögliche Folgen wurden meist erst bedacht, wenn etwas schiefgegangen war. Wenn er recht hatte, dann waren die beiden heute zwischen fünfunddreißig und vierzig Jahre alt. Vielleicht waren sie in der Zwischenzeit für eine Weile woanders hingezogen, aber er war sicher, dass sie schon bald wieder zurückgekommen waren. Er suchte einen Mann und eine Frau, vielleicht auch einen Vater und einen Sohn, jedenfalls zwei Menschen, von denen der eine rücksichtslos gewesen war und der andere ein paar Bedenken gehabt hatte, die ihn dazu veranlassten, die Taxifahrer anzurufen. Dieser andere hatte damit gerechnet, dass die Fahrer oben an der Wohnungstür klingeln und die Geräusche hören würden, die der Gefesselte auf dem Bett von sich gab. Da der erste Taxifahrer unten gewartet hatte und nicht einmal ins Haus gegangen war, hatte man einen zweiten bestellt. Das bedeutete, dass sich die Täter nach der Tat in der Nähe der Wohnung aufgehalten und sie beobachtet haben mussten. Auf der Straße wären sie aufgefallen. Sie hatten in einer Wohnung oder in einem Laden hinter den Fenstern gestanden, die dem Tatort gegenüberlagen. Von den Kunden, die Griese im Lauf der Jahre vor der Trinkhalle kennengelernt hatte, waren einige bereits gestorben. Da sie alle Einzelgänger gewesen waren, konnte er sie aus dem Kreis der Verdächtigen ausschließen. Die, die ihn interessierten und denen sich zu widmen er, seiner Meinung nach, bisher zu wenig Zeit gehabt hatte, waren ein Paar – wobei nicht ganz klar war, ob die beiden überhaupt verheiratet waren – und ein alter Mann und seine Tochter, die in einem merkwürdigen Abhängigkeitsverhältnis zueinander zu leben schienen. Auf diese vier wollte er ein besonderes Auge haben.

Grieses erster Arbeitstag war ein Montag. Natürlich hatte es sich unter seinen bisherigen Kumpanen herumgesprochen, dass er die Trinkhalle übernehmen würde. Im Grunde war es den Leuten egal, wer ihnen das Bier oder die Zigaretten über den Tresen reichte, wenn sie nur den Eindruck hatten, der Wirt sei in gewisser Weise einer von ihnen. Da sie Griese schon lange kannten, ging es in Ordnung, dass er nun auf der anderen Seite des Tresens stand. Vielleicht versprachen sich aber die Stammkunden am ersten Tag eine besondere Behandlung, denn schon um Viertel vor zehn, noch bevor Griese die Klappe über dem Tresen hochgestellt und die Zeitungen auf die Ständer verteilt hatte, war ein kleiner Trupp von ihnen vor dem Kiosk versammelt. Sie sahen ihm entgegen. Als er kam, murmelten sie ein beinahe zaghaftes »Glück auf« und harrten der Dinge, die da kommen sollten. Griese grüßte zurück, fröhlich, aber auch gemessen, so, wie er sich vorgenommen hatte, seinen Kunden von jetzt an zu begegnen. Er reichte ein paar Flaschen Bier über den Tresen und sagte: »Das trinkt ihr jetzt nicht hier, sondern ein paar Meter weiter, wegen der Konkurrenz und der Polizei. Ihr wisst ja, dass Alkoholtrinken auf offener Straße verboten ist.« Dabei lachte er und die frühen Trinker lachten ein wenig verschämt zurück. Zwischen ihnen und dem neuen ›Chef‹ war die Sache geregelt.

Von nun an war Griese regelmäßig von Montag bis Sonnabendmittag in seinem Kiosk anzutreffen. Den Nachmittag und den Sonntag nutzte er, um seine Beobachtungen während der Woche, die er bisher nur flüchtig skizziert hatte, durchzusehen und ordentliche Berichte zu schreiben. Am Anfang gab es eine Menge zu schreiben. Auch wenn der Blick aus dem Fenster des Kiosks ein anderer war, als wenn er zwischen den Kunden gestanden hätte. Es war auch einfacher, das Alter zu schätzen, die Kleidung zu analysieren, die Gruppenbildung zu beobachten. Es gab ein paar Kunden, die immer allein herumstanden, und einen, der sogar wütend wurde, wenn man ihn ansprach. Es gab mehrere Paare. Deren Vertrautheit miteinander konnte er nun gründlicher studieren. Besonders ein Mann um die fünfzig, der aber vom Trinken gezeichnet war und deshalb auch jünger sein konnte, und seine Tochter, die wenig sagte, beschäftigten ihn. Und manchmal erzählte ihm sogar jemand von seinen Problemen. Als Kioskbesitzer genoss er eine gewisse Vertrauensstellung, wie er bald merkte. Die würde er, so nahm er sich vor, ausnutzen.

Mit der Zeit wurden dann die neuen Beobachtungen weniger, seine Berichte wurden kürzer. Es war klar: Er kam nicht voran. Weder in der Wohnung gegenüber noch am Kiosk tat sich irgendetwas, das ihn weiterbrachte. Einmal ging eine Gruppe von Frauen an der Trinkhalle vorüber. Die Frauen trugen Schalke-Schals und lachten so laut, dass er sich schmerzlich an Edith erinnert fühlte. An einem Tag im Winter, Griese musste nun schon sehr genau nachdenken, um herauszufinden, wie viele Jahre er seinen Dienst versah, fuhr in der Dämmerung eine beinahe leere Straßenbahn an seiner Trinkhalle vorüber und er glaubte, Edith zu sehen, die durch die Scheiben zu ihm herüberstarrte.

An einem Wochenende, als er in einem ruhigen Augenblick fähig war, seine Lage einigermaßen objektiv zu überdenken, wurde ihm klar, dass er sich festgefahren hatte. Es musste etwas geschehen, das die Sache wieder in Gang brachte. Und nach einigem Nachdenken wusste er, was er tun würde. Er schrieb auf ein Blatt Papier: *Montag erst ab 13 Uhr geöffnet,* steckte es in eine durchsichtige Plastikhülle, ging noch einmal hinunter und befestigte sie an einem Fensterladen des Kiosks.

Danach war er das ganze Wochenende damit beschäftigt, aus dem Berg von Tatortfotos die herauszusuchen, die am eindringlichsten waren. Am Montagmorgen ging er zum Copyshop, ließ davon Vergrößerungen im Format A0 anfertigen und einschweißen. Schließlich hatte er acht große Plakate, die das Verbrechen so deutlich zeigten, als wären mögliche Betrachter dabei gewesen. Vier zeigten den gefesselten und geknebelten alten Mann. Sie waren so beeindruckend, dass Griese noch einmal den Leichengeruch in der Nase zu haben glaubte, als er sie vor sich sah. Die übrigen vier zeigten die demolierte Wohnung: herausgerissene Schubladen, ausgekippte Blumentöpfe, aufgeschlitzte Sofakissen, zertretene Keksschachteln und geöffnete und auf dem Teppich ausgekippte Dosen verschiedenen Inhalts. Die, die wohl einmal Bohnensuppe enthalten hatten, vermittelten den Eindruck, als hätten die Täter auf den Teppich gekotzt.

Am darauffolgenden Sonntag stellte Griese die Plakate am Eingang zur Heilig-Kreuz-Kirche auf, während drinnen, die Kirche wurde ausnahmsweise genutzt, es war die Zeit um Erntedank, fromme Lieder gesungen wurden. Wofür die Leute dankten, war unklar, denn in der Gegend gab es keine abgeernteten Felder, die Arbeitslosigkeit war inzwischen weiter gestiegen, die Wohnungen in der Ückendorfer und

Bochumer Straße standen immer noch leer, die Kindergärten hatten noch immer zu wenig Personal, Schalke 04 noch mehr Schulden.

Griese versteckte sich so, dass er die Gesichter der Besucher sehen konnte, als sie die Kirche verließen. Glücklicherweise hatte sich der Pfarrer zur Verabschiedung seiner Gemeindemitglieder weiter im Innern der Kirche aufgestellt, sodass er erst auf die Plakate aufmerksam wurde, als ein übereifriger alter Mann zurücklief und ihm davon berichtete. So hatte Griese Zeit genug, Reaktionen zu studieren.

Später, als er darüber nachdachte, wie die Leute reagiert hatten, musste er sich eingestehen, dass die Reaktionen ziemlich ähnlich gewesen waren: erschrocken, entsetzt, neugierig, stumm, ungläubig, Kopfschütteln beim Weitergehen. Während der ganzen Zeit blieb es allerdings sehr still vor der Kirche.

Griese brachte die Plakate zum Kiosk und befestigte sie dort an den Wänden. Anschließend ging er in seine Wohnung und schrieb einen Bericht. Dann legte er sich erschöpft schlafen.

Als am Montagmorgen die Trinkhalle nicht geöffnet wurde, dachten sich seine Kunden nichts dabei. Es gab genügend Ausweichmöglichkeiten. Als aber auch am Dienstag und am Mittwoch der Chef nicht erschien, schickten sie eine Abordnung an seine Wohnungstür, um nach ihm zu fragen. Da niemand öffnete, informierten sie, nachdem sie sich ausführlich besprochen hatten, die Polizei. Die Polizisten fuhren, anders als vor beinahe zwanzig Jahren, nicht in einem grünen, sondern in einem blau-silbernen Streifenwagen vor das Haus. Als sie die Wohnungstür aufbrachen, fanden sie einen alten Mann, gefesselt, geknebelt und erstickt auf seinem Bett. In der Wohnung herrschte eine große Unordnung und einer der Polizisten, der ältere, der bald in Pension gehen würde, sagte zu seinem Kollegen: »Komisch, mir ist, als hätte ich das alles schon einmal gesehen.«

*Andrej Kurkow*

# Die Geheimnisse von Kamen

*Deutsch von Sabine Grebing*

## 1

Der Oktober war fast vorbei. Es regnete viel. Auf dem Marktplatz plätscherte im Regen der vielfigurige Brunnen. Aus dem Mund des bronzenen Künstlers mit der bronzenen Palette in der Hand floss ein Wasserstrahl und klatschte auf das ohnehin schon nasse Pflaster des Platzes. Schon seit Mitte des Monats leuchteten in den Fenstern des Hotels *Stadt Kamen* am Markt weihnachtliche Lichterketten. Von der Straße nebenan klang eine rumänische oder zigeunerische Melodie herüber. Jemand spielte Geige.

Hermann Hartmann, Polizist und erst vor drei Monaten nach Kamen gezogen, war unterwegs, um Bekanntschaft mit dem Bäcker zu schließen. Der vorige Bezirksbeamte war kürzlich, nach zwanzig Dienstjahren in Kamen, in Pension gegangen. Er hatte jeden mit Namen gekannt und hätte seinem Nachfolger bestimmt alles über jeden erzählen und ihn auch mit allen bekannt machen können. Hatte er aber nicht. Er war in Pension gegangen und irgendwohin in einen langen Urlaub abgereist.

So machte Hermann sich behutsam selbst mit der Stadt Kamen und ihren Einwohnern bekannt, vorsichtig, höflich, weil er wusste, dass davon, wie gut und schnell er sich in dieser Stadt einlebte, sein weiteres Leben abhing. Denn ein Bezirksbeamter bleibt auch nachts Polizist, wenn er in seinem Zimmer schläft, schön warm unter der elektrischen Heizdecke.

Auch in der Nacht zum 27. Oktober schlief er gut, auf der Zunge noch den Geschmack des kleinen Biers, das er abends in der nahe gelegenen Kneipe getrunken hatte. Denken Sie nicht, er wäre einfach zum Biertrinken hingegangen! Nein. Er kam, um sich mit dem Besitzer bekannt zu machen, Manfred Krause, einen grauhaarigen, stattlichen, vielleicht siebzigjährigen Mann. Hermann hätte ihn niemals ›alt‹ genannt, so lebhaft und voller Energie war dieser lächelnde Mensch. Sie plauderten über eine Stunde und trennten sich als gute Bekannte, als sähen sie sich schon seit Jahren in dieser Kneipe. Über Manfred Krauses Lebensweg staunte Hermann Hartmann auch zu Hause noch weiter: fünfundzwanzig Jahre als Bergmann arbeiten und dann auf einmal beschließen, Kneipenwirt zu werden! Eine Wendung um hundertachtzig Grad, sozusagen! Zu so etwas ist nicht jeder fähig.

Frühmorgens, lange vor Tagesanbruch, erwachte Hermann von einem unaufdringlichen, leisen Klopfen am Fenster. Er schlug die Augen auf und sah an die Decke. Im Zimmer war es grau, auch die Straßenlaterne leuchtete grau vor dem vorhanglosen Fenster.

Einbildung, dachte Hermann.

Aber da erklang es wieder, tock, tock, tock. Jemand klopfte an das Fenster ganz rechts, das der Haustür am nächsten lag. Draußen stand der obdachlose Klaus, ein Mensch, der zum eigenartigen Maskottchen von Kamen geworden war, und winkte Hermann zu sich.

Von Klaus hatte Hermann gleich an seinem ersten Arbeitstag gehört. Er hatte die neuen Kollegen gefragt, ob es in der Stadt soziale Probleme gab, etwas, worauf man unbedingt achten musste. »Ja«, hatte ein Kollege gesagt, »es gibt einen Obdachlosen. Klaus. Harmlos, Borussia-Fan.«

Hermann öffnete das Fenster und sofort schlug ihm feuchte, kalte Frühmorgenluft ins Gesicht.

»Was wollen Sie?«, fragte Hermann leise.

»Da liegt wohl eine Leiche …«, sagte Klaus undeutlich und ebenso leise und wies dabei irgendwo hinter sich. »Dort, wo der Beton endet.«

»Was für Beton?«

»Im Fluss, in der Seseke!«

Hermann wusste, was Klaus meinte. Das betonierte Bett des Flüsschens, das durch Kamen floss, hatte ihn schon gleich an seinem ersten Tag in der Stadt beschäftigt. »Seien Sie vorsichtig!«, hatte eine alte Frau ihm gesagt. Sie war ihm auf dem Uferpfad begegnet, als er an der Seseke entlangspazierte und versuchte, alle Winkel von Kamen zu erkunden. »Rutschen Sie nicht runter! Der Beton ist so glatt, so gefährlich!« Da hatte Hermann einen misstrauischen Blick auf das schmale Flüsschen geworfen, das eher einem Bewässerungskanal glich. Es sah so unschuldig aus!

»Warten Sie!«, sagte er jetzt zu Klaus und schloss das Fenster. Schnell zog Hermann sich an. Im Flur warf er einen Blick auf den zum Trocknen weit geöffneten Regenschirm, klappte ihn zu und hängte ihn an einen Kleiderhaken.

»Also, gehen wir!«, sagte er, während er seine Haustür abschloss.

»Ich gehe nicht mit«, stellte Klaus kopfschüttelnd fest. »Ich habe Angst.«

Hermann seufzte tief, holte sein Handy heraus und rief den diensthabenden Beamten auf der Polizeihauptwache am Bahnhof an. Vier Minuten später fuhr der Polizeiwagen vor, am Steuer saß Peter Hahn. »In Ordnung, danke!«, sagte Hermann zu dem Obdachlosen.

»Fahren wir.«

Keine zehn Minuten später hielt Peter den Wagen an und schaltete den Motor aus. »Weiter nur zu Fuß«, sagte er. »Aber es ist nicht weit.« Hermann erblickte in Peters Hand eine mächtige Taschenlampe.

»Klaus kann es auch erfunden haben«, bemerkte Peter im

Gehen. »Wenn ein Mensch allein lebt, möchte er Aufmerksamkeit, Kontakt. Und wenn ein Mensch auch noch allein in der Stadt lebt, ohne Zuhause, ohne Familie …«

Hermann nickte. Der Pfad führte sie im Schein der Taschenlampe an wild wachsendem, losem Gestrüpp vorbei. In der Nähe hörte man das Wasser glucksen. Peter ging voraus. Zehn Schritte weiter bog er links vom Pfad ab und schlug sich Richtung Flüsschen durch, wobei er mit der Hand die Zweige wegschob. Hermann folgte ihm. Am Wasser blieben sie stehen.

»Dort ist der Beton zu Ende.« Peter leuchtete mit der Lampe nach links, flussaufwärts.

Langsam gingen sie zurück zur Stadt, am matschigen, von nassem Gras und Laub rutschigen Ufer entlang. Peter suchte dabei aufmerksam beide Ufer des schmalen Flüsschens ab.

»Hier ist doch ni…«, begann er ärgerlich, dann verstummte er plötzlich und blieb stehen. Der Strahl seiner Taschenlampe erstarrte auf einem reglos im Fluss liegenden Körper. Die nasse Jacke plusterte sich am Rücken komisch auf. Das Gesicht war unter Wasser.

Peter knipste die Lampe aus und zog ein Funkgerät hervor. »Leiche in der Seseke gefunden«, sagte er.

»Dreihundert Meter von der Straße, auf der Kalthof-Seite am Ende des Betonbetts … Gut, wir warten.«

## 2

Gegen zehn traf ein Trupp der Spurensicherung aus Dortmund ein. Bis dahin hatte Hermann Hartmann in seinem Bericht an die Vorgesetzten schon ausführlich beschrieben, was er gesehen und gehört hatte, vom Zeitpunkt seines unfreiwilligen Erwachens bis zur Entdeckung der Männerleiche in der Seseke. Jetzt kam es ihm vor, als rannten alle durch die Flure, in Büros hinein und sofort wieder heraus. Nur er saß an seinem Schreibtisch und betrachtete seine dritte Tasse Tee. Die ersten beiden hatte er langsam und mit Genuss getrunken, doch diese dritte erschien ihm zu viel. Er hätte in die Stadt gehen und sich weiter mit ihren Einwohnern bekannt machen können, aber man hatte ihm befohlen dazubleiben. Für alle Fälle. Mit einem tiefen Seufzer streckte Hermann die Hand nach der Tasse aus, hob sie hoch und führte sie zum Mund.

Ein junger Beamter, vielleicht fünf Jahre jünger als Hermann, kam hereingeeilt. »Ich bin Ralf Auske.« Er streckte die Hand aus. »Ich werde die Ermittlungen in diesem Fall leiten ... Also Sie haben die Leiche gefunden?«

»Ja«, sagte Hermann. »Peter Hahn und ich. Weiß man denn schon etwas über diesen Ertrunkenen?« Hermanns Neugier war zu groß. »Ist es jemand von hier?«

Ralf Auske schüttelte den Kopf. »Nein«, sagte er. »Es ist gar kein Deutscher. Ein Engländer!«

»Ein Engländer?« Hermann staunte.

## *3*

Der Tag nahm seinen Lauf und brachte Neuigkeiten. Am Körper von Michael Soap – denn so hieß der junge Engländer – stellte man Spuren eines Kampfes fest, darunter eines heftigen Schlags auf den Hinterkopf. Das gerichtsmedizinische Gutachten kam jedoch zu dem Schluss, der Tod sei durch Eindringen von Wasser in die Lunge erfolgt. Also war er ertrunken oder man hatte ihn ertränkt. Die Direktorin des Hotels *Stadt Kamen* zeigte ihnen die Zimmerreservierung: Michael war für zwei Tage angereist. Die Sachen in seinem Zimmer waren unberührt. In den Jackentaschen des Toten hatte offenbar auch niemand gewühlt, in der Brieftasche lagen Pass, Kreditkarten, Bargeld in Euro und Pfund. Dort fand man zudem einen alten handgeschriebenen Brief.

Die Tinte war zum Teil verlaufen. Gut zu lesen waren nur das Ende und der Name des Absenders: *Jarek.* In den übrigen Taschen steckten noch ein Schlüsselbund und ein ertrunkenes I-Phone. Das von der Polizei benachrichtigte englische Konsulat in Düsseldorf setzte sich mit Michaels Vater in Verbindung, der sofort nach Deutschland abfliegen wollte. Seine Ankunft wurde für denselben Abend erwartet.

Als Hermann Hartmann wieder in die Wache zurückkam, stieß er im Flur auf den Chef.

»Herr Hartmann!« Der Chef schien sich über den Anblick seines Bezirksbeamten zu freuen. »Ich wollte Sie bitten, Kommissar Auske in dieser Sache zu helfen. Sie kennen doch die Stadt schon, und er war noch nie hier.«

»Zu Befehl!«, antwortete Hermann, erfreut über die Möglichkeit, an den Ermittlungen in einer echten Strafsache teilzunehmen.

»Herr Hartmann!«, ertönte Ralf Auskes Stimme hinter ihm. »Kommen Sie, ich zeige Ihnen etwas!«

Zu zweit betraten sie das kurzfristig für den Ermittler frei geräumte Büro. Ralf Auske breitete auf dem Tisch eine Zeitung aus und verstreute darauf vorsichtig kleine Klumpen und Krümel bläulicher Tonerde.

»Wissen Sie vielleicht, wo es hier solche Erde gibt?«, fragte er. »Stammt von den Schuhsohlen des Toten.«

»Ich bin erst seit drei Monaten hier«, sagte Hermann Hartmann zögernd. »Da muss man einen Alteingesessenen fragen. Noch besser … noch besser einen von den ehemaligen Bergleuten!«

»Kennen Sie denn da wen?«, erkundigte sich Ralf Auske.

»Ja«, sagte der Bezirksbeamte froh. Er dachte an Manfred Krause, den Kneipenwirt, der ihm erst am Vorabend beim Bier von seiner Bergmannsvergangenheit erzählt hatte. »Wir könnten gleich hinfahren!«

»Ausgezeichnet. Dann los!«

Sie trafen Manfred Krause in seinem Häuschen an der Röntgenstraße an. Als er Hermann sah, freute sich der alte Kneipenwirt und bat sie ins Wohnzimmer.

»Nein, solche Erde hab ich hier noch nie gesehen«, erklärte er nachdenklich, hob ein Erdklümpchen zur Nase und roch daran. »Wenn Sie mir ein Stück Kohle gezeigt hätten!« Er lächelte. »Aber Kohle haben wir hier überall ... Warten Sie!« In Manfred Krauses Augen blitzte etwas auf. »Ich weiß, wen man fragen könnte! Gisela! Sie töpfert schon seit vierzig Jahren! Ich rufe sie sofort an.«

Gisela Alberts, eine elegante kleine Frau von etwa sechzig, die um die Ecke in der Germaniastraße wohnte, war gleich bereit, herüberzukommen.

»Ja«, sagte sie, betrachtete die Erdkrümel und berührte sie mit ihren feinen Pianistinnenfingern. »Ich habe solche Erde schon mal geholt. Hier in der Nähe beim Schacht, am Ende der Lünener Straße.«

»Was ist das für ein Schacht?«, erkundigte sich der Ermittler.

Gisela lächelte nachsichtig. »Hier hat man seit dem vorletzten Jahrhundert Kohle abgebaut, einiges wurde im Krieg gesprengt. Früher haben die kleinen Jungen dort Schatzsuche gespielt.«

Ralf Auske lächelte. »Vielleicht hat unser armer Engländer ja auch Schatzsuche gespielt?«, sagte er und warf Hermann Hartmann einen nachdenklichen Blick zu. Dann wandte er sich wieder an Gisela. »Und wie kommt man zu diesem Schacht?«

»Das ist leicht, Sie fahren raus auf die Lünener Straße und folgen ihr. Da sehen Sie schon das Technologiezentrum mit dem Förderturm und zwei alte Werkshallen. Die Erde habe ich damals rechts von dem Turm geholt.«

Ralf Auske dankte dem Wirt und Gisela und schüttete die Tonerde vorsichtig zurück in sein Tütchen.

»Na gut, fahren wir auf der Wache vorbei und dann gucken wir uns den alten Schacht mal an!«, sagte er, schon draußen auf der Straße. Auf seinem Gesicht lag ein zufriedenes Lächeln und Hermann freute sich. Denn er hatte ja den Ermittler zu dem Kneipenwirt geführt, und das hieß, auch an der sichtlich guten Laune von Ralf Auske hatte er, der Bezirksbeamtenneuling, seinen Anteil.

## *4*

Auf der Polizeihauptwache Kamen erwartete sie eine Überraschung.

»Herr Gregory Soap, Vater des Verstorbenen«, stellte der Chef ihnen einen kleinen, gebeugten Mann in einer schweren Jacke vor, wie Jäger sie gewöhnlich tragen. »Deutsch spricht er nicht. Ich überlasse ihn Ihnen, ich habe noch zu tun!«

Der Kommissar hatte dem Engländer schon die Hand hingestreckt. »Mein Beileid«, sagte er in gutem Englisch. »Ich bin Ralf Auske, ich leite die Ermittlungen zum Todesfall Ihres Sohnes.«

Auch Hermann Hartmann stellte sich vor.

»Danke«, sagte der Engländer leise und sank, wie unter dem Gewicht der eigenen Jacke, noch mehr in sich zusammen.

»Ich möchte Ihnen ein paar Fragen stellen.« Ralf Auske sah auf seine Uhr. »Könnten Sie um 16 Uhr hier nochmals herkommen? Wir müssen jetzt kurz wegfahren.«

»Hat es mit meinem Sohn zu tun?« Der Engländer hob den Kopf ein wenig und sah den Ermittler starr an.

Ralf Auske nickte.

»Können Sie mich mitnehmen?«, bat der Vater des Toten.

Nach einer kurzen Pause nickte Ralf noch einmal und wandte sich zur Tür. Zu dritt stiegen sie in den Dienstwagen. Für die Mittagszeit war es draußen irgendwie zu dunkel. Als brauten sich die schwarzen, tief hängenden Wolken mit Absicht über der Stadt zusammen, um den Abend näher zu bringen. »Hoffen wir, dass wir heute keinen Regen abkriegen!«, bemerkte der Kommissar, als er losfuhr.

Sie hatten tatsächlich Glück an diesem Tag. Nicht nur, dass die über Kamen und dem Umland hängenden schweren Wolken am Ende doch nicht in Regen ausbrachen. Der größte Erfolg erwartete sie an dem Ort, den ihnen die Töpferin Gisela genannt hatte. Zwei eingestürzte Schachtöffnungen fanden sie mühelos unweit vom Förderturm, entdeckten dort aber nichts Bemerkenswertes. Genau genommen verdankten sie den Erfolg allein Ralf Auskes feiner Spürnase. Irgendwann blieb er stehen und ging in die Hocke. Als Hermann zu ihm trat, sah er in den Händen des Ermittlers ein aufgefaltetes Blatt Papier mit Michaels Schuhabdruck und vor ihm auf der Erde die gleiche, sehr deutliche Spur. Daneben den Abdruck von anderen, kleineren Schuhen. Die Polizisten folgten den Spuren, der düstere Mister Soap beschloss die Prozession. Als sie zu einer kleinen unbewachsenen Fläche gelangten, lief Gregory Soap plötzlich los, auf eine halb eingestürzte dritte Schachtöffnung zu.

»Halt!«, rief Ralf Auske. »Da können Spuren sein!«

Gregory Soap blieb stehen. Er sah unzufrieden aus.

Der Kommissar zückte einen Fotoapparat. Aufmerksam untersuchte er die Erde vor dem Eingang, dann ging er wieder in die Hocke und blieb mit dem Blick an einer Backsteinmauer haften, die das kaum meterhohe Loch verschloss. Die Mauer lag ein wenig zurückversetzt und war deshalb im Stehen kaum zu sehen. Außerdem hatte jemand die Backsteine sorgsam mit bläulicher Tonerde bestrichen, damit sie sogar aus der Nähe nicht ins Auge stachen. Auch Hermann ging in die Hocke und starrte gebannt auf die roten Backsteine, von denen die Tonerdemaskierung teilweise abbröckelte.

Nur Mister Soap betrachtete mit offenem Mund den platt getretenen Platz vor dem Schacht. »Hier ist etwas passiert!«, sagte er und wies mit der Hand auf die zahllosen Spuren zweier Schuhpaare.

Ralf Auske riss sich von der Mauer los und besah sich die Spuren. »Sie haben gekämpft«, erklärte er und wies mit dem Finger auf Kuhlen im Boden und den Abdruck einer Hand.

»Wer sind ›sie‹?«, fragte Mister Soap.

»Ihr Sohn und der, den wir noch finden müssen.«

## *5*

Nachdem sie die angeforderten Kriminaltechniker bei dem vermutlichen Kampfplatz zurückgelassen hatten, fuhren Ralf, Hermann und Mister Soap direkt zur Wache am Bahnhof zurück. Gregory Soap drehte den in Michaels Brieftasche gefundenen Brief in den Händen und nickte traurig. »Mein Vater hat bis zu seinem Tod mit diesem Jarek Briefe getauscht. Jarek Wosnitzki. Sie haben sich nach dem Krieg hier angefreundet«, sagte er und seufzte.

»Und was hat Ihr Vater nach dem Krieg hier gemacht?«, erkundigte sich der Ermittler.

»Er diente in einer Einheit der Besatzungstruppen. Sie lösten hier die Amerikaner ab. Dieser Jarek war im Konzentrationslager gewesen und von dort zur Arbeit im Bergbau ins Ruhrgebiet geschickt worden. Später hat er geheiratet und ist dageblieben.«

In dieser Nacht schlief Hermann Hartmann schlecht. Vor Tagesanbruch wachte er davon auf, dass er fror. Und dann begriff er: Seine Heizdecke heizte nicht. Erbittert und im Halbschlaf zog Hermann sich Pullover und Trainingshose an und legte sich wieder unter die kalte Heizdecke. Aber einschlafen konnte er trotzdem nicht mehr.

Als er am Morgen anderthalb Stunden zu früh auf der Wache erschien, stieß er auf den hellwachen, aber besorgten

Ralf Auske. »Eben kam ein Anruf aus dem Hotel«, verkündete der. »Gregory Soap hat seit gestern seinen Zimmerschlüssel nicht abgeholt. Mir gefällt das nicht! Wir müssen noch mal bei dem Schacht draußen am Förderturm vorbeischauen. Ich ahne Schlimmes.«

Als sie den Platz vor der vermauerten Öffnung erreichten, sprangen ihnen als Erstes neue Fußspuren ins Auge.

Ralf ging vor dem Eingang in die Hocke. »Es scheint, dass diese Mauer irgendwem keine Ruhe lässt!« Er schüttelte den Kopf.

»Vielleicht hat Mister Soap sich hier umgesehen?«, spekulierte Hermann.

»Gut möglich, aber wohin ist er danach verschwunden?«

»Mit ihm könnte dasselbe passiert sein wie mit seinem Sohn«, sagte der Bezirksbeamte nachdenklich.

»Also sollen wir noch einen weiteren toten Engländer suchen?«, fragte der Ermittler freudlos. Hermann schwieg. Der Gedanke, dass in seiner Stadt noch eine Leiche auftauchen könnte, stimmte ihn gar nicht froh.

»Ich denke, dass Mister Soap uns nicht alles erzählt hat«, sagte Ralf nach kurzem Nachdenken langsam. »Etwas verbirgt sich hinter diesen Backsteinen ... Überlegen wir mal laut, Kollege Hartmann! Vermutlich hat Michael Soap, bevor er hierher fuhr, Verbindung mit dem Freund seines verstorbenen Großvaters aufgenommen. Mit diesem Jarek Wosnitzki. Mister Soap hat uns doch gesagt, dass Jarek sich nach dem Krieg irgendwo hier niedergelassen hat!«

»Er muss jetzt an die achtzig sein! Kein sehr sportliches Alter für einen Zweikampf.«

»Nicht alle alten Leute sind krank und schwach«, Ralf schüttelte den Kopf. »Eines ist klar, Michael wurde hier schon erwartet.«

Ralf und Hermann trennten sich und begannen, aufmerksam die nächstgelegenen Büsche und Erdhügel zu untersuchen.

»Hier!«, rief Hermann plötzlich. »Hier war jemand!« Er stand neben einem kleinen Erdhügel und betrachtete ein Häufchen Zigarettenstummel. Links von den Stummeln war die Erde erstaunlich glatt.

»Der Abdruck eines Ellenbogens!« Der hinzugetretene Kommissar wies auf eine kleine Kuhle neben den Kippen. »Er hat hier etwas ausgebreitet, lag da und hat geraucht. Er hat gewartet.« Ralf beugte sich über die Kippen. »Der Regen hat doch gestern Abend aufgehört?«, fragte er mehr sich selbst als Hermann. »Von hier ist der Schachteingang bestens zu sehen ... Nur hat jemand hier nicht auf Michael gewartet, sondern auf seinen Vater! Gestern Abend! Die Kippen sind ja trocken!«

Hermann fühlte sich wie ein Erstklässler, es ärgerte ihn, dass er das nicht als Erster bemerkt hatte. Andererseits, er war ja wirklich kein Ermittler, nur ein gewöhnlicher Bezirksbeamter.

In Ralfs Tasche klingelte ein Handy. Kaum hatte er das Telefon am Ohr, wurde sein Gesichtsausdruck härter, sein Blick hoch konzentriert.

»Ist was passiert?«, erkundigte Hermann sich vorsichtig, als der Ermittler das Telefon in die Tasche zurücksteckte.

»Ja. Mister Soap ist im Hotel vorbeigekommen. Die Frau sagt, seine Jacke war schmutzig, als wäre er in eine Pfütze gefallen. Er hat etwa zwanzig Minuten in seinem Zimmer verbracht und ist wieder verschwunden.«

»Man muss ihn festnehmen!«

»Nein.« Ralf sah dem Bezirksbeamten in die Augen. »Wenn er gestern Abend hier war, dann kommt er auch heute Abend. Und der, der hinter dem Hügel lag, kommt womöglich auch. Dann bringen wir Licht in die Sache!«

## 6

Frühzeitig, um drei Uhr nachmittags, begannen sie sich einzurichten. Der Vorgesetzte des Kommissars in Dortmund hatte den geplanten Hinterhalt abgesegnet.

Ralf Auske ging mehrere Male die improvisierten Verstecke ab, aus denen jeden Moment für alles gewappnete Beamte des MEK herausstürzen konnten. Sie überprüften die Funkverbindung, alles lief hervorragend. Ralf Auske selbst wählte sich einen Platz, den dichtes Gebüsch gut vor Blicken schützte. Auf der Zeltplane am Boden lag es sich nicht besonders bequem, aber die operative Arbeit des Kommissars ließ sich eben nur selten mit dem Begriff ›Komfort‹ vereinbaren.

Hermann Hartmann wurde weiter entfernt zurückgelassen. Von seinem Posten aus war der Platz vor der Schachtöffnung nicht zu sehen, aber hierher konnten die von der Polizei aufgeschreckten Schatzsucher womöglich zu fliehen versuchen.

Ungeheuer langsam brach der Abend des 30. Oktober an. Als zöge die Abenddämmerung sich extra hin, um den Moment hinauszuschieben, an dem man nur noch durchs Nachtsichtfernglas irgendeine Bewegung erkennen konnte.

Ralf Auske, der schon spürte, wie die Kälte vom Boden durch Kleider und Zeltplane kroch, lauschte in die Stille. Horchte angespannt. Und dann, gegen zehn Uhr abends, drang das Rascheln von Zweigen an sein Ohr. Er hob das Fernglas und erblickte auf dem Platz vor der Höhle eine Gestalt, die in Größe und Statur Mister Soap glich.

Der Mensch setzte einen Rucksack auf den Boden, sah sich rings um, schaltete eine starke Taschenlampe ein und leuchtete die Umgebung ab. Dann zog er etwas aus dem Rucksack. Ralf sah genauer hin und erkannte in den Händen des Mannes eine Brechstange. Dumpfe, leise Schläge ertönten. Über Funk fragte Ralf seine MEK-Kollegen nach weiteren Besuchern in der Nähe. Aber ringsum war alles ruhig. Die aus der Erde kriechende Kälte machte sich immer stärker bemerkbar. Besonders an den Ellenbogen, auf die der Ermittler sich stützte, um das Fernglas ruhig zu halten. Die Augen waren schon müde vom Starren durch das Nachtsichtgerät. Plötzlich erschien noch eine Gestalt auf dem Platz. Angespannt sah Ralf, wie diese, einen Revolver in der Hand, auf den nichts ahnenden Mauerzerstörer zuging und auf seinen Rücken zielte. Als hätte er etwas gehört, erstarrte der Mann mit der Brechstange plötzlich, legte das Eisen nieder und richtete sich langsam auf, ohne sich umzudrehen. Der Mann mit dem Revolver trat zwei Schritte zurück, der andere wandte sich um. Der Strahl der Taschenlampe erhellte das Gesicht des Mauerzerstörers, und Ralf erkannte Gregory Soap.

Ralf Auskes Gedanken setzten sich in Gang wie ein Uhrwerk, präzise und geordnet. Er hob das Funkgerät zum Mund und flüsterte: »Los!«

Sofort strahlten starke Scheinwerfer die beiden Gestalten vor der Höhle an. Die Polizisten erschienen wie ein Mann auf dem Platz. Aber der Revolver war immer noch auf Mister Soaps Brust gerichtet. Da schlug einer der Beamten dem Unbekannten mit einem Fußtritt die Waffe aus der Hand.

An den Handgelenken der beiden Männer schnappten Handschellen zu und Polizisten führten sie zu den Wagen.

Auf der Wache verabschiedete Hermann sich und machte sich auf den Heimweg. In seine Erschöpfung mischte sich leiser Kummer: Die kaputte Heizdecke war ihm eingefallen. Die Nacht versprach kühl zu werden.

## 7

Am Morgen kam Hermann Hartmann unausgeschlafen und ohne Frühstück im Magen zur Wache. Statt in sein Büro, trugen ihn die Beine von selbst hinüber zu Ralf Auske.

Der Ermittler saß am Tisch und betrachtete mit müdem Blick zwei handbeschriebene Bögen Papier, die auf den Tasten seines Computers lagen. Als er die Schritte des Bezirksbeamten hörte, sah er hoch und nickte zum Gruß.

»Und?« Hermann konnte die Neugier nicht verbergen.

»Hier – das Geständnis des Gerhard Wosnitz!«

»Wer ist das?«, fragte Hermann.

»Der ehemalige Jarek Wosnitzki, Jahrgang 1928, hat 1979 seinen Namen geändert.«

»Er hat den Mord an Michael Soap gestanden?!«

»Nein, er hat gestanden, dass er im Jahr 1945 den ehemaligen Aufseher des Konzentrationslagers Auschwitz, Alfred König, lebendig in dem teilweise gesprengten Schacht eingemauert hat. Als der dort reinging, um sein Gold zu verstecken: Kronen und Zahnfüllungen von Gefangenen, Eheringe ...«

»Und Michael Soap?«

»Michael Soap hat ihn von England aus angerufen und sie haben sich in der Dunklen Straße bei der katholischen Kirche verabredet. Dort versuchte Gerhard-Jarek, dem Engländer sein Vorhaben auszureden: Michael wollte das Gold finden, von dem ihm sein Großvater vor seinem Tod erzählt hatte.«

»Und woher wusste Michaels Großvater von dem Gold?«

»Er wurde damals zufällig Zeuge davon, was mit dem früheren Aufseher geschah, aber Gerhard-Jarek überredete ihn, es nicht auf der Kommandantur zu melden. Michaels Großvater vertraute dem ehemaligen Auschwitz-Häftling und sie freundeten sich an. Ich denke, dass nach Alfred König auch keiner gesucht hat.«

»Und was sagt Mister Soap?«, fragte Hermann Hartmann, der seine üble Nacht jetzt endgültig vergaß.

»Mister Soap schweigt und verlangt, dass der englische Konsul kommt. Gegen ihn liegt nichts vor. Wir werden ihn gehen lassen müssen.«

»Ja, aber wer hat Michael Soap umgebracht?«

»Das Gutachten besagt, dass er ertrunken ist. Gerhard-Jarek hat erklärt, dass er ihn von der Backsteinmauer weggestoßen hat. Michael ist gestürzt, mit dem Hinterkopf auf einen Stein gefallen und bewusstlos geworden. Da hat der Alte ihn zu seinem Wagen geschleppt und zum Hotel gefahren. Aber unterwegs kam Michael zu sich, und als der Wagen bei der Seseke-Brücke an der roten Ampel stand, sprang Michael aus dem Wagen und lief am Fluss entlang davon. Das klingt nach der Wahrheit, zu Fuß hätte der Alte ihn wohl kaum eingeholt.«

»Also ist er unschuldig?«

»Und der Mord an Alfred König?«, antwortete der Ermittler mit einer Gegenfrage. »Er sagt, er hat der ursprünglichen Mauer jahrelang Schicht um Schicht hinzugefügt. So eine Mauer reißt man nicht so leicht ein.«

»Er hat seine Vergangenheit verborgen«, sagte Hermann Hartmann ratlos.

»Ja, er hat die Vergangenheit verborgen. Die eigene und die fremde. Aber er hat einen Menschen getötet! Und wir werden in dieser zugemauerten Vergangenheit noch graben müssen, um festzustellen, ob er vor Gericht kommt oder nicht.«

Hermann nickte. Er sah auf die Uhr, es war bald halb zehn. Ihm war nach Kaffee. Sein Interesse an der Geschichte mit dem toten jungen Engländer schwand mit jeder Minute. Der Fall schien restlos aufgeklärt. Nur ein Gedanke beschäftigte Hermann weiter, ein Nachgeschmack: Wie viele Geheimnisse verbarg das Städtchen Kamen wohl noch? Wie viele

Geheimnisse mochte der Schacht *Grillo,* der mit seinem mächtigen eisernen Turm das ganze Umland an seine vergangene Größe und Bedeutung erinnerte, noch bewahren? Wie viele Geheimnisse gab es wohl noch in den Erinnerungen und Lebensgeschichten der älteren Stadtbewohner? Auf diese Fragen hatte Hermann keine Antwort. Aber das drängte im Moment auch nicht. Ihn drängte etwas anderes: Er musste zu seinen Dienstpflichten zurückkehren und die Stadt weiter kennenlernen, in der er jetzt lange leben und arbeiten sollte, samt ihren Bewohnern und ihrer Geschichte. Und am Ende des Tages musste er bei dem Discounter, der das Kaufhaus Hertie ersetzt hatte, eine neue Heizdecke kaufen.

*Esmahan Aykol*

# Die toten Mädchen von Bönen

*Deutsch von Ute Birgi*

Ela ist mir die liebste unter den Heldinnen meiner Erzählungen. Obwohl wir in letzter Zeit nicht so gut miteinander auskommen, würde ich sie jetzt, mitten im eiskalten Winter, eigentlich lieber nicht nach Deutschland schicken. Es geht ihr ja auch nicht besonders gut in letzter Zeit. Ich habe lange überlegt. Ob ich zum Beispiel eine neue Heldin erfinden sollte. Eine ganz andere Frau: eine blonde, zierliche, dynamische Kommissarin der Mordkommission. Oder eine brünette, rehäugige, volllippige Spezialistin der Gerichtsmedizin. Ela ist weder das eine noch das andere, sie ist Kriminalpsychologin. Intelligent und sehr sympathisch. Wie ich sagte, ich mag sie wirklich gern. Wahrscheinlich bin ich bei ihr nicht besonders objektiv und übersehe gern ihre schlechteren Seiten.

Und sie selbst ist ja auch nicht gerade scharf auf den Job. Als sie von meinem Vorhaben hörte, meinte sie: »Da such dir mal jemand anderen.«

»Das geht nicht. Für diese Geschichte kommst nur du infrage«, entgegnete ich. »Zum einen kannst du Deutsch.« Schließlich hatte Ela ja die Hälfte ihres Lebens in München verbracht. Sie war erst nach ihrem Abitur in die Türkei zurückgekehrt.

»Uuuh, da ist es jetzt doch saukalt. Und wo ist das genau? Hast du ›Ruhrgebiet‹ gesagt?«

»Ja …, da liegt Bönen, eine ganz kleine Ortschaft. Und in Istanbul ist das Wetter im Augenblick ja auch nicht besonders.«

»Das stimmt schon … Aber ich bin im Moment nicht gut drauf. Du erinnerst dich doch wohl, in deiner letzten Geschichte hat mein Liebster mich verlassen. Außerdem – wäre ein deutscher Detektiv nicht geeigneter?«

»Nein, das geht überhaupt nicht. Für diese Geschichte bist du genau richtig. Und zwar gerade wegen deiner melancholischen Stimmung.«

»Was soll das denn schon wieder heißen?« Ela kämpfte mit den Tränen.

Sollte ich wirklich damit herausrücken, was mir durch den Kopf ging? Schließlich ist es ja nicht gerade feinfühlig, jemandem ins Gesicht zu sagen, dass ihm die Trauer über den Liebesverrat, jene blitzartig die Augen verdunkelnden selbstmörderischen Schatten, besonders gut steht. Nun, mir gegenüber saß zwar kein wirklicher Mensch, Ela war ja nur eine Kurzgeschichtenfigur, aber trotzdem. Ich beschloss, mich kurzzufassen, und sagte nur: »Dieser triste Winter in Bönen entspricht doch genau deiner seelischen Verfassung.«

Im Geiste sah ich sie, ihren kleinen Rollkoffer hinter sich herziehend, durch den Bahnhof von Bönen gehen. Außer ihr war niemand aus dem letzten Regionalexpress aus Unna ausgestiegen. Die Dunkelheit lag schwer wie eine Wolke über dem Dorf. Die Straßen waren menschenleer. Mit der Adresse ihres Hotels in der Hand, suchte sie jemanden, den sie nach dem Weg fragen konnte.

»Bis Frankfurt fliegst du Businessclass. Die deutsche Polizei hat die türkische bei der Aufklärung eines Serienfalls um Unterstützung gebeten, bei dem sie alleine nicht klarkommt. Da können sie dir ruhig ein teures Flugticket spendieren.«

»Machst du dich über mich lustig?«

»Wieso denn? Überhaupt nicht! Und von mir kriegst du auch noch ein Paar schöne warme Stiefel von *Christian Louboutin.*«

»Ich kann dir gar nicht sagen, wie schnuppe die mir sind!« Da sehen Sie's, genau das gefällt mir so an Ela. Wo sonst findet man heute noch eine Heldin, die über diese aufreizenden Stiefel mit den knallroten Sohlen die Nase rümpft? Sie schritt wütend auf das Fenster zu, als suchte sie den kürzesten Fluchtweg. Hoppla! Das ging mir dann doch zu weit!

»Setz dich sofort hierhin!«, befahl ich mit schneidender Stimme. Dies ist letztlich meine Geschichte, also entscheide ich, wer die Hauptrolle spielt.

Ela blieb nichts anderes übrig, als brav Platz zu nehmen. Dabei sah sie mich finster an.

»Dann erzähl mir wenigstens, worum es geht ... Was ist das nun für eine Geschichte?«

Mit einer vollen Tasse Grüntee in der Hand begann ich bereits auf und ab zu gehen.

»Bönen ist ein Bergbaustädtchen, das seine Blütezeit in den Sechzigerjahren erlebte, dann aber durch die mit der Wirtschaftskrise einhergehende Arbeitslosigkeit stark gebeutelt wurde ... Die Jungen haben sich davongemacht, um in anderen Städten Arbeit zu finden, zurück blieben die Alten ... Es ist ein ruhiger, angenehmer Ort ...«

Ela fiel mir ins Wort: »Sieh an, ein angenehmer Ort! Als ob ich nie ein Dorf oder eine Kleinstadt in Deutschland gesehen hätte ... Die sehen doch alle gleich aus: eine autofreie Einkaufsstraße, ein paar Supermärkte, eine Kirche, ein Schneider und eine Dönerbude ... Natürlich kannst du daraus ein heruntergekommenes Miss-Marple-Dorf machen, indem du ein ordentliches Maß Romantik und ein wenig Melancholie hineinrührst. Es wird dir sogar schlicht nichts anderes übrig bleiben, wenn du in so einem stinklangweiligen Ort eine Erzählung spielen lassen willst.«

Ich schüttelte den Kopf und betrachtete die vor mir Stehende eingehend. Ich erkannte sie kaum wieder. Wo war die kontaktfreudige, etwas romantische und kluge Ela geblieben, deren Augen kein Detail entging? Ach Liebesschmerz, was stellst du mit den Menschen an!

»Was bist du doch für ein kluges Kind«, sagte ich leicht sarkastisch. »In meiner Geschichte gibt es tatsächlich eine Miss Marple. Frau Franck aus dem Altersheim von Bönen wird dir bei der Aufklärung der Vorkommnisse behilflich sein.«

»Na wunderbar! Eine alte Schachtel, die fehlte gerade noch! Und wie lang ist diese gottverdammte Geschichte?«

»Nicht mehr als vierzehn bis fünfzehn Buchseiten. Wieso? Warum fragst du mich das?«

»Ich will einfach wissen, wie lange ich diesen ganzen Blödsinn aushalten muss.«

Ich atmete tief durch. Seitdem ich ein Buch über Zornbewältigung gelesen hatte, war ich auf diesem Gebiet ziemlich erfolgreich.

»Du wirst in der *CityPension* in Bönen absteigen. Dort hast du ein großes, helles Zimmer. Darin gibt es sogar einen Wasserkocher, du kannst dir also jederzeit Tee oder Kaffee machen. Ist das nicht toll?«

»Großartig«, maulte sie.

»Deine Mahlzeiten nimmst du im *Haus Timmering* ein.«

»Du scheinst zu vergessen, dass ich auf Diät bin.«

»Hör endlich auf!«, schrie ich. Selbst eine ganze Enzyklopädie über Zornbewältigung konnte in diesem Fall wohl nichts ausrichten. Wenn sie's drauf anlegt, bringt diese Frau es fertig, einem die Nerven einzeln auszureißen.

Ela fischte eine Zigarette aus dem Päckchen, das noch von der letzten Kurzgeschichte in ihrer Tasche zurückgeblieben war, und zündete sie an.

»Ich kenne zwar die Marke der Stiefel an meinen Füßen, doch warum ich nach Bönen reisen soll, das weiß ich immer noch nicht«, warf sie mir vor, indem sie mich durch eine dichte Rauchwolke ansah.

»Schon gut, du hast ja recht! Jetzt hör mir mal zu. Also, du kommst abends nach Einbruch der Dunkelheit in Bönen an. Dort verbringst du die Nacht und am nächsten Morgen fährst du nach Dortmund. Da befindet sich nämlich das für Bönen zuständige Polizeipräsidium ...« Hier brach ich kurz ab. »Die Einzelheiten übergehen wir lieber, so viel Platz haben wir ja auch nicht.« Ich nahm meine Kladde vom Tisch und begann, schnell darin zu blättern.

»Was soll das? Schreibst du etwa irgendwo ab?«

Ich lachte. »Ich hab mir schon mal Notizen für diese Geschichte gemacht, die suche ich jetzt. Ich habe da so eine bestimmte Vorstellung ... Du, ganz allein in einem Raum ... Warte, am besten lese ich dir das doch gleich vor.«

*Während ich den dicken Ordner durchsah, den sie mir im Dortmunder Polizeipräsidium in die Hand gedrückt hatten, trank ich einen Kaffee nach dem anderen. Doch es nützte nichts. Ich konnte mich einfach nicht länger als fünf Minuten konzentrieren. In meinem Gedächtnis schwirrten abgerissene Satzfetzen umher. Drei Schwestern, vierzehn, sechzehn und siebzehn Jahre alt ... Semiha, Feriha und Didar ... Dann ein weiteres siebzehnjähriges Mädchen: Nurgül. Und noch eins: Aysel, sechzehn Jahre alt. Dann war da die achtzehnjährige Merve. Und zum Schluss: Filiz, zwölf Jahre alt, fast noch ein Kind. Die Kriminalbeamten hatten dem Dossier auch Zeitungsausschnitte beigefügt, Fotos der Mädchen, Einzelheiten über ihre Familien, Protokolle, gerichtsmedizinische Berichte, Interviews ...*

*Ich war müde, schrecklich müde von den letzten Monaten mit all dem Schmerz und der Selbstzerfleischung, müde von den mich immer wieder heimsuchenden Erinnerungen an jene Nacht, als ich zusehen musste, wie Nedim nach unserem Streit einfach fortging, ohne noch den Morgen abzuwarten ... Mit leerem Blick starrte ich durch das Fenster nach draußen. Würde es mir gelingen herauszufinden, warum diese sieben Mädchen nacheinander Selbstmord begangen hatten? Das schien mir ganz unwahrscheinlich. »Das ist mindestens ebenso unwahrscheinlich wie die Rückkehr von Nedim«, brummelte ich vor mich hin. Eigentlich wollte ich nichts, als nach Hause gehen, mir die Bettdecke über die Ohren ziehen und schlafen, schlafen … und nie mehr aufwachen.*

»Ach«, seufzte Ela und legte eine Hand auf ihr Herz. »Wie gut du mich doch verstehst. Tatsächlich fühle ich mich genauso, wie du es beschreibst. Bitte, lass mich jetzt nach Hause gehen und schlafen.«

»Dein Flieger geht morgen Nachmittag«, entgegnete ich kurz. »Ich habe deinen Koffer schon gepackt, du brauchst ja nicht viel mitzunehmen. Natürlich musst du aber einen warmen Mantel anziehen.«

»Und die Stiefel, die du eben erwähnt hast …«

Wir sahen uns an und lächelten. Das Eis zwischen uns begann zu schmelzen. Habe ich schon erwähnt, dass Ela nicht nachtragend ist? Ich war sicher, dass sie mir zum Schluss auch noch verzeihen würde, dass ich es so eingerichtet hatte, dass sie verlassen worden war.

»Gut, ich hab begriffen, dass ich dieser Geschichte nicht entrinnen kann. Sag mir wenigstens, wie viele Tage ich in dem Kaff bleiben muss.«

»Nicht lange, nur fünf Tage.«

»Fünf Tage in einem Dorf am Ende der Welt?«, fauchte sie zwischen zusammengepressten Zähnen. »Ich seh schon, du kannst mich nicht mehr leiden. Dafür gibt es inzwischen jede Menge Beweise.«

Was für ein dummes Gerede.

»Was für Beweise denn, lass hören.«

»Wir brauchen uns doch nur deine letzten drei Kurzgeschichten anzusehen. Das heißt, im Grunde liefert mir die letzte einen völlig ausreichenden Grund für diese Annahme. Dass der Mann, den ich so sehr liebe, mich verlässt …«

»Du übertreibst maßlos. Schließlich ist er doch nicht von dir fortgegangen, um sich einer jüngeren, schöneren oder erfolgreicheren Frau zuzuwenden. Er wird einfach mit seinen eigenen Problemen nicht fertig. Dazu ist er noch Alkoholiker. Wenn ich bloß verstehen könnte, was du an dem Kerl findest ...«

»Schon gut, lassen wir Nedim aus dem Spiel. Über ihn werden wir uns nie einigen können. Doch was soll man zu dem sagen, was in der vorherigen Geschichte passiert ist?«

»Welche war das noch mal?«

Sie sah mich entgeistert an. »Kannst du dich etwa nicht erinnern?«

Ich zuckte mit den Schultern. Es war schon komisch, aber ich kam wirklich nicht drauf. Dabei schreibe ich doch gar nicht so oft Geschichten, meine Sparte sind Romane.

»Tut mir leid«, sagte ich, indem ich meine Hände hochhob.

»Der Serienmord in Izmir.«

»Ach, *die* Geschichte ...« Auf einmal fiel mir alles wieder ein ... wie die Ergreifung des Serienmörders sich hinzog, weil Ela die Polizei auf eine falsche Spur geleitet hatte.

»Hm«, räusperte ich mich. »Ja, zu Beginn lagst du falsch, aber am Ende wurde der Mörder doch noch mit deiner Hilfe gefasst. Reicht das nicht?«

»Und was ist mit den drei Jugendlichen, die der Mörder in der Zwischenzeit noch umbringen konnte? Meinst du, mein Gewissen steckt das einfach so weg?«

»Schon gut, du hast recht. Ich verspreche dir, dieses Mal wirst du alles in Windeseile aufklären. Sieh das ruhig als eine Chance an, die ich dir zur Wiedergutmachung biete.«

»Wohl eher eine Chance, die du Frau Franck und mir bietest.«

»Ja, aber du spielst die Hauptrolle«, sagte ich mit samtweicher Stimme, die nicht recht zu mir passte, Ela aber besänftigen sollte.

Ich sah ihrem Gesicht an, dass sie noch nicht ganz überzeugt war.

»Es handelt sich doch aber gar nicht um Mord. Was kann es bei Selbstmorden denn schon aufzuklären geben?«, fragte sie mit zusammengekniffenen Augen.

»Also bitte: Wenn sich in einem Dorf innerhalb von neun Monaten sieben Mädchen hintereinander umbringen, dann steckt doch mit Sicherheit etwas dahinter.«

Sie verzog den Mund, als wollte sie mir immer noch nicht glauben. Erneut kramte sie das Zigarettenpäckchen aus ihrer Hosentasche hervor. »Dies ist meine letzte Zigarette«, sagte sie und warf das leere zerknautschte Päckchen auf den Tisch.

»Lass mich wenigstens rauchen in der neuen Geschichte. Ohne Zigaretten halte ich so eine tragische Story wirklich nicht aus.«

»In Ordnung. Du kannst rauchen, so viel du willst. Du weißt aber schon, dass in Deutschland das Rauchen in Kneipen und öffentlichen Einrichtungen verboten ist? Da musst du deine Zigaretten eben zitternd und schlotternd draußen konsumieren.«

»Gib du mir meine Zigaretten; wie ich sie rauche, ist meine Sache.« Mit diesen Worten verschwand sie in der Küche.

Als sie wieder in der Tür erschien, hielt sie zwei Tassen Tee in der Hand.

»Und wie werde ich Frau Franck kennenlernen?«, fragte sie, als sie vor mir stand.

»Frau Franck wird dich finden, da mach dir keine Sorgen. Diese liebenswürdige Frau lebt in dem Altersheim direkt hinter deiner Pension. Ich finde, sie sieht aus wie Vanessa Redgrave. Du wirst sie auch mögen.«

»Und was hat sie mit der türkischen Gemeinde von Bönen am Hut?«

»Eine der Selbstmörderinnen, Aysel, war die Tochter von Halime Hanim, die jahrelang bei Frau Franck geputzt hat, bevor diese ins Altersheim ging. Außerdem hat sie türkische Freundinnen, da sie alle zwei Wochen am Internationalen Frauenfrühstück in der *Alten Mühle* teilnimmt. Viele Jahre lang ist sie jeden Sommer nach Alanya gefahren und hat sogar etwas Türkisch gelernt. Das Wichtigste aber: Sie ist ein großer Krimifan. Was willst du mehr? Diese Frau ist ein ausgesprochener Glücksfall für dich.«

»Sie wird mich also mit Halime Hanim zusammenbringen, das heißt mich in die türkische Gemeinschaft einführen. Nun, ich muss zugeben, das ist eine sehr gute Idee«, meinte Ela.

Und ich muss zugeben, dass ich begeistert bin, wenn meine Protagonisten meine Ideen schätzen!

Ela sprang plötzlich auf, als sei ihre alte Energie zurückgekehrt. »Sind hier die Sachen drin, die ich mitnehme?«, fragte sie, wobei sie mit ihrer Fußspitze den schwarzen Rollkoffer am Boden ein wenig herumschubste.

Ich nickte bestätigend. Doch als sie den Inhalt – ein über den Boden schleifendes Kleid, einen ebenso langen Rock und ein paar Rollkragenpullis – begutachtete, verzog sie das Gesicht.

»Was soll denn das? Warum hast du nicht gleich noch ein paar Burkas dazugelegt? Klar, es ist kalt dort, aber ...«

»Das ist nicht wegen der Kälte«, erklärte ich. »Du begibst dich in Bönen in eine konservative Gesellschaft.«

»Und was heißt das genau?«

»Genau das, was das Wort ›konservativ‹ eben bedeutet«, sagte ich gereizt. Wobei mir nicht klar war, ob ich mich über die Türken in Bönen oder über Elas Fragen aufregte.

»In dem Dorf mit seinen neunzehntausend Einwohnern gibt es fünf Moscheen. Jedes Wochenende kommen aus allen Ecken Deutschlands Gläubige in die Mevlana-Moschee geströmt. Bönen liegt also nicht ganz so am Ende der Welt, wie du glaubst.« Ich hielt kurz inne. »Wenigstens nicht für jeden ...«

»Wer sind denn diese Türken von Bönen? Ich meine, aus welcher Gegend der Türkei sind sie?«

Nun, ich sagte es ja schon, Ela kennt ihre Landsleute in Deutschland. Ich muss ihr nicht erklären, dass sich die Auswanderer aus einem türkischen Dorf oder Städtchen in ihrer neuen Heimat alle am selben Ort niederlassen, um ihre gewohnte nachbarschaftliche Lebensweise fortsetzen zu können.

»Mehr als die Hälfte kommen aus Zonguldak«, sagte ich. »Die zweite größere Gruppe ist aus Kütahya, einige sind aus Kayseri, Sinop, Giresun … Und es gibt auch eine winzige Gruppe aus Izmir. Die sind damals in München in den falschen Zug gestiegen und so statt in Hamburg in Bönen angekommen. Lustig, nicht?«

Doch Ela überhörte diesen letzten Satz und brummelte vor sich hin: »Da die Menschen für den Bergbau angeheuert wurden, ist es ja wohl normal, dass die aus Zonguldak in Bönen gelandet sind. Raus aus dem türkischen Bergwerksparadies und hinein ins deutsche! Wie aber kommt es, dass die Türken dort so fromm sind? Fünf Moscheen! Zonguldak gilt doch als die Hochburg der Sozialdemokraten in unserem Land …«

»Überall in der Welt sind Flüchtlinge konservativer als ihre Landsleute in der Heimat. Es geht um nichts weniger als die Erhaltung ihrer Identität. Und natürlich ist es auch eine Form von Widerstand gegen die Mehrheitsgesellschaft.«

»Hört euch die Soziologin an!«, spottete Ela.

Ich schwieg. Was gab es hierauf schon zu sagen?

»Was für Personen kommen sonst noch vor in der Geschichte?«, wollte sie jetzt wissen.

»Da gibt es zum Beispiel einen Zahnarzt«, antwortete ich, während ich sie aufmerksam ansah, um ihre Reaktion einzuschätzen.

»Einen Zahnarzt? Wieso?«

»Vor ein paar Jahren hatte man zwei der drei Schwestern unter den Selbstmörderinnen zu ihm gebracht.«

»Was ergab die Untersuchung?«

»Kieferklemme.«

»Kieferklemme? Was ist denn das? Wo findest du bloß all diese komischen Sachen?«

»Das ist überhaupt nicht komisch«, entgegnete ich. »Sagt man uns nicht dauernd: ›Beiß die Zähne zusammen‹, wenn wir mit einer schwierigen Situation fertig werden müssen? Und wir halten uns nur allzu wörtlich daran.«

»Und wenn wir die Zähne zu stark zusammenbeißen, klemmt plötzlich der Kiefer?«

»Genau so ist es«, bestätigte ich. »Dein Gespräch mit diesem Zahnarzt über die Mädchen, deren Kiefer er löste, wird übrigens einen ersten Verdacht in dir wecken. Und du wirst beginnen, dich zu fragen, welch große Sorgen diese jungen Mädchen gequält haben mochten ...«

»Und dann?«

»Dann wird Frau Franck dich in deiner Pension aufsuchen. Nach eurem Gespräch wird ein zweiter Verdacht dazukommen. Sie wird dir erzählen, dass die Familien der Mädchen stets dem Begräbnis fernblieben.«

»Moment mal«, unterbrach mich Ela. »Wie haben die Mädchen sich denn umgebracht?«

»Alle haben Tabletten geschluckt. Ein Rauschmittel auf Morphiumbasis, bei dem die Polizei weder die Herkunft aufdecken konnte noch die Art und Weise, wie die Mädchen drangekommen sind.«

»Alle Mädchen haben die gleichen Tabletten ...?«

»Ja.«

Ela starrte in den von den Lichtern der Stadt erhellten Himmel und saß eine Weile schweigend da.

»Du hast doch etwas ganz anderes im Sinn«, sagte sie endlich. »Die Mädchen haben sich gar nicht umgebracht ...«

Ich sagte nichts, doch schien sie meinen Gesichtsausdruck wohl als stumme Zustimmung zu interpretieren.

»O nein!«, rief sie fast flehend, während ein dunkler Schatten über ihr Gesicht zog. »Das kannst du mir nicht antun … Wenn bei dieser Geschichte das herauskommt, was ich vermute … Schon der bloße Gedanke daran lässt mich schaudern!« Dabei legte sie eine Hand auf ihr Herz, als wollte sie kontrollieren, dass es nicht ausgesetzt hatte. »Außerdem braucht es in einer solchen Situation keine türkische Polizeipsychologin, sondern einen erstklassigen Spürhund der Mordkommission. Es hat überhaupt keinen Sinn, dass du mich dahin schickst. Was kann ich denn da ausrichten? Mit so etwas werde ich niemals fertig!«

Inzwischen war sie aufgestanden und schrie mich regelrecht an. Ich wusste genau, welche Bilder vor ihrem geistigen Auge vorbeizogen. Bilder überdies, die auch den zukünftigen Lesern meiner Geschichte alle hinlänglich bekannt sind: Mädchen, die gelangweilt darauf warten, dass die Sportstunde zu Ende geht, an der sie wegen des Verbots ihrer Familien nicht teilnehmen dürfen; Mädchen, die traurig herumsitzen, während ihre Klasse sich übermütig im Schwimmbecken tummelt; junge Mädchen, denen verboten ist, was ihren Brüdern erlaubt ist: abends ausgehen, tanzen und sich vergnügen …

»Wie schrecklich!«, rief sie. »Diese sieben Mädchen sind von ihren Familien umgebracht worden, weil sie zu viel Freiheit wollten … Das ist es doch, was du in deiner Geschichte erzählst, nicht wahr? Die sympathische Frau Franck, der Zahnarzt und ich, wir werden diesen Fall aufdecken, diese Morde, die von den Familien als Selbstmorde inszeniert wurden …«

»Ja«, sagte ich mit belegter Stimme. »Und wenn du nicht mitmachst, wird das nie aufgeklärt. Und die Familien, die tagelang darauf warteten, dass ihre eingesperrten Töchter die Tabletten schlucken, die sie in deren Zimmer für sie bereitgelegt hatten, die werden ungestraft weiterleben, als sei nichts geschehen. Weigerst du dich immer noch, nach Bönen zu fahren?«

»Nein«, erwiderte Ela bestimmt. »Aber willst du mir nicht etwas genauer erklären, wie diese ganze Selbstmordgeschichte ausgeheckt wurde?«

»Dahinter steckt der Führer eines Derwischordens. Der hat den Befehl erteilt, die jungen Frauen zu töten, als Warnung für andere aufmüpfige Mädchen. Zum Schluss kriegt der dafür lebenslänglich.«

»Das tröstet mich schon mal ein wenig«, warf Ela ein.

»Sie lassen die in einem Zimmer eingeschlossenen Mädchen tage-, ja wochenlang ohne Essen und Trinken allein und warten darauf, dass diese sich fügen und die Tabletten schlucken. Und die Mädchen, die zum Schluss alle Hoffnung verlieren, bringen sich tatsächlich auf diese Weise um. Die Angehörigen und die Ordensleute halten natürlich dicht. Die leben ja sowieso in einer völlig abgeschotteten Welt.«

»Doch Halime Hanim sagt etwas, das den Verdacht von Frau Franck erregt ...«

»Genauer genommen«, korrigierte ich, »erscheinen der klugen Frau Franck die Stimmung und das Auftreten von Halime Hanim ungewöhnlich. Zusammen mit den erwähnten Zahnarztbesuchen führt das verdächtige Verhalten dieser Mutter zur allmählichen Auflösung der ganzen Sache.«

Ela holte tief Atem und sagte: »Ich bin dir sehr dankbar und nehme alles zurück, was ich am Anfang von mir gegeben habe. Die Gelegenheit, diese gemeinen kaltblütigen Monster ihrer gerechten Strafe zuzuführen, will ich mir nicht entgehen lassen. Etwas Besseres kann mir im Moment gar nicht passieren.«

»Ich bin sehr froh über deinen Meinungswandel«, erwiderte ich.

»Zum Schluss kehrst du übrigens ausgesprochen glücklich nach Istanbul zurück.«

»Ah, hast du etwa den Schluss der Geschichte schon geschrieben?«, fragte sie verblüfft.

»Bei dieser todtraurigen Thematik war es für mich zwingend, von vornherein zu wissen, dass es am Ende einen Lichtblick gibt. Möchtest du, dass ich ihn dir vorlese?«

»Und ob!«

*Die ganze Nacht hindurch sah ich mir noch mal die Fotos der ermordeten Mädchen an und las ihr Dossier. Wie in ein Konservenglas eingesperrte Ameisen erschienen sie mir. Sieben junge Mädchen! Und wenn dieses Verbrechen nicht aufgeklärt worden wäre, stünde das gleiche entsetzliche Schicksal noch vielen anderen bevor ... Diese blutjungen Mädchen, die, obwohl sie bei jedem Versuch, aus dem Glas auszubrechen, immer wieder auf den Boden zurückfielen, trotz allem nicht aufgeben wollten und sich unablässig von Neuem aufrappelten ... Vor dem Ausmaß ihres Leides erschienen mir meine eigenen Kümmernisse verschwindend klein. Als ich nach wenigen Stunden Schlaf die Pension verließ, um zum Flughafen zu fahren, sah ich eine rote Rose vor meiner Zimmertür am Boden liegen. Und einen Notizzettel daneben, auf dem in ungeübter Handschrift geschrieben stand:* Gut, dass Sie hergekommen sind ...

*Ja, gut, dass ich nach Bönen gekommen war, fand auch ich.*

*Oliver Bottini*

## Tödlicher Traum in Menden

Gerhard Wegner erwachte wie immer, lange bevor der Wecker klingelte. Erschöpft blieb er liegen und wartete darauf, dass der Traum aus seinem Kopf verschwand. Er träumte jede Nacht dasselbe, immer waren die Bilder grell, die Gesichter angstverzerrt, die Geräusche unerträglich laut. Menschen, die er nicht kannte, hetzten schreiend durch eine zerfallene Stadt, die er nie betreten hatte. Ein rasender Rhythmus aus unerklärlichen Ereignissen, der erst mit der Morgendämmerung zur Ruhe kam. Er wusste nicht, wann dieser Traum zum ersten Mal gekommen war und ob es jemals eine Zeit ohne ihn gegeben hatte. Wenn ja, erinnerte er sich nicht daran.

Als er seinen Vater in der Küche hörte, stand er auf.

Im Bad, beim Rasieren, dachte er, dass der Traum eine Vision vom Ende der Welt sein musste, anders konnte er ihn sich nicht erklären. Er träumte vom Ende der Welt, das in der Zukunft liegen mochte, doch in seinem Kopf schon Gegenwart war.

»Es soll wieder kälter werden«, sagte sein Vater, als sie am Küchentisch saßen, schnitt zwei Scheiben Brot vom Laib und begann, sie mit Schinken zu belegen. Seine Hände bewegten sich langsam. Auch diese beruhigenden Bewegungen, so kam es ihm vor, hatte es schon immer gegeben. Und schon immer saßen sein Vater und er morgens in der kleinen Küche und sein Vater sagte: »Es soll wieder kälter werden.« Oder: »Es soll jetzt wärmer werden.« Nur war seine Stimme im Lauf der Jahre brüchiger geworden und seine Hände schmaler und gefleckt.

»Und wenn du bitte irgendwas fürs Abendessen mitbringst«, sagte sein Vater, und er nickte.

Kurz darauf trat er auf die schmale, gekrümmte Gasse, in der sie seit seiner Geburt wohnten und die dem Verlauf der ehemaligen Stadtmauer Mendens folgte. Schmale Häuschen reihten sich aneinander, die einen gepflegt und herausgeputzt, die anderen – wie das ihre – von der Zeit vergessen. Die Morgensonne schien ihm ins Gesicht und er schloss die Augen für einen Moment zu schmalen Schlitzen, sodass er die Umgebung kaum noch wahrnahm, aber er kannte hier jeden Pflasterstein und hätte sich blind zurechtgefunden. Die ehemaligen Patrizierhäuser wurden zu dunklen Ungetümen, die St.-Vincenz-Kirche zu einem hoch aufragenden Koloss, die wenigen Menschen, die ihm zu dieser frühen Stunde auf dem Kirchplatz begegneten, zu unwirklichen Schatten. Von rechts hörte er den Geschichtsbrunnen plätschern, daneben lag das herrschaftliche alte Rathaus.

Als er wenig später den restaurierten Rentschreiberturm passierte, fragte er sich, wie es möglich war, dass man in einer so hübschen Stadt Nacht für Nacht vom Ende der Welt träumte. Aber vielleicht hatte es ja nicht mit der Stadt zu tun, sondern mit dem dunklen, engen Haus, in dem er mit seinem Vater lebte und in dem die Zeit stillstand.

Der Vormittag verging schnell. Sie hatten mit dem zweiten Bauabschnitt begonnen, überall auf der Hönneinsel hoben Raupenbagger Gruben für die Fundamente aus.

Er arbeitete nahe der Hönne mit Blick auf die Verladehalle des aufgegebenen Güterbahnhofs jenseits des Flusses und den mit Graffiti verschmierten Personenbahnhof einhundert Meter weiter links. Wieder und wieder trieb er den Löffel ins Erdreich, schwenkte den stählernen Arm, schüttete den Aushub auf einen Kippsattelzug, setzte den Löffel neu an. Auch das, dachte er, war schon immer so gewesen, und wenn er jemals etwas anderes getan hatte, erinnerte er sich nicht daran.

In der Mittagspause hockte er im Schatten seines Baggers auf dem Boden und aß die Brote, die sein Vater vorbereitet hatte. Auf seinen Händen entdeckte er ebenfalls erste Anzeichen von Altersflecken, überhaupt glichen sie denen seines Vaters, waren genauso breit und kurz und von dicken Adern durchzogen, nur kräftiger, was nicht verwunderlich war. Sein Vater arbeitete seit vielen Jahren nicht mehr, tat seit vielen Jahren eigentlich gar nichts, außer zu kochen und die Wohnung sauber zu halten und seinen Erinnerungen nachzuhängen.

Er zündete sich eine Zigarette an, betrachtete die dreistöckigen Häuser des ersten Bauabschnitts und stellte sich vor, sie würden in einer der Wohnungen im dritten Stock leben und hätten viel Licht und einen eleganten Holzfußboden, keine fleckigen Teppiche, die jedes Schrittgeräusch verschluckten und jedes Wort dämpften. Dann dachte er, dass sein Vater die Stille brauchte und das Tageslicht verabscheute und seit Jahren keinen Schritt vor die Tür gemacht hatte und ganz sicher nie in eine neue Wohnung ziehen würde.

Als das Signalhorn erklang, stieg er wieder in die Kabine des Baggers und startete den Motor. Setzte den Löffel an, schwenkte den mächtigen Arm über den Lkw, sah die Erde herabstürzen und setzte den Löffel wieder an und dachte dabei an die helle Wohnung im dritten Stock, in der vieles anders wäre, vielleicht auch die Nächte.

Am Nachmittag zogen Wolken auf und es begann zu regnen. Die anderen Baumaschinen verschwammen jenseits der gläsernen Kabinenscheiben, die neuen Häuser waren weiße Flächen, über die Regentropfen liefen. Dann brach die Sonne wieder durch, die Farben leuchteten, und alles, was er sah, erschien ihm stechend klar und konturiert.

Der voll beladene Kippsattelzug fuhr davon, der nächste rückte nach, und er nutzte die kurze Pause, um eine Zigarette zu rauchen. Sein Blick fiel auf den verfallenden Güterbahnhof gegenüber, der inmitten von Brachland lag und ihm in diesem besonderen Licht fremd vorkam, wie ein Relikt aus einer geheimnisvollen, bedrohlichen Vergangenheit. An mehreren Stellen der Fassade des niedrigen Verwaltungsgebäudes und der Verladehalle mit dem überhängenden Schrägdach waren schwarze Brandspuren zu erkennen, und wo das Sonnenlicht auf Reste der eingeschlagenen Fensterscheiben, Blech oder Metall traf, blitzte und funkelte es. Im Inneren, jenseits der Fenster- und Toröffnungen, schnitten kantige Lichtbalken die Schatten in wirre Muster, war der Betonboden von heruntergefallenem Verputz bedeckt, und von oben ragten Eisenstangen herab, als wollten sie sich in jeden bohren, der die Halle betrat. In diesem merkwürdigen Licht, das die Dinge lebendig zu machen schien, erinnerte ihn das Gebäude plötzlich an die Stadt in seinem Traum, die genauso aussah, halb zerstört, halb abgebrannt. Nur die Menschen und die Schreie fehlten.

Er warf die Zigarette ins Freie und wollte sich wieder der Arbeit zuwenden, als er im Inneren des Bahnhofs Bewegungen zu sehen glaubte. Etwas Buntes tanzte dort für Sekunden, dann war es verschwunden. Er wartete eine Weile, aber es tauchte nicht wieder auf. Stattdessen erschien hinter einer anderen Fensteröffnung ein altes, ausgemergeltes Gesicht und war im nächsten Moment nicht mehr zu sehen, und am Westende des Gebäudes flatterten vor einem Tor hektisch Tauben auf. Während er ihnen nachsah, setzte in seinem Kopf ein vielstimmiges Wispern ein, das langsam anschwoll, einzelne Stimmen stachen hervor, dann erklangen Schreie und hastige Schritte, als wäre er am helllichten Tag in seinen Traum geraten. Er riss sich den Gehörschutz herunter; doch die Geräusche blieben.

Die Hupe des Kippsattelzuges holte ihn aus der Erstarrung. Hastig senkte er den Löffel in die Grube, und während er ihn wieder und wieder über dem Lkw entleerte, tobte in seinem Kopf der Traum.

Nach Feierabend stand er am Ufer der Hönne und beobachtete den Güterbahnhof. Die Dämmerung hatte eingesetzt, das Gebäude schien sich seinen Blicken von Minute zu Minute mehr zu entziehen. Immer wieder tauchten hinter den Öffnungen Menschen auf, alte und junge, die meisten in bunte, abgerissene Lumpen gekleidet, und manchmal trat jemand vor eines der Tore und blickte zu ihm herüber. Er konnte sich nicht erklären, weshalb er dort drüben dasselbe sah, was er jede Nacht sah, aber er war überzeugt davon, dass der Güterbahnhof und die Menschen darin Teil seines Traumes waren, und wenn er nicht verrückt geworden war, dann begann seine Vision vom Ende der Welt Wirklichkeit zu werden.

»Wir können die Reste von gestern essen«, sagte sein Vater mit einem Achselzucken und öffnete den Kühlschrank.

»Morgen vergesse ich das Einkaufen bestimmt nicht.«

»Ist doch egal, es ist ja genug da.«

»Ich schreibe mir einen Zettel und stecke ihn in die Zigarettenschachtel, dann vergesse ich es nicht.«

»Ja«, sagte sein Vater und kurz darauf durchzog der Geruch von gebratenen Nudeln die Wohnung.

Als sie aßen, sagte er: »Erinnerst du dich an den Güterbahnhof?«

Sein Vater hob den Blick und sah ihn an und sagte nichts.

»Ich meine, erinnerst du dich, dass da was Besonderes war? Mit dem Güterbahnhof?«

»Nein.«

»Früher, als er noch in Betrieb war.«

Sein Vater aß weiter. »Er ist nicht mehr in Betrieb?«

»Seit ein paar Jahren nicht mehr.«

»Und was haben sie damit gemacht?«

»Nichts«, sagte er. »Steht leer und verrottet.«

Sein Vater stand auf und verließ die Küche. Gerhard hörte ihn ins Bad gehen, dann hörte er eine Weile lang nichts.

Schließlich kam sein Vater zurück und setzte sich wieder. »Und, ist es kälter geworden draußen?«

Er schüttelte den Kopf. »Was ich meine, ist, ob die Leute über den Güterbahnhof geredet haben. Ob es Gerüchte gab.«

»Nein«, sagte sein Vater.

»Dass es da spukt oder so. Was die Leute eben reden.«

»Nein.« Sein Vater legte die Gabel beiseite und stieß den Teller von sich. »Aufgewärmte Nudeln schmecken mir nicht.«

»Morgen gehe ich einkaufen, versprochen.«

»Vergiss den Zettel nicht.«

»Nein«, sagte er.

In dieser Nacht lag er lange wach und wartete angespannt auf den Schlaf und hoffte zugleich, er würde nicht kommen. Irgendwann kam er doch und mit ihm der Traum, und dieses Mal sah eines der Gebäude der zerstörten Stadt genauso aus wie der Güterbahnhof, als er ihn von der anderen Seite der Hönne aus betrachtet hatte, und die Menschen darin waren mit denen vom Nachmittag identisch. Doch anders als diese schrien die Menschen im Traum mit aufgerissenen Augen und verzerrten Mündern und rannten voller Angst aus der verfallenden Halle heraus und wieder hinein, als wäre ihnen der Tod auf den Fersen. Später, nachdem er erwacht war und erschöpft in der Dunkelheit lag, kam es ihm so vor, als wären die Menschen in die Verladehalle *getrieben* worden und wieder herausgerannt, nur um erneut hineingetrieben zu werden.

Zum ersten Mal hatte er in dieser Nacht weitere Menschen gesehen, dunkle Schatten, die anfangs in der Ferne gestanden und zugesehen hatten, was mit den anderen geschah, eine undurchdringliche, stumme Mauer, die sich dann immer enger um den Güterbahnhof geschlossen hatte, und da, unmittelbar bevor er erwacht war, hatte er eine Person aus der Menschenmauer erkannt und dann noch eine und noch eine, und er hatte begriffen, dass alle dasselbe Gesicht hatten und dieselbe Person waren: sein Vater.

Beim Frühstück sprachen sie kaum, aßen wenig. Sein Vater schien schlecht geschlafen zu haben, die weißen Haare standen ihm wirr vom Kopf und die Augen waren noch wässriger und geröteter als sonst und er wirkte mürrisch, fast verärgert. Hin und wieder sahen sie sich an, als belauerten sie einander, und einmal hatte er den Eindruck, sein Vater wollte etwas sagen und tat es dann doch nicht, genau wie er von dem Traum und dem Güterbahnhof sprechen wollte und es dann nicht tat.

Dann begann sein Vater, die Mittagsbrote vorzubereiten, und seine Hände waren noch langsamer als sonst.

Diesmal verging der Vormittag zäh. Er bemühte sich, nicht zu dem Güterbahnhof hinüberzuschauen, aber manchmal konnte er nicht anders, und jedes Mal, wenn er den Kopf drehte, sah er Menschen in abgerissener Kleidung auftauchen. Je länger er hinschaute, desto mehr wurden es, und ihre Bewegungen wurden immer hastiger, bis sie zu rennen begannen, aus der Halle herausliefen und wieder hinein, und dabei schrien sie vor Angst, und dann war auch die Mauer aus Leibern da und die Schatten sahen alle aus wie sein Vater.

Plötzlich zuckte blaues Licht über das Gelände, ein halbes Dutzend Streifenwagen fuhr heran. Die Mauer und die Gesichter seines Vaters waren mit einem Mal verschwunden und die Menschen rannten nicht mehr, sondern versammelten sich vor einem der Tore, aber es waren nicht mehr sehr viele, sondern nur noch sieben oder acht. Die Streifenwagen hielten vor ihnen, Polizisten stiegen aus, sprachen mit ihnen, und während das geschah, bemerkte er aus dem Augenwinkel, dass seine Kollegen ans Ufer der Hönne traten und die Szene auf der anderen Seite beobachteten.

Er stellte den Motor ab.

Nach einer Weile holten die bunt gekleideten Menschen Koffer, Taschen, Tüten und weitere Gegenstände aus der Verladehalle und verließen das Gelände, und als sie nicht mehr zu sehen waren, fuhren auch die Streifenwagen fort und die Kollegen rissen Witze und lachten und einer sagte: »Scheißzigeuner.«

Als er am späten Nachmittag nach Hause kam, fand er einen Zettel auf dem Küchentisch – sein Vater hatte sich hingelegt und wollte nicht gestört werden. Er kochte trotzdem für zwei, und als das Essen fertig war, klopfte er an die Tür seines Vaters und öffnete sie, aber sein Vater lag im Bett und hatte die Augen geschlossen. So aß er allein und versuchte dabei zu verstehen, was passiert war, warum die Zigeuner, die in der Verladehalle kampiert hatten, zu seinem Traum zu gehören schienen, genau wie das Gebäude, und weshalb das Gesicht seines Vaters darin vorkam. Aber vielleicht, dachte er, hatte das eine mit dem anderen gar nichts zu tun, wer wusste das schon, die menschliche Seele war kompliziert.

Er ging früh zu Bett und schlief bald ein und wieder kam der Traum und alles war wie sonst auch: die zerfallende Stadt mit dem verrottenden Güterbahnhof, die in Panik rennenden Menschen, ihre furchtbaren Schreie, die Mauer aus Beobachtern, die nur ein einziges Gesicht hatten.

Mitten in der Nacht fuhr er aus dem Schlaf hoch. Schweißüberströmt blieb er einen Moment lang liegen, dann ging er zum Zimmer seines Vaters, doch dessen Bett war leer. Auch in der Küche, im Wohnzimmer und im Bad fand er ihn nicht, ganz offensichtlich hatte sein Vater die Wohnung verlassen. Gerhard zog sich an und trat auf die dunkle Gasse, lief über den verlassenen Kirchplatz und durch die schlafende, stille Stadt hinunter zum Personenbahnhof und von dort auf die Brache und in Richtung Verladehalle. Auf dem von Gras überwucherten Kopfsteinpflaster hallten seine Schritte durch die Stille. Sein Blick fiel auf die Baustelle auf der Hönneinsel jenseits des Flusses und im Mondschein erkannte er seinen Bagger und, einhundert Meter weiter, die neuen weißen Gebäude, in denen er so gern gewohnt hätte.

Vor dem Güterbahnhof blieb er stehen. Nichts rührte sich, kein Laut war zu hören. »Vater?« Er nahm all seinen Mut zusammen und betrat die Halle, die teilweise vom Mondlicht erhellt wurde. Der herabgefallene Verputz und Glasscherben knirschten unter seinen Schuhen. »Vater?«, rief er erneut und seine gedämpfte Stimme hallte durch den riesigen Raum. Er ging tiefer in das Gebäude hinein, hielt sich dabei in den vom Licht beschienenen Bereichen und mied die dunklen Stellen, denn er fürchtete sich vor dem, was dort vielleicht lauerte. Auch wenn er die Zigeuner mit den Menschen in seinem Traum verwechselt haben mochte, quälte ihn eine unbestimmte Angst.

Da drang eine kreischende Stimme an sein Ohr und es dauerte einen Moment, bis er begriff, dass es die seines Vaters war: »Seit sechzig Jahren verfolgt ihr mich in meinen Träumen und jetzt seid ihr nach Menden zurückgekehrt, aber ihr kriegt mich nicht, hört ihr, ihr kriegt mich nicht!« Die Wände warfen das Echo vielfältig zurück, als hätten all die Menschen aus der Mauer auf ihn eingeschrien, und in den Chor mischte sich das Geräusch zahlreicher rascher Schritte. Ein harter Schlag traf ihn im Rücken, er stürzte mit einem Aufschrei nach vorn und hörte gleichzeitig einen schweren Gegenstand zu Boden fallen. Eine Eisenstange rollte ins Licht, dann sah er seinen Vater, der hinterhereilte und die Stange aufhob und zu ihm zurückkehrte und mit vom Wahn verzerrtem Gesicht schrie: »Ich habe meine Schuld gebüßt, sechzig Jahre Nacht für Nacht, dabei habe ich nur das getan, was sie von mir verlangt haben, sie wollten die Mendener Zigeuner und ich habe sie ihnen genannt und dafür gebüßt, und nun kommt ihr zurück ... aber ihr kriegt mich nicht!«

Die Eisenstange fuhr herab und traf Gerhard an der Schulter und erneut stieß er einen Schrei aus. Er richtete sich halb auf und hob eine Hand, um den nächsten Schlag abzufangen, aber es gelang ihm nicht, die Stange prallte gegen seine Schläfe und er fiel zur Seite, und wieder hörte er, wie sie lärmend auf dem Boden aufkam und klirrend davonrollte und mit leiser Stimme sagte er: »Vater«, doch sein Vater konnte ihn nicht hören, wieder war er der Stange nachgelaufen, und als er zurückkehrte, fehlte die Kraft, um zu sprechen, und Gerhard schloss die Augen und wartete auf das Ende.

*Thomas Raab (aus Ö)*

## Soest mit ö

Herwig Kaputschnig wird sterben.

Kann man nichts machen!, werden Sie jetzt vielleicht denken. So etwas passiert!

Da haben Sie in gewisser Weise recht. Sterben müssen wir alle, so wie Herwig Kaputschnig allerdings, das passiert nicht jedem. Wobei hier natürlich gesagt werden muss: ›Nicht jeder‹ könnten justament Sie sein. Passen Sie demzufolge gut auf.

Also: Haben Sie schon vom stummen E gehört? Nein? Das stimmlose H ist ja durchaus geläufig – aber ein ebensolches E? Und schlecht ist das, besser gesagt ungesund. Denn dieses stumme E nicht zu kennen, kann das Leben kosten, also E wie Ende, Exitus, Erlösung, Einäscherung. Es ist nämlich verdammt hinterfotzig, dieses stumme E. Wer bitte sieht auch ein E hinter einem O, also OE und liest nicht Ö? Und genau dieses Ö führt unter gewissen Umständen auf direktem Weg in die Hölle – insbesondere für einen Oesterreicher.

Und das geht so:

»Alles, was ein Mann schöner ist als ein Affe, ist Luxus!«, wurde Edeltraud Kaputschnig, geborene Winter, einst von ihrer Mutter Martha unterrichtet. Gut, ihr Vater Hubert war nun wirklich keine Schönheit: Ein bereits im besten Mannesalter deutlich vor jeder Sichtbarkeit fliehender Haaransatz, dann im fortgeschrittenen Mannesalter fliehende Hosen – das kennt man ja, wenn sich die Taille nach außen wölbt, der Bierbauch über den Bund schwappt und die Bekleidung unterhalb des Nabels haltlos abwärts rutscht wie ein Stückchen weiter oben das Obergärige – und schließlich kurz vor der Pensionierung ein deutlicher Fluchtinstinkt weg von Heim und Herd, also fliehende Fahnen. Auf und davon ist er von einem Tag auf den anderen, der Hubert Winter, logisch mit einer Jüngeren, logisch mit noch anderen hochtourigen Spielzeugen, logisch ohne weitere familiäre Pflichterfüllungsambitionen. Alles, was er bei Martha zurückgelassen hatte, war der Frost ihres Lebens. Frost, weil Tochter Edeltraud zu dieser Zeit ebenso längst außer Haus war – kalt ist es da geworden um den häuslichen Herd.

Das ist bitter: Die Kinder werden erwachsen und die Ehegatten infantil. Senil wäre ja erträglich, man müsste als Frau zwar trotzdem alles nach wie vor beharrlich wiederholen, bliebe aber zumindest nicht allein. Infantil jedoch ist ganz schlecht, da ist es vorbei mit der ehelichen Treue.

»So verunstaltet, ungepflegt und kurzatmig kann ein Mannsbild gar nicht sein, dass ihm selbst im gebrechlichen Zustand nicht doch noch so ein williges Flittchen über den Weg läuft!«, wurde der zum damaligen Zeitpunkt bereits verehelichten Tochter Edeltraud dann von ihrer Mutter sozusagen als Ergänzung ins Stammbuch nachgetragen. Und weil Martha Winter ihrem Ex diese Geschichte auch ewig nachgetragen hat, ist sie eines Tages mausetot heruntergeklappt von ihrem Klapprad auf dem Heimweg in Richtung Paradiese.

Ja, auf dem Heimweg – und nicht, um dorthin zu gelangen. Die Winters lebten nämlich genau dort. Das klingt unglaublich, ist aber so.

Sie denken jetzt wahrscheinlich: Paradiese, die kenn ich doch. Was logisch ist, denn die Beschaffenheiten irdischer Paradiese sind heutzutage dermaßen genau vorgegeben und etikettiert, da kann sich die eigene Fantasie jeden Einfallsreichtum ersparen und sozusagen in der Tiefkühlabteilung ihre Fertigpizza holen gehen.

Ein Kinderparadies beispielsweise hat einen Streichelzoo, eine Hüpfburg, ein paar Automaten, die bei Münzeinwurf irgendwie reagieren, und es gibt Pommes frites, Ketchup, essbare Gummitiere und Maschineneis.

Ein Urlaubsparadies bietet entweder lautstark Alkohol, Sex und Touristenfallen oder es tut so, als sei es unberührt, was bedeutet: Der Schnee ist Kunstschnee, was das Thermalwasser ist, will man erst gar nicht wissen, und hinter der Idylle verbergen sich natürlich Alkohol, Sex und Touristenfallen.

Und das Informationsparadies namens Internet lässt bei Eingabe des Suchbegriffes *Paradies* ohnedies keine Wünsche offen: Fitnessparadies; als Alternative für weniger Bewegungshungrige: Modellbahnparadies; als Alternative für nur Hungrige: Muffinparadies. Dann reumütig: Frischeparadies; als Alternative für weniger Gesundheitshungrige: Erotikparadies; als Alternative für nur Hungrige: Swingerclubparadies; Ende nie …

Aber wie gesagt, Martha Winter starb auf dem Heimweg in Richtung Paradies*e* und dieses e am Ende von ›Paradies‹ ist weder eines der eingangs erwähnten stummen E's noch deutet es auf einen Plural hin. Bei entsprechender Eingabe in eine x-beliebige Suchmaschine ist man dann umgehend dort, wo auch Martha Winter vor ihrem Tod hinwollte: Im Ortsteil Paradiese der Kreisstadt Soest. Und Achtung, hier haben wir es jetzt, das stumme E. Denn ›Soest‹ ausgesprochen ist immer ›Sost‹ mit einem gedehnten o und einem sanft dazugekuschelten st und niemals, wirklich niemals ›Söst‹. Fahren Sie hin, wenn Sie es nicht glauben und, ja, wenn Sie schön brav ›Sost‹ sagen, zahlt sich das auch absolut aus.

Logisch also, dass genau dorthin, wo es doch so schön ist, auch besagtes Töchterchen Edeltraud, geborene Winter, nach dem Tod ihrer geliebten Mama zurückkehrte, samt Ehemann und dem Vorsatz: ›So etwas wie meiner Mutter passiert mir nicht!‹

Diesem Irrglauben verfallen wir Kinder als Zaungäste des Daseins unserer Eltern ja alle, dass wir das mit dem eigenen

Leben eines Tages garantiert komplett anders, wenn nicht sogar besser hinbekommen werden. Edeltraud, geborene Winter, angetraute Kaputschnig allerdings gehört zu jener Minderheit, die den Spieß tatsächlich umkehrt. Und mit ›Spieß‹ ist dabei etwas durchaus Tödliches gemeint.

›Kaputschnig‹ ist jetzt nicht gerade ein Name, der einem im Ruhrgebiet von Haus aus in die Wiege gelegt wird. Da muss man schon, um der eigenen Blutlinie ein derart linguistisches Ungetüm zu verpassen, seine Sommerferien im Süden verbringen: in Carinthia. Auch wenn das jetzt nach einer wunderbaren Südseeinsel klingt, handelt es sich doch nur um den Süden Österreichs, genauer gesagt um Kärnten.

Und weil sich im ersten Sommer nach dem Tod ihrer Mutter die trauernde, liebesbedürftige Edeltraud, dazumal noch Winter, am Kärntner Wörthersee vom erstbesten, auf seinem ausgewaschenen, löchrigen Badetuch bratenden, mit unübersehbarem Bauchansatz ausgestatteten Nachbarn zuerst den Rücken mit Sonnenschutz und in weiterer Folge auch die entsprechende Vorderseite – allerdings ohne Schutz – massieren hat lassen, kehrte sie von diesem Urlaub schwanger zurück, klarerweise mit diesem Badetuchnachbarn namens Herwig Kaputschnig an ihrer Seite und, wie gesagt, dem Vorsatz: ›So etwas wie meiner Mutter passiert mir nicht!‹

Dabei hätte sich die liebe Edeltraud aufgrund des ausgewaschenen, löchrigen Handtuches und des Bäuchleins ja bereits denken können, dass Herwig Kaputschnig noch niemals zuvor weder einen Blick aufs Waschprogramm einer Waschmaschine noch auf den Zeiger einer Körperwaage geworfen hatte.

Nun bleiben die Dinge ja bekanntlich so lange beim Alten, bis so ein menschliches Gemüt einen amtlichen Schicksalsschlag einstecken muss. Und dieses ›alt‹ hat im Hause Kaputschnig durchaus tragische Bedeutung, denn mittlerweile ist nach erfolgreicher Aufzucht dreier Kinder aus Herwig Kaputschnig ein Rentner und aus Edeltraud, geborene Winter, sozusagen die Haushälterin dieses Rentners geworden.

Versteht sich von selbst, dass für Herwig alles in bester Ordnung ist. Er lebt nicht nur in Paradiese, er besucht ja auch regelmäßig eines. Nicht dass er beim Surfen mit seiner Maus ein bisschen im Erotikparadies hängen geblieben wäre. Nein, ein derartiges Verweilen zu später Stunde vorm flackernden Bildschirm hat er mit der siebenundzwanzigjährigen, immer Dienstag- und Samstagnachmittag heimlich von ihm frequentierten Freudendame Jelena gar nicht nötig.

Herwig Kaputschnig geht es also blendend.

Für Edeltraud Kaputschnig hingegen ist die Anschrift ihres Domizils zugleich zur bitteren Lebensrealität geworden. Vielsagend steht das Häuschen genau dort, wo sich die beiden Straßen namens Paradieser Holzweg und Hellweg kreuzen. Wobei in diesem Fall ›Hell‹ zwar von Salz kommt, sich für die dort Wohnhafte aber weitaus mehr nach ›Hölle‹ anfühlt. Mutterseelenallein mit dem fleischgewordenen Duplikat des eigenen Vaters in einer Siedlung leben zu müssen, die vor ihrem Anschluss an Soest im Jahre 1969 zu den kleinsten Ortschaften Europas zählte und seither nicht unbedingt mit einem reichlichen Zuwachs an Bauwerken strotzen kann – da bekommt dieses ›mutterseelenallein‹ eine ganz eigene Dimension.

Dabei hat Edeltraud keine Ahnung, wo der Angetraute dienstags und samstags so hinspaziert. Nicht im Traum wäre sie auf die Idee gekommen, ihr Herwig könnte mit seinem kleinen Dingsbums noch anderes vorhaben als das mittlerweile auch nächtens bedenklich häufige Absolvieren des Weges aufs ›Töpfchen‹, wie die beiden Eheleute seit Existenz ihrer Kinder die Toilette zu bezeichnen pflegen.

Und genau das ist der wahre Grund ihres Unglücks, denn

das Wissen um Herwigs Umtriebigkeit hätte Edeltraud vielleicht etwas Hoffnung schöpfen lassen.

Weil sie es aber nicht weiß, strebt Edeltraud Kaputschnig, die mittlerweile auch von ihrem Mann ›Mutter‹ gerufen wird, nach zweiunddreißig Jahren Ehe still und heimlich die einvernehmliche Trennung an. Einvernehmlich in mehrfacher Hinsicht, denn weder wurde sie die letzte Zeit von ihrem Mann in irgendeiner Form einvernommen, kein bisschen hat er sich für sie interessiert, nicht einmal mit Fragen wie: »Hast du gut geschlafen?«, »Was gibt es heut zu essen?« oder »Hast du was von den Kindern gehört?«, noch wurde sie von ihrem Mann genommen. Zwölf Jahre ohne Zärtlichkeiten, ohne Sexualkontakt und ohne einen Hauch des Begehrtwerdens sind Edeltraud wirklich mehr als genug, von diesem unerträglichen ›Mutter‹ ganz zu schweigen.

Wenn so ein Mannsbild nicht mehr kann, gut und schön, aber wenn es nicht mehr will, wenn es eigentlich gar nichts anderes mehr will als maximal jeden Dienstag- und Samstagnachmittag an seinen Standardsatz »Ich muss mal!« ein »... vor die Tür!« anzuhängen, wenn es ansonsten aber ohne Anzeichen von Unternehmungs- oder anderer Lust Pfefferminz- und Kamillentee schlürfend vor der Glotze hockt, sozusagen den Ruhestand wörtlich nimmt, ist es wirklich nicht verwerflich, den Todessehnsüchtigen völlig auf sich allein gestellt seinem Ende entgegenvegetieren zu lassen.

Und wenn er weiter nächtens so verzweifelt aufs Häusel rennt, der liebe Herwig, anstatt zwecks Durchuntersuchung das lächerliche Stückchen den Paradieser Holzweg entlang, weiter über die noch kürzere Kampstraße direkt ins sozusagen ums Eck gelegene *Kloster Paradiese* zu spazieren, dem wohl idyllischst gelegenen Krebsvorsorge-, Diagnostik- und Therapiezentrum dieses Planeten, dann wird das eventuell gar nicht mehr so lange dauern mit dem Ende.

Nur: Das, was Edeltraud in ihrem Dasein noch vor sich

hat, ist der eigene Lebensabend, und den muss sie nach der erfolgreichen Aufzucht dreier Kinder wirklich nicht damit verbringen, eines Tages einem Rekonvaleszenten in seinem selbst verschuldeten Siechtum die Leibschüssel zu reichen oder aktuell dem zum Kind gewordenen Gatten das Laufen beizubringen, also Beine zu machen. ›Ehepartner‹ ist ja schließlich nicht gleichbedeutend mit ›Animateur‹ oder ›Alleinunterhalter‹. Auch die liebe Edeltraud hat es verdient, unterhalten zu werden.

Und dass selbst in ihrem Alter noch wirklich die Post abgehen kann, als wäre das europaweit größte innerstädtische Erntedankfest, die Soester Allerheiligenkirmes, in vollem Gange, weiß Madame Kaputschnig, seit sie eines Dienstags zur Mittagszeit – da war ihr Herwig gerade unterwegs auf seinem Spaziergang – bei ihrem wöchentlichen Großeinkauf dem Gewürzhändler Ardan Gökdal etwas länger als sonst in die Augen geblickt hat. Da sind die Funken geflogen, der Herrgott muss in Gestalt Amors direkt vom Kirchturm des Domes, zu dessen Fuße am Veithof dreimal wöchentlich der Soester Wochenmarkt und somit auch Ardan Gökdals Stand aufgebaut wird, zielsicher ein kleines Pfeilchen losgeschickt haben.

Sofort war dem entflammten Herzen klar: Das muss man schon als Geschenk des Himmels betrachten, wenn die beiden Ausflugstermine des vermeintlich lendenlahmen Gatten regelmäßig mit zwei der drei Markttage zusammenfallen. Zusammen fallen lassen hat sich Edeltraud dann auch regelmäßig: Mit Ardan Gökdal auf die wohlduftenden Jutesäcke, um sich die Würze ihres Lebens zu holen.

So pendelte er sich also ein, der Rhythmus des Ehepaares. Herwig Kaputschnig verschwand Dienstag- und Samstagnachmittag hinter den roten Vorhängen des Etablissements seiner, oder eigentlich aller, Jelena, und Edeltraud Kaputschnig verschwand Dienstag- und Samstagnachmittag hinter den heruntergelassenen Rollläden des Verkaufsfahrzeuges ihres, ja, tatsächlich ihres, Ardan Gökdal.

Das ging so lange gut, bis Edeltraud eines Tages klar wurde: Von diesem weichen üppigen Brusthaar, diesem starken, aber so süßen S-Fehler, diesen rauen sanften Händen und diesen tiefgründigen schwarzen Augen wollte sie für den Rest ihres Lebens nicht mehr genug bekommen. Lieber ein Leben mit Zimt und Koriander als mit Pfefferminze und Kamille.

Nun hat es eine einvernehmliche Scheidung aber so an sich, dass sich zwei Ehepartner gegenübersitzen und selbstlos ein zweites Mal in ihrem Leben »Ja, ich will!« zueinander sagen. Was im Fall der Kaputschnigs bedeutet: Bevor Herwig Kaputschnig freiwillig ein Scheidungsdokument unterzeichnet und folglich auf seinen kulinarischen, organisatorischen sowie reinigungstechnischen Rundumservice verzichtet, schrumpft der Kölner Dom auf die Größe seines nicht maßstabsgetreuen Duplikates: der Soester Wiesenkirche – das war Edeltraud völlig klar.

Was also – außer einem im Schlaf bis zur letzten Zuckung auf das Antlitz des Ehegatten gepressten Allergikerkissen – brächte ihren Mann zur Einsicht, von nun an allein weitermachen zu wollen. Ein Mord in jenem Haus, wo ihre Kinder groß geworden sind, also am Hellweg in Paradiese, kam ihr zugegebenermaßen zwar gelegentlich in den Sinn, aber niemals infrage. Trotzdem, es musste etwas unternommen werden.

So begann Edeltraud Kaputschnig also vorerst mit der Beseitigung althergebrachter Gewohnheiten, was durchaus einem Tötungsakt gleichkam. Sie unterließ es zu kochen, zu putzen, sie beanspruchte genau den Sofaplatz, den ihr Mann einzunehmen pflegte, sie erhob Anspruch zuerst auf die Programmwahl, dann auf die Fernbedienung, sie wusch nur noch ihre eigene Wäsche und sie beantwortete die Frage ihres Mannes: »Was ist mit dir los, das geht doch nicht?«, mit seinem am zweithäufigsten geäußerten Satz: »Ich muss mal – vor die Tür.«

Zwei Wochen ging das so, und das ist für ein verwöhntes Mannsbild, wenn davor jahrzehntelang alles anders beziehungsweise gleich war, verdammt viel Zeit. So ein – wie der Turm der Soester Alt-St.-Thomä-Kirche – plötzlich schief hängender Haussegen ist natürlich äußerst beunruhigend, wobei für Herwig Kaputschnig von ›schief‹ nicht mehr die Rede sein konnte, ein Sturz in die Horizontale war das. Und genau an diesem Punkt unterlief ihm der entscheidende Fehler, passierte also endlich das von Edeltraud Erhoffte. Nein, es wurden nicht plötzlich Rosen angeschleppt; nein, der männliche Körper wurde nicht einer regelmäßigen Pflege unterzogen und nein, bei keinem der Kinder wurde die Nachricht hinterlassen: »Mit Mutter stimmt was nicht!«

Nein, Herwig Kaputschnig verabschiedete sich vielmehr von seinem ärztlich verordneten Pfefferminz- und Kamillenteekonsum und kehrte wieder zurück zu seinen althergebrachten Trinkgewohnheiten. Was bleibt einem auch anderes übrig, wenn die Frau kein heißes Wasser mehr aufsetzt? Bier ist geflossen in Bächen, und genau das wollte sie, die Edeltraud. Denn Alkohol löst bekanntlich die Zunge, und wenn es zu Hause niemanden gibt, der sich für dieses Gelaber interessiert, muss man in die Kneipe. Im Fall Herwig Kaputschnig war das sein ehemaliges Stammlokal, das *Brauhaus Zwiebel,* und im Hinblick auf Jochen Klöppemanns, kurz *Klöppe,* sein Todesurteil.

Jochen Klöppemann nämlich duldet nur ein einziges Ö: das in seinem Namen. Alle anderen werden höchst widerwillig zur Kenntnis genommen, bis auf eine Ausnahme. Da reagiert er dann nämlich, der Klöppe, da kommen die Äderchen an seinen Schläfen heraus wie die Regenwürmer bei einem Sauwetter. Und genau das war im Anmarsch.

Es wurde ein rauschendes Fest der Wiedersehensfreude, als Herwig zum ersten und letzen Mal wieder am Stammtisch Platz nahm, als wäre alles wie eh und je, als wäre er nie weg gewesen. Weg war allerdings das Stehvermögen. So eine Pfefferminz- und Kamillenteekur verweichlicht die Gehirnzellen, nimmt einem gestandenen Mannsbild die letzten Reste seiner Würde. Die vier Bierchen und Schnäpse, die Herwig Kaputschnig in seinen besten Jahren gerade mal die Speiseröhre benetzt hätten, lockerten ihm nun seine Zunge, drei weitere Kombinationen machten aus ihr einen schwer koordinierbaren Fremdkörper inmitten der stets trockenen Mundhöhle, das letzte Bier und der letzte Schnaps verwandelten sie schließlich in ein haltloses Ungetüm.

»Mensch, das Söster Hell, das is schon ein Bier!«

»Was für'n Hell?«, wurde ihm von Jochen Klöppemann wenigstens die Chance auf einen letzten Ausweg zugedacht.

»Das Söster, Kloppemann!«

»Hab ich jetzt Söst und Kloppe gehört? Kloppe kannste haben!«

Dass seine Schneidezähne trotz des vorgerückten Alters noch eine derartige Schärfe und folglich Durchschlagskraft zusammenbringen, konnte Herwig Kaputschnig natürlich nicht wissen. Natürlich hätte er dann in Anbetracht der herannahenden Faust garantiert nicht so entspannt die Zunge aus der geöffneten Kinnlade heraushängen lassen. Denn was dann kam, war sein Ende: Der wuchtige Schlag, der hinaufschnellende Unterkiefer, die in Bewegung gekommene, teilweise abgetrennte Zunge, der in den Nacken pendelnde Kopf, das heimatlos im Rachen herumirrende und schließlich nach hinten hängende haltlose Monstrum. Herwig Kaputschnig erstickte vor aller Augen gurgelnd an seiner eigenen Zunge. Genauer gesagt: Ein Österreicher erstickte am Ö. Hätte natürlich auch ein Deutscher sein können, denn in diesem Fall wären die absonderlichsten Auswüchse des Patriotismus höchstwahrscheinlich selbst vor Landsleuten nicht zur Einsicht gekommen.

Das hat sie nicht gewollt, die Edeltraud.

Wobei hier der Fairness halber gesagt werden muss: Auch ein toter Mann ist im Grunde ein einvernehmlich geschiedener Mann, mit dem großen Vorteil, dass man sich Anwaltskosten und allfällige Diskurse in puncto Aufteilung der Besitzgüter erspart.

Jetzt also lebt sie mit Ardan Gökdal in Paradiese und wichtig ist dieses e. Mit Paradies hat das Ganze nämlich nichts zu tun. Träume werden eben zumeist mit geschlossenen Augen geträumt. Edeltraud Kaputschnigs Pupillen haben nun allerdings freie Sicht, was bedeutet: Kaum auszuhalten ist er für sie, dieser bis in die letzte Schublade kriechende Gewürzmief im Haus, dieser massenhaft sich hartnäckig in Waschbecken, Badewanne und im Grunde überall ausbreitende Mannespelz und dieser ewig selbe Trott des Wochenmarktgeschäftes. So sieht kein Ruhestand aus.

Und ein bisserl mühsam und nicht unbedingt männlich ist dieser wirklich starke S-Fehler auf Dauer auch, das muss sie ehrlicher Weise schon zugeben, die Edeltraud, von der etwas holprigen deutschen Aussprache ganz zu schweigen. So ein türkisches, alles andere als stummes E, also Ö, hält sich nämlich äußerst hartnäckig. Aber auch dafür gibt es, natürlich in Kombination mit einer so gerne zwischen den Zähnen herauszischenden Zungenspitze, eine LOEsung.

E wie Exitus …

Erlösung …

Einäscherung …

Ende

*Jaroslav Kutak*

# Letzter Abschlag Fröndenberg

Bianca Schaffenhofer rückte ihren mit Feldblumen geschmückten Hut zurecht und stieg die letzten Stufen der Holztreppe hinauf. Oben lehnte sie sich an die angenehm kühlen Steine, blickte über die bezaubernde Landschaft, atmete tief durch und schlug ihren Reiseführer auf: *172 Bismarcktürme und -säulen stehen heute in Deutschland, Frankreich, Tschechien, Polen, Russland, Österreich, Kamerun und Chile. Weitere 68 dieser Bauwerke, u. a. in Dänemark, Papua-Neuguinea und Tansania, existieren heute nicht mehr.*

Die Bismarcktürme ... einzigartige, herrliche Bauwerke aus vergangenen Zeiten, romantisch, schön, originell. Bianca lächelte, ließ ihren Blick wieder über die Landschaft rund um Fröndenberg an der Ruhr schweifen und nahm sich vor, möglichst viele dieser Baudenkmäler zu besuchen.

Jetzt habe ich ja Zeit genug, dachte sie. Keine Arbeit mehr, keine Nachtschichten, keine Sorgen mehr um wildfremde Menschen. Vielleicht gibt es ja in Dortmund einen Wanderverein, dem ich mich anschließen kann. Gleich, wenn ich zurück bin.

Sie schloss die Augen. Nichts störte das Gefühl unendlicher Erhabenheit und göttlicher Leichtigkeit, das sie ergriff ... außer dem schnellen Schatten, der von unten die Treppe heraufschoss, um die alte Dame an ihren Knöcheln zu packen und aus dem Fenster zu stoßen.

Den Rest besorgten die knapp zwanzig Meter des Bismarckturms Unna in Fröndenberg auf der Wilhelmshöhe.

»Schau, Marie, die haben hier Weihnachtskäse, mit Walnüssen oder Pistazien«, sagte der Privatdetektiv Karel Schwarz und rekelte sich auf dem Hotelbett. Die Fahrt aus Böhmen hatte gestern sieben Stunden gedauert, da war die frühmorgendliche Aufmerksamkeit aus der *Hofkäserei Wellie*, mit dem das *Hotel am Park* in Fröndenberg seine Gäste umsorgte, eine willkommene Überraschung.

»Kriminalrat Pflegeleer hat ihnen wahrscheinlich von deiner Vorliebe für feinen Käse erzählt«, vermutete die schöne Marie.

»Ich habe mit Marcus fünf Jahre lang zusammen studiert, damals noch, in der DDR. Ich freue mich schon auf das Treffen mit ihm.« Er leckte sich die Finger. »Da, schau – die enorme Auswahl an *Hellweger:* mit Kräutern, Brennnessel, Bärlauch, Basilikum-Knoblauch, Knoblauch, Bockshornklee, griechischen und italienischen Kräutern, mit Curry, grünem Pfeffer, Kreuzkümmel, Haselnüssen, Paprika und Senf-Pfeffer!«

»So enden also Germanisten«, sagte Marie und zog sich langsam ganz aus.

»Ja, wir haben Germanistik studiert, und ich glaube, Marcus hat damals ebenso wenig geahnt, dass er einmal Polizist werden würde, wie ich es mir habe träumen lassen, dass aus mir ein Detektiv würde.«

»Und wie hat es ihn hier an die Ruhr verschlagen?«, fragte die inzwischen nackte Marie. Ihr Körper war makellos und mit einem Bild von ihr – egal aus welcher Perspektive – hätte man jeden Aktfotowettbewerb gewonnen.

»Er ist noch vor der Wende abgehauen«, sagte Karel in Richtung Dusche.

Abgehauen, genau wie die Eltern der schönen und überaus talentierten Marie. Allerdings hatten sie den denkbar schlechtesten Moment dafür erwischt – nämlich gerade als die Russen mit einigen ihrer Freunde der ČSSR einen Besuch abstatteten. Maries Vater hatte in einem österreichischen Lager alles unterschrieben, was man ihm vorlegte, und es damit am Ende bis in die Staaten geschafft. Doch gerade als sie dort in ihr kleines schmuckes Haus gezogen waren, kommandierten sie ihn wegen ebendieser Unterschriften nach Vietnam ab.

Marie blieb und machte eine Ausbildung, über deren Einzelheiten Karel Schwarz nie etwas Genaues erfahren hatte, obwohl er sich einiges denken konnte.

Mit ziemlicher Sicherheit waren da irgendwelche Geheimdienste im Spiel gewesen, denn immer wenn es darauf ankam, hatte seine Gefährtin irgendein technisches Spielzeug zur Hand, winzige Geräte, die noch kein Mensch bisher gesehen hatte und von deren Existenz die Normalsterblichen frühestens in zehn oder zwanzig Jahren erfahren würden. Wenn überhaupt.

Genau wie die Herkunft der Geräte war ihm auch ein Rätsel, was Marie damals vor zehn Jahren zu ihm in sein kleines Privatdetektivbüro verschlagen hatte. Sie hatte einfach vor seiner Tür gestanden und gemeint, dass er für seine Fälle doch sicher eine Assistentin brauche.

Seine Fälle waren nichts Umwerfendes, kleine Diebstähle, Beschattung untreuer Ehemänner und Ähnliches, und Karel wäre damit auch sehr gut allein zurechtgekommen. Aber mit einer Assistentin wie Marie liefen die Dinge deutlich einfacher. So waren sie Freunde geworden und lebten seit einiger Zeit sogar zusammen. Trotzdem wusste er kaum etwas über sie und befürchtete immer wieder, dass irgendwann irgendjemand von der CIA oder dem FBI vor der Tür stehen könnte, um sie zu einem Einsatz abzuholen.

»Er steht draußen vor der Tür«, sagte Marie aus der Dusche.

»Wer?« Karel schreckte aus seinen Gedanken hoch.

»Dein Freund, der Kriminalrat.«

Karel fragte sich nicht, woher sie das wusste. Sicher hatte sie gestern Abend noch schnell draußen irgendeine Überwachungskamera installiert. Wie man das eben so machte, wenn man gerade in Fröndenberg angekommen war.

Cornelius Schaffenhofer rollte auf seinem neuen, teuren Fahrrad an der Ruhr entlang und fühlte sich dabei ein wenig wie Erik Zabel, nach dem die Route hier benannt war.

Schaffenhofer genoss sein Rentnerleben, indem er in die Pedale trat, während seine Frau sich fürs Wandern begeisterte. Fahrräder waren ihr zu gefährlich – was Schaffenhofer allerdings angesichts der aktuellen hochmodernen Drahtesel nun gar nicht verstehen konnte.

Er fuhr an Wald und Wiesen vorbei und grüßte hin und wieder einen Bauern auf einem der abgelegenen Höfe, die noch wie in den alten Zeiten wirkten, wie eigentlich die ganze Umgebung von Fröndenberg. Hier war im Krieg nicht viel zerbombt worden, auch wenn die Bombardierung der Möhne-Staumauer im Jahr 1943 durch die Royal Air Force, in deren Folge das Ruhrtal unter Wassermassen begraben worden war, ihre Spuren in der Landschaft und bei den Menschen hinterlassen hatte.

Von einer Weide sahen ihm ein paar Kühe mit glänzenden Augen nach, die ihn an die Tausende von Augen erinnerten, die er als Narkosefacharzt sich hatte schließen sehen. Doch jetzt endlich hatte Cornelius Schaffenhofer den Stress seines Berufes hinter sich, endlich konnte er die Patienten mit ihren ängstlichen Fragen den jüngeren Kollegen überlassen.

»Genug«, sagte er sich. »Das ist jetzt vorbei.«

Rechts lag der *Golfclub Gut Neuenhof,* links ging es zum Platz *Golf-Club Unna-Fröndenberg.*

Für jedermann etwas, dachte er. Hierher sollte man umziehen. Höchst gelassen trat er weiter in die Pedale seines glitzernden Hightechbikes. Die Luft war rein wie das Wasser in einem Waldbrunnen und mit jedem Meter, den er zurücklegte, wurde sein Kopf freier und freier.

Bis ihm ein Ast ins Gesicht schlug.

Ziemlich brutale Narkose, dachte er noch. Wir sind doch nicht mehr im Mittelalter!

Das Kettenschmiedemuseum lag nur ein paar Schritte vom Hotel entfernt, ein kleines, historisch sorgfältig restauriertes Museum mit Maschinen und Geräten für die Kettenherstellung, die man aus aufgelösten Betrieben hergebracht hatte.

Karel stand mit seinem deutschen Exkommilitonen an der Museumstür, aber in Gedanken war er eigentlich in dem Wohnheim am Berliner Ostbahnhof, wo damals um die zweitausend Studenten gelebt hatten – davon ganze fünfzig Jungs. Er dachte an Marina, Aira, Cornelia, Kitty, Francine … und an die Seen rund um Berlin, an deren Ufern die Genossen und Genossinnen mit ihrer FKK-Bewegung Gott sei Dank das Vermächtnis der Arbeiterbewegung der Zwanzigerjahre am Leben erhalten hatten.

Marie ließ sich von einem Mitarbeiter der Schmiede erklären, wie man durch die Behandlung mit Hammer und Feuer jene exakten Formen der Kettenglieder erreichte, mit denen man ganze Ozeanriesen vor Anker halten konnte.

»Und heiraten kann man hier auch, habe ich gehört?«, fragte sie auf einmal.

Der Schmied war erstaunt. »Haben Sie es denn vor?«

Doch Marie lächelte nur in sich hinein und studierte auf der Tafel neben dem Feuerofen die Erklärungen über das Geheimnis der Kettenherstellung: dass es dabei nämlich darum ging, *die einzelnen Kettenglieder zu biegen, ineinanderzuhängen, zu schließen und dauerhaft zu verbinden.*

»Ich freue mich, dass ihr gekommen seid«, sagte Marcus Pflegeleer und riss Karel damit aus seinen Jugenderinnerungen. »Ab morgen habe ich ein paar Tage frei. Damit wir zusammen etwas unternehmen können. Wir müssen unbedingt auf die Kirmes!«

»Unbedingt«, stimmte Karel zu. »Außerdem wollen Marie und ich golfen. Du auch?«

»Ich?«

Der baumlange Privatdetektiv spielte an seinem Schnurrbart und schaute zu Marie hinüber, die in ihrem kurzen roten Kleid wie eine Teufelin aussah, die gerade der Flammenesse der Schmiede entstiegen war. Von Fröndenberg aus wollten sie weiter nach Frankreich und ein paar gemütliche Tage irgendwo in der Champagne verbringen.

»Marcus, ich beneide den Westen um so viele Dinge.«

»Und ich den Osten«, meinte Pflegeleer. Er war groß, schlank und sportlich und sah – bis auf den Bart – fast wie Karels Bruder aus.

»Hier wirkt alles so viel geordneter«, sagte Karel. »Und menschennäher. Wenn ich nur daran denke, dass man hier fast jederzeit zum Bürgeramt ins Rathaus gehen kann. Bei uns ist da nur montags und mittwochs geöffnet. Und dann auch nur nachmittags.«

»Du bist in unserem Rathaus gewesen?«

»Nein, ich habe mir nur eure Internetseiten angeschaut, bevor wir losgefahren sind, um zu sehen, wo du jetzt lebst!«

Pflegeleer schaute versonnen zu Marie hinüber. »Dafür sind bei euch die Frauen schöner.«

»Stimmt wohl«, lächelte Karel.

Marie legte irgendeinen Schalter um und sofort begann eine Maschine, armdicke Drähte wie Gummi zu biegen.

»Und wenn wir auf der Kirmes waren …«, begann Pflegeleer, aber da meldete sich sein Handy mit dem aktuellen *DSDS*-Gewinnersong.

Der Mörder hörte die Sirenen und wusste, dass es die Polizei war, aber zugleich wusste er auch, dass sein Vorsprung groß genug war. Er stand versteckt unter den Bäumen, links an der Bahn des zweiten Loches im *Golfclub Unna-Fröndenberg* und wartete auf sein nächstes Opfer.

Er hatte sich verändert, seit er den Entschluss gefasst hatte, die Truppe umzubringen. Seine Müdigkeit schien verflogen, er war entschieden tatkräftig. Er tat einfach, was er wollte.

Er blickte zum Abschlag.

Es war vormittags, mitten in der Woche. Zu dieser Zeit waren kaum Spieler unterwegs und er hoffte, dass ihm sein Glück treu blieb, so wie es ihm bei den Schaffenhofers treu geblieben war.

Da kam er. Der schöne Italiener. Marcello Kestrelli. Er schlug ab, relativ weit, bestimmt zweihundert Meter vom gelben Abschlag. Am Par 5 versuchte er, den Weg zum Grün abzukürzen, schlug aber zu weit links, in die Bäume an der Roughkante, und verschaffte damit dem Mörder sein Quäntchen Glück, denn der brauchte jetzt nur noch aus seinem Versteck zu treten und dem Golfer mit einem Wink zu verstehen geben, dass er wusste, wo der Ball gelandet war.

Kestrelli packte den Griff seines Trolleys und schritt seinem Helfer entgegen, voller Gewissheit, dass er an diesem Loch mindestens ein Par erreichen würde. Der Abschlag war gut gewesen, er fühlte sich ausgeschlafen und stark. Schade nur, dass man ihm an der Rezeption keinen Spielpartner zugeteilt hatte, mit dem er um Kleingeld hätte spielen können. Aber das würde sich später bestimmt immer wieder ergeben, schließlich war er jetzt in Rente und es würde noch Tausende Gelegenheiten für freundschaftliche Wettstreite geben.

Jetzt würde er auch endlich Trainerstunden nehmen, um sein Spiel zu verbessern. Sein jetziges Handicap bewegte sich zwar knapp über zwanzig, was für einen Rentner gar nicht schlecht war, aber es würde bestimmt noch besser gehen.

Und nicht zuletzt würde er sich auch einen Caddie leisten, damit er seine Schlägertasche nicht mehr selbst hinter sich herziehen musste. Das war irgendwie entwürdigend – selbst wenn man wie er einen Luxustrolley aus Titanstahl besaß.

Es würde ein schönes Leben werden, als Rentner.

»Guten Tag«, begrüßte er den Mann um die fünfzig, der über seinem Ball stand. »Und vielen Dank auch.«

»Gern geschehen.«

»Wo haben Sie denn Ihr Bag?«

»Ich bin nur spazieren.«

»Aha!« Kestrelli konzentrierte sich auf den nächsten Schlag. Ein Holz wäre nicht gut, hier im hohen Gras. Mit dem falschen Instrument konnte man schnell Schaden anrichten. Das galt hier auf dem Golfplatz genauso wie am Operationstisch. »Bitte, treten Sie einen Schritt zurück, damit ich Ihnen nicht wehtue.«

Der Mörder gehorchte und überlegte, mit welchem Instrument er den Mord begehen sollte. Da schob ihm der Golfer seinen Wagen vor die Füße, um Platz für den Schlag zu haben. Der Mörder blickte auf die verschiedenen Eisen, aber so recht traute er ihnen nicht die erwünschte Wirkung zu. Doch dann entdeckte er den massiven Griff des Wagens. Mit einer Bewegung löste er die Zugstange, holte aus und schlug zu.

Am späten Nachmittag saßen die drei Detektive im *Restaurant Haeseler* in Frömmern, aber keiner hatte so richtig Lust zu essen.

»Dieses Haus hat eine wunderschöne Atmosphäre«, sagte Karel und strich über die Ziegelsteinwand.

»Ich weiß ja, wie sehr du alte Häuser schätzt, mein Freund!«, meinte Marcus Pflegeleer. Sein Handy spielte den *DSDS*-Gewinnersong und der Kriminalrat zog sich mit einer Entschuldigung zum Telefonieren vor die Tür zurück. Marie gab unterdessen die Bestellung für das Essen auf – denn was Karel wählen würde, wusste sie ohnehin, und Pflegeleers Geschmack schien ebenfalls ein offenes Buch für sie zu sein.

»Entschuldige – die beiden Toten, von denen ich vorhin erzählt habe«, sagte Marcus, als er zurückkam. »Glaub mir, so etwas habe ich hier noch nie erlebt. Zwei Tote an einem Tag.«

»Wir helfen gern, wenn wir dürfen!«, sagte Karel leichthin. »Wer hat denn das Zeitliche gesegnet?«

»Ein Ehepaar«, sagte der Kriminalrat. »Höchst mysteriös. Die beiden scheinen kurz hintereinander umgekommen zu sein.«

»Zur selben Zeit?«, fragte Marie.

»Nahezu.«

»Spurensicherung läuft?«

»Natürlich, aber wie gesagt ...«

»Stammten sie aus Fröndenberg?«

»Nein, aus Dortmund. Sie waren mit Freunden hier. Ein Rentnerausflug.«

»Ein Ausflug mit Freunden und trotzdem waren sie allein unterwegs?« Marie runzelte ihre hübsche Stirn. »Ziemlich ungewöhnlich, nicht wahr?«

Marcus zuckte die Schultern.

»Du kannst doch nichts dafür, mein Freund«, sagte Karel und griff nach dem Besteck. Marie hatte Steaks bestellt. Er leckte sich die Lippen. Deutsche Rindersteaks liebte er fast so sehr wie alte deutsche Gebäude. »Guten Appetit!«

»Einen guten!«, sagte Marcus. Sein Handy sang wieder. »Entschuldigung!« Er wollte wieder hinausgehen, aber Marie hielt ihn mit einer Geste zurück.

Marcus hörte eine Weile zu, klappte dann sein Handy zusammen und sagte: »Jetzt haben wir noch einen dritten Toten. Das sieht ganz klar nach Mord aus. Mein Stellvertreter kümmert sich darum. Ich schlage vor, wir essen erst einmal und fahren dann hin.«

»Gute Entscheidung«, nickte Karel. »Denn ein hungriger Detektiv ist ein schlechter Detektiv.«

Professor Doktor Helmut Meyer-Berner spielte seinen zweiten Schlag am zweiten Loch in der Nähe des Kartoffelbunkers unter dem *Gut Neuenhof* und bekam seinen Ball aufs Grün. Seine von einem deutschen Modeschöpfer inspirierte weiße Haarpracht leuchtete über dem Grün und er war froh darüber, dass bislang noch niemand ein Loch in seinen Schädel hatte bohren müssen, so wie er es als Chefarzt seiner neurochirurgischen Klinik fast täglich getan hatte.

Aber das war jetzt vorbei. Er war zusammen mit seinem Team in Rente gegangen und dieser Ausflug heute sollte den angemessenen Abschluss des gemeinsamen Berufslebens markieren. Nachher würde er sich mit seinem ehemaligen Team auf der Kirmes in Fröndenberg treffen, um gebührend zu feiern.

Er puttete ins Loch, wieder ein Par.

In Gedanken versunken stapfte er weiter, statt nach rechts zum Loch drei nach links zum Abschlag der Siebzehn. Man spielte hier zweihundert Meter hinunter, das Grün breitete sich tief unten aus, das Fairway fiel schätzungsweise fünfzig oder sechzig Grad steil ab. Eine unglaubliche Herausforderung.

Meyer-Berner nahm sein Holz drei, teete auf und schlug ungeduldig ab. Der Ball flog wie von Gotteshand getragen hoch in die Luft, senkte sich dann unendlich langsam in der Mitte des Grüns hinab und landete außerhalb seines Blickfeldes.

Er nahm vorsichtig den Weg hinunter, um den Ball zu suchen, und begegnete dabei seinem Mörder, der gerade etwas verspätet vom benachbarten Golfclub herüberkam, weil er der Polizei hatte ausweichen müssen, die wegen des toten Radfahrers die Straße gesperrt hatte.

Er schlug den Professor von hinten mit der Faust nieder und erwürgte ihn, denn er fühlte sich erschöpft und zu müde, um sich für sein letztes Opfer noch etwas Besonderes auszudenken.

Karel stand mit seiner schönen Assistentin in der Tür des Restaurants und warf einen besorgten Blick auf Marcus

Pflegeleer. Der hatte eben die Nachricht von einem vierten Mordfall bekommen und jetzt spielte sein Handy schon wieder den *DSDS*-Gewinnersong.

»Das ist die Spurensicherung mit den ersten Ergebnissen!«, sagte Marie, und Karel wusste, dass es so war, auch wenn er nicht wusste, woher Marie ihr Wissen bezog. Von draußen drangen die Karussellmusik der Kirmes herein, das Lachen der Menschen und die dröhnenden Ansagen der Losverkäufer.

»Marie, sollten wir nicht weiterfahren?«, fragte er. »Wir halten Marcus doch nur auf!«

»Ach was!« Sie küsste ihn auf die Wange und zog ihn zu Marcus an den Tisch. Kaum hatten sie sich gesetzt, da zauberte Marie auch schon ein kleines Gerät aus ihrer Handtasche, das Karel ein bisschen an ein Notebook erinnerte.

»Dürfen wir helfen?«, fragte Marie.

Marcus Pflegeleer zuckte mit den Schultern.

»Also«, erklärte Marie in ihrer unendlich charmanten Art, »wir kennen die Namen der vier Toten und wissen, dass sie zuletzt jahrelang als neurochirurgisches Team in einer Klinik in Dortmund gearbeitet haben.«

»Richtig«, sagte Marcus.

»Wir wissen aber nicht«, fuhr Marie fort, »ob sie jemals einen Patienten aus Fröndenberg operiert haben.«

»Woher sollten wir das denn so schnell wissen?«, ächzte Marcus.

»Kein Problem.« Marie tippte kurz etwas in ihr Gerät. »Also – aus Fröndenberg kam keiner ihrer Patienten«, stellte sie dann mit einem stirnrunzelnden Blick auf das Display fest. »Aber einer kam ganz aus der Nähe.«

»Aus welcher Nähe?«, fragte Pflegeleer gespannt.

»Aus Menden.«

»Er sitzt da«, sagte Marcus Pflegeleer wenig später und deutete ins Innere der Froendenberger Stiftskirche. »Er kommt oft her, um zuzuhören, wenn diese sympathische junge Dame dort oben übt. Jeder hier kennt diesen stillen, in sich gekehrten Mann. Weichenstein heißt er. Ein Name, den man sich merkt.«

Es war der Name des ehemaligen Patienten, den Maries kleines Gerät vorhin preisgegeben hatte.

Karel ging von rechts, Marcus von links, Marie sicherte die Tür ab. Die Orgel spielte eindringlich laut und der ältere Mann, der ganz allein in der Kirche saß, hatte die Hände zum Gebet gefaltet. Er wehrte sich nicht, als Pflegeleer ihn aus der Kirche führte.

Draußen auf den Stufen schwankte er wie unter großer Müdigkeit und musste sich hinsetzen. Der Mörder war um die fünfzig, ein unauffälliger Mann mit einem, Karel musste sich das eingestehen, durchaus sympathischen Gesicht.

»Ich war damals etwas über zwanzig, als der Professor bei mir einen Tumor diagnostizierte«, sagte der Mann leise. »Wenn er und sein Team mich nicht operiert hätten, hätte ich nur noch ein paar Monate zu leben gehabt. Der Herr Professor sagte mir anschließend, dass ich höchstwahrscheinlich sowieso nicht länger als ein paar Jahre am Leben bliebe. Und seitdem …« Ihm kamen die Tränen. »Seitdem, seit dreißig Jahren habe ich diese Angst. Verstehen Sie … die Angst, dass ich bald sterbe. Jeden Abend. Ich habe deshalb keine Familie gegründet, ich habe keine Kinder in die Welt gesetzt, habe im Leben nichts Gescheites erreicht, weil ich nie etwas Richtiges angefangen habe, wegen dieser Angst, dass alles bald vorbei sein könnte. Wissen Sie, wie es ist, wenn man ständig Todesangst hat?«

»Leben wir nicht alle damit?«, meinte Pflegeleer, aber der Mörder winkte ab.

»Und heute, da sah ich sie zufällig, als sie zu ihrem Rentnerausflug herkamen. Ich hörte, dass sie den Beginn ihres neuen Lebens mit einem Besuch auf der Kirmes feiern wollten, da war mir klar, dass ich etwas tun musste. Verstehen Sie … sie wollten weiterleben, einfach leben, als hätten sie keine Angst vorm Tod so wie ich.«

Nach einer Weile half Pflegeleer dem Mörder auf und brachte ihn zu seinem Wagen. Karel und Marie blieben zurück.

»Verrückt«, meinte Karel. »Statt dankbar zu sein, dass man ihm das Leben geschenkt hat, wird er zum Mörder.«

»Ja, das Leben …«, sagte Marie nachdenklich und schmiegte sich an ihn. Dann nahm sie seine Hand.

*Osman Engin*

## Schwerter zu Pflugscharen!

»Osman, ich bin tot!«, stöhnt meine Frau, während ich einen klapprigen ukrainischen Lkw überhole, der eine lange, dunkle Qualmspur in die Nacht bläst.

»Aaaaah, ich bin tot!«

»Stell dich doch nicht so an! So leicht stirbt man nicht. Außerdem bin ich derjenige, der eigentlich tot sein müsste. Ich bin seit vorgestern über dreitausend Kilometer von Anatolien bis hierher gefahren, während du die ganze Zeit auf dem Beifahrersitz geschnarcht hast! Noch etwas Geduld, mein Schatz, in drei Stunden sind wir wieder in Bremen.«

»Ich bin tot, ich kann nicht mehr! Ich will sofort in ein Hotel!«

»Eminanim, hast du eine Ahnung, was so ein Hotel an der Autobahn kostet? Aber ich habe eine ganz tolle Idee! Lass uns meinem Kumpel Klaus einen Überraschungsbesuch abstatten. Der wohnt hier in der Nähe.«

»Bist du nicht ganz dicht? Ich besuche niemanden mitten in der Nacht. Schon gar nicht einen Deutschen! Bei denen muss man sich doch zwei Monate vorher anmelden! Ich will jetzt sofort ein Bett haben!«

»Der Klaus wohnt hier vorne in Schwerte. Er hat sechs Wochen bei uns in Halle 4 in Bremen auf Montage gearbeitet und wollte schon immer, dass ich ihn mal im Ruhrgebiet besuche.«

»Doch nicht nachts um zwei! Lass uns lieber in ein Hotel gehen«, schnarcht Eminanim mehr, als sie spricht.

»Wir sind doch schon am Westhofener Kreuz, gleich kommt die Abfahrt nach Schwerte. Wir könnten bei ihm umsonst übernachten und morgen fahren wir dann nach einem schönen Gratisfrühstück quicklebendig nach Bremen.«

Dank unseres tollen Navi befinden wir uns fünfzehn Minuten später in Schwerte auf der Hagener Straße und biegen von dort in die Ruhrstraße ein, wo mein Kumpel wohnt. Auf dem Bürgersteig liegen Metallstangen und Bretter.

»Eminanim, schau doch, die Haustür steht sperrangelweit auf. Also wenn das keine Einladung ist. Klaus wohnt in der ersten Etage, du kannst schon mal raufgehen und klingeln!«, rufe ich und schubse sie aus dem Wagen. »Ich komme mit den Koffern nach. Ich kann das Zeug unmöglich nachts im Wagen lassen, wir sind schließlich im Ruhrgebiet.«

Die Frau kann kaum noch stehen, aber sie krabbelt tapfer die Treppen hoch. Die Nachbarn denken bestimmt, wir kommen vom Komasaufen und ich hätte 5,3 Promille im Blut.

Ich merke, dass ich nie und nimmer die vielen Koffer nach oben schleppen kann! Sollen sie uns den Kram doch klauen. Ich schnappe mir nur das Glas für meine dritten Zähne und stapfe die Treppen hoch.

Vor der weit aufgerissenen Wohnungstür meines Kumpels höre ich – ich meine: sehe ich – Eminanim mit weit aufgerissenen Augen und noch weiter aufgerissenem Mund herzzerreißend schreien, und zwar völlig tonlos! Das ist wohl der sogenannte ›stumme Schrei‹.

»Eminanim, warum schreist du denn so fürchterlich – ich meine, warum hättest du denn so fürchterlich geschrien, wenn du deine Stimme noch hättest?«

»Tot, tot, tot!!!«

»Ich weiß, ich weiß, du bist todmüde. Jetzt lass mich rein.«

»Ich nicht, die ist tot!«

»Wer ist tot? Der Klaus?«

»Nein, die Inge!«

»Eminanim, du träumst ja im Stehen!«

»Sieh doch, da liegt sie, die Inge!«

Bei Allah, da liegt ja wirklich eine Frau auf dem Boden!

»Eminanim, woher weißt du, dass diese tote Frau nicht Klaus ... öhm ... ich meine, woher weißt du, dass diese tote Frau tot ist ... ich meine, woher weißt du, dass die tote Frau Inge ist?!«, stottere ich völlig geschockt und bin dem Durchdrehen gefährlich nahe.

»Doch, doch! Die tote Frau hier ist die Inge!«

»Ich glaube, ich träume, ich leg mich besser sofort hin.«

»Osman, bist du bescheuert? Du kannst dich doch nicht einfach zu einer toten Frau legen, verdammt! Wir müssen sofort die Polizei anrufen. Dein Kumpel Klaus hat mit Sicherheit die arme Inge mit dieser schweren Metallvase dort erschlagen!«

»Wieso das denn? Vielleicht hat sie ja Selbstmord begangen.«

»Du Spinner! Wie viele Leute kennst du denn, die sich mit einer Metallvase umgebracht haben?«

»Eminanim, woher kennst du eigentlich diese tote Inge?«

»Als ich die Inge kannte, lebte sie noch!«

»Ich fass es nicht! Wir sind zum ersten Mal in Schwerte, wir besuchen zum ersten Mal meinen Kumpel Klaus, wir finden zum ersten Mal eine tote Frau und du sagst, du kennst sie. Findest du das nicht selber etwas eigenartig? Oder ist diese Inge womöglich eine berühmte Persönlichkeit? Ist das etwa Inge Meysel? Bei Allah, hat Klaus etwa Inge Meysel umgebracht?«

»Quatsch! Das ist nicht Inge Meysel! Das ist die Inge aus der Neustadt in Bremen. Die war bei uns im Yogakurs. Sie hatte ein schreckliches Stalkerproblem.«

»Du meinst, sie hat den Klaus bis hierher verfolgt oder was?«

»Nein umgekehrt, die Inge selbst wurde ständig verfolgt und bedroht!«

»Von Klaus?«

»Keine Ahnung, von irgendeinem Idioten!«

»Und warum liegt sie dann hier in Schwerte?«

»Woher soll ich das wissen?«

»Also zählen wir die Fakten zusammen. A: Wir haben eine tote Inge! B: Aber sie ist nicht Inge Meysel! C: Diese Inge hat in Bremen einen persönlichen Verfolger. D: Zum Ausgleich verfolgt sie meinen Kumpel Klaus bis nach Schwerte. E: Öh ...«

»Osman, hör auf, das ganze Alphabet runterzuleiern. Ich rufe jetzt die Polizei.« Und schon holt sie das Telefon von Klaus und wählt.

»Warte doch! Bevor du meinen Kumpel verpfeifst, will ich ihn wenigstens noch warnen. Klaus braucht ein paar Stunden Vorsprung, bevor die Polizei Wind von dem Mord bekommt.«

Ich wähle Klaus' Handynummer, was ich eigentlich hätte sofort tun sollen. Allerdings ...

»Du, Eminanim, Klaus spricht gerade, es ist besetzt!«

»Verdammt, bei der Polizei ist auch besetzt!«

»Die werden wohl gerade miteinander reden!«

»Ja, hallo, ist dort die Polizei? Wir haben hier in der Ruhrstraße einen Toten! Was, das wissen Sie schon?«, ruft meine Frau überrascht. »Die Tote heißt Inge. Nein, nicht Inge Meysel«, und dann flüstert sie mir zu: »Osman, die Polizei in Schwerte ist genauso witzig wie du!«

»Ich hab dir doch gleich gesagt, die haben gerade mit Klaus gesprochen. Deshalb wissen sie schon alles.«

»Okay, wir warten«, sagt meine Frau und legt auf.

Nach dreißig Minuten sagt sie wieder »Okay, wir warten« und legt auf.

Nach sechzig Minuten sagt sie wieder »Okay, wir warten« und legt auf.

Ich weiß nicht, wie lange Eminanim und die Polizei dieses muntere Spielchen noch miteinander getrieben haben, denn ich selbst bin kurz nach fünf wie ein Toter neben der Toten eingeschlafen. Wenn es eine nach oben offene Todesskala gäbe, hätte ich diese Inge problemlos um Längen geschlagen.

Vier Stunden später wache ich durch einen Höllenlärm auf, der selbst Tote aufgeweckt hätte. Na ja, so schlimm ist der Lärm anscheinend doch nicht, denn die Inge ist immer noch mausetot.

Ich reiße sofort das Fenster auf und sehe, dass einige Bauarbeiter die Metallteile vom Bürgersteig auf die Ladefläche ihres Lkws werfen.

Als Ausgleich für den schrecklichen Lärm werde ich mit einem faszinierenden und zugleich sehr lustigen Anblick belohnt: Auf der anderen Straßenseite steht ein großer Baum, unter diesem Baum befindet sich ein Spielplatz, auf dem ein paar Kinder spielen, und auf diesem Baum thront ein alter Kirchturm, der fast so schief ist wie der von Pisa. Aus dieser Perspektive sieht es so aus, als könnte sich dieser auf dem Baum hockende Kirchturm, der aber in Wirklichkeit mindestens hundert Meter Luftlinie weit weg ist, jederzeit vom Baum herunter auf die Kinder stürzen. Dieses lustige Bild kann man mit Sicherheit nur von diesem Fenster aus bewundern.

»Eminanim, war die Polizei heute Nacht hier?«, wecke ich danach meine Frau, die auf dem Sofa eingeschlafen ist.

»Nein, ich glaube, für die Schwerter Polizei ist Mord kein Grund, um nachts auszurücken«, zischt sie total sauer.

»Und wie kommt dann die Vase wieder auf den Tisch?«, frage ich verwundert.

»Nachdem ich heute Nacht drei Mal darüber gestolpert bin, hab ich sie weggestellt.«

»Bist du verrückt? Du darfst doch nicht am Tatort rumfummeln!«

»Meckere nicht rum! Du hast sogar an der Toten rumgefummelt!«

»Was soll das denn heißen?«

»Ich hab's genau gesehen, wie ihr eng umschlungen geschlafen habt.«

»Eminanim, jetzt gerätst *du* in Verdacht, weil deine Fingerabdrücke auf der Vase sind.«

»Und *deine* Fingerabdrücke sind auf dem Po der toten Inge, du Ferkel! Aber mach dir keine Sorgen, der hiesigen Polizei ist ein Mord offenbar so was von egal! Vermutlich werden hier jeden Tag mehrere Dutzend mit dem Schwert abgeschlachtet. Wahrscheinlich heißt es deshalb auch: *Schwert-e! Schlachte* würde noch besser passen! Wie sagt unser kommunistischer Sohn Mehmet immer so schön: ›Schwerter zu Pflugscharen!‹«

»Na gut, wenn die Polizei nicht zur Leiche kommt, dann muss eben die Leiche zur Polizei.«

»Willst du die arme tote Inge etwa so zur Polizei schleppen?«

»Nicht direkt. Ich werde sie mit meiner tollen Digitalkamera fotografieren und den Ignoranten dann das Bild zeigen! Aber vorher rufe ich noch mal den Klaus an. Ein ganzer Tag Vorsprung sollte eigentlich reichen«, sage ich und wähle seine Nummer.

»Hallo, Osman!«, meldet sich Klaus, für einen frischen Mörder ziemlich gut gelaunt. »Rate mal, wo ich gerade bin.«

»Etwa schon im Ausland?«, frage ich verwirrt.

»Stimmt, wie hast du das erraten?«

»Eminanim, er ist schon über alle Berge«, flüstere ich meiner Frau zu.

»Frag ihn mal, wo er ist«, sagt sie.

»Osman, rate mal, wo bin ich«, fragt auch Klaus wieder.

»Südamerika?«, tippe ich zaghaft.

»Wieso Südamerika?«, lacht er. »Ich bin in der Türkei.«

»Ich fass es nicht! Du bist in die Türkei geflüchtet?«

»Ja, du sagst es! Ich bin regelrecht geflüchtet. Seit sieben Jahren hatte ich keinen richtigen Urlaub mehr gemacht. Es ist wirklich toll hier in Akçay, danke für den Tipp.«

»Wie bitte? Du bist in Akçay?«

»Ja, schon seit zwei Wochen. Und ich habe noch mal vierzehn Tage. Ich bin in diesem Hotel, das du mir empfohlen hast, direkt am Meer. Ich habe eben am Strand gefrühstückt. Danke, mein Freund, so toll habe ich mich noch nie entspannt!«

»Und du bist schon seit zwei Wochen da?«

»Ja! Meine Wohnung habe ich an eine nette Frau aus Bremen untervermietet. Diese Inge ist sehr lieb und absolut ruhig.«

»Das stimmt, die ist wirklich extrem ruhig. Man könnte sagen, sie ist …«

Dann ist die Handyverbindung weg, weil ich auf die rote Taste gedrückt habe.

»Eminanim, Klaus kann nicht der Mörder sein. Er ist schon seit zwei Wochen in der Türkei.«

»Und warum hast du ihm nichts von dem Mord erzählt?«

»Ich will ihm doch nicht seinen Urlaub verderben.«

»Spinnst du? Hier liegt eine tote Frau in seiner Wohnung!«

»Und? Wird sie dadurch wieder lebendig?«

»Osman, sei still, ich höre verdächtige Schritte vor der Tür!«, flüstert meine Frau. »Der Täter kommt bestimmt zum Tatort zurück!« Mit einem Ruck reißt sie die Tür auf und brüllt den vollkommen verdatterten Mann, der draußen steht, an: »Sie Mörder, Sie!«

Und der angebliche Mörder, der mich neben der toten Inge stehen sieht, brüllt: »Sie Mörder, Sie!«

Damit der Kreis sich schließt, brülle ich meine Frau an: »Sie Mörderin, Sie!«

»Osman!«, sagt sie sanft. »Jetzt drehst du völlig durch!«

»Aber Eminanim, du bist ja wohl von uns dreien hier die Verdächtigste! Erstens: Du kennst diese Inge. Zweitens: Deine Fingerabdrücke sind auf der Tatwaffe. Und drittens warst du gestern mit ihr hier ungefähr zwei Minuten allein, ehe ich kam.«

»Toll, Osman, du hast es voll erfasst!«

»Du gibst also den Mord zu? Was waren deine Motive? Bedauerst du es?«

»Ja, ich bedauere es von ganzem Herzen, dass ich dich nicht bereits vor Jahren mit einem nassen Handtuch erschlagen habe!«

Ein türkisches Sprichwort sagt: Die Tiere verständigen sich durchs Schnüffeln – die Menschen durchs Reden!

Wie wahr, wie wahr!

Es stellt sich nämlich heraus, dass der Mann vor der Tür der Walter ist, ein neuer Bekannter von Inge hier aus Schwerte, und er behauptet, mit dem Mord absolut nichts zu tun zu haben, da er nicht mal einer Fliege was zuleide tun könne.

Weiterhin stellt sich heraus, dass die weibliche Verdächtige Eminanim heißt, dass sie Inge aus einem Yogakurs in Bremen kennt und nun behauptet, ebenfalls unschuldig zu sein, weil Yoga doch erwiesenermaßen dafür sorgt, dass man in völligem Frieden mit sich selbst und seiner Umwelt lebt.

Und ich stelle mich als fünfundzwanzigjähriger Ehemann von Eminanim heraus. Nein, nein, ich bin leider nicht fünfundzwanzigjährig – nur meine Ehe ist es. Und weiterhin stellt sich heraus, dass ich vor ein paar Tagen im Sommerurlaub in der Türkei mindestens tausend Fliegen und zweitausend Mücken auf brutale Art und Weise ermordet habe, wie meine fünfundzwanzigjährige Ehefrau hartnäckig behauptet. Nein, nein, meine Ehefrau ist leider auch nicht fünfundzwanzigjährig – wie gesagt, nur unsere Ehe ist es.

Um ein wenig mehr Licht in die Sache zu bringen, gehen wir drei zur Polizei. Das Revier ist nur fünfzig Meter entfernt.

»Ab wie vielen Leichen bequemt sich denn die Schwerter Polizei eigentlich zu einem Hausbesuch?«, will ich wissen.

»Schon bei einer einzigen Leiche würden wir mit Sicherheit kommen – wenn wir denn nur könnten«, versichert mir Oberkommissar Lück. »Aber wir haben nicht genügend

Mitarbeiter. Pro Nacht bekommen wir mindestens fünfzig Anrufe. Neunundvierzig davon wegen Ruhestörung. Und meine Kollegen von der Nachtschicht haben auch gewissenhaft notiert, dass diese Inge Peters gleich mehrmals wegen des Lärms in der Wohnung über ihr angerufen hat. Nach dem zweiten Anruf sind die Kollegen auch hingegangen und haben mit dem Herrn oben gesprochen. Aber danach nicht mehr, wie gesagt, wegen Personalmangel. Als dann Ihre Frau vom gleichen Apparat anrief und immer wieder von Mord sprach, da hat unser Kollege gedacht, die Inge Peters dramatisiert ein wenig, und hat sie ein bisschen …«

»Verarscht!«, vollendet Eminanim den Satz.

»Nicht doch, gnädige Frau! Ein bisschen hingehalten, wollte ich sagen«, entschuldigt sich Kommissar Lück höflich und buchtet uns dann alle drei einfach ein – das aber nicht mehr ganz so höflich!

»Osman, du Idiot!«, lässt Eminanim ihre Wut an mir aus. »Habe ich dir nicht gleich gesagt, dass man die Deutschen unangemeldet nicht besuchen darf?«

»Warum denn?«, frage ich nicht weniger genervt. »Damit sie ihre Leichen ungestört verstecken können?«

»Und das alles wegen diesem dämlichen Klaus«, zischt sie.

»Der Mann ist seit zwei Wochen in der Türkei, der hat damit nichts zu tun!«

»Ja, er sitzt am Meer und wir sitzen im Knast!«

Nach zwei Tagen Urlaub auf Staatskosten kommen wir dann gegen Kaution frei. Besser gesagt – gegen Pfand! Wir übergeben unseren Ford Transit als Geisel und dürfen Schwerte vorläufig nicht verlassen. Natürlich wird uns auch keine Ersatzunterkunft gestellt.

»Na toll, Hotelgeld bezahlen sie uns nicht und im Knast und bei Klaus dürfen wir auch nicht mehr übernachten!«, schimpfe ich und schleppe dabei meine Frau in Richtung von Klaus' Wohnung. »Ich muss schon sagen, die Schwerter Polizei geht mit ihren Zeugen nicht gerade respektvoll um.«

In dem Moment klingelt mein Handy.

»Hallo, Osman, hier ist Klaus, wie geht's dir? Seid ihr wieder in Bremen?«

»Nein, wir können Schwerte im Moment irgendwie nicht verlassen und haben deshalb unseren Urlaub verlängert.«

»Na, hab ich es dir nicht gesagt, dass Schwerte toll ist, zumindest wenn man aus Bremen kommt! Und ich kann dieses hübsche Akçay nicht verlassen und überlege, ebenfalls meinen Urlaub hier zu verlängern.«

»Osman«, zischt Eminanim, »sag ihm doch endlich, dass seine Untermieterin umgebracht wurde!«

»Nein, ich will ihm seinen Urlaub nicht verderben!«

»Aber *meinen* Urlaub verdirbst du mir, ohne mit der Wimper zu zucken. Du musst es ihm sagen!«

»Okay, Eminanim, wie du willst … Klaus, ich habe eine schlechte Nachricht für dich. Du kannst die Miete von Inge für diesen Monat in der Wasserpfeife rauchen.«

»Warum, ist die Inge etwa wieder umgezogen?«

»Ja, vom Diesseits ins Jenseits. Und deine Wohnung diente als Rangierbahnhof! – Siehst du, Eminanim, ich habe ihm die schlimme Nachricht knallhart gesagt«, rufe ich zu meiner Frau, verschweige aber, dass mein Zeigefinger vor fünfzehn Sekunden aus Versehen an die rote Taste gekommen ist.

»Osman, wenn du eben wieder deinen ach so lustigen Handytrick vorgeführt hast, musst du damit rechnen, dass du von der Polizei eine Klage wegen Behinderung und Vertuschung in einem Mordfall an den Hals kriegst!«

»Behinderung und Vertuschung in einem Mordfall? Spinnst du? Du wirst sehen, *ich* werde es sein, der den Mörder findet«, sage ich und klingele im Erdgeschoss bei Klaus' Nachbarn.

Eine schlecht gelaunte Frau macht die Tür auf.

»Guten Tag, gnädige Frau, ich komme wegen dieser bösen Geschichte hier im Haus.«

»Mein Gott, haben Sie ihn vielleicht schon?«

»Nein, noch nicht. Deshalb wollte ich Ihnen noch einige Fragen stellen.«

»Aber alles, was ich weiß, hab ich doch schon der Polizei erzählt.«

»Trotzdem gibt es noch einige Unklarheiten. Haben Sie den Gesuchten an dem fraglichen Tag gesehen?«

»Ja, natürlich!«

»Würden Sie ihn wiedererkennen?«

»Aber selbstverständlich, sofort!«

»Beschreiben Sie ihn mal!«

»Was soll ich sagen, sehr rund halt!«

»Sie meinen rundlich, also dick! Welche Farbe?«

»Glänzendes Gold!«

»Also blond! Damit scheiden schon mal Ausländer als Täter aus.«

»Wieso das denn?«

»Sie haben recht, nicht alle Ausländer sind ja so dunkel wie ich. Erinnern Sie sich noch an irgendwelche anderen Merkmale, die Ihnen aufgefallen sind?«

»Hören Sie mal, natürlich kann ich mich an alles erinnern! Schließlich habe ich ihn ja selber bestellt!«

»Wie bitte? Sie haben den Killer selber bestellt? Es war also ein Auftragsmord?«

»Was für ein Mord denn? Ich rede hier von meinem goldenen Ehering, den man mir vor ein paar Tagen aus der Wohnung geklaut hat. Aber das habe ich schon alles doppelt und dreifach der Polizei erzählt«, brüllt sie und knallt uns die Tür vor der Nase zu.

»Na, Sherlock Holmes«, lästert meine Ehefrau. »Willst du die Verbrecherin nicht verhaften? Sie hat doch eben zugegeben, einen blonden rundlichen Ring bestellt zu haben, um Inge zu ermorden.«

»Dafür müsste ich ihr erst beweisen, dass sie keinen Ehering, sondern einen Schlagring bestellt hat!«

»Das dürfte doch für dich kein Problem sein, oder?«, meint Eminanim ironisch.

»Das überlasse ich lieber Kommissar Lück. Der muss auch gleich hier sein! Ah, da kommt er ja schon.«

Meine Frau schaut mich mit großen Augen bewundernd an. Ich verschweige ihr, dass ich den Kommissar kurz vorher um die Ecke habe kommen sehen.

»In so kleinen Städten läuft man sich ständig über den Weg!«, meint Lück.

»Wer weiß, wie oft wir heute schon dem Mörder über den Weg gelaufen sind«, sage ich.

»Das glaube ich weniger, der hat sich doch bereits in die Türkei abgesetzt«, tut er höchst informiert.

»Meinen Sie etwa Klaus?«

»Genau. Er ist vermutlich an dem Tag des Mordes ins Ruhrgebiet geflogen und mit der nächsten Maschine gleich wieder zurück in die Türkei. Flüge ans Mittelmeer gibt's genug.«

»Meinen Sie nicht, dass er in dem Fall sinnvollerweise eher im Harz Urlaub gemacht hätte?«

»Auf jeden Fall gehört der Mann zu unseren Tatverdächtigen. Genauso wie der hiesige Bekannte des Opfers. Walter Kempes. Dann noch der lärmende Nachbar aus der oberen Etage sowie dieser unbekannte Stalker aus Bremen und …«

»… und meine Frau natürlich!«, helfe ich ihm aus.

»Nein, eher Sie, Herr Engin! Uns ist bekannt, dass die türkischen Frauen jederzeit bereit sind, sich selbst zu opfern, um die Ehre ihrer Familie zu retten.«

»Also *meine* Fingerabdrücke sind nicht auf der Mordwaffe!«, sage ich ironisch.

»Danke, Osman, einen tollen Ehemann habe ich«, ruft Eminanim einen Tick ironischer.

»Eminanim, fall doch auf seinen billigen Trick bloß nicht rein! Er will uns nur gegeneinander ausspielen. Du weißt doch: guter Bulle – böser Bulle«, flüstere ich auf Türkisch.

»Dass du mich eben als Mörderin ans Messer liefern wolltest, ist für dich okay – oder was?«

»Herr Kommissar, meine Frau kann es nicht gewesen sein«, versuche ich ein bisschen Porzellan zu retten.

»Wie gesagt, ich habe ja auch eher Sie in Verdacht, Herr Engin!«

»Sagen Sie mal, Herr Lück, arbeiten in Schwerte etwa die Kommissare mit den Scheidungsanwälten zusammen?«

»Ja, wir stecken alle unter einer Decke! Um brutale Mörder zu fassen, arbeiten wir in Schwerte alle zusammen. Das würde ich Ihnen auch empfehlen«, ruft der Kommissar und geht.

»Ich bete für Sie«, ruft meine Frau ihm hinterher.

Wir laufen über den Wuckenhof zum Marktplatz und betreten die St.-Viktor-Kirche, die völlig leer ist.

»Eminanim, was willst du denn hier?«, frage ich überrascht.

»Ich habe doch gesagt, dass ich für den Kommissar beten werde. Das hier ist doch ein Gotteshaus!«

»Gut, von mir aus. Ich versuche, in der Zeit ein bisschen zu schlafen, ist so schön ruhig hier«, sage ich und lege mich direkt unter der Kanzel aufs Ohr. Bevor ich einschlafe, frage ich mich noch, wieso niemand bisher auf die Idee gekommen ist, den tollen goldenen Altar zu klauen. Nach einiger Zeit werde ich unsanft wachgerüttelt: »Ich bin der Küster, bitte gehen Sie jetzt!«, brüllt mir jemand ins Ohr. »Samstags schließt unsere Kirche um 13 Uhr!«

»Was ist los? Wer sind Sie denn?«, stottere ich schlaftrunken.

»Ich bin Herr Drossel und hier ist kein Hotel!«

»Entscheiden Sie sich bitte. Sind Sie nun Herr Küster oder Herr Drossel?«

»Für dich bin ich der Rausschmeißer«, sagt er und schiebt uns vor die Tür.

Vor der Kirche stehen wir auf dem überfüllten Marktplatz, wo gerade ein großes Spektakel mit Tausenden von Menschen stattfindet.

»Was ist denn hier los?«, frage ich einen jungen Mann.

»Penner!«, schimpft er sofort.

»Selber Penner!«, rufe ich.

»Pennerkacke!«, brüllt er.

»Selber Pennerkacke!«, rufe ich zurück.

Eminanim zerrt mich weg, damit wir nicht in noch einen Mordfall verwickelt werden.

Ich frage einen älteren Herrn nach dem Grund für diesen Menschenauflauf. Und werde auch von ihm im härtesten Schwerter Dialekt beschimpft, dass jetzt hier überall Penner rumlaufen würden.

»Ich bin kein Penner, ich sehe nur so aus«, sage ich.

Daraufhin schimpft er weiter, dass diese Penner auch noch überall hinkacken würden und dass er mir die Pest an den Hals wünscht.

»Mein Herr, was erlauben Sie sich? Nur weil ich zurzeit etwas obdachlos bin, kacke ich doch nicht überall hin«, schimpfe ich zurück.

»Nicht Penner, nicht Kacke, nicht Pest, sondern Panne, Kauken und Fest«, erklärt er schließlich geduldig.

Wir kapieren endlich, dass er eigentlich die ganze Zeit ›Pannekaukenfest‹ gesagt hat, was auf Deutsch ›Pfannekuchenfest‹ heißt, womit wiederum das berühmte Schwerter Kartoffelreibekuchenfest gemeint ist.

Diese ›Pannekauken‹ schmecken übrigens sehr, sehr gut! Wir schlagen uns damit die Bäuche voll und gehen danach ins *Hotel Reichshof* in der Bahnhofstraße, um nicht länger als Penner und Obdachlose beschimpft zu werden.

Es dauert noch weitere drei Tage, bis Eminanims Gebete ganz oben ankommen und wir Schwerte endlich verlassen dürfen. Wahrscheinlich lag die Verspätung daran, dass der Himmel im Ruhrgebiet in den letzten Tagen mit dicken Wolken verhangen war. Sofort fahren wir wieder in die Ruhrstraße, um uns von Klaus zu verabschieden. Meine Frau Eminanim und Kommissar Lück haben dem armen Mann seinen Urlaub doch nicht gegönnt.

Während ich aus seinem Wohnzimmerfenster diese lustige Aussicht mit dem umkippenden Baumkirchturm ein letztes Mal genieße, sagt er: »Ein Glück aber auch, dass wenigstens diese nervigen Bauarbeiter weg sind. Nur wegen denen bin ich überhaupt in Urlaub gefahren.«

»Was für Bauarbeiter denn?«, frage ich neugierig.

»An der ganzen Vorderfront unseres Wohnblocks haben sie Wärmedämmplatten angebracht, weil unsere Heizkosten so hoch sind.«

»Soll das heißen, hier stand tagelang ein Baugerüst am Haus? Sozusagen eine Einladung für jeden engagierten Einbrecher? Mit Sicherheit war das der Lärm, der mich damals so früh am Morgen aufgeweckt hat. Da haben sie das Gerüst wieder abgebaut.«

Kurze Zeit später werden wir eine Etage tiefer von der Nachbarin abgefangen: »Ich habe meinen Ehering endlich wieder, der verdammte Dieb ist geschnappt worden. Ist das nicht toll?«, strahlt sie.

»Der kam garantiert über das Baugerüst«, sage ich.

»Gut möglich, denn an meiner Wohnungstür waren keine Einbruchsspuren«, meint sie.

»Gut möglich auch, dass der Dieb am nächsten Tag wiedergekommen und eine Etage höher eingebrochen ist. Gelegenheit macht eben nicht nur Diebe, sondern auch Mörder!«, strahle ich diesmal wie ein Honigkuchenpferd und rufe sofort Kommissar Lück an.

»Herr Kommissar, Sie sollten nicht nur mit den Scheidungsanwälten zusammenarbeiten, sondern zur Abwechslung auch mit Ihren eigenen Kollegen vom Einbruchsdezernat. Einen Tag vor dem Mord wurde hier im Haus nämlich eingebrochen und Schmuck gestohlen. Ihr Kollege hat diesen Einbrecher bereits eingelocht. Ich bin sicher, dass der Dieb auch der Mörder von Inge Peters ist!«

Mit stolzgeschwellter Brust und sehr erleichtert schaue ich meine Frau an. Ich habe sie mir gegenüber noch nie so voller Ehrfurcht erlebt.

»Na, Eminanim, hatte ich dir nicht gesagt, dass *ich* diesen Fall lösen werde? Ich, der türkische Sherlock Holmes!«

*Luc Deflo*

## Der Dortmunder Fall oder: Zwischen Dortmund und Gelsenkirchen

*Deutsch von Stefanie Schäfer*

Eine dunkle, gewundene Gasse, trübe beleuchtet von einer einzigen Straßenlaterne. Du bist allein. Du beschleunigst deine Schritte. Dein Atem stockt. Du blickst dich um. Noch einmal. Keuchend. Dann, plötzlich, wie aus dem Nichts, ist er da. Sein Schatten, messerscharf an der Wand, direkt hinter dir. Dein Herz setzt für einen Schlag aus und hämmert dann wie ein wildes Tier gegen deinen Brustkorb. Tock tock tocketock. Schritte. Er rennt.

Christiane Arnold, dreißig Jahre alt, rannte, als hinge ihr Leben davon ab, angetrieben von einer unvernünftigen, aber tief verwurzelten Angst, wie sie in jedem von uns haust. Die Angst, zu verlieren. Die Angst, dass alles, was man hat und was man ist, in einem einzigen verfluchten Augenblick plötzlich aufhört zu existieren. Dass Vergangenheit und Zukunft mit einer einzigen Armbewegung weggewischt werden, von einem Verrückten, der wie aus dem Nichts auftaucht.

Mein Gott, ich hätte umkehren sollen. Und nicht so stolz sein dürfen. Ich hätte Hilfe suchen müssen. Bei meinen Freunden. Dumme, arrogante Gans! Die Brücke! Du hättest die Brücke nicht überqueren dürfen.

Worte. Bilder, die Christiane blitzartig durch den Kopf huschten. Unkontrolliert und unkontrollierbar. Banalitäten, wie das Glas Tomatensaft vorhin, mit einem tüchtigen Schuss

Worcestersoße und einer Prise Pfeffer. Das hatte sie auch gebraucht nach den drei Gläsern Rotwein, die sie im Schatten des Florianturms getrunken hatte. Auf der Turmterrasse, die die Theaterleute vom *Fletch Bizzel* gemietet hatten, um nach der letzten Vorstellung ein bisschen zu feiern. Sie erinnerte sich daran, wie sie sich von ihren neuen Freunden verabschiedet hatte, und sie sah Jörg wieder vor sich, der angeboten hatte, sie mitzunehmen. Seine verhaltene Enttäuschung, als sie sein Angebot freundlich, aber bestimmt ausgeschlagen hatte, angeblich, weil sie ganz in der Nähe wohnte, in Wirklichkeit aber, weil sie sich seiner Absichten nicht ganz sicher war.

Sie war Single und neu hier in Dortmund und von daher: Freiwild. Nach dem Abschied war sie quer durch den Westfalenpark gelaufen, malerisch tagsüber, jetzt aber dunkel und bedrohlich. Beim Ausgang an der Florianstraße war das Tor verschlossen. Natürlich, es war ja auch schon nach zwölf. Sie hätte damit rechnen müssen.

In diesem Moment hatte sie zum ersten Mal etwas gehört. Schnelle Schritte. Hinter ihr.

Voller Angst war sie über das Eisentor geklettert. Beim Hinunterspringen hatte sie sich den Knöchel verknackst. Sie hatte sich versteckt, sich in den Schatten neben dem Schalterhäuschen verborgen, sich den Schmerz verbissen und mit angehaltenem Atem gewartet. Es war nichts mehr zu hören und zu sehen gewesen.

Danach hatte sie den kürzesten Weg gewählt, durch das Stadewäldchen zur Brücke am Kaiserhain, die in einem zierlichen Bogen den Rheinlanddamm und den Ruhrschnellweg überspannte. Jetzt, in der Nacht, lag die Brücke wie ein unüberwindlicher Berg vor ihr. Die Spannkabel, halb von der Dunkelheit verschluckt, erinnerten an ein Spinnennetz. Sie hatte sich bis zur Mitte der Brücke geschleppt. Und sich dabei eingeredet, dass er gar nicht da sei. Als gäbe es ihn nicht. Aber dann hatte sie ihn gesehen. Auf der anderen Seite. Links. Unten. Im Schatten eines Baumes. Und sie hatte auch gesehen, wie er rasch einen Schritt zurücktrat, als sie ihn entdeckte.

Atemlos war sie zur anderen Seite der Brücke gelaufen. Und wieder zurück. Er war verschwunden. Als hätte er sich in Luft aufgelöst. Der Stalker. Sie wusste genau, dass er da war, und ahnte auch, wo er lauerte. Verborgen unter der Brücke, an der dunkelsten Stelle. In einer Nische, mit dem Rücken an der Wand. Sein Regenmantel im schwachen Licht der Straßenlaternen. Der hatte ihn verraten. Sie war kurz stehen geblieben. Nur ein paar Sekunden. Drei, vielleicht vier. In der Mitte der Brücke. Dort hatte sie eine Entscheidung getroffen. Die falsche. Menschen müssen jeden Tag Hunderte Entscheidungen treffen. Man denkt gar nicht darüber nach. Bis man vor der einen, auf den ersten Blick banalen Entscheidung steht. Die ausschlaggebend ist, die das ganze Leben verändert. Oder beendet.

Ein dunkler Fleck, links, unter der Brücke, bewegte sich. Er hatte ihr also doch aufgelauert. Sie wagte es nicht, den kürzesten Weg zu nehmen, geradeaus. Denn dann wäre sie genau an ihm vorbeigelaufen. Sie wandte sich nach rechts. Wählte den Umweg über die Friedenstraße. Der Weg machte eine Biegung. Es war stockdunkel. Die Zweige der Sträucher waren wie grapschende Hände.

Tocketocke tock.

Er kam hinter ihr her. Musste schon ganz nah sein. Und er wurde immer schneller. Sie konnte ihn fast riechen. Sie hörte ihn keuchen. Oder war es ihr eigener pfeifender Atem? Oder drückte er ihr bereits die Kehle zu? Ihre Lungen brannten, als sie um die Ecke in die Friedenstraße einbog. Nur noch hundert Meter, dann war sie in der Eintrachtstraße. Zu Hause.

Plötzlich stürzte sie und landete der Länge nach auf dem Bürgersteig. Hatte er sie schon erwischt? War sie tot? Nein.

Nein, nein. Der Müllsack, hinter der Ecke, sie hatte ihn zwar gesehen, aber zu spät. Zu spät!

Christiane Arnold rappelte sich auf. Ihr Verstand war abgeschaltet. Die Schürfwunde am Knie spürte sie nicht. Ebenso wenig wie den brennend stechenden Schmerz im Knöchel und das Blut am Handgelenk. Ihre rechte Hand war leer, das erkannte sie jetzt erst. Ihre Handtasche lag auf dem Boden, mitten auf dem Bürgersteig. Und er, dieses Raubtier, war ganz nahe.

Christiane stöhnte. Angetrieben vom Adrenalin und einem verzweifelten Überlebenswillen erreichte sie die Ecke der Eintrachtstraße.

»Christiane! Christiane! Warte! Bitte!«

Als sie ihren Namen hörte, blieb Christiane Arnold stocksteif stehen, durch den emotionalen Schock erstarrt. Sie wollte, konnte sich aber nicht mehr bewegen.

Der Mann im Regenmantel näherte sich Schritt für Schritt. Ein junger Typ, gar nicht unattraktiv, mit pechschwarzen Haaren und hellen Augen. Keineswegs die Schreckgestalt, die sie sich ausgemalt hatte. Er schnappte nach Luft und lächelte, vornübergebeugt, eine Hand auf der Hüfte. An der anderen baumelte ihre Handtasche.

Christiane Arnold sah den jungen Mann erstaunt an. Sie brachte kein Wort heraus.

»Entschuldige«, sagte er und reichte ihr die Handtasche. »Ich wollte dich nicht erschrecken.«

»Wer sind Sie?« Christiane wühlte nervös in ihrer Tasche. Anscheinend war nichts weg. »Und woher wissen Sie, wie ich heiße?«

»Erkennst du mich denn nicht wieder?«

»Nein, natürlich nicht.«

»Ben. Ben Geeraerts. Wir sind in dieselbe Klasse gegangen. In der Benzstraße. In der *Sonnenhellweg Schule.* In Bielefeld.«

Christiane kniff die Augen zusammen, aber so sehr sie sich auch bemühte, sie konnte sich nicht an ihn erinnern. Dabei war er wirklich ein hübscher Kerl. So jemanden würde ich doch nicht vergessen, dachte sie und musste sich dabei ein schalkhaftes Grinsen verkneifen. Als Frau allein auf der Straße konnte man nicht vorsichtig genug sein. So eine billige Geschichte war schnell erfunden. Außerdem waren Psychopathen oft sehr charmant, so hatte sie in der Zeitung gelesen.

»Du kannst dich nicht mehr an mich erinnern«, sagte der junge Mann und versuchte dabei, seine Enttäuschung lässig zu überspielen. »Tut mir leid. Tut mir echt leid.« Er wandte sich um und ging in die Richtung, aus der er gekommen war.

»Hey!«

»Ja?«

»Ich bin erst vor Kurzem hierher gezogen. Woher wusstest du …?«

»Von dem Theaterplakat«, antwortete Geeraerts. »Ich habe deinen Namen gelesen. Auf einem Plakat vom *Fletch Bizzel.* Und ich dachte …«

»… der lauere ich auf und jage ihr einen Heidenschreck ein!«, stieß Christiane hervor.

»Nein. Nein, nein«, erwiderte Geeraerts und kehrte wieder zu ihr zurück. Das Eis schien gebrochen. »Ich habe mich einfach nicht getraut, dich anzusprechen. Ich hab's mir im letzten Moment anders überlegt. Ich, äh, ich habe schon ein paar Mal auf dich gewartet, am Kreuzviertel, in der Nähe eures Proberaums, um sicherzugehen, dass du es bist. Aber da habe ich mich auch nicht getraut. Und jetzt wollte ich es mal anders versuchen. So tun, als würden wir uns zufällig begegnen. Verstehst du?«

Obwohl sein Lächeln etwas Entwaffnendes hatte, zweifelte Christiane Arnold noch immer. Sie fragte sich, wie es jetzt weitergehen sollte. Es war schon weit nach Mitternacht. Sie war hin- und hergerissen. Sie war müde. Aber er sah gut aus. Erneut musste sie eine Entscheidung treffen.

»Okay«, sagte sie und beschloss, diesmal den Mittelweg zu wählen. In der Mitte der Brücke stehen zu bleiben. »Vielleicht sollten wir uns mal verabreden.«

»Ja. Das würde mich freuen. Ich habe dir übrigens vor Kurzem eine E-Mail geschickt. Ben.Geeraerts13@hotmail.com, das ist meine Adresse.«

Wieder dachte Christiane krampfhaft nach. Nein, sie wusste es nicht mehr.

»Du hast es vergessen. Schon okay. Eine attraktive Frau wie du hat sicher Besseres zu tun, als die Fanmails ihrer vielen geheimen Bewunderer zu lesen.«

Trotz der Kälte wurde Christiane warm und sie spürte, dass sie errötete. Er hatte den Nagel auf den Kopf getroffen. Manchmal erhielt sie bis zu fünfzig Mails am Tag. Es hatte damit angefangen, dass eine Freundin sie zum Scherz bei einer Datingseite angemeldet hatte. Außerdem chattete sie gerne, manchmal bis tief in die Nacht.

»Ich geh dann mal«, sagte der Mann. »Darf ich dir noch eine Frage stellen?«

»Ja, natürlich.«

»Hast du das Muttermal noch?«

»Das Muttermal?«

»Ja, das kleine herzförmige Muttermal auf dem Oberschenkel«, sagte Geeraerts ein wenig stotternd.

»Woher … Woher weißt du …?«

»Aus der Sportstunde«, antwortete Geeraerts und sein Blick huschte weg zu seinen Schuhspitzen. »Und dem Schwimmunterricht. Ich fand es … wirklich sehr hübsch. Entschuldige, ich, äh … schon gut …«

Christiane fiel von einer Überraschung in die andere. Das Muttermal. Eines ihrer sorgfältig gehüteten Geheimnisse. Herzförmig, tatsächlich, ihre Mutter hatte es auch. Aber er, er wusste davon. Das eine war jetzt sonnenklar: Sie hatte ein Gedächtnis wie ein Sieb.

»Ben? Warte. Warte mal.«

»Ich befürchte, dass wir es mit einem Serienmörder zu tun haben«, sagte Hauptkommissar Ulrich Moschner und fluchte verhalten. Er wollte sich schon mit der Hand durch das lichter werdende Haar fahren, beherrschte sich aber noch rechtzeitig. Seine Kollegen von der Mordkommission würden ihn noch jahrelang damit aufziehen, wenn hier, auf dem Teppichboden eines Tatorts, ein Haar von Hauptkommissar und Ausbilder Ulrich Moschner gefunden würde.

Er suchte Blickkontakt mit Steffi, seiner neuen, blutjungen Kollegin. Auch das noch. Sie kam aus Münster. Steffi Bertram mit den endlosen Beinen, der schwarzen Kleidung und der rosaroten Zukunft. Er selbst dagegen war ziemlich langweilig. Er trug ein makellos weißes Hemd mit Krawatte, und welche Farbe seine Zukunft hatte, wusste er nicht. Für ihn lag sie im Dunkeln. Steffi war ganz begeistert von Dortmund, einer fantastischen Stadt, wie sie sagte. Kann schon sein, hatte Ulrich gedacht. Sie wohnte so, wie er es sich insgeheim immer gewünscht hatte, in einem trendigen Apartment in der Innenstadt. Frei wie ein Vogel. Er dagegen hatte sich den Kindern zuliebe für ein Haus entschieden. Ein schlichtes, etwas düsteres Reihenhaus in der Nordstadt, bezahlbar zwar, aber er hatte sich dort noch nie so richtig wohlgefühlt. Steffi hatte ihm erzählt, sie liebe den Kontrast zwischen den monumentalen Überresten der industriellen Revolution und dem üppigen Grün.

Überreste, dachte Ulrich. In der Tat. Damit hatte seine junge Kollegin den Nagel auf den Kopf getroffen, obwohl sie wahrscheinlich nicht einmal wusste, dass das Gebäude einst eine Stahlschmelzerei beherbergt hatte. Sein Vater hatte sogar früher dort gearbeitet. Viele Jahre lang. Bis zu jenem fatalen Tag, an dem das Schicksal zugeschlagen hatte. Glühender Stahl über seinen Fuß. Die Behindertenrente hatte er abgelehnt. Echte Dortmunder sind stolz, sie wollen keine Almosen. Nein, Rutger Moschner hatte sich nicht mit seinem Handicap abgefunden. Er hatte umgeschult und gelernt, fehlerfrei zu schreiben. Zwar war er nie wieder der Alte geworden, aber dank seines Durchsetzungsvermögens und der Liebe zu seiner Familie hatte er schließlich wieder Arbeit gefunden. Eine Stelle in der Verwaltung des Hafens, des größten Kanalhafens von ganz Europa. Er, der Tatkräftige, war nicht glücklich darüber gewesen, aber dank seines Fleißes hatten seine Kinder eine gute Ausbildung genossen, viel besser als seine eigene. Deswegen trug Ulrich tagein, tagaus ein reines weißes Hemd, zu Ehren seines Vaters.

Ulrich seufzte.

»Ja«, stimmte Steffi Bertram zu, die plötzlich aufzuwachen schien. Sie trat einen Schritt näher und musterte den blauen Seidenschal. »Derselbe Schal, derselbe Modus Operandi.« Sie schob ihren Stift zwischen die Seide und den Hals von Christiane Arnold, die aussah, als sei sie friedlich eingeschlafen. Für immer. »Dieselbe Schlinge, Ulrich. Sieht aus wie eine Art Schifferknoten. Meinst du, dass wir im Hafen …«

»Ich meine gar nichts«, brummte Ulrich. »Ich meine, wir sollten die Tür bewachen und die Spurensicherung holen.«

Steffi Bertram erschrak über seinem barschen Ton. Aber Moschner hatte recht – einen Tatort zu betreten war eine heikle Sache. Eventuelle Spuren durften keinesfalls zerstört oder verwischt werden. Nie hätte sie gedacht, dass sie die ganze Theorie, die man ihr auf der Polizeischule eingetrichtert hatte, so schnell in die Praxis würde umsetzen können. Sie ging zur Tür, wo ihr Kollege, der offenbar dringend seine nächste Dosis Nikotin brauchte, bereits ungeduldig wartete.

»Ulrich?«

»Ja?«

»Die Vermieterin, die die junge Frau heute Morgen gefunden hat, hat die etwas gesehen oder gehört?«

»Nein. Nichts«, sagte Ulrich Moschner. »Die Tür war nicht abgeschlossen. Zum Glück hat sie den Tatort nicht betreten. Sie ist auf der Türschwelle in Ohnmacht gefallen.« Trotz der ernsten Situation musste er lächeln.

Moschner schob sich eine Zigarette zwischen die Lippen, zündete sie aber nicht an. Steffi Bertram gratulierte sich. Ihre Vermutung war also richtig gewesen. Er brauchte dringend Nikotin. Ein Beweis für den guten Draht, den sie zueinander hatten. Sie verstanden sich prima, trotz des Altersunterschieds. Moschner war sechsundvierzig, sie erst knapp dreiunddreißig. Er hatte eine Familie und ein Haus am nördlichen Stadtrand, in Klein-Istanbul, dem geselligen, bunten Viertel. Er war in Dortmund geboren und aufgewachsen. Er gehörte dazu, war kein Außenseiter wie sie. Ein wenig beneidete sie ihn deswegen.

»Sie war ungefähr in meinem Alter«, stellte Steffi fest, gedämpft, als bemerke sie das jetzt erst.

»Ja, ähnlich wie sein erstes Opfer«, murmelte Moschner in Gedanken versunken. »Vor einem Monat, in Gelsenkirchen. Auch eine junge Frau, erst fünfundzwanzig. Auch dort gab es keine Einbruchsspuren und auf den ersten Blick schien nichts gestohlen worden zu sein. Zwei junge Frauen. Alleinstehend. Gerade erst zugezogen. Ermordet mitten in der Nacht, von jemandem, den sie selbst hereingelassen hatten. Ich verwette meine Fußballschuhe, dass wir auch diesmal keine Hinweise auf den Täter finden. Außerdem …«

»Fußballschuhe?«, schmunzelte Steffi Bertram, fuhr sich kokett mit der Hand durch die kurzen blonden Haare und musterte ihren Kollegen. Er war männlich und kräftig, jedoch mit einem Bierbauchansatz. »Ich habe mir schon gedacht, dass du früher Sport getrieben hast, aber ich hätte dich eher als, äh, Ringer eingeschätzt«, scherzte sie.

Moschner winkte ab. Er ließ sich nicht aus dem Konzept bringen, der alte Brummbär.

Sie mochte ihn gern. Wahrscheinlich, weil er so ›anders‹ war. Ein Mann mit viel Erfahrung. Er strahlte Selbstvertrauen aus, die Art Lebensklugheit, nach der sie nach dem plötzlichen Tod ihrer Eltern verzweifelt gesucht hatte. Sie verdrängte den Gedanken.

»Glaubst du, es hat etwas mit Fußball zu tun?«, fragte sie unvermittelt. Ulrich sah den Zusammenhang nicht. »Ganz einfach: Neid. Gelsenkirchen und Dortmund? Schalke gegen Borussia!«

Ulrich zog, fast kameradschaftlich, eine Augenbraue hoch, schüttelte dann aber entschieden den Kopf. Allerdings war seine Kollegin soeben in seiner Achtung gestiegen, obwohl er sich das nie hätte anmerken lassen. Keine Komplimente, nicht jetzt. Nicht hier. Nicht im Dienst.

»Fußball, Borussia, ist pure Leidenschaft«, erwiderte Ulrich. In seinen stumpfen Augen leuchtete ganz kurz etwas auf, um gleich darauf wieder zu verlöschen. »Hier geht es um etwas anderes. Der Täter ist berechnend. Ein Mal kann Zufall sein. Aber nicht zwei Mal. Ich glaube nicht an Zufälle. Nicht bei Mord. Wie schafft er das nur, Steffi? Hast du die Haltung der Frau gesehen? Sie war entspannt. Zu Hause. Gemütlich auf dem Sofa, neben sich einen zweifellos interessanten Gesprächspartner, etwas zu trinken in Reichweite. Ihr Glas steht noch auf dem Wohnzimmertisch. Das Eis zwischen ihnen ist quasi kaum geschmolzen, verdammt! Er muss sie vollkommen überrascht haben.«

»Ja, du hast recht. Sie hat nicht mal versucht, sich zu wehren. Und sein Glas?«

»Das hat er bestimmt mitgenommen. Verdammter Dreckskerl! Nur den Schal lässt er uns. Um mit uns zu spielen. Wahrscheinlich im Dutzend gekauft. Unmöglich, seine Herkunft zu ermitteln.«

»Das bedeutet eine Menge Überstunden, hab schon verstanden«, sagte Steffi Bertram gespielt lässig.

»Ja, bis in die Nacht. Willkommen im Team, liebe Steffi«, erwiderte Moschner trocken, griff nach seinem Handy und rief beim Dauerdienst der Spurensicherung an. »Übrigens, die Fußballschuhe: Ich habe sie geschenkt bekommen, als Souvenir. Von Paulo Sousa.«

»Einer der besten Spieler, den wir hier je gehabt haben«, seufzte Steffi. Ulrichs Augen verengten sich, aber er reagierte nicht. Ihn stört sicher das ›wir‹, dachte Steffi. Echte Dortmunder waren zwar offen und direkt, aber man musste ihnen ein bisschen Zeit lassen, einen näher kennenzulernen. »Oh! Wow!«, sagte sie, um ihren Schnitzer auszubügeln – Ulrich Moschner war schließlich bis jetzt der einzige Freund, den sie hier hatte. »Und diese Fußballschuhe hängen jetzt in deinem Trophäenzimmer?«

»Nein, hinter der Tür in meinem Büro«, entgegnete Moschner streng. »Augen offen halten, Steffi. Das ist wichtig in unserem Beruf.«

»Hinter der Tür in deinem Büro?«

»Ja. Um lästigen Verdächtigen einen Tritt in den Hintern zu verpassen«, sagte Moschner, und während er hastig die Treppe hinunterlief, grub er in seiner Hosentasche nach dem Feuerzeug. »Behalte die Tür im Auge.«

Schlappschwanz, dachte Steffi amüsiert, und sie hatte den Gedanken noch nicht zu Ende gedacht, als sie schon die Lockenwickler der Nachbarin aus dem oberen Stockwerk sah, die mit sensationslüsternen Augen zu ihr herunterstarrte.

Dreckige Lungen, aber scharfe Ohren, charakterisierte Steffi Bertram.

»Steffi?«

»Ja?«

»Nächstes Wochenende? Das Spiel gegen Wolfsburg?«, fragte Ulrich, der die Treppe wieder heraufgekommen war.

»Okay«, strahlte Steffi. »Ich komme mit!«

»Ich wollte nur wissen, ob das Spiel live im Fernsehen übertragen wird«, erwiderte Ulrich feixend und verschwand wieder um die Ecke.

Steffi baute sich respektgebietend vor der Tür auf. Niemand würde hier reinkommen. Niemand.

Doch, sie mochte ihn gern, den Ulrich Moschner.

*Er ist berechnend und gerissen. Nur den Schal lässt er uns. Um mit uns zu spielen. Wahrscheinlich im Dutzend gekauft. Unmöglich, die Herkunft zu ermitteln.*

Steffi Bertram dachte wieder an die prophetischen Worte Moschners. Er hatte recht behalten. Es war jetzt genau eine Woche später. In der Wohnung von Christiane Arnold war kein Stecknadelkopf unangerührt geblieben und alle ihre Bekannten waren befragt worden, aber vom Täter gab es noch immer keine Spur. Auch die Suche nach Zeugen über die Medien, zusammen mit einer Personenbeschreibung des Opfers, hatte nicht den erhofften heißen Tipp gebracht.

Als sie sich mit hängenden Schultern nach vorn beugte und die Hand nach dem siebzehnten Becher Kaffee dieses langen Tages ausstreckte, geschah das Wunder.

Die Tür flog auf.

Die IT-Analystin Gisela Klein hatte ein freundliches Gesicht, umkränzt von wilden Locken, und einen Fischmund. »Bingo!«, rief sie, blieb schnaufend in der Tür stehen und hielt mit zitternder Hand einen Computerausdruck in die Luft.

Steffi Bertram war mit einem Schlag hellwach, aber Moschner kam ihr zuvor. »Was denn, Gisela?«

»Ihr Computer!«, keuchte die Analystin. »Eine E-Mail! Beide Frauen haben eine E-Mail von demselben Absender erhalten.«

»Von wem?«, rief Moschner, war schon an der Tür und zog Gisela Klein den Ausdruck aus der Hand. Während seine Augen über das Papier huschten, herrschte drückende Stille in dem überfüllten kleinen Büro.

»Ben.Geeraerts13@hotmail.com«, las Moschner und der alte Hase hatte tatsächlich vor Aufregung einen Kloß im Hals. »Hast du ihn schon aufgespürt? Gisela! Hast du ihn aufgespürt?«

Die Brillengläser der Analystin funkelten, als sie den Kopf schüttelte.

»Wieso nicht?«, rief Moschner.

»Hotmail. Nicht rauszukriegen. Kann von sonst woher kommen und von sonst wem stammen. Der Name ist sowieso höchstwahrscheinlich falsch. Und ...«

»Über die IP-Adresse!«, rief jemand.

*»Nada«*, erwiderte die Analystin, die sich inzwischen gesetzt und etwas erholt hatte. Sie ließ die Schultern hängen. Ein schlechtes Zeichen.

»Warum nicht?«, fragte Moschner, dem schon etwas schwante.

»Anonymisiert. Über mehrere Server umgeleitet. Aussichtslos. Nicht zu ermitteln.«

Die Enttäuschung war förmlich greifbar und das Schweigen wurde zu einer bedrohlichen Grabesstille. Wie im *Signal Iduna Park* nach einer Niederlage gegen Schalke. Alle sahen angeschlagen aus. Ihr Vorrat an Adrenalin war aufgebraucht. Ulrich fühlte sich leer. Er befürchtete, nicht mal mehr die Energie aufbringen zu können, gleich die widerspenstige Drehtür des Polizeipräsidiums in Bewegung zu setzen.

»Aber ich habe noch etwas«, verkündete Gisela Klein geheimnisvoll. Das Büro glich plötzlich wieder einem summenden Bienenkorb.

»In den Mails steckte ein Virus!«, sagte die Analystin gewichtig. »Genauer gesagt: ein Trojaner!« Sie genoss sichtlich die erneute Aufmerksamkeit. Kein Wunder, denn schließlich kam es selten genug vor, dass es einer IT-Analystin gelang, die entscheidende Wende in einem Fall herbeizuführen. »Beide Male dasselbe Programm.«

»Das ist es!«, Steffi Bertram sprang auf und kümmerte sich nicht um den Kaffeefleck auf ihrem Gothic-T-Shirt, der rasch größer wurde. »Durch den Trojaner erhält der Absender der Mail Zugang zu dem Computer seines Opfers, richtig? Damit kann er alle Daten und Personalien einsehen: Mails, musikalische Vorlieben, Fotos, alles. So macht er es. Er gewinnt ein genaues Bild von seinen Opfern, indem er in ihren Privatdaten herumschnüffelt. Und dann schlägt er zu! Stimmt's? Gisela?«

»Schlimmer noch!« Die rot geschminkten Lippen der Analystin bewegten sich träge, wie bei einem Fisch, der nach Luft schnappt: »Das Programm übernimmt die Steuerung der … der …«

Beim nächsten Wort wäre Steffi Bertram vor Schreck fast vom Stuhl gefallen. In Gedanken sah sie Finger vor sich, die erregt über die Tastatur huschten, und fast instinktiv hob sie schützend die Hände vor die Brust, die sich anfühlte, als würde sie leer gesaugt. Ein Vakuum. Machtlos fühlte sie sich, erfüllt von Abscheu.

Angestarrt.

Das nächste Opfer.

*Mein Schnuckelchen hat Haare unter den Achseln. Sie kratzt sich darin. So ungeniert. Wie peinlich. Oder? Schön flaumig. Fast kann ich sie anfassen. Noch ein bisschen näher ranzoomen. So. Hm. Goldig, das kleine glitzernde Schweißtröpfchen. Sie riecht an ihren Fingerspitzen. Glaubt, sie sei allein. Pfui, schmutziges Mädchen!*

*Was machst du denn jetzt? So was tust du nie, wenn du mit deinen Freundinnen chattest, mit ›meiner‹ Webcam auf deinem scheinheiligen Schnütchen. Hohoho – in der Nase bohren! Ach, lass dich ruhig mal richtig gehen. Jetzt darfst du das. Bei mir schon. Mein Schätzchen. Nur mir zeigst du dich so, wie du wirklich bist. Manchmal donnerst du dich auf, um deine geilen Freunde anzumachen. Das finde ich ordinär. Kaum zu glauben, dass die Typen darauf reinfallen!*

*Aber was ist das denn? Du rollst den Popel zu einer Kugel. Pfui! Und jetzt? O nein. Du schmierst ihn zwischen die Beine deines Teddys. Schmutzfink! Ich dachte, du wolltest ihn aufessen. Wups. Mal ein bisschen wegzoomen. Control X, Leertaste. Sooo. Nicht zu schnell. Du darfst das Objektiv nicht hören. Das würde unsere Intimität stören. Oder sogar zerstören.*

*Knack. Knack. Mann, Mann, Mann. Dein ganzes Zimmer ist voller Teddybären. Große Bären, dicke Bären, dünne Bären, runde Bären, geile Bären. Ist das dein geheimer Traum? Schätzchen? Hm? Eine kleine Bärenorgie?*

*O nein, was denn jetzt? Mein Schätzchen gähnt. Holala. Ranzoomennn! Ein paar Zähnchen brauchen aber dringend eine neue Füllung. Vielleicht ist das eine Idee! Ben Geeraerts … nein, Geeraerts ist tot. Jaap. So heiße ich jetzt. Jaap Oosterhuis, ein attraktiver Niederländer mit javanischen Wurzeln und obendrein geschickter Zahntechniker. Ha haha hahaha!*

*Halt! Bei der Sache bleiben, Jaapie. Sie zupft am Träger ihres Negligés. Sie will schlafen gehen. Mein Schätzchen ist müde. Jetzt kommt's! Ein bisschen wegzoomen. Nicht zu schnell. Ja, so. So, so, so, sooo! Komm. Komm schon, Schnuckelchen! Zeig mir, was du hast! Muttermale oder solche hübschen, rosa gesprenkelten Brustwarzen? Daunenhärchen oben, Daunenhärchen unten. Hmm… Komm schon. Los! Zieh das Fähnchen aus!*

*Scheiße!!!! Nein. Neiiiin! Weg! Weg mit dem fiesen dicken Finger! Bleib von dem Schalter weg! Leg noch ein bisschen Musik auf. Blöde Kuh! Ein Stück vorm Schlafengehen. So ein Gejaule von einer der Boygroups, auf die du stehst. Nein. Tu's nicht!*

*Fuck! Schlampe! Dreckige Nutte! Schwarz. Mein verdammtes Bild ist weg. Schwarz. Schwarz wie deine schwarze Seele.*

*Du hast es wirklich getan. Deinen PC ausgeschaltet! Egoistin! Dafür wirst du büßen! Büßen wirst du! Verdammte Hure!*

*Ruhig! Ruhig bleiben, Jaapie. Hmmm. Hmmmmm. Du hältst sämtliche Trümpfe in der Hand. Ha! Hahaha, hab ich dich! Ich hab dich, blöde Kuh! Ich weiß genug. Diese Teddybären, damit kann ich etwas anfangen.*

*»Guten Morgen. Hier spricht Jaap Oosterhuis. Ich bin Sammler, Collectioneur, wie wir in Holland so schön sagen. Ich sammle Stoffbären. Weltweit. Ich habe … hahaha! … erfahren, dass Sie eine recht hübsche und wertvolle Bärensammlung in Ihrem … haha haha … Schlafzimmer … hahahahaha … haben!«*

*Ich werde verrückt! Irgendwann werde ich noch vollkommen verrückt!*

*Ralf Kramp*

## Der Warstein-Code oder: Im Bier liegt die Wahrheit

Mit Mord haben wir eher seltener zu tun. Einbrüche gibt's ab und zu, einen Banküberfall hatten wir mal, aber das ist schon … lassen Sie mich nachdenken … na ja, schon ziemlich lange her. Aber Mord? Ich bin gerade mit meinem Kollegen Stülpkemper auf Streife in Rüthen, als uns der Anruf erreicht. Da hat einer eine tote junge Frau gefunden. So was ist nun wirklich absolut ungewöhnlich. Nicht dass ich nicht mit solchen Dingen umgehen könnte, aber da muss ich mich schon ein bisschen sammeln, damit ich keine Fehler mache.

Wir finden die junge Tote an der beschriebenen Stelle in der Nähe des Leichtathletikplatzes am Schoren im Gebüsch. Erwürgt, wenn Sie mich fragen, aber das muss die Mordkommission aus Soest noch genau rauskriegen.

Stülpkemper erkennt sie gleich wieder, obwohl ihr Gesicht so verzerrt ist, die Lippen blau angelaufen und die Zunge raus.

»Meine Güte, Philipp, das ist ja die Biene«, murmelt Stülpkemper. »Sabine Piontek aus Suttrop. Ganz heißer Feger.«

Ich betrachte beunruhigt die Menschenmenge, die sich mittlerweile um unseren Tatort herum gebildet hat. »Ruhig, Leute. Geht mal lieber nach Hause, Fernseh gucken. Hier gibt's nichts zu sehen.«

Und dann sehe ich, wie eine Gestalt sich zwischen den Leuten durchquetscht und aufgeregt gestikuliert.

»Scheiße«, stöhnt Stülpkemper. »Der hat uns gerade noch gefehlt.«

Holger ›Hoschi‹ Schikorski erreicht das Absperrband, das wir vor wenigen Minuten erst gespannt haben, er versucht, einen Blick auf die Tote zu erhaschen, und sagt mit unheilvoller Miene: »Herr Kommissar Floeter, ich möchte eine Aussage machen!«

Hoschi Schikorski ist damals, in der Nacht vom 10. November 1989 in Berlin, als Achtzehnjähriger beim Feiern von der Mauer gefallen. Mit dem Kopf zuerst. Äußerlich hat er keinen Schaden davongetragen, aber in seiner Birne sind damals anscheinend alle Schräubchen durcheinandergeraten. Er lebt allein in einer kleinen Dachwohnung in der Rangestraße und hält sich mit Gelegenheitsjobs über Wasser. In seiner freien Zeit widmet er sich der Katalogisierung von Ufo-Sichtungen, sammelt westeuropäische Verkehrsschilder und ist Fachmann für Verschwörungstheorien aller Art. Erst kürzlich ist im Wochenblatt ein Artikel über ihn erschienen, in dem er behauptet, Uwe Barschel betreibe unerkannt eine Eisdiele in Unna, und in der Badewanne in Genf sei sein Zwillingsbruder ertrunken. Außerdem sei Lady Diana aus dem Weg geschafft worden, weil die Familie von Dodi Al Fayed im Besitz des Bernsteinzimmers sei, und bei der Linken-Politikerin Sahra Wagenknecht handele es sich um einen technisch ausgefeilten Androiden aus Moskau. Zudem ist Schikorski das einzige deutsche Mitglied einer obskuren Religionsgemeinschaft, die den schwedischen König Carl XVI. Gustaf als Gottheit verehrt.

»Sie waren also befreundet, die Biene und Sie?«, frage ich geduldig. Es besteht zwar kein Zweifel daran, dass wir hier unsere Zeit verschwenden, aber dieser Irre würde ohnehin keine Ruhe geben, bis wir uns seinen Quatsch angehört haben. Hoschi lässt den Blick zwischen Stülpkemper und mir hin- und herwandern. Seine kleinen Äuglein zwinkern hinter den Gläsern seiner Hornbrille. »Befreundet, ja.« Er reckt den rechten Zeigefinger in die Höhe. »Aber nur befreundet!«

»Schon klar.«

»Und gestern Abend, da hab ich sie besucht.« Wieder fährt der Finger in die Senkrechte. »Aber nur besucht!«

»Weiter!«

»Weil ihr Laptop eine Macke hat, und mit so was kenne ich mich aus. Da trinken wir ein Bierchen und sie sitzt da und spielt mit ihrer Flasche *Warsteiner* und dann sagt sie plötzlich: ›Das gibt's doch gar nicht!‹« Er reißt dramatisch die Augen auf. Seine Stirn ist jetzt tief zerfurcht. Seine Finger nesteln nervös am Kragen seines giftgrünen Wollpullovers herum. »Da steht doch in der Nummer auf dem Etikett hinten auf der Flasche drauf ihr Geburtsdatum!«

Stülpkempers Blick spricht Bände. »Ihr Geburtsdatum?«

»Exakt ihr Geburtsdatum. Wenn ich's Ihnen sage! Und natürlich noch 'n paar Zahlen mehr. Ein Code, ganz klar! Und – zack – heute ist sie tot!« Er fasst mich am Arm und nähert sein schlecht rasiertes Gesicht dem meinen. »Da ist was im Gange, Herr Kommissar Floeter!«

»Was soll denn da im Gange sein?« Stülpkemper grunzt verächtlich und schickt sich an, Hoschi zu den anderen Schaulustigen zurückzuschieben.

»Jede Bierflasche trägt eine Ziffernfolge! Und jeder Biertrinker, der sein Geburtsdatum auf einer Flasche findet, wird offenbar ganz still und heimlich ...« Er beugt sich wieder vor und senkt die Stimme. »... eliminiert.« Er schielt, weil sich unsere Nasen fast berühren. »Ich weiß noch nicht weshalb, aber ich finde es heraus. Ich hab noch alles herausgefunden!«

Ich hebe wortlos das Flatterband an und ich kann Stülpkemper ansehen, dass er am liebsten seinen Abgang mit einem Arschtritt beschleunigen würde.

Hoschi Schikorski erhebt seine weinerliche Stimme und die Umstehenden starren ihn an. »Die Wahrheit ist irgendwo da draußen!«, ruft er und sein Zeigefinger weist jetzt in die ungefähre Richtung der Brauerei jenseits des Tals.

Meine Frau und ich gehen nicht oft aus. Sie ist nicht besonders gesellig. Ab und zu essen wir etwas in meinem Lieblingslokal, der *Domschänke* in der Warsteiner Altstadt, so wie heute Abend. Wir nehmen unsere Mahlzeit beinahe schweigend zu uns, während ich immer wieder von dem einen oder anderen Gast gegrüßt werde. Mit einigen von ihnen habe ich beruflich zu tun.

»Psst!« Jemand winkt. Heute trägt er eine dunkelblaue Pudelmütze. Jetzt zieht er sie vom Kopf und wedelt damit. Ich lege seufzend mein Besteck zur Seite und sage entschuldigend zu meiner Frau: »Nur einen Moment.« Dann gehe ich zu ihm an die Bar.

Seine Augen zwinkern wieder nervös. »Schon was Neues? Ich meine, in der Sache mit Biene.«

»Das ist Aufgabe der Mordkommission. Haben die Sie auch schon verhört, Herr Schikorski?«

»Klar waren die da, aber die sind gekauft, habe ich den Eindruck. Stecken mit drin, garantiert. Die Biene, die musste sterben, weil sie im Weg war. Da werden Strippen von ganz oben gezogen.«

»Von ganz oben?« Ich deute unsicher mit dem Finger in die Luft über uns. »Von ganz, ganz oben, meinen Sie?«

Er nickt mit geschlossenen Augenlidern. »Von gaaanz oben.«

Ich schüttele resignierend den Kopf und will zurück zum Tisch, als er seine Hand auf meinen Arm legt. »Sie sind kein Freund von Verschwörungstheorien, was?«

»Nicht unbedingt. Im Sauerland hat man selten damit zu tun.«

Er lacht laut auf. Meine Frau wirft einen skeptischen Blick zu uns herüber.

»Ich möchte Sie nicht beunruhigen, Herr Kommissar, aber was glauben Sie wohl, wie viele Sauerländer sich im *World Trade Center* befanden, als am elften September …«

»Herr Schikorski, ich …«

»Hoschi. Alle sagen Hoschi. Es waren fünf im ersten Stockwerk und einer in der Etage 110. Zusammen also sechs. Hundertzehn plus eins macht hundertelf. Mal sechs ergibt ...?«

Auf meinen ratlosen Blick hin gibt er mir die Antwort: »Sechshundertsechsundsechzig. Die Zahl des Teufels!« Seine Augen rollen jetzt hinter den Brillengläsern wild in ihren Höhlen. »Zahlen, Herr Kommissar, Zahlen! Denken Sie an die Zahlen auf den Bierflaschen! Bei Biene ist es aufgefallen, und jetzt werde ich das Geheimnis lüften! «

»Hoschi, ich möchte jetzt in Ruhe zu Ende essen und ...«

Er blickt sich nach allen Seiten um, um zu prüfen, ob niemand uns belauscht. »Ich habe einen Job bei der Brauerei. In der Flaschenabfüllung. Seit gestern.« Auf meinen ratlosen Blick hin wird er konkreter: »Da ist einer krank geworden und ich kam gerade recht. Jetzt bin ich also direkt an der Quelle. Einer namens Mecki arbeitet da, der wohnt in Hirschberg, und der kannte die Biene auch. Er hat mir gesagt, dass da seit einiger Zeit immer ein heimlicher Besucher zu ihr kam.« Er zieht die Luft zwischen den Zähnen ein. »Wenn mir was zustößt, werden Sie schon merken, dass ich recht hatte, Herr Kommissar.«

Ich lasse ihn stehen und gehe zu meiner Frau zurück.

»Was will der Spinner von dir?«

Ich sage matt: »Er ist ein Zeuge.«

Stülpkemper und ich sind zu einem Blechschaden auf dem REWE-Parkplatz gerufen worden. Ein Münchner, der zu blöd zum Einparken war.

Schikorski steht bereits da und wartet auf uns. Er hat sich mit den Ellenbogen auf den Griff seines Einkaufswagens gelehnt und beobachtet uns bei der Arbeit. In dem Wagen sind drei Flaschen Multivitaminsaft, ein Beutel Meerschweinchenheu und eine Chipstüte, die er jetzt öffnet. Gemächlich kaut er Chips und zwinkert uns immer gut gelaunt zu.

»Hör mal, Philipp, sollen wir dem nicht mal die Fresse polieren?«, raunt mir Stülpkemper zu, während er die Personalien der Unfallgegner überprüft.

»Lass den Spinner«, brumme ich. »Wir dürfen uns jetzt nicht verrückt machen lassen. Die Montgolfiade steht bevor, die Stadt ist schon jetzt voller Besucher. In ein paar Tagen wird hier die Hölle los sein.

Als wir fertig sind und den beiden davonrollenden Fahrzeugen hinterherblicken, steht Hoschi Schikorski plötzlich zwischen uns. Er sagt: »Münchner Kennzeichen. M-IB. Hab mir gedacht, dass die irgendwann hier aufkreuzen.«

Wir starren ihn beide an.

Er puhlt sich Chipsreste aus den Zähnen und sagt trocken: »MIB – *Men in Black.* Sind unterwegs, um Augenzeugen von Ufo-Sichtungen mundtot zu machen. Ihr achtet zu wenig auf die Zeichen, Leute. Ich war heute in der Halle mit den Braukesseln. Musste da was abgeben. Riesengroße Schaltzentrale, mit 'ner Million Knöpfchen und lauter Monitoren wie im *Raumschiff Enterprise.* Das glaubt doch kein Mensch, dass das bloß 'ne Brauerei sein soll.« Er grunzt.

Stülpkemper guckt mich an und knirscht mit den Zähnen. Wenn Hoschi so weitermacht, geht mein Kollege ihm an die Gurgel.

»Dieser Mecki aus Hirschberg sagt, die Biene, die hätte plötzlich jeden Monat richtig Kohle gehabt, obwohl sie auf Hartz IV war. Ich vermute: Spitzeldienste für die Chinesen. Oder die Templer. So richtig kriege ich's noch nicht zusammen, aber ich bin auf einer ganz heißen Spur. Wird nicht mehr lange dauern, dann krieg ich wohl auch 'ne Flasche *Warsteiner* mit meinem Geburtsdatum drauf.«

Hoch über uns ist ein Flugzeug zu hören. Wir legen gleichzeitig den Kopf in den Nacken. Die Maschine zieht einen langen Kondensstreifen hinter sich her.

»Chemtrail«, murmelt Hoschi. »Halten alle für Wasserdampf, sind aber chemische Dämpfe. Die wollen uns alle impotent machen.«

Neben mir zuckt Stülpkemper zusammen.

Im Mordfall Sabine Piontek gibt es nichts Neues. Die Mordkommissionsheinis aus Soest lassen jedenfalls nichts raus. Wir sind ja auch nur Kleinstadtbullen, denen erzählt man nichts. Wir haben trotzdem alle Hände voll zu tun. Auf den Wiesen an der Brauerei, vor dem Besucherzentrum, ist schon gewaltiger Auftrieb, die Kirmesbuden sind aufgebaut und die ersten Ballone für die Montgolfiade sind auch schon seit zwei Tagen da. Bisher verläuft alles ruhig, aber das kann sich immer ganz schnell ändern.

Ich werde morgen auch in die Luft gehen, so wie jedes Jahr. Die Berge und Täler des Sauerlandes von oben. Hunderte von bunten Ballonen, vor, neben, über und unter uns. Schön.

Stülpkemper und ich fahren wieder zusammen mit Torsten Sprenger vom Orthopädiehaus in Allagen. Ein schöner *Warsteiner*-Ballon. Ich freue mich schon seit Monaten darauf. Letztes Mal sind wir fast in einer Hochspannungsleitung gelandet, in einem engen Tal, auf einer holprigen, von Kühen beschissenen Weide, direkt neben einem Riesenbaum. Aber Torsten Sprenger hat gesagt, er hätte alles im Griff gehabt: Stempellandung!

Langsam wird es dunkel, und nach einer letzten Runde zu Fuß über das Festgelände mache ich mich auf den Weg nach Hause. Ich fahre den Brucknerweg hinauf und biege in meine Einfahrt ein, da erfassen die Scheinwerfer meines Wagens eine Gestalt, die vor meinem Garagentor steht und mit ausgebreiteten Händen versucht, das grelle Licht abzuwehren. Hoschi hat eine karierte Hose an.

Jetzt reißt mir der Geduldsfaden. Ich löse meinen Sicherheitsgurt, stoße die Fahrertür auf und springe hinaus.

»Jetzt ist Schluss, Schikorski …«

»Hoschi!«

»Schluss, verstanden? Das ist mein Zuhause. Ich dulde nicht, dass Sie mich hier aufsuchen und …«

»Aber ich weiß was Neues, Herr Kommissar. Wegen der Biene! Ich bin jetzt in der Etikettieranlage eingesetzt! Also ganz nah dran! Bingo! Da passiert das mit den Zahlen, glaub ich. Geht natürlich alles viel zu schnell, als dass ich mal Stichproben machen könnte, aber ich bleibe trotzdem am Ball. Ich bin drin! Und soll ich Ihnen noch was sagen, Herr Kommissar?«

»Verschwinden Sie!«

»Der geheimnisvolle Fremde, der ihr regelmäßig Geld gegeben hat, so hat die Biene einer Freundin erzählt, hat es mit ihr angeblich immer auf einem Wanderparkplatz an der Bilsteinhöhle gemacht. Auf den Lammfellsitzen in seinem Auto, hat sie erzählt. Die Bilsteinhöhle! Ein Kraftort! Da muss man doch nicht lange nachdenken, um auf Außerirdische zu kommen, oder?«

»Ich schon«, sage ich und packe ihn am Arm. Ich versuche, ihn mit mühsam beherrschter Gewalt von meinem Grundstück auf die Straße zu drängen. »Ich will nichts mehr hören von Außerirdischen und all diesem Quatsch!«

»Aber sie sind unter uns! Sie sind dabei, die Weltherrschaft an sich zu reißen! Meine Güte, seit Erich von Däniken weiß doch jedes Kindergartenkind, dass die Außerirdischen schon vor Tausenden von Jahren hier bei uns …«

Ich stoße ihn vor mir her. Ich will meinen Feierabend haben, meine Ruhe!

»Der Bilsteinbach!« Er stolpert vor mir her und versucht, sich meinem Griff zu entwinden. »Fließt in den Schorenbach. Der dann in die Weste, die Möhne, dann in die Ruhr, weiter in den Rhein! Dann die Nordsee! Und schließlich: das Bermudadreieck!« Seine Stimme überschlägt sich. »Wollen Sie nicht auch endlich das Geheimnis der verschollenen Schiffe und Flugzeuge lüften, Herr Kommissar? Die Biene muss ganz nahe dran gewesen sein! Gaaaanz nahe!«

Als die Außenbeleuchtung unseres Hauses angeht und die Silhouette meiner Frau hinter dem Glas der Haustür erscheint, wispert er: »Ich suche weiter, Herr Kommissar! Ich gehe bis zum bitteren Ende!« Dann verschwindet er die Straße hinab.

Das Wetter ist fabelhaft! Der Wind wird uns einen wunderbaren Start in den Himmel über dem Sauerland gestatten. Die Thermik ist heute geradezu ideal. Sagen jedenfalls die Thermiker oder wie die heißen. Unser strahlend gelber Ballon richtet sich gemächlich auf. Stülpkemper ist erkältet, will aber nicht auf die Fahrt verzichten. Er schnieft und hustet. Warum muss er auch immer das Fenster runterkurbeln im Streifenwagen. Torsten Sprenger hat gerade einen Telefonanruf von einem Ehrengast der Brauerei bekommen, der auch bei uns mitfahren wollte, der aber schon seit einer knappen Stunde am Kreuz Unna im Stau festhängt. Irgend so ein Schreiberling, ein AUTOR, der über Warstein und die Brauerei eine Krimigeschichte erfinden soll.

Der Erzbischof spricht einen Segen über die Lautsprecheranlage, alle sind bester Laune. Etwas weiter hinten bläht sich der Sandmännchen-Ballon vom MDR auf. Rechts neben uns hat ein Ballon aus der Eifel Schwierigkeiten mit der Flamme. Gleich werden wir in den Korb klettern.

Ich sehe Hoschi erst, als er schon fast unseren Ballon erreicht hat. Er rennt, als ginge es um sein Leben.

»Hilfe«, japst er, als er mich erreicht hat. »Ich habe Ihren Wagen auf dem Parkplatz gesehen. Helfen Sie mir! Sie sind hinter mir her, Herr Kommissar!«

»Ich bin außer Dienst. Wer ist hinter Ihnen her?«

»Na SIE! Ich wollte mich mal in den Büros umsehen,

wollte mal gucken, was ich so finde auf ihren Rechnern. Ich bin gut im Passwörterknacken, wissen Sie!«

Tatsächlich nähern sich drei aufgebracht wirkende Männer, die sich suchend zwischen den bunten Ballonen umblicken und sich laute Kommandos zurufen. Werkschutz, kein Zweifel. Sie sehen ziemlich schlecht gelaunt aus.

Hoschi springt vor meinen Augen in unseren Korb. Sprenger kriegt nichts mit, weil er ein paar Schritte entfernt mit dem Handy telefoniert, Stülpkemper hat gerade einen Hustenanfall und wird von unseren Nachbarn aus dem Eifel-Ballon aus Daun mit Bonbons versorgt.

Ich klettere in den Korb zu Hoschi, der sich auf den Boden kauert. »Sie haben versucht, die *Warsteiner*-Computer zu knacken? Sind Sie völlig bescheuert? Was haben Sie denn da gefunden?«

»Nichts. Das dauerte alles viel zu lange. Ich habe die Passwörter eingegeben, mit denen sich meine Freunde schon mal ins Pentagon gehackt haben, aber Fehlanzeige. Illuminaten! Ich bin mittlerweile fest davon überzeugt, dass es die Illuminaten sind, die mit diesen Bierflaschen …«

»So, mein Freund«, sage ich barsch. »Ich werde Sie jetzt diesen Wachleuten übergeben. Jetzt ist zappenduster!«

Er beginnt zu wimmern. »Ich war so nahe dran! Sie werden Waterboarding mit mir machen! Schlafentzug, Elektroschocks … Sie werden mir die Mundwinkel einschneiden – *Glasgow Smile!*«

»Himmelherrgott, das sind Mitarbeiter einer deutschen Brauerei!« Ich versuche, ihn hoch auf die Beine zu zerren.

»Ich bin ganz dicht dran! Der geheimnisvolle Kontaktmann von Biene hat jetzt einen Namen, Herr Kommissar! Ich weiß ihn aus einem Chatroom, in dem sie sich öfter rumgetrieben hat!«

Ich erstarre. Unsere Blicke begegnen sich und bleiben aneinander kleben. Seine Hornbrille sitzt schief auf der Nase.

»Ein Name?«, sage ich leise.

»Na ja, einen Decknamen. Ich hab doch gesagt, ich lass nicht locker!« Er strahlt mich an: »Phil.« Und dann wird er totenblass.

Der Ballon über uns hat sich mittlerweile zu seiner vollen Pracht entfaltet. Ich weiß genau, was zu tun ist. Torsten Sprenger telefoniert, sieht nicht hin, Stülpkemper unterhält sich mit den Eifelern. Als ich die Leinen löse und die Flamme hochdrehe, steigen wir als Erste mit hoher Geschwindigkeit in die Luft. Als Torsten Sprenger das sieht, fällt ihm vor Schreck sein Handy aus der Hand. Stülpkemper schreit mir mit erhobenen Armen irgendwas hinterher, was ich nicht mehr höre.

Unter uns brodelt und rumort es, Tausende von Augenpaaren folgen uns in die Höhe, es gibt einen spöttischen Kommentar über die Lautsprecheranlage.

Hoschi erhebt sich langsam. Jetzt entdecken ihn auch die Wachmänner und hantieren hektisch mit ihren Walkie-Talkies herum. Unser Ballon steigt viel schneller als gewöhnlich, normalerweise macht es mir mehr Spaß, langsam nach oben zu gehen, aber heute haben wir im Nu 1.500 Meter erreicht, und ich bin froh.

Hoschi atmet tief durch. »*Phil!* Na klar, das wird ein Hinweis auf das Philadelphia-Experiment sein. Vierzigerjahre. Eine Magnetfeldsache, mit der man Radaranlagen lahmlegen kann. Sehen Sie endlich, wie alles zusammenhängt?«

»Ich sehe sehr deutlich, wie alles zusammenhängt, du verdammter Idiot«, murmele ich und trete langsam hinter ihn. Er lehnt sich jetzt über den Rand des Korbs und guckt hinunter auf das entschwindende Städtchen, auf das Brauereigelände und auf die anderen Ballone, die jetzt auch zu steigen begonnen haben.

Er schüttelt sich, zieht seinen hässlichen fliederfarbenen Anorak zu und plappert weiter: »Nachdem das Philadelphia-

Experiment mit den Radaranlagen missglückt war, haben sie die Magnetstrahlen an Menschen ausprobiert. Macht den Gegner plemplem.« Er tippt sich an die Stirn, ohne sich zu mir umzudrehen. »Die versuchen es mit allen Mitteln. Auch mit Zahlen auf Bierflaschen.«

Während Hoschi wieder bei seinem Lieblingsthema angekommen ist, sammle ich mich, um ja keinen Fehler zu machen. Es muss wie ein Selbstmord aussehen. Er wäre nicht der erste Irre, der sich aus einem Ballonkorb in die Tiefe stürzt. Alle kennen ihn und seine Spinnereien.

Plötzlich dreht er sich um. »Wann ist eigentlich Ihr Geburtstag, Herr Kommissar?«

»29.11.«

»Aha. Ihr Flaschencode wird mit 2911 anfangen. Das Etikett ist garantiert schon gedruckt. Jetzt, wo wir zusammen an diesem Fall arbeiten. Sollen wir uns nicht duzen? Darf ich Philipp sagen, Herr Kommi...«

Ich weiß nicht, was es ist, das ihn in diesem Augenblick erkennen lässt, was nun geschehen wird. Ist es mein entschlossener Gesichtsausdruck? Oder ist es mein Vorname, über den er stolpert? Seine Lippen murmeln etwas, was ich nicht hören kann. Dann sagt er: »Ach du Schande. Sie haben Fellsitze im Auto.«

Ich packe ihn und beuge seinen Oberkörper über die Brüstung.

Er schreit: »Sie also auch! Sie sind auch einer von denen!«

»Nein!«, schreie ich. »Du Bekloppter! Du elender Schwachkopf! Ich bin bloß ein Kleinstadtpolizist, der mal ein bisschen Spaß haben wollte!«

Diese profane Wahrheit will er nicht hören. Sie passt nicht in sein Weltbild von Verschwörungen und extraterrestrischen Wesen.

Und er *kann* sie auch nicht mehr hören, denn er hat noch ein paar Sekunden ungeschickt versucht, sich festzuklammern, und dann hat er den Halt verloren, und die Schwerkraft hat ihn unerbittlich in die Tiefe gezogen.

Ich sehe nicht hin, höre nur seinen lang gezogenen Schrei, der leiser und leiser wird. Ich schließe die Augen und fühle, wie ein schneidender Schmerz mitten durch mich hindurchfährt. Ich bin kein Mörder! Das mit Biene ist geschehen, weil sie mich rücksichtslos in die Ecke gedrängt hat. Ebenso wie Holger ›Hoschi‹ Schikorski das getan hat.

Jetzt ist plötzlich alles still. Ich höre nur noch das leise Flüstern des sanften Windes. Sicher bin ich schon in zweitausend Metern Höhe.

Ich werde sagen, dass er mich gezwungen hat, mit ihm zu starten. Jetzt erlaube ich mir einen Blick in die Tiefe. Mit etwas Glück kann ich ihm die Sache mit Biene in die Schuhe schieben.

Kann ich nicht.

Hoschi ist mitten auf dem Sandmännchen-Ballon gelandet und hat die Arme und Beine weit von sich gestreckt. Sicher liegt er sehr weich, so wie auf einem großen Federbett. Er winkt mir zu.

»Glück ab und gut Land«, murmele ich. Dann richte ich mich auf und lasse mir den Wind um die Nase wehen. Hier oben ist alles anders. Man will nie mehr hinunter.

Rechts von mir liegt Meschede, ich habe Bestwig hinter mir gelassen, habe fast schon Ramsbeck erreicht. Die Berge werden jetzt höher, die Täler enger. Der Wind frischt auf, mal sehen, wo ich runterkomme.

Am besten fahre ich so lange, wie das Gas reicht.

## Autorinnen & Autoren

**Jussi Adler-Olsen,** geboren 1950 in Kopenhagen, studierte Medizin, Soziologie, Politische Geschichte und Film und arbeitete in vielen verschiedenen Berufen. Seit 1997 veröffentlicht er Kriminalromane. Mit seiner Thriller-Serie um Carl Mørck vom Sonderdezernat Q, die er mit *Erbarmen* (dt. 2009) startete, stürmte er nicht nur in Dänemark die Bestsellerlisten. In diesem Herbst erscheint mit *Schändung* der zweite Fall um Carl Mørck in Deutschland. Adler-Olsen wurde unter anderem ausgezeichnet mit dem ›Harald-Mogensen-Krimipreis‹ 2009 und dem ›Readers Bookprize‹ 2010, einem der bedeutendsten Literaturpreise Dänemarks.

www.jussiadlerolsen.dk

**Jürgen Alberts** und **Maj Sjöwall** schreiben seit einigen Jahren gemeinsam Kriminalstorys, nachdem jeder für sich in seinem Land eine großartige Krimikarriere gemacht hatte: Jürgen Alberts unter anderem als Verfasser der *Bremenpolizei*-Serie, für die er mit dem ›Deutschen Krimi Preis‹ ausgezeichnet wurde, und Maj Sjöwall als Mitautorin des Martin-Beck-Zyklus, den sie von 1965 bis 1975 gemeinsam mit Per Wahlöö schrieb und der die Erneuerung des europäischen Krimis einleitete. Zuletzt veröffentlichten sie gemeinsam die Storysammlung *Kriminelles Doppel* (2009). Von Jürgen Alberts ist soeben erschienen: *Goethe und das Taubstummenorchester. Zwei Gaunerromane ... zum Preis von einem* (2010).

www.juergen-alberts.de

**Esmahan Aykol,** geboren 1970 in Edirne, lebt in Berlin und Istanbul. Während des Jurastudiums arbeitete sie als Journalistin für türkische Zeitungen und Radiosender und versuchte sich als Barkeeperin. In ihrem ersten Krimi *Hotel Bosporus* (dt. 2003) schuf sie mit der deutschstämmigen Istanbuler Krimibuchhändlerin Kati Hirschel eine Heldin, die sofort die Herzen ihrer Leserinnen gewann. Neben den Kati-Hirschel-Fällen *Bakschisch* (2004) und *Scheidung auf Türkisch* (2008) erschien 2007 ihr Roman *Goodbye Istanbul.*

**Raoul Biltgen,** geboren 1974 in Esch-sur-Alzette, Luxemburg, studierte Schauspiel am Konservatorium der Stadt Wien und arbeitete anschließend als freier Schauspieler und Dramaturg an verschiedenen Bühnen. Er ist Autor mehrerer Bücher. Mit *perfekt morden* veröffentlichte er seinen ersten literarischen Kriminalroman; zuletzt erschien 2007 *einer spricht.* Raoul Biltgen lebt und schreibt in Wien.
www.raoulbiltgen.com

**Xavier-Marie Bonnot,** geboren 1962 in Marseille, lebt in Paris. Er studierte Literatur und Geschichte und arbeitet seit 1994 als Dokumentarfilmer und Kameramann unter anderem für Arte. Für seinen ersten Kriminalroman *La première empreinte* (dt. *Der große Jäger* 2008) wurde er 2002 mit dem französischen ›RomPol-Preis‹ der Leser ausgezeichnet.

**Oliver Bottini,** geboren 1965 in Nürnberg, studierte in München Neuere deutsche Literatur, Italianistik sowie Markt- und Werbepsychologie. Er erhielt für seine beiden ersten Kriminalromane *Mord im Zeichen des Zen* und *Im Sommer der Mörder* jeweils den ›Deutschen Krimi Preis‹. Auch die weiteren Bände seiner Reihe um die Freiburger Kommissarin Louise Bonì wurden von der Kritik und dem Publikum begeistert aufgenommen. Zuletzt erschien von ihm *Das verborgene Netz* (2010). Oliver Bottini lebt in Berlin.
www.bottini.de

**Anne Chaplet** wohnt mit drei Katzen in Oberhessen und Südfrankreich. In ihrem Pass steht der Name Cora Stephan, unter dem sie als promovierte Politikwissenschaftlerin und Historikerin zahlreiche Sachbücher verfasst hat. Für ihre bisher neun Kriminalromane erhielt sie zweimal den ›Deutschen Krimi Preis‹ sowie den ›Radio-Bremen-Krimipreis‹.

www.anne-chaplet.de

**Luc Deflo,** geboren 1958 in Mechelen, ist der meistverkaufte Thrillerautor Belgiens. Er lebt in Brüssel und ist mit seiner Reihe um Untersuchungsrichter Jos Bosmans und Kommissar Dirk Deleu auf die Top Ten der Bestsellerliste abonniert. Für *Pitbull,* den neunten Band der Reihe, erhielt er 2008 den renommierten ›Hercule-Poirot-Preis‹. In Deutschland erschienen zuletzt die Thriller *Ins blanke Messer* (2009) und *Schnitzeljagd* (2010).

www.deflo-luc.blogspot.com

**Osman Engin,** 1960 in der Türkei geboren, lebt seit 1973 in Deutschland. Nach seinem Studium der Sozialpädagogik in Bremen wurde er freier Schriftsteller. Er schreibt regelmäßig Satiren für verschiedene Magazine und die Hörfunkrubrik *Alltag im Osmanischen Reich* für Funkhaus Europa. Er veröffentlichte bisher rund fünfzehn Bücher, darunter den Krimi *Tote essen keinen Döner* (2008). Im Dezember 2010 erscheint von ihm *1001 Nachtschichten – Mordstorys am Fließband.*

www.osmanengin.de

**Doris Gercke,** geboren 1937 in Greifswald, lebt in Hamburg. Sie veröffentlichte 1988 ihren ersten Kriminalroman, in dem sie die Figur der Polizistin und Detektivin Bella Block schuf, die später zur Vorlage für die äußerst erfolgreiche ZDF-Krimireihe mit Hannelore Hoger in der Titelrolle wurde. 2000 erhielt sie für ihre Verdienste um den deutschen Kriminalroman den ›Ehrenglauser‹.

Doris Gercke veröffentlichte neben einigen Jugendbüchern mehr als ein Dutzend Bella-Block-Romane, die die Geschichte der Heldin unabhängig von den bisher dreißig Fernsehfilmen erzählen. Ihre aktuellste Veröffentlichung ist *Pasewalk*.

**Thomas Hoeps,** geboren 1966, lebt und arbeitet in Krefeld und Mönchengladbach. **Jac. Toes,** geboren 1950 in Den Haag, lebt in Arnheim. Als Team Hoeps & Toes veröffentlichten sie bisher die beiden Thriller *Nach allen Regeln der Kunst* und *Das Lügenarchiv,* die von den Ermittlungen des Mönchengladbacher Kunstrestaurators Robert Patati und der niederländischen Profilerin Micky Spijker erzählen.

www.hoeps.wordpress.com
www.jactoes.nl

**Petra Ivanov,** geboren 1967 in Zürich, lebte als Kind in den USA und kehrte 1979 in die Schweiz zurück. Sie studierte an der Dolmetscherschule Zürich und arbeitete als Übersetzerin und Journalistin. 2005 erschien ihr erster Kriminalroman *Fremde Hände,* es folgten weitere Krimis, für die sie unter anderem 2010 mit dem ›Zürcher Krimipreis‹ ausgezeichnet wurde. Zuletzt erschien ihr Jugendbuch *Escape* (2010).

www.petraivanov.ch

**Bernhard Jaumann,** geboren 1957 in Augsburg, studierte in München und arbeitete danach als Gymnasiallehrer, unterbrochen von längeren Auslandsaufenthalten in Italien, Australien und Mexiko-Stadt. Er veröffentlichte bisher neun Kriminalromane, von denen *Saltimbocca* 2003 mit dem ›Friedrich-Glauser-Preis‹ ausgezeichnet wurde und *Die Augen der Medusa* 2009 mit dem ›Deutschen Krimi Preis‹.

Bernhard Jaumann lebt derzeit in Namibia, wo auch sein aktueller Thriller *Die Stunde des Schakals* (2010) spielt.
www.bernhard-jaumann.de

**Ævar Örn Jósepsson,** geboren 1963, lebt in Mosfellsbær in der Nähe von Reykjavík. Er studierte an der Albert-Ludwigs-Universität in Freiburg Philosophie und Englische Literatur. Von 1994 bis 2006 arbeitete er als Rundfunkmoderator, freiberuflicher Übersetzer und Journalist für zahlreiche isländische Zeitungen und Magazine, doch in den letzten vier Jahren ist das Schreiben zu seinem Hauptberuf geworden.

Seine Krimis *Dunkle Seelen* (dt. 2007) und *Blutberg* (dt. 2009) wurden jeweils für den Skandinavischen Krimipreis, den ›Gläsernen Schlüssel‹, nominiert. 2011 erscheint *Wer von euch ohne Sünde ist.*

**Ralf Kramp,** geb. 1963 in Euskirchen, lebt als Krimiautor und Veranstalter der Krimi-Erlebniswochenenden ›Blutspur‹ in der Eifel. Für sein Debüt *Tief unterm Laub* erhielt er 1996 den Förderpreis des ›Eifel Literatur Festivals‹. Seither verfasste er zehn weitere Kriminalromane, etwa hundert Storys und drei Kinderkrimis. Mit seiner Frau leitet er in Hillesheim das ›Kriminalhaus‹ mit dem *Café Sherlock* und dem *Deutschen Krimi-Archiv* (26.000 Bände).
Im Jahr 2002 erhielt er den Kulturpreis des Kreises Euskirchen, 2010 die ›Herzogenrather Handschelle‹.
www.ralfkramp.de

**Tatjana Kruse,** geboren 1960, lebt und arbeitet in Schwäbisch Hall. Sie schreibt Krimis, übersetzt Krimis aus dem Englischen und gibt Kurzkrimikurse. Sie machte sich mit ihrer *Wuchtbrumme*-Reihe einen Namen als Meisterin der Krimi-Comedy. Zuletzt erschien von ihr der Kommissar-

Seifferheld-Krimi *Kreuzstich, Bienenstich, Herzstich* (2010), es folgt *Nadel, Faden, Hackebeil* (2011).

www.tatjanakruse.de

**Andrej Kurkow,** geboren 1961 in St. Petersburg, lebt seit seiner Kindheit in Kiew. Er studierte Fremdsprachen (er spricht insgesamt elf Sprachen), war Zeitungsredakteur und während des Militärdienstes Gefängniswärter in Odessa. Danach arbeitete er als Kameramann und schrieb zahlreiche Drehbücher. Seit 1996 ist er freier Schriftsteller und arbeitet nebenbei für Radio und Fernsehen. Er lebt in Kiew und London. Sein aktuellstes Werk ist *Der Milchmann in der Nacht.*

**Jaroslav Kutak,** geboren 1956, lebt und arbeitet als Schriftsteller und Übersetzer in Hradec Kralove (Königgrätz) in Tschechien. Er studierte Germanistik an der Humboldt-Universität zu Berlin und arbeitete unter anderem als Fernsehredakteur, Bauleiter, Konditoreibesitzer und Sheriff in einer Westernstadt für Kinder. Er hat bisher mehr als dreihundert Kriminalerzählungen und sechs Romane veröffentlicht. Sein Kriminalroman *Strafe muss sein* wurde 2000 in Tschechien mit dem ›Jiri-Marek-Preis‹ als bester Krimi des Jahres ausgezeichnet. Zuletzt erschien von ihm auf Deutsch der Golfkrimi *Tod unter Par* (2008).

kutak.webdnes.cz/

**Petros Markaris,** geboren 1937 in Istanbul, lebt in Athen. Er ist Verfasser von Theaterstücken, Schöpfer einer Fernsehserie, Koautor des Filmemachers Theo Angelopoulos und Übersetzer von vielen deutschen Dramatikern, unter anderem von Brecht und Goethe. Im Mittelpunkt seiner bislang fünf in Deutschland veröffentlichten Kriminalromane steht der bärbeißige Kommissar Kostas Charitos. Zuletzt erschien *Die Kinderfrau* (2009).

**Thomas Raab,** geboren 1970 in Wien, entdeckte schon während seines Mathematik- und Sportstudiums die Liebe zur Musik und zum Schreiben. In beiden Sparten preisgekrönt, lebt er als Sänger, Komponist und Autor in Wien. Der erste Fall für seinen Ermittler Willibald Adrian Metzger *Der Metzger muss nachsitzen* wurde für den ›Friedrich-Glauser-Preis‹ und den ›LITERAturpreis‹ 2008 der LITERA-Buchmesse Linz nominiert. Nach dem dritten Band *Der Metzger geht fremd* (2009) erscheint im Herbst 2010 *Der Metzger holt den Teufel.*

www.thomasraab.com

**Taavi Soininvaara,** geboren 1966 in Imatra, studierte Jura und arbeitete als Chefjurist für bedeutende finnische Unternehmen. Nach dem großen Erfolg seines ersten Thrillers *Ebola Helsinki* (dt. *Finnisches Blut*), den er 2000 veröffentlichte, seitdem widmet er sich hauptberuflich dem Schreiben. Auf Deutsch liegen bisher sieben seiner Thriller um den Ermittler Arto Ratamo vor, zuletzt erschien *Der Finne* (2009).

**Helene Tursten,** geboren 1954 in Göteborg, arbeitete lange Jahre als Zahnärztin, bis eine rheumatische Erkrankung sie dazu zwang, ihren Beruf aufzugeben. Danach widmete sie sich dem Schreiben. Bislang wurden sechs Romane ihrer Serie um die Polizisten Irene Huss als *Irene Huss, Kripo Göteborg* für das Fernsehen verfilmt. Die deutsche Übersetzung des aktuellsten Irene-Huss-Krimis *Der im Dunkeln wacht* erscheint im Oktober 2010. Helene Tursten lebt in Sunne/Värmland und ist verheiratet mit einem Expolizisten.

**Domingo Villar,** geboren 1971 in Vigo, lebt in Madrid, wo er sich als Journalist einen Namen gemacht hat. Sein Krimidebüt *Wasserblaue Augen* (2009), erschienen im Madrider

Literaturverlag Siruela, wurde von den Kritikern begeistert aufgenommen, mit mehreren Preisen ausgezeichnet und avancierte zum meistverkauften Roman in Galicien. Die Fälle des melancholischen Kriminalinspektors Leo Caldas werden in mehrere Sprachen übersetzt. Zuletzt erschien auf Deutsch *Strand der Ertrunkenen* (2010).

**Louise Welsh,** geboren 1965 in London, lebt heute in Glasgow. Sie studierte Geschichte, arbeitete einige Jahre in einem Antiquariat und absolvierte eine Ausbildung im Bereich Creative Writing. Ihr erster Krimi *The cutting room* (dt. *Dunkelkammer*) wurde unter anderem mit dem ›John Creasey Memorial Dagger Award‹ der ›Crime Writers' Association‹ und in Deutschland mit dem ›Corine-Debütpreis‹ ausgezeichnet. *Dunkelkammer* wurde in siebzehn Sprachen übersetzt. Zuletzt erschien auf Deutsch *Das Alphabet der Knochen* (2010).

**Gabriella Wollenhaupt,** geboren 1952, arbeitet seit mehr als zwanzig Jahren als Journalistin im Ruhrgebiet, derzeit als Fernsehredakteurin beim WDR in Dortmund. Mit der Figur der Maria Grappa hat sie eine der originellsten und witzigsten Ermittlerinnen der Krimiszene geschaffen, die 2010 bereits ihren zwanzigsten Fall löst: *Grappa und die keusche Braut.* Zwischendurch wagte die Autorin einen Ausflug in die Historie: *Leichentuch und Lumpengeld* spielt im Vormärz und steht den Grappa-Krimis in Sachen Witz und Ironie in nichts nach.

www.gabriella-wollenhaupt.de

## Herausgeberinnen & Herausgeber

**H. P. Karr,** geboren 1955, lebt seit 1960 im Ruhrgebiet. Er veröffentlichte rund ein Dutzend Thriller, darunter – gemeinsam mit Walter Wehner – die *Gonzo*-Romane, von denen *Rattensommer* 1996 als bester Krimi des Jahres mit dem ›Friedrich-Glauser-Preis‹ ausgezeichnet wurde. Im Jahr 2000 erhielt das Autorenteam den ›Literaturpreis Ruhrgebiet‹. Er betreut als Mit-Herausgeber seit 2002 die Anthologien zum *Mord am Hellweg* und veröffentlichte zuletzt (gemeinsam mit Walter Wehner) den Jugendkrimi *Feuerspiele* (2010).

www.hpkarr.de

**Herbert Knorr,** geboren 1952 in der Metropole Ruhr, wo er heute wieder lebt. Bankkaufmann, Studium der Germanistik und Geschichte und wissenschaftlicher Mitarbeiter an der Gerhard-Mercator-Universität Duisburg. 1988 Promotion. Seit 1994 Leiter des *Westfälischen Literaturbüros in Unna e.V.* und seit 2002 zusammen mit Sigrun Krauß *(Kulturbetriebe Unna)* Festivalleiter der Biennale *Mord am Hellweg – Tatort Ruhr*, Europas größtem internationalem Krimifestival. Zahlreiche Herausgeberschaften und Veröffentlichungen. Letzte: *Hydra* (Thriller) unter dem Pseudonym Chris Marten (zusammen mit Birgit Biehl).

www.mordamhellweg.de

**Sigrun Krauß,** geboren 1957 in Großburgwedel/Hannover, lebt seit 1990 in Unna. Studium der Anglistik, Amerikanistik und Romanistik an der Johannes-Gutenberg-Universität Mainz. Freie Lektorin für diverse Verlage und Leitung des *Open Ohr Festivals Mainz.* Seit Juli 1990 bei der Stadt Unna und als Bereichsleiterin Kultur verantwortlich für zahlreiche kulturelle Projekte, unter anderem seit 2002 zusammen mit Herbert Knorr *(Westfälisches Literaturbüro in Unna e.V.)* Festivalleiterin der Biennale *Mord am Hellweg – Tatort Ruhr*, Europas größtem internationalem Krimifestival.

www.unna.de

www.mordamhellweg.de

Das Buch *Mords.Metropole.Ruhr* ist Teil des Projektes
*Mord am Hellweg V – Tatort Ruhr*, Europas größtem internationalem Krimifestival.
Wir bedanken uns bei allen Förderern, Sponsoren und Medienpartnern
des Festivals und all seiner Co-Projekte.

Förderer

Der Ministerpräsident des Landes Nordrhein-Westfalen

RUHR.2010 Kulturhauptstadt Europas

Kultursekretariat NRW Gütersloh

Sponsoren

Sparkasse Unna
Die Bank für mich.

Warsteiner

ZRL Zweckverband Schienenpersonennahverkehr Ruhr-Lippe

Festivalhotel

Katharinen Hof

Medienpartner

WAZ

Westfälische Rundschau

Westfalenpost
www.westfalenpost.de

WDR 5

Weitere Unterstützer

Le Gouvernement du Grand-Duché de Luxembourg
Ministère de la Culture

Hauptveranstalter

Unna

Westfälisches Literaturbüro in Unna e.V.

Gesellschafter & Öffentliche Förderer von RUHR.2010

Stadt Essen

Das Ruhrgebiet.
Regionalverband Ruhr

Der Ministerpräsident des Landes Nordrhein-Westfalen

Initiativkreis Ruhr®

Der Beauftragte der Bundesregierung für Kultur und Medien

Hauptsponsoren von RUHR.2010

DB Mobility Networks Logistics

e.on Ruhrgas

HANIEL

VORWEG GEHEN

Finanzgruppe

# Noch mehr Hellweg-Leichen

H. P. Karr, Jürgen Kehrer, Herbert Knorr (Hrsg.)
**Mord am Hellweg**
Kriminalstorys
ISBN 978-3-89425-271-7
*»Autoren von Jürgen Alberts über Jacques Berndorf und Gabriella Wollenhaupt bis Jan Zweyer beschreiben schaurig-schön das Leben und Sterben auf dem mehr oder weniger flachen Land.«* Rhein-Zeitung

H. P. Karr, Herbert Knorr (Hrsg.)
**Mehr Morde am Hellweg**
Kriminalstorys
ISBN 978-3-89425-294-6
*»Die kurzweilige Lektüre macht in doppelter Hinsicht Appetit: Auf die geschichtsträchtige Landschaft und auf weitere Werke der Verfasser.«* Badische Neueste Nachrichten

H. P. Karr, Herbert Knorr (Hrsg.)
**Mord am Hellweg III**
Kriminalstorys
ISBN 978-3-89425-325-7
*»Wer schnelle, auf den Punkt geschriebene Abwechslung vom täglichen Einerlei sucht, der ist hier genau richtig.«*
Emsdettener Volkszeitung

H. P. Karr, Herbert Knorr (Hrsg.)
**Mord am Hellweg IV**
Kriminalstorys
ISBN 978-3-89425-352-3
*»Wer sich auf einen höchst außergewöhnlichen Reiseführer einlassen möchte und zudem Kriminalgeschichten liebt, die Spannung mit Zynismus und Ironie verbinden, dem sei dieses Buch unbedingt empfohlen.«*
Sibylle Haseke, WDR 4 Taschenbuchtipp

grafit